两山笔记

刘荒田 著

暨南大学出版社
JINAN UNIVERSITY PRESS

中国·广州

图书在版编目（CIP）数据

两山笔记/刘荒田著. —广州：暨南大学出版社，2013. 8
ISBN 978 - 7 - 5668 - 0694 - 9

Ⅰ. ①两…　Ⅱ. ①刘…　Ⅲ. ①散文集—中国—当代　Ⅳ. ①I267

中国版本图书馆 CIP 数据核字（2013）第 178516 号

出版发行：暨南大学出版社

地　址：中国广州暨南大学
电　话：总编室（8620）85221601
　　　　营销部（8620）85225284　85228291　85228292（邮购）
传　真：（8620）85221583（办公室）　85223774（营销部）
邮　编：510630
网　址：http：//www. jnupress. com　http：//press. jnu. edu. cn

排　版：广州市天河星辰文化发展部照排中心
印　刷：佛山市浩文彩色印刷有限公司

开　本：787mm × 960mm　1/16
印　张：20
字　数：328 千
版　次：2013 年 8 月第 1 版
印　次：2013 年 8 月第 1 次

定　价：39. 80 元

自　序

2011年初，我在美国生活工作过30多年以后，退休了，从此进入晚年。我曾写过随笔《最喜近黄昏》，其中列举了把“只是近黄昏”改为“最喜近黄昏”的三大理由：

首先，只要你承认自然规律是上帝也改变不了的铁律，“公道世间唯白发”，叹息徒然破坏心境，导致心理疾病多发，无论对腰包、对个人健康、对家庭生活，还是对社会福利，都作了残忍的减法，却找不到一点正面作用。你不“喜”，只会做赔本生意。

其次，晚年是生命的总结。青春时期的求学、中年时期的拼搏、养育儿女的义务以及孝敬父母的责任，和以分期付款买下来的房屋一般，终于到了“付讫”的一天。“长恨此身非吾有”，那是昨天的“不得不然”；到今天，终于“忘却营营”，向职场宣告：我可以赎回自我，第一次成为“我”的主人了！这辈子，就这么一段光阴，全然为你的梦支配，为你的“未竟之业”主宰。尽管腿脚不怎么灵光，降血压和降胆固醇的药物少不了，顾忌和禁忌多多，但好歹撇开了闹钟，离开了工作的压力和关乎利害的人际关系。你是刚刚被诸多责任所释放的囚犯，站在大墙外，被太猛烈的阳光射得眼睛发花。你习惯了有规律的吃苦，现在要适应无拘束的享受。

第三点至关重要，那就是：一生中以晚年的生活质量最好。当然，此言不能落实在世俗逸乐上，论声色犬马、天地壮游，套句洋鬼子的叹息：“年轻时没钱买牛排，老来有钱买却嚼不动。”一口假牙和旋上螺丝的腿关节，怎么和雄姿英发时的年纪比？我说的是“密度”。到了晚年，以漫长岁月积累的经验来观照人生，居高临下，所以超脱；以“我从前也犯过”

来解释晚辈的错失，所以宽容；以“每一天都是利息”的姿态来过，所以紧紧拥抱每一珍贵的瞬间，享受天伦之乐、交友之乐、知识之乐、思考之乐和自我完成之乐。青壮年时期，人生飨宴丰盛是丰盛，但你总是囫囵吞之，如今将就清淡之食，却能咀嚼出隽永的味道来。

总之，“近黄昏”是人生最大的捷报，是以千辛万苦换来的庞大的幸福，是生命交响乐中最振奋人心的高潮之篇，也是务必手舞足蹈地庆祝的盛典。

两年以后，且作一个简单的回顾。以上的乐观主义概括大体恰当，但对老年的疾病以及意外的估计则有不足。人生的最后一程，密集着失去，从健康到亲友，不可能天天乐不可支，因此我们需要化解苦难、超越苦难，营造内心的宁静。

退休以前，我的人生包含两个年龄上的“一半”——中国 32 年，美国 32 年；退休以后，则由两个居住地合成——中国广东的千年古镇佛山和美国加州的旅游名城旧金山。从浅层次（即并非“东西通吃”）而言，无论是在佛山禅城区一个名叫“星星花园”的小区，还是在旧金山滨海的日落区，我都得其所哉，并承受难以规避的苦。为此，我充满感恩，老天爷何其仁厚，赐我两个国家、两种文化、两个社会、两种语境、两种“生活在别处”和两种乡愁。

本集所收录的主要是我在 2011—2013 年所写的散文和随笔，其中一半成于旧金山，一半成于佛山，因此称之为《两山笔记》。

刘荒田

2013 年 2 月 18 日于佛山

目　录

第二辑　落日故人情——写于佛山

第一辑　浮云游子意

——写于旧金山

“回来”散记

一

在中国大陆居住大半年后，我飞到了旧金山。让我表述普通人在交通发达的现代所进行的一次普通行旅，却颇为挠头，因为总胶着于一个字眼：回来。从旧金山回到我出生和成长的母国是名正言顺的“回去”，和唱“田园将芜，胡不归”的陶渊明、“少小离家”而被儿童“笑问客从何处来”的贺知章以及“未老莫还乡”的韦庄，都没什么两样；反而，和因嘴馋而回去的怀乡病晚期患者拉开了距离，因为“海龟”们都知道，那里除了莼鲈这等绝妙土特产之外，还有地沟油、瘦肉精和三聚氰胺，而且鲈鱼因江河污染、莼菜由于田野滥洒农药，即使张季鹰再世也不能大快朵颐。那么，我奔赴旧金山（那里，依然住着儿女和多数亲人）算不算“回去”呢？若算，就是语义重复，犯了低级的措辞错误；若不算，那只好把自己置于旅客的位置。然而，我有钥匙，它能打开旧金山日落区一栋房子的门。门旁的山茶树，是不是为我这“前度刘郎今又来”而结下繁密的花蕾呢？而后院的草坪，我在离开前为了压制疯长的野草而铺下的旧地毯，被几束粗壮的蓟草撑破，它的剑叶向我摆出迎迓的姿态。至于最叫人留恋的天穹，宛如高加索美女的眸子一般蔚蓝，带着梦幻的迷离，更使我感到脚下稔熟的马路不大“实在”。

幸亏，这点无聊的思辨，不妨碍我驾轻就熟地步行去三个街区外买日报（仍旧5毛一份）和去点心铺买排骨饭（贵了5毛）。至于时差，倒不成困扰，睡就是了。退休以后，痛恨多年的闹钟终于被弃置了。

问题不是没有，就是不大像“回来”。打开一本过去爱读的书，欣欣然对自己说，嘿，它怎么在这里——还以为人依然逗留在彼岸那个因资历太浅而藏书甚少的书房。

上不着天、下不着地的虚浮，“替人家活”的空茫，连吃老妻做的饭，也像进了人家的胃。我自嘲道，是不是拒绝承认这是“回来”呢？一旦我把第一故乡重新定位为家，那么，地球上别的处所就统统成了“非家”。这有点糟糕，因之而生的乡愁，不但小家子气，而且近似于改写过去的日记，刻意抹杀在这里居住了30年的事实。

二

好在，出了一趟门，不踏实的感觉、不靠谱的乡愁都豁然而愈。

乘上71路巴士，我去下城市场街的工会办点事。去时车上的人稀稀落落，归程在4点以后，由于巴士太疏，站在街旁吃够了从街尽头轮渡大厦旁边灌入的海风，才挤进一辆。乘客之多，叫人却步。我一路说着“请让让”，挪进里面。站着，一手扶横杠，一手翻开从香港寄来的杂志（六个多月前出版的月刊，此刻恶补过时的时评），恍惚间我像置身于九龙弥敦道的双层大巴底层。车到遍布廉价客栈的田德隆区时，乘客下了不少，但上来的更多。老年人和残障人专座上，一位老得颇具规模的拉丁裔男子蹒跚下车。座位空着好一阵，居然没人坐。一位和我面对面站着的男同胞，和我一样有意占据座位，但这位可能比我老一年半载的斯文人看了我一眼以后，没有动作，我明白，他的心思和我近似——以为对方比自家老上不止一年半载，所以把座位让出以表示无意僭越。我只好就座，继续翻开杂志读《再思日本核事故》之前，给同胞一个微笑以表示感谢，但他并没注意到（可能在构思一首精警的七律吧）。

美国的巴士文化中有一个定规：保持缄默。不管车内多拥挤，也很少喧哗，有的只是私语和激荡出来的热气。这么一来，热衷于高谈阔论的大陆新移民，在巴士上高声叫嚷，成了华人的耻辱。多年前，一位来自希腊的绅士，怒气冲冲地质问我：“你们中国人在巴士上吵架似的说话，我一概听不懂，真憋气！”他不像一般人那样为车上的聒噪所苦，只拘泥于能不能“听明白”，这种近于变态的窥探欲叫我又好气又好笑。不过，今天我得给车上为数不少的同胞（多数是女性，以“三个女人一个墟”算，即可组成七八个神侃会）平反，此刻，我们属于沉默的大多数。

右侧的同座忽然说起话来，我的目光从核辐射的数据上移开，扭头看——黑人，68岁。我能写出这个确数，是因为他在大声宣告："我过去在海军陆战队服役，退伍20多年了，今年这个岁数了，看不出来？哈哈，谢谢。"他戴黑毡帽，穿黑大衣，里面是三件头西装，从上到下都皱巴巴的，而且不大干净，可派头还是有的。血色甚佳的厚嘴唇，频繁地动着。这种丰仪，使我马上想起曾当过两任旧金山市长的布朗先生。他在大发议论，旁若无人。再看他的四周，并没有一个对话者，连作出恭听之态的也没有，遂断定他是在用蓝牙对话器，凭手机和别人交谈。他偏爱语气助词，"哎哟"、"哇"、"喔"、"啊"、"嗨"等点缀在夸张的描述中，"你说在西德基地？那一场绝对是刺激的比赛！对！航空兵一一八大队对地勤队，美式足球，航空兵三个达阵，呱呱叫的四分卫，叫赛门……"我推测他和对方曾是同袍。过了一会，他又抱怨退伍军人医院的服务差劲，开的止痛药也没效。愈谈下去愈放得开，声若洪钟加上出语幽默，和他隔三个座位的白人老爷爷，本来在闭目养神，听下去却连连点头，嘴角漏出隐秘的微笑。10分钟以后，演讲者的左肘微微动了一下，同时发一阵嘟囔："太挤了！"我晓得，他是向我提出温和的抗议。我说："不关我的事，我也是被人挤着。"他顺着我的视线，看到同一张长椅，刚刚坐下一位体重超过300磅的汉子，明白了。

他还在演讲，高亢的英语在挤成蜂窝的车厢里游走。我想，许多年前，那位义愤填膺地抗议在车上用他"听不懂"的语言高声说话的中国人的希腊佬，如果此刻在这里，应该可以大大地满足了。这时，车内的另一边响起一个女士的嗓音，不必看也知道是白种人，从音质的厚度知道，年纪该和黑人差不了10年。起先我以为这一白一黑都有表演欲，故意在稠人广众中用手机，细听，两人呼应得如此紧凑，尽管隔着三重以上的人墙，也可见是在对话。我想了好一阵，才理出头绪来：他们是老朋友，刚才用手机交谈，一路聊下来，欲罢不能，女士跨上同一辆巴士以后，依旧进行。我暗暗叽咕：他们是什么关系，该是爱火刚刚点燃的情人吧？否则谈锋不会这般劲健持久。不然，只好称为超级话痨。"喂，海军陆战队的将军有几级？""上将，中将，少将和准将。""那么，在俄亥俄基地管仓库的那位麦克，是哪一级？""准将，还想再高么？""马克准将叫我的名字，'哈罗，南施，你今天看起来真漂亮'——那甜蜜劲！噢，不知道是不是对我有意思？那时，我的官阶是二等士官。”“不用‘假如’，肯定是，你年轻时可性感了，男人见了都恨不得……”“哈哈！”车厢内响起的大笑，尖利得像迎面疾驰而来的消防车的警笛，好几个乘客皱了皱眉。那位把座位礼让给我的老同胞，可能正在推敲《赋得旧金山秋日梧桐》的颔联，被笑声扰乱了，也扭过头去，朝声源恨恨地挖了一眼。我心里附和着他，对年轻时迷倒过准将、如今已迟暮的女子更充满了好奇。

巴士驶进金门公园旁边的施丹岩街，光秃秃的梧桐树枝条在车窗次第映现。许多衣着新潮、鼻子或者肚脐戴环的青年乘客在海街下车。这里，40 年前曾是嬉皮士运动的重镇，如今它的居民一样以前卫著称。巴士一下子空了下来。隔着人墙通话的男女，终于可以面对面。前任海军陆战队的女士官，年约60 岁，一头卷发已完成由金色向银色的蜕变，阔大慈祥的脸盆，架着眼镜，喜气洋洋地站在旧日袍泽面前。她已十分地发福了。身体的中段，足以抵得两位体型中等的中国女性，这叫我想起美国作家德莱塞形容丰臀的妙语：“海洋一般宽广。”他们含情脉脉地对视，手机对谈终于结束，换由眉目来沟通。

我的左侧，那位沉默的拉丁裔乘客下车去了。我下意识往左边挪过去，空下和黑人相邻的座位，正要向前女士官打一个请坐的手势，但马上想到，她的屁股断断挤不进这个座位。我的延请，因之带有让她出丑的嫌疑，加上黑人和我先前已有小小嫌隙，难保他不会趁此找茬。何况，她有选择的自由，不必由我操闲心。于是，我回过神来专心阅读过时的时评。黑白演讲者的演讲已变为絮语。说的都是纯正得叫人舒服的美式英语。我明白了，坐在我右侧的黑绅士，之所以没带丝毫黑人圈子里流行的伊巴尼克土话的痕迹，是因为对手是正宗高加索种白人。

三

在日落区的第 31 街车站，悬挂在太平洋上的日头，把橘红的光芒披在下车乘客的貘皮手袋上，反射出慈蔼的光泽。我起身，走近车门。背后，两位旧日袍泽还在聊天，只是题目已进入个人情感的范围，下一步，该是绅士请她进公寓喝一瓶价格在 20 美元上下的纳帕谷梦露红葡萄酒。

我在日落大道旁边，轻快地跳下车。穿过诺里爱格大街，走上花旗松落下毛茸茸疏影的小路。我的心，终于由阴转晴。我的邻居，那位10年前从李维牛仔裤公司生产部经理岗位上退休的香港人，把爱犬牵到树下方便。苏格兰牧羊犬通体雪白，12年前我家搬到这里时，它还是豆蔻年华，如今至少已有13岁（折合人类寿命为80岁以上），依旧能像征服者在占领之后高举旗帜一般举起一条腿。我从它撒尿的姿态，找到了“回来”的切实感觉。

是啊，我回家了。刚才在车上，彻彻底底地浸泡在英语的语境中，它把我的思维从汉语中抽离，把先前种种“习惯成自然”的人文与自然元素重新置入，让我回到生活了30年的环境中。一道银漆剥落的铁闸、一扇雕花红木大门，在我手中三把钥匙的作用下敞开来，又是“家”的好闻气息。

我有两个家。出嫁的女子，除了与丈夫孩子一起构建的“家”，还有一个娘家。两个家，都让我理直气壮地回去。这难道不是苍天赋予我的最大福祉？

二　沧桑唐人街

下午3点，美国西海岸的阳光清澄若金山湾的水，大街恍如硕大无比的水族箱。我坐在唐人街的石级上，身后是“美丽华”多功能大厦，身前是帕思域街。“帕思域”（Pacific）是台山话的音译，原意是“太平洋”。这名字够贴切，放在1849年兴起的淘金潮之际，我所在的位置，便是太平洋的岸边。此后的一百年，唐人街内的广东台山人逐渐占优势，连带地，这珠三角末端的一个百万人口的县份的方言成了本地的“中国官话”。且想象，这一带挤满了台山来的“猪仔”，头上盘着辫子，肩上搭着褡裢，他们刚刚从俗称“大眼鸡”的三支桅越洋大船上走下来，即将被送往沙加缅度的荒山野岭淘金，他们抓紧时间，对陌生的“金山”东张西望。如果再加进一些联想，这地点离我的外祖父开豆腐店的企李街有4个街区，那是100年前。离我31年前当见习生的长城餐馆有3个街区；80年前，离意大利区一个街区——唐人街的疆界离这里不远，中国人一旦越过百老汇街，便可能遭到意大利裔小混混斥骂甚至殴打。

我坐在这里，是为了等候岳母大人，她在我妻子的陪同下，到大厦三楼的物理治疗室治腰疼去了。理疗不同一般的看病，加上先有医师讲解复由病人身体力行，所以费时颇长。为了增加耐心，我走进大厦一楼的杂货店，买了一包花生。坐在粗粝的石阶上，剥一颗花生想一阵往事。本来没那么多情，坐就坐好了，看风景可写游记，想却可能陷进忧郁。被勾起身世之感的是花生的商标——万里望。我极少买零食，这回是被牌子吸引的，“万里望”，望夫山般的“望”啊！前年我参加一个会议，和我同席的老先生递给我一张名片，原来他是“万里望”牌花生的生产者，厂设在金山湾对岸的奥克兰。两人聊得投机，我当场决定，回到旧金山后要多多消费“万里望”。

此刻，我算是兑现了诺言。嘴嚼花生米，心驰骋万里。家乡和唐人街，互作万里之望。我移民的20世纪80年代，唐人街是家乡人的终极梦土。台山话把出洋谋生叫做“出路”，刻意排斥其他谋生路径，唯漂洋过海才有希望，而去“花旗”是首选。直到国门开放30多年后的今天，家乡百姓依然顽强无比地推崇“去美国”这一“出路”。合法门路走不通，就假离婚、假结婚或当人蛇。好了，到了极乐世界，一切遁词、一切前提都得撤掉，就实打实地过日子了。我此刻所思考的，就是这一过程。

从台山到金山，是何其重大的人生转折。我外祖父远赴美国时，家乡的亲人要在村前的社坛点上长明灯。花岗岩做的坛子有专门放置菜油灯的石龛，通风却不会被吹熄。直到一两个月以后，抵达旧金山的“出路客”寄来“回头银”，添加菜油、日日照料灯台的作业才告终止。然后，朝代更迭，不变的是出走的惯性，逃亡的鞋子、追求新生活的鞋子，从贫瘠、闭塞的乡村，通过深圳罗湖的海关，乘搭单程飞机飞来旧金山。这里是不是福地，很难说；不到黄河心不死，这里是不会泛滥、不会改道的“洋黄河”。

刚才，在手里拿着一包“万里望”之前，我去了市得顿街和帕思域街交界处的一家蔬菜店。在门外的台子上拣了两根萝卜，每磅才2毛9，比家附近的菜店便宜一半。至今我都没改掉“捡便宜”的“新乡里”做派。进店内排队付钱。前后都是女乡亲，正宗的台山话和不正宗的广州话洋洋乎盈耳。放在10年前，她们可能是车衣厂的单针工，每天赶工12个小时，下班后买菜，回到附近客栈的房间，用煤油炉子做饭，一家子有的坐在双层床下层的边沿，有的坐在折叠椅上，埋头吃着不必凭票买的米和肉。如今，制衣业衰退，她们改当护理工、点心师、清洁工，失业的则聚集在花园角摔纸牌。当然，菜市是必须去的。看一个个在家乡田垌里挑秧苗、洒大粪的矫健身影，聚集在这里。一个新媳妇，为买一磅5毛9的白菜心还是买一磅1块3毛9的番薯叶踌躇着，直到背后发出不耐烦的抱怨才下了决心，拿起水灵灵的番薯叶。我知道，她在思念家乡的味道，我还猜到，她走出这道门，会拐进杂货店，买一罐“广海虾酱”，炒番薯叶缺不了这种家乡海产。仔细看吧，都没有国内富一代、官二代的豪爽，她们极小心地消费。在梦想必然要驻扎的地方，她们没有不吃苦的运气，然而，儿女的作业本和毕业证，写着同一个希望。

买了菜以后，我缓缓地走在一位持杖的老先生后面。从既疏且白头发和步履的迟疑看，他应该在80岁以上。迎面来的一位，也老得够火候，踉跄其步，右臂停摆，左臂夸张地挥动，可见曾患过中风。待到在铺满阳光但无诗意的落叶的石阶上坐定，接受我的非正式检阅的，仍旧是老残类同胞——一位老太太，被年轻的女子扶着，从电梯挪出来，三步分作五步走。我遂想及，这里并非校门，因为除了楼下，大厦的各层都被开业医生租下当诊所，所以进出的当然是病人和陪护人。而这些老人，就是我不远的未来，如果我不提早“翘辫子”的话。他们都年轻过，25年前我陪同大陆的一位当红作家走进“美丽华”时，他46岁，我比他年轻，但是他步履带起的风，硬是比我厉害得多。

但凡盘桓旧地，叫人伤感莫如“物是人非”。除非必得定格于青春年少，其实，人还是这些人。至于“物”，在过去30年中，帕思域街并无拆迁，也没有伤筋动骨的改建，换掉的只是招牌。它依然是唐人街的“次中心”，人流不算最熙熙攘攘，但单个铺位动不动就近万元的月租却说明了它的优越。唯一的例外是“美丽华”大厦，它是在20世纪80年代初期拆掉一座电影院后建起来的，高六层，二楼是炙手可热一时的“美丽华”酒楼，初期，它以装潢新颖和场面大吸引了茶客，天天满座，周末更是大排长龙。几个忙昏头的带位小姐，在门口对着黑压压的轮候人群叫号，那霸道的声音似乎还在头顶回荡。这家当过唐人街老大的食肆的兴起、没落和消亡，折射出一个地方商业的生存曲线。如果我的记忆无误，“美丽华”集团的地盘在洛杉矶，它在打进旧金山之初，气势如虹，五年间就在同行以点心疯狂减价为主轴的割喉战中落败，我猜高租金应该是最重要因素。然后，它由一个姓李的香港人接手。李先生并非饮食业专才，他从香港移民至此的初期，身无分文，在下城的大厦群当清洁工，攒下一点钱后，在唐人街开了一家旅行社。卖机票和旅游套票一类正常业务，难以大发，于是他另辟蹊径，专为雷诺赌场揽客，每天包几辆大巴，把梦想发横财的同胞送往300英里外、位于内华达山脉下的赌城。赌场按人头付款，他稳赚不赔。“美丽华”餐馆的中文名照旧，但注册的英文换为李老板的名讳。在水汽缭绕的茶桌间，不难见到穿西装的李老板时而挺胸巡逻，时而哈腰向故旧问好。好景维持了三年。平地一声雷，李老板突然失踪，留下一大堆账单，包括欠下的60万元工资，以及税金、水电费和供货商的赊账近

100 万元。他逃之夭夭，烂摊子却害苦了一位被李老板的丰厚利息诱惑，一个月前才入股 20 万元而光荣地成为董事会成员的老太太，她作为仅次于法人代表的高管，被劳工法庭和国税局揪住不放，前者讨拖欠全体劳工的薪水，后者查税。具有讽刺意味的是，那个彻头彻尾的失败者居然回国开“商务咨询公司”，教人投资。我听到这个消息，起初有点纳闷，但马上想通了，或许他教的是：怎样在数月无薪可发的艰难环境中，仍旧让伙计为老板卖命？怎样制造假象，在生意极度萧条时，让供应商继续送货？怎样在连年亏损以后，仍旧能拉个冤大头来做替死鬼？在正途难以发财的地方，这些独得之秘无疑受到热捧，只要在公开宣传时另挂好看的羊头。李老板失踪数年之后，另外一伙不信邪的同胞逼业主大幅减低租金，再来一次。几年之后，也落荒而逃。如今，电动扶梯已被拆掉，二楼空落落的。

倒是和“美丽华”隔 5 个铺位的“新亚洲”酒楼，历经风雨而不倒。我一家刚到时，先移民的亲友按惯例请饮茶，就在那个地方。30 多年以后，还是原来那个格局。但并非一成不变，每个星期一、三、五的晚上，桌椅移开，餐厅中央铺上硬木地板，作为舞池。每一位客人才收 13 元，包一顿晚餐，吃饱以后可以在小乐队的伴奏下翩翩而舞，何等实惠！这就是艰难时势中的变通。

帕思域街，没有变换过的是它的使命——一代代人“黄金梦”的舞台。待到做梦的人都到了把“白天不尿湿裤子、夜里只小便一次”作为重大成就的岁数，才朦朦胧胧地明白：生命原来是简单的。被“利益”驱使着的人寰，多少悲壮的冒险、多少成功的诱惑，都依次黯淡，在越来越多的生日蜡烛被吹熄之时。

我的思绪脱缰，没有丝毫逻辑。面前突然冒出一张黑人面孔，是中年女性，穿着邋遢，神色匆忙，十分之任重道远似的。我猜，她应该住在对面的公寓大楼“平园”。“请问你有没有‘跳线’？”“跳线”是给蓄电池停摆的车子充电用的，即使我有，也得把车子开到她的车子旁边后才能把电输送过去。我摇摇头，为了增进种族和谐，我建议她找拖车公司。她微笑着感谢，雪白的牙齿在午后的太阳下更加亮眼。“平园”建于 20 世纪 70 年代，是政府资助的廉价公寓，为了消除隔阂，一直容纳多个族裔入住，因此常闹小摩擦，不是因为鼠窃狗偷，就是因为卖淫或在墙壁上乱画。这位傻大姐模样的黑人，也许并没有车子，只是想找个借口套近乎，下一步就是卖赃物或拉皮条。但不知为什么她没再和我搭讪下去。

“万里望”花生报销了半包时，老妻来了电话，说岳母大人的理疗作业接近完成。我站起来，伸个懒腰。一个把头发染成火红色的中年男子正在石阶尽头抽烟。看不出他有什么历史感，若有，我便和他交流面对这条街道的今昔之感。木心说过：“临风回忆往事，像是协奏曲，命运是指挥，世界是乐队，自己是独奏者，听众自始至终就此一个。”

如果有人走近，对我说，阁下的回忆，人与物尽是分开的，“有鸟有鸟丁令威，城郭依旧人民非”，有没有“城郭”和“人民”融为一体，似侠客那种“剑手合一”的？我马上想起一个例子。站在“美丽华”前面的人行道上，往海边方向望去，密密麻麻的汉字招牌中，夹着一个新的招牌，叫“永新杂货”。它的前身是“新华书店”。在唐人街的老字号中，从大陆革命年代照抄过来的招牌，“东方红”和它，算得出类拔萃。20世纪八九十年代，书店是正宗的书店，以文学书居多，我一个星期至少去一次。书店老板姓陈，和“美丽华”酒楼的落魄李老板一样，也是半路出家，年轻时在亚利桑那州当头厨，中年忽然转轨，投身于文化战线。他是狂热而执着的“拥共派”。由于他是幼年来美，受的教育少，见识又被限制在三尺锅台，他的拥护也只能大而化之，简化为谁在台上就跟谁。因此，林彪、“四人帮”、华国锋以及邓小平，他一个也没落下。好在，陈老板所卖的书，多数没有意识形态上的浓厚色彩，我一边听他歌颂新中国，一边从书架里拿下各种文学作品来翻阅，每次都买一两本，他每次也都会给我打折。陈老板在唐人街是以骂国民党出名的，因此20世纪80年代前，亲台湾势力在唐人街还是主流时，他没少遭白眼。有一次，一位在《少年中国晨报》当过编辑的老先生经过新华书店，在门口运足中气，虚张声势地发一声“哎突”后把一口浓痰吐在门前，扬长而去。陈老板追出去骂街，但老先生已走远。第二天，陈老板探听到老先生在一个同乡会喝茶，便气势汹汹地走进去，在谈笑风生的老先生面前照样来一声气壮山河的“哎突”，啐了一口一点也不浓的痰。这一次过招在唐人街传开，舆论认为他们打了个平手。我佩服陈老板的理想主义佩服了十多年，直到有一天，在一家洋人开的中文书店里听到权威的说法：陈老板一直从洋人那里进中国书籍，且都是“记在账上”，特别是在“四人帮”和华国锋时期，近乎零成本。中国的总公司偶尔来追欠款时，他就以“赔光”作理由，不了了之。原来，主义的后面是有偿交易。陈老板在20世纪90年代患中风，恢复过来，形销骨立地站在柜台后，忽然对我这个常常顶撞他的老乡亲切起来，把不下20本精装大部头送给我，什么《明清瓷器》、《古代交通考》、《钱币图鉴》，都是用最好的道林纸印的。这些书，不是给国内人看的，送到国外为的是争取国际声誉，进而发起世界性的无产阶级革命。如今，陈老板和在书店前浩气凌云地吐口水的老先生，都已作古，他们的恩怨也化为乌有。陈老板的继承者是他的外甥女。撑持10年后，终于退出。汗牛充栋的书，也许和25年前向陈老板供应中国图书的洋书店那样处理——送给造纸厂。我已去窥探过，一排排书架被放着“李锦记蚝油”、“广海咸鱼”、“肇庆排粉”的货架代替。陈老板的外甥女，也不知干什么去了。她继承舅父的遗志，堪称艰苦卓绝，常常把新书介绍给我，也常常抱怨生意太难做。是的，20年前，别说中国大陆来的书籍，连《羊城晚报》也有几个从国内“粉”到旧金山的粉丝，一个星期来这里一次，买一个星期的积报，而每个星期空邮一次的报纸，是要专人去机场领取的。陈老板和他的时代以及象征物——宋体“新华书店”的大红招牌，消逝了。

我把做完理疗的岳母大人扶进车子，离开帕思域街。在市得顿街前等候绿灯时记起，24年前，岳父出殡，管乐队绕唐人街半圈以后，就是在这个地方散队的。碰巧，此刻，仁慈而爱说话的岳母大人，在后座说起岳父来：“你们还在等签证排期，他爸就说，儿女一来到，我就退休，多一天也不干。他真的做到了，当时才60岁。”我们移民那年，岳母比我现在还年轻几岁，如今已92岁，但她依然记得上百个电话号码。

三　路多长幸福就多长

今天，2012 年 7 月 14 日，应友人之邀，到唐人街赴宴。友人知道我不喜欢这类应酬，一并邀请了刘洪根，请他接上我。刘洪根是我的同村乡亲，还当过我的学生。我和他约好，在金门公园另外一侧的列治文区的富吞街碰头。洪根说，富吞街离你家很远呢。我说，散步是我的日课。

10 点 40 分，出门去。为了走路，特意穿了带破洞的球鞋。阳光依然是温吞水一般，海风不减其凌厉，使得百多年前马克・吐温的抱怨"最寒冷的冬天是旧金山的夏天"依然成立。但毛线衣加夹克，又太多了，到了林肯大道，便要脱下外层，夹在腋下。

走进金门公园。坑坑洼洼的是草地，下了一个坡，又一个坡。走在一条公路的边缘。一辆自行车大呼小叫地驰近，是母亲载着女儿，都戴着头盔。我回头看她们走远，竟感动起来，上帝真是仁慈，他造了人，给了人一个足够长的成长期。这对母女的前头，会有多少好风景啊！

忽然想起，以前我曾在这里步行过，那是 1980 年的冬天，距今将近 32 年了。那时，我在唐人街读"四四制"职业训练班，上午上课，下午到下城的"马车"西餐馆见习。在以大型和热闹称雄金融区的酒吧当码酒瓶和洗酒杯的下手时，和白人吉米成了朋友。蓝眼睛、金头发的吉米，50 岁上下，参加过朝鲜战争，以军械上士的官衔退伍（这是载于他的名片上的），如今是"马车"的资深调酒师。他最得老板喜爱，因为他在资本主义社会彻底实行了"忘我劳动，不计报酬"，他的上班时间是上午 11 点，但每天 9 点前便来了，码杯子、盘点、补货、为收款机换纸带，至少一天白干两个小时，唯一的回报就是一顿丰盛的早餐（不全是白吃，中国厨师尤金为他煎两只一面生的鸡蛋，加五根熏肉和一勺马铃薯泥，然后吉米往他的围裙口袋塞上两块钱，那年代，麦当劳的早餐也不过是两三块钱一客)。他喜欢上我，是因为我勤快，而且从来不顶嘴（连听也没听全，还敢乱说?)。他有过几次婚姻，没人晓得。但最近，和他分居的妻子回心转意。这消息，是他自己到处宣扬的，在酒吧里逢人就说，兴奋起来胖而歪斜的肩膀更要一边倒似的，蓝眼睛眨巴着。星期五下班前，吉拉上中国人伊凡当翻译，我们三个人在酒吧里面对面，问我明天能不能去他家。我说当然可以，去干什么。吉米做了一个拿滚筒漆墙壁和拿扫把扫地的姿势，那倒是我看得懂的。伊凡替吉米翻译完，再以吉米听不懂的广东话告诉我，吉米的老婆后天一早就搬回吉米租赁的屋子，明天他要做好迎迓的准备。

星期六早上，我坐巴士穿过金门公园，到了吉米家。1 200 元的租金，一栋小楼，别说我这个穷光蛋，即使月薪、小费加上退伍津贴，税前收入近 3 000 美元的吉米也嫌吃力。可是，吉米只怕怠慢娇妻，绝不计较口袋“月月光”。我要干的活计是给车库和车库后面的杂物房喷油漆和清洁。这是粗话，他信得过我。至于二楼，从给所有窗帘和地毯吸尘、换床单、整理衣柜和鞋架、布置鲜花到挂两口子的合照，这等技术活则由一位墨西哥女佣包办。我兴冲冲地干了 6 个小时，午间吃吉米送来的火腿三明治，那是他昨天买下放在冰箱里的。吉米长于示范：“手这样握刷子，这样扫过去，啧啧，不赖……”“噢，我的老天，完了！补课，再刷一遍！”其实，活计只够干 3 个小时，但他非要我磨蹭，光是刮掉方形洗手槽周围的污垢，就费了两个小时。我离开时，吉米塞给我 40 块钱。我遵循国内的交友之道，坚决不要。他生了大气，吆喝着，粗颈项上的血管差点变为出土的蚯蚓，最后，把两张 20 元钞票塞进我的上衣口袋，把我推出去，旋即关门。我惊愕地站在门口，他上了楼，从窗子探头，挥手说，谢谢你帮忙，再见！调皮的蓝眼睛眨巴着。第二天，吉米在上班时向伊凡告我的状，说我不懂规矩。伊凡责备我说干活拿钱是美国的铁律，不要会被嘲笑为乡巴佬。

我在街上转了一会儿。白色的雾气游走在寂寞的草地上，几乎见不到人，遛狗的女子在远处闪过。在刚才下车的巴士站，站了 30 分钟，巴士没来。等得不耐烦了，走路！开始照巴士路线走，走得兴起，就改道进入金门公园。

一样的路，一样的风景；树的年轮，人的皱纹；草地的绿，头发的黑与白。这条横穿公园的南北向公路，我曾驾车经过无数次，但脚板从没触及软软的沙土。不知道是走在“从前”，还是从“从前”回到“当下”。漂着绿萍的池塘，被梧桐树遮蔽了一半，梧桐在仲夏进入全盛期，翡翠般的叶子密匝匝的，把水面折射的稀薄阳光吸进绿色深处。一队大型哈利牌摩托车开过，这应该是俱乐部的集体行动，一律由男人驾驶，女士坐在后面，一色的黑皮夹克，都50岁开外了，还无不镇定自若，不知是大马力、加长型的车给了底气，还是他们给机动车添了活力，只有对自身魅力洞若观火的人物才会这般目不斜视。车队的后面，一个30多岁的汉子骑自行车，蹬得兢兢业业，后座上的儿子则一直做鬼脸。

我的光阴如此多情！这一结论是走到第19街道街口时从脑际闪现的。不是吗？上一次和这一次的分隔，成为恰到好处的中点。我从32岁到64岁，依然可以靠两条腿穿越时空。记得上一次，到了这儿才宣告对巴士绝望，不再回头看，径直走上贯穿金门公园的公路旁小道。那年代，家里一台带圆盘的电话机，已叫我这新乡里受宠若惊，我那天既没有借用吉米家里的电话给家里报个讯，也没有在路旁的电话亭给投币孔投下10美分，虽然明明知道妻子在家牵挂着。而劳苦和期待，是可以把时间拖长的。

那年头，我周遭的美国和现在比，自然陌生、新鲜、神秘得多。厄荣街的汉字招牌、中文日报的招工广告（那一年，人生理想极为卑微——当赚小费的“企台”）、居民区的悠闲情调和商业区的竞争气息、一个不在乎吃苦的新移民。走吧，我在起起伏伏的小路上兴冲冲地迈步，身边呼啸的，是轿车，载着在万紫千红中探赜索隐的观光客，还有当今流行的“多功能车”的前身——箱形车，载着去公园里的足球场练习的中学生。30年过去了，这里依旧是太平世界，景色也没太大变化，变的是人，还有人的服装。1980年，美国人的后脚还来不及从反叛的20世纪70年代抽出来，长鬓角的男人和喇叭裤的女子偶然见到。但在公园里，谁都穿休闲服，这变不出花样，充其量是运动衫上的字句和图画换了。

经过一个野餐专用区时，一对马来西亚情侣对着地标牌，查荷兰式风车位于何处。不远处一个厨师模样的胖子在做烧烤的准备，依稀嗅到日本产“塔拉雅集”酱汁的香味。草地有如白人女子的眼瞳，晶莹地绿着。

再往前，是一个巴士站，上次穿越时它肯定没在这里，这种以厚玻璃为墙壁、塑料板为盖、挂着电子信息牌的统一样式，是到了新世纪才普遍设立的。一个年龄和我相仿，但比我雄姿英发许多倍的男人，穿着雪白的衬衫和烫折触目的“达克”长裤，正在庄严地演说。供候车人坐的简易小凳子上，放着一本带图解的小册子，它似乎是关于什么“经”的。“诸位千万不可草率，此点至关重要……”我捕捉到这一行，居然是地道的乡音。我揣测，虽然此公面对的是芦苇和橡树，并无听众，即鲁迅所慨叹的“无物之阵”，但不会是表演欲过剩的精神病人，而是在作实战训练。今晚他将登台，镁光灯下的讲坛，会场上的崇拜者，掌声……他拥有成功人士应享的尊荣。不过，单单截取“练习”这一片段，便成为我一部分人生的象征。这32年间，我没有放弃的，便是类似于“无人处大呼小叫”的写作，这纯然是为了发泄，所以不敢庄严其事。好在，我已走过“众人皆醉我独醒”的愤懑期，也走过“恐修名之不立”的追逐期，正往“坐看云起时”的空灵期前进。

走上连接日落区第19大道和列治文区要塞街的一段小路，它紧贴公路，车从耳畔滔滔流过，谁也不会给一个左手挽着巧克力色夹克的东方老头子多看一眼。一路是细叶桉，路面被叶子覆盖了一层又一层，踩上去，酥软如春泥。褐红的、杏黄的、乌黑的、斑驳的、破碎的、完好的，如剑如刀般锋利的凋零之物，是它们把岁月切割为日与夜、明与暗、生与死吗？也许不是，也许是时间与空间无时不进行的混战所留下的，没有胜负之分，只能作意味深长的见证。不过，即使是最底层的腐叶，也不可能印上32岁的健步，那不要紧。业已做好跋涉和摔跤准备的脚，有路承托着就好，不管里面铺的是泥泞、碎石还是柏油、水泥。

那一回，走出树木蔽天而冷意森然的公园区，就是铺满阳光的富吞街，再走两三公里，在第16街和格里大道的交界处，就是我租来的居所。月租200元。车库改成的。露出水管的矮天花板，下雨天有水漫过地板的卧室。在破地毯上碾过的女儿的自行车；用第一笔工资买的26英寸电视机前，晃着儿子的大脑袋；同甘共苦的妻子，那年30岁，在缝纫机前赶做车衣厂送来的裙子——那就是我在异国的依托。后院多刺的冬青树伴着我栽下的白菜苗，一似月光搅拌鲜美的乡愁。在路上，突然想到出外一整天没给家里打过电话，妻子一定急坏了。我进家门时，她一定抱怨，但还是会捧来一碗“清补凉”汤。

人生之美，莫如有路走，而且是长长的路。此刻，和32年前一样，路在前面延伸，即使连接它的是未知，是虚无，乃至陷阱，也比无路可走的家乡好，更比几步就走完好，好在一路有的是挑战和希望。好莱坞 64 岁的著名影星苏珊·萨朗登（Susan Sarandon）在今年初接受《人物》杂志记者的访问时，说了一句比她在励志电影《阿甘正传》的台词“人生就像一盒巧克力糖，你不打开来吃就不知是什么滋味”更叫我欣赏的话：“想到前面还有那么多东西我弄不明白，真是快乐透了！”

我走出兴头了，步幅大大的，但呼吸依然均匀。刘洪根打来电话问我在哪里。我说在树林里。面对林子里弯曲而崎岖的路，我成了在村里赚大寨式工分的知青，正面对着大片等待栽下秧苗的稻田；我成了乡村小学月薪 25 元的民办教师，办公桌上堆满待批改的作文簿；我成了旧金山勤劳但不勇敢的新移民，只知道路是有得走的。说时光多情，是指它的赐予，如此之长久，如此之丰富，让我尝遍人间百味，不错过生命的每一阶段。

这不，我一路走过来了。我的家，移到这一段路的后面，我家里的第三代——外孙女，还没到当年她妈妈的年岁，正被她外婆抱着，吮吸奶瓶。“不行了，太多了，4 盎司吃完了，还要哭闹！”外婆的抱怨就是骄傲。

走到富吞街，一身冒汗。坐在靠近第 18 街的巴士站，拨通刘洪根的手机。

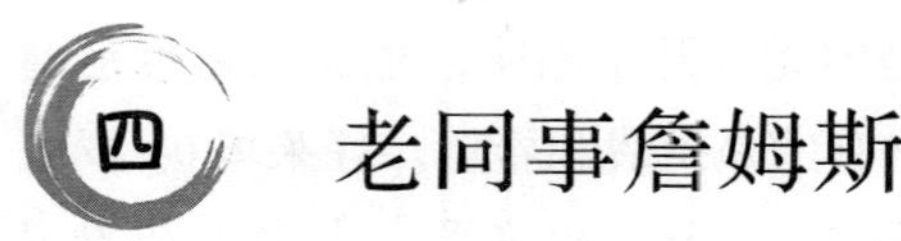

四 老同事詹姆斯

2012年的5月，旧金山可爱的太阳照耀着日落区的街道。一个在这里消耗了整个中年的垂老者，在第25街独行。他是何其钟爱温煦的天然光线和蓝天啊。寂静的柏油路，偶尔有斧斤的响声，坚定而锐利，似金门公园里的啄木鸟在橡树的主干工作。他走过犹太街，电车隆隆地向他开来。他走上人行道。一个人家的车库门洞开，他在不经意间瞥了一下车库里头，一个老头正低着头往外走，人中上的一撮胡子白得触目。老头背后，是一片耀眼的橙红色。他顿了顿脚，要往这个车库走去，大叫一声："詹姆斯！"但他克制住了这个冲动，继续往前。

他不愿在这个时间见老朋友，并没有任何理由。若非要找一个不可，那就是"想不到"——想不到他住在这里，想不到在这个时间见到他，想不到自己还没有心理准备，想不到事前事后都找不到不见他的理由。走过半个街区，脑际的那团橙红色清晰起来了，那是詹姆斯的心肝宝贝——1960年产的八缸古董跑车"卡米罗"。只是，连招呼也不打，说不过去呢！这房子，詹姆斯住了40年，31年前他来过许多次。可惜太迟了，身后，车库的大门隆隆地落下，周遭又进入安宁。

一

人对"第一次"的印象总是特别深刻，第一次上班、第一次见面、第一封情书以及第一次热吻。对于记忆来说，"好的开始是成功的一半"这一西洋谚语可以改为"任何一个新的开始都可能成为全部记忆的一半"。我想起詹姆斯，一个画面必然映现，栩栩如昨。那是1981年的春天，在旧金山蒙哥马利街44号富国银行大厦地下室的马车餐馆。我是被唐人街职业培训中心派来这里实习的。平生第一次在人人都讲英语的地方上班，干的又是从来没干过的活计，说不紧张是假的。这地方，上个星期五下午来过一次，被一个当调酒师的中国人带去见老板。这位调酒师待人极好，可是他在酒吧忙着，而我的工作场所是酒吧外的餐厅。我先进办公室见了老板杜贝先生。此刻喜怒无常的杜贝先生心情不错，他把我领到餐厅，高声叫道："詹姆斯，过来!"当时詹姆斯正在厨房里搬运银器，没听到，老板提高嗓门吆喝："你躲到哪儿啦？给我出来!"待在餐厅里的只有一个侍应生——南斯拉夫移民巴比，他刚刚侍候完吃早餐的客人，看老板急了，赶紧跑进厨房，把詹姆斯叫出来。

詹姆斯愣头愣脑地走来。老板的怒气还没涌上脸就被詹姆斯压下去："杜克，别嚷，我忙着呢！你知道，我这阵子事情最多，你雇我，可不是要我站在这里等你吩咐的。""就你多嘴。"老板笑了，看得出来，詹姆斯并不怕老板。老板拍拍我的肩膀，对詹姆斯交代一句："你负责教他。"回身走了。詹姆斯追过去，想贴在老板的耳边说私己话，可是太矮，踮起脚也够不到耳边，只好大声说话。他们的对话我约莫能听到。詹姆斯向老板声明：新来的跟他学可以，但不能分掉他的小费。老板呵呵笑着回答，小伙子是不要钱的，你放心。

詹姆斯回过身和我握手，说着地道的广州话。那时我没有英文名字，他就叫我"阿刘"。他姓蔡。他领我到更衣室，拿了一件酒红色夹克，让我穿上。这就是见习生的制服——白衬衫在内，外加夹克，戴蝴蝶结领带，再就是黑裤子和皮鞋。

"我该干什么？"我站在餐厅，看着忙个不停的詹姆斯，胆怯地问。他不耐烦地说："我事情多着呢，你先看我干，什么时候有把握了，自己动手就是，收盘碗这些还用教吗？"我不敢多问，跟在后面，看他到厨房后面的仓库，把桌布和餐巾放在小车上运到餐厅的工作间，然后在餐厅忙活——铺桌布，摆银餐具，按下大型咖啡机的开关，制午餐用的咖啡。我这个跟屁虫显然妨碍了他的手脚，他时不时地白我几眼，或者没好气地说："让开让开。"我心里想，这同袍似乎是很难对付的癞痢头呢！

说话间，餐期到了，第二次世界大战期间，在大西洋当过美国海军舰长的杜贝先生恢复了指挥官的雄风，站在离门口不远的登记台后，五位见习生排列在他两旁。这家餐馆的老规矩，是开门的头半个小时，侍应生要侍候落座的客人，而暂时没盘碗可收的见习生就担任带位。我站在詹姆斯的后面见习，五位未来的同事也都是中国人，年龄和我相仿，都客客气气地和我握手，只是没机会彼此介绍。在发起火来就当众痛骂太太的老板的眼皮底下，谁还敢说悄悄话？

第一次在西餐馆干活。如果这就是高尔基式的“大学”，那么我修的第一个学分就叫“紧张”。我的天！客人潮水般涌进来时，侍应生们穿行于人丛，在酒吧、餐厅和厨房三点之间冲锋。打下手的见习生要么听侍应生的吩咐，为客人送面包、倒冰水、递咖啡，要么把客人业已埋单离开的桌子清理干净，重铺桌布，摆银器、碟子和咖啡杯。一切都在默契或低声的交流乃至争吵中进行，节奏极紧凑。我不敢自作主张，先看詹姆斯干活，第一拨客人吃过后，脏碗碟一一被放进工作间里的塑料盆里，我便把它搬到厨房去。詹姆斯的机警和敏捷，我算是真正见识了。这家伙，身高才1.57米，小小的个子，在人群中闪转腾挪，特别灵活。遗憾的是他对我并不友善，动不动就呵斥。我心里窝着火，好的，想不到一进来就受这小子的欺负！忙乱了两个小时后，客人们回到各个大厦的办公室。只在午餐时工作的侍应生们和收款员结好账，下班前还要给见习生支付酬劳，按规矩，要付他所赚小费的15%，不过客人付的小费多半是现款，难以查核，因此尺度各异。具体说到詹姆斯，因为他不但资格最老，是见习生们公认的头头，而且干活卖力，更要紧的是，侍应生不给足时，他敢于撕破脸，据理力争，所以可以多拿到几块钱。这阵子，詹姆斯紧张地盯着他辖区的侍应生们，生怕他们“忘记”付钱而逃之夭夭。南斯拉夫移民班尼，已把制服换下，大模大样地走过。詹姆斯给班尼使了个眼色，班尼停下，从西装口袋里掏出5块钱，看得出詹姆斯不满意，他接过钱没说话，但因为班尼是“明星级”侍应生，客人多，连老板也会让他三分，所以詹姆斯不敢抗议。希腊移民汤尼在远处，被詹姆斯叫住，汤尼“哦”了一声，连忙掏腰包塞给詹姆斯3块。詹姆斯把他的手推开，说：“你敢剥削我？瞎眼了！”汤尼说：“今天我才侍候了12个客人，两个没给小费，总共才赚了22块。”汤尼装出可怜相。詹姆斯说：“你连我都敢骗？10号台的小费8块，9号台5块半，15号台账单24块多，给你30块，还声明不必找。你今天的小费如果少于40块，我就当你的狗！”汤尼尴尬地苦笑着给詹姆斯加上 3 块。詹姆斯一边数钞票，一边对我说："看见了吗？这混蛋，不使劲榨，油水出不来！"

在餐厅做事，最大的好处就是，时间过去了，一切都会归于宁静。在高峰期，侍应生在厨房为了客人抱怨牛排太生而和头厨大吵，侍应生之间也会为了把出手阔绰的客人抢到自己的"领地"而钩心斗角，但在客人离开以后，都会和好如初。

午餐期告一段落，詹姆斯的脸部松弛下来。他领我进厨房，介绍我和厨师认识，请二厨尤金给他午饭时，也捎带给我一份。我顿时对这小个子感激涕零。我们两个人坐在厨房后面的长桌旁边，边狼吞虎咽，边拉家常。原来詹姆斯是我的小同乡，老家是潭江边的一个小村庄，名字我知道。然而，詹姆斯对"老乡"没有套近乎的兴趣，因为旧金山的台山人太多了。这次短暂的交谈并不热络，倒增加了我对他的敬畏：啧啧，标准的家乡话，标准的广州话加上略带口音但流利无比的英语，一个不简单的矮子！

二

我跟随詹姆斯当见习生才一个星期，一个见习生请长假空出了位置，由我替补。由此我也获得了拿小费的机会，一场午餐可拿到 10 块钱，够买一天的菜。新移民是容易满足的。詹姆斯也因摆脱了我而松了一口气。身为餐厅最低级的见习生，拥有跟班，一如奴才坐上轿子，并不舒泰。

我慢慢发现，18 岁就从香港来到旧金山的詹姆斯，早已彻头彻尾地洋化：表征之一是"我的就是我的"观念异乎寻常地牢固。见习生的职责之一，是为侍应生摆位。我是新手，怕动作慢就提前上班，从厨房洗碗槽附近的储物架，把刀叉、碗碟、咖啡杯运送至所负责的"马鞍厅"。看到一辆手推车，把餐具放上去，正要往外推时，詹姆斯进来，皱了眉头说："车子是我的，你最好自己另找一辆。""行，我把餐具放好后立马还你。""不行，我这一刻就要用。"他毫无通融余地地把我放上去的餐具全部卸下，推走了车子。我摇摇头，心里想：来这个国家找"人情味"，难啊！

我从职业训练中心毕业以后，"马车"旋即雇我为全职员工，中午当见习生，晚上当清洁工，职责是给餐厅所有的地毯吸尘。这家餐馆位于金融区中心，和别的餐馆不同，它的生意主要是：星期一到星期五的午餐（尤其是下雨天，写字楼的白领无法到外面去，都会涌进这里来）和每天夜晚 8 点前的酒吧。夜间极少有客人进来吃晚饭，但它有的是名气，为了聊备一格，也会供应晚饭。晚餐期间只留一个厨师、一个侍应生和一个见习生。见习生还有一项特别的差事——为喝酒的客人准备免费的下酒小食。这个见习生就是詹姆斯。晚班的侍应生，本来是澳大利亚移民查理斯，他一辈子干这行，精通顶级法式的现场烹调。詹姆斯向他学到不少的独门手艺。不过查理斯上班是三天打鱼两天晒网，他请病假的理由就是参加朝鲜战争时腿部中弹现在又发作了。詹姆斯则说这家伙是酒鬼，口袋里有点小钱，就去买醉。查理斯不来，老板也不雇其他人代替，而是由詹姆斯唱独角戏。好在吃晚饭的人极少，詹姆斯胜任愉快。晚上 8 点我回到餐馆，开始清洁地毯时看到了詹姆斯侍候客人的全过程，由此，发现他“洋化”的第二个表征：彻底的务实。说白了，就是极端爱钱。

那一次，在灯光暗红的餐厅里头，只一张雅座（即半圆形沙发围着圆桌）有两位客人，是一对从俄亥俄州来旧金山看金门大桥的老夫妻。一来出于好奇，二来也想“偷师”，总不能在美国当一辈子下手，于是我隔着屏风观察詹姆斯的举动，从头到尾，大开眼界！他先给客人上“马天尼”（美国流行的鸡尾酒），再推荐几种精致的前菜。客人点菜的当口，詹姆斯淋漓尽致地发挥口才，把店里最昂贵的“惠灵顿式烤小牛肉”吹得天上有地下无，让客人觉得，不点它就和看不到金门大桥一样。再就是怂恿人家喝 120 元一瓶的加州红葡萄酒，最后，鼓励饱嗝连连的律师事务所的合伙人和其妻子，品尝“烤阿拉斯加冰淇淋蛋糕”。这种甜点是本店的招牌，詹姆斯把小车推到客人跟前，在蛋糕上浇上“干邑”，用打火机点着，酒精蓝幽幽的火苗映照着三张脸。吃完晚餐，客人拍着肚皮评价说：不但在旧金山属于最好的，在他所流连过的所有城市之中，也是顶尖的。晚饭后，站在雅座前的詹姆斯和缓缓品咂龙舌兰甜酒的客人闲谈，以旧金山最热闹的渔人码头为话题，肆意渲染早年在码头表演“遁地”惊天魔术的胡迪尼。詹姆斯那一口英语，流畅、准确且传神，在非美国土生的中国人中，绝无仅有。

这一晚，我正在一个不开放的餐厅吸尘，詹姆斯进来，他的好心情好得无以复加，急于宣泄。“阿刘，猜猜，刚刚和我握手告别的客人给多少小费?”我说：“你把他们当成国王和王后来伺候，能少给吗?”他料定我这刚刚进城的“大乡里”没有想象力，抢先说：“72.39 元!”“干吗带零头?”“账单是 227.61 元，客人给我 3 张 100 元钞票，说不用找了。”“厉害！我干一天也赚不了这个数。”我佩服得五体投地，我的时薪是 4 块 5 毛，8 个小时下来才赚 36 块，加上午餐时所赚的小费，也不过 40 多块，还要纳税。“论服务水准，你超过大多数侍应生，可是你当见习生当了 10 年……”“唉，我这么矮！好几次我想向老板提出升职，但走到办公室门口，就是没勇气进去。算了，自讨没趣。阿刘，你个子高，学好英文，将来一定行的。”我连连点头，来到这个国度，总得有一个终身职业。见习生毕竟是过渡，侍应生或者调酒师却可以干到退休。

詹姆斯本来 8 点下班，但为了让这对被自己的即兴笑话逗得笑疼肚子的夫妻继续愉快，就延迟半个小时，这属于自愿，并无加班费。好在损失有所补偿。厨师已下班，厨房由他主宰，他旋开煤气炉，把头厨预先为他留下的大号牛排放在煎板上，料理出的美食口感恰到好处。他把盘子端到餐厅一角，洒上胡椒粉，有滋有味地嚼着。他又来叫我，说：“不急，聊聊天吧！你这活儿，我从前干过，一个小时就搞定了。”难得这小子这般友好，我便坐在他对面。他告诉我：“为什么我喜欢干餐馆这一行？爱吃。看，一天下来吃多少，喝多少？而且一个子儿也不用花。晚餐嘛，趁老板不在，头厨每天靠我去酒吧给他拿啤酒，当然要互惠，下班前头厨一定给我留下好东东。”

詹姆斯吃饱了，该回家了。最后一桩事是数钞票。原来，心甘情愿地当见习生是有理由的，他的赚钱门路比一般侍应生都多。早上，餐馆所在的富国银行大厦，共 42 层，银行本身之外，还有数以百计的律师事务所、物流企业、保险公司，它们举行餐会、生日庆祝会、迎送同事的派对，往往要“马车”送食物和饮料。这差事一直由詹姆斯包办。此外是午餐、晚餐以及给喝酒的客人送下酒小食，那些侍应生们还要给詹姆斯付酬。这个晚上，把堪称最高记录的 70 多元算入，詹姆斯共赚了 120 元左右。我在旁看着，没在意数目，他的神情太吸引人了！只有巴尔扎克笔下的守财奴葛朗台，才会这般陶醉！他摩挲着俗称“绿背”的钞票，数了两遍，发出细雨般的簌簌声，嘴唇间发出近于欢呼的响声，满得要溢的成就感，花一般地绽放在脸上。他把数目记下来，用橡皮筋扎好钞票。出门前到酒吧去，请和他熟得了不得的调酒师米基把几沓一元钞票换成20元的。我手里拿着吸尘器的长柄，目送着他穿着厚夹克的背影在玻璃门后消失。忽然想到，这种人活在拜金的国度里如鱼得水。

三

我在“马车”干了两年后离开了。和詹姆斯不再是同事，但我们仍有来往。我的第一辆车——八缸雪佛兰，是从詹姆斯的幺弟贝得那里买的二手货，成交后，车子换油、换煞车器之类的事，还得请贝得来做。贝得为了方便，让我把车开到詹姆斯的车库。我由此发现，詹姆斯修车也是一把好手。伴了他大半辈子的“卡米罗”，是他花500元从白人邻居手里买下的，本来破烂不堪，但经过他的再创造：换掉引擎，把车壳的旧油漆磨掉，重新喷了一次，旧车由黑色变为耀眼的橙红色，焕然一新。在单身汉时代，车就是他的情人，只有在心情特好的休息日，他才把车开到海滨的加州1号公路兜风。如今，这辆够老的座驾已升级为古董。他修车的全副本领，是从弟弟贝得那里学的，怪不得他们哥俩特别热乎。去詹姆斯的家多了，我发现这小个子还是万能工匠：他家车库中央有一根直立的支柱，为了能在车库中珍藏宝贝老爷车，要把柱子锯掉，换上一根工字铁做横梁，这项工程是他自己用修车的千斤顶完成的。

既然成为朋友，少不得一起吃午饭、喝咖啡。詹姆斯坚定地实行一个原则——AA制，他从不揩朋友的油，但你也别指望他请客。他替朋友修车，劳务费必定是一个子儿也不能少。“亲兄弟明算账，彼此不吃亏，交情才能维持。”这是他在分摊账单时道出的理由。

马车餐馆里的半工见习生共五位，都是中国人，年龄也相仿。只有香港来的比尔和詹姆斯过了30岁还是单身。后来，比尔娶了“过埠新娘”，我们都参加了他的婚礼。詹姆斯也收到请柬，他不但来得晚，而且穿着邋遢的衬衫和带油污的牛仔裤，虽然在一律西装的宾客中显得格外刺眼，但他不在乎。我们和他开玩笑：“下次该是你了吧？”他苦笑不答。

我了解他的心态，在平日的闲谈中，他几次对我说，成家是肯定的，但要先攒够钱，“老婆进门，一看你是穷光蛋，能看得起？”我开玩笑：“你只吃不拉，百分之百的守财奴，天天光存下来的小费也够瞧了。”他得意地嘻嘻笑着，说：“有是有点，虽然 30 好几了还没和女人睡过，但也总舍不得，太贵了。”“那总得解决吧？”“在洗澡时，干干这个。”他做了个手淫的手势。

詹姆斯在 35 岁那年，给我们送来他结婚的请柬。娶的是广东韶关移民来的姑娘，比他小 10 岁，个子比他高，是詹姆斯的母亲托媒婆介绍的。两人见过一次面，连约会一类的预热也没有，一步到位。詹姆斯说，我没意见，她要是愿意，过门得了。女方看在“钱”的份上，果然应允。詹姆斯唯一的弱项是矮小，房子、车子、存款等，则要什么有什么。务实的大陆妹子倒也干脆，先结婚再谈恋爱。这段姻缘，却出乎意料地美满，如今他们的两个儿子都已 20 出头，一个从大学毕业，一个在上大四。

詹姆斯的思维方式和行事方式彻头彻尾地西化，尽管只在美国上过一年社区大学，并不懂哲学。对美国流行的“工具理性”，他是这样理解的：只有钱是值得追求的。他从来不谈女人，更不追求女人，一半是因身高而自卑，一半是不愿花钱。不过，在家庭生活方面，则是东西方交混式。他的父母是 20 世纪 20 年代出生的，在台山老家有五个儿子。20 世纪 50 年代初，出入境管理依然宽松，他母亲以“父母从美国回到香港，要求她去见面”为理由，申请获得批准，带着次子詹姆斯以下的四个孩子到香港去，他的父亲和哥哥则留在家乡。他母亲在九龙旺角当摊贩，20 世纪 70 年代初，在美国开餐馆的外公怜惜独力撑持家计的女儿，为她以及孩子申请移民，从此詹姆斯一家五口在旧金山落户。滞留在家乡的父亲当小学的体育教员，长子当农民。1980 年，父亲和长子成为改革开放以后的第一批移民，被拆散的家庭终于得以团圆。可是，长达 28 年的分离已造成了致命的隔阂，母亲和父亲合不来，并没有同床共枕。在西餐馆当厨师的长兄，和在香港长大、在美国受教育的四个弟弟也形同陌路。詹姆斯对母亲孝顺，对父亲和哥哥却没有感情，极少来往。即使一起长大的四个兄弟，成家以后也分为两派，老二詹姆斯和幺弟为一派，当印刷工的老三和当邮递员的老四为一派，除了母亲过生日这一类不能不坐在一起的场合，平日里都没来往，偶尔互相搬弄是非，发生摩擦。

然而，这只是一方面，另一方面是詹姆斯对孩子的态度。他的太太一气生了两个儿子，长子的满月酒宴，我们参加了。次子的满月酒宴因詹姆斯的父亲去世，无法如期举行。拖了三个月后，他在家里为小儿子张罗了一个派对，把我们这些旧同事都请去吃红鸡蛋和姜醋。他神情凝重地对我们解释说："这个派对万万不可省略，小儿子长大以后，如果知道自己满月时父母没庆祝，可要恨死我们了。"我哈哈笑起来："去你的，孩子将来会计较这个啊?"他说："一定会，养孩子可不能偷工减料!"

四

从第一次在马车餐厅见面，至今已相隔31年。如今我们都已进入暮年。路过詹姆斯的家门时，我们只打了一秒钟的照面，从前他那么生猛机警，如今却一头灰白。从20世纪90年代到21世纪的10多年间，我见到他的次数并不多，好在每次都有那么一点儿"意思"，叫我想到一个稍带哲学意味的问题：在美国怎么活着比较快乐?

头一回是在1994年冬天。那时，我早已离开"马车"，在旅馆当全职侍应生，并在下城的"铁马"意大利餐馆当半工。那个晚上，我从"铁马"下班，口袋里塞着100来块小费，拖着奔波了一整天的沉重的双腿，走进地下电车站。N线电车开到，我在空荡荡的车厢里看到一个戴鸭舌帽的小个子，他紧裹着晴雨两用夹克，坐在门旁的双人座上。是詹姆斯！我惊喜地打招呼。他依然叫我"阿刘"，尽管他早已知道我入籍以后有了洋名字。两双中年的手相握，他的手极为粗粝，而且有力，连我这等粗人也差点受不了。我知道，他的手是万能的，不消说在餐厅收拾碗碟，在家里从修汽车、树栅栏、换便盆、铺水管、安装热水器、种树栽花，到使用扳手、电钻等工具，都不爱戴手套，他也因此练就了金刚不坏之掌。"还是老本行?""当然啦，你晓得我爱吃，还爱数现款。"他知道我早已升为侍应生以后，拍了一下我的肩膀，说："我不是早就说过嘛，你行的！谁说企台下贱？发了，人家还懵查查。"

"嘻嘻，今晚我小有斩获。"詹姆斯的眉毛竖起来，笑使皱纹更加明显，他的脸也提醒我，当年过了25岁乘巴士还因为"长得嫩"而买半票的小个子，现已到了中年。"赚多少小费?"我知道，他的"好事"肯定和钱有关，一如花花公子的“韵事”必带脂粉味。

“今晚‘马车’的生意淡得要命——你知道，大罢工以后更糟，只差关门了。好在后来来了五个律师，也许是赢了官司吧？落座时说要喝个痛快。反正我没别的事，便盯紧了这一桌，一个劲儿劝他们喝，三个小时下来，五个大男人的舌头都打了结。我去酒吧结了账，一看，才消费250块，按15%算，我只拿到30来块，一点都不过瘾。我做了点小手脚，先把包括小费在内的总数写上，这是试探。这些家伙是全世界最狡猾的，万一给识破，一个电话打给老板，明天我就只能在家等候开除的通知了。付账的老先生仔细看了账单，没说什么，就把万事达信用卡甩在桌面。我暗想，成了！这样，我才正式开单，以原来的总金额为基数，再加上15%的小费。这么一来，在几乎没有希望赚到10块小费的晚上，最后弄到55块。关键是这个……”他从口袋里掏出一支铅笔并告诉我，第一次填账单要用它；第二次，用橡皮擦擦掉，重新填一个“总数”。“做这一行，脑筋要活泛，铅笔必须有一支。”他教训我道。我又一次被他的陶醉震撼。疯狂地热爱蝇头微利的人才容易满足。在电车上碰面后不久，他终于离开供他白吃白喝20多年的餐馆业——“马车”宣布清盘，关门了。后来他转到一所小学担任电工。天晓得他什么时候考到电工的牌照。

第二次是在我的家。那是美国房地产市场达到另一个高峰的1998年。他拿着工具箱经过我住的第44街时，我正好把垃圾桶推出门，这又是一番惊喜。我请他进屋，在客厅对喝咖啡，聊了一个多小时。这次，詹姆斯一个劲儿地谈房子。他到这一带来的原因是去年他在离我家一个街区的45街买了一栋房子，后来出租给一对医生夫妇。最近医生买了房子，搬走了。这次他来涂点油漆，作点修补以再次出租。他手舞足蹈地向我陈述买房子的经过，怎样出低价试探、怎样还价、怎样趁检验房子再榨取卖方5 000元。我并不十分在意他叙述的内容，着迷的是他的表情，一如从前激赏他在餐厅面对客人作即兴脱口秀时的激情。房子的买卖、修理、出租，这类干巴巴的过程，经过他的如簧巧舌，变成了生动无比的博弈。我问他买了几栋房子，他强忍着富于成就感的笑意，躲躲闪闪，在追逼之下默认：最近三年买了3栋，其中两栋是单家庭住宅，一栋含两个单位。“妈的，悄悄发大财啦!”詹姆斯搔着钢刷似的短发，谦虚地说：“说得轻巧，我得供房，一个月非得这个数，地产税还没算。”他伸出9个手指，我猜是9 000

元。我约略算了他和太太的收入，凭他们的财力不可能实现这样大的飞跃。后来我向詹姆斯的一位朋友打听，他告诉我，前几年詹姆斯中了六合彩的二等奖，奖金接近 25 万元，纳税后还剩下 18 万元，他拿来当头款，在三个月内买下了这些房产。发下这笔相当于他夫妻三年净收入的横财以后，他对包括母亲在内的亲人严格保密，生怕兄弟来打秋风。但他心里还是不踏实，后来就干脆全花掉。不过他太爱说话了，有一次，和不算亲密且没有资格向他借贷的普通朋友胡吹，说漏了嘴，这事才传了开来。

最后一次是 1999 年，我为了修房子，要去“家居总汇”买一些长达 12 英尺的木料，须用货车运载。我给拥有小货车的詹姆斯打电话，说好报酬和汽油钱照付。和他打交道必须采用明来明去的美式。他干脆地答应了。约好早上在我家和他家之间的咖啡馆碰头。他先到，只为自己买一杯。我到后也只给自己买一杯。如果换上别个同族裔的朋友，请客是不可避免的。待了半个小时，我有额外收获——领教了詹姆斯的权威。原来，这里是建筑工人（广东人称为“三行佬”）每天上班前的聚会场所，也不知从哪个年月开始，聚会成了讲习班，詹姆斯是当然的主讲人，主题是市政府所定的建筑条例。建筑工都是新移民，他们的共同特点是：手艺顶呱呱，英语鸦鸦乌。詹姆斯精通双语，如今又是持有牌照的电工，以广东话解释英语的条文、建筑上的个案，流利无碍。詹姆斯演讲完，几位听众提问，他都一一作出了精确解答。8 点半左右，建筑工们上班去了，我们也坐上詹姆斯的货车离开。我对詹姆斯说：“你说得真好，我听得津津有味，下次开班时，我也报名。”他说：“才那一点货，怎么卖？”我说：“你该收费。”他说：“我才不要那钱，过过干瘾不好吗？”

五

从詹姆斯的家门走过之后，能够回忆起来的情节大略如是。如果把“记人”这一宗旨提升到“在美国怎样处世”的层面，我以为，詹姆斯的生存方式是具有相当代表性和实用性的。叔本华在《论心理》中说及：“很多人需要外界的活动，因为他们没有内心的活动。相反的，凡是后者不存在的地方，前者便可能是一种非常讨厌的东西和阻碍物。”詹姆斯天然地继承了中国农民的传统基因，在美国这个个人自由得到最大限度尊重的社会，他极少遇到“钱摆不平”的难题。安定和很少有外力干预的生活，使他能够全面贯彻“钱就是一切”的主义。这个人是标准的劳工、尽责的丈夫。上班时把分内事干得漂漂亮亮，但别指望他帮助别人，因为他不会干没钱赚的笨事，也绝对地排斥“不来钱”的荣誉。所谓诗情画意、风花雪月、生与死、精神寄托以及灵魂的上升与沉沦，如此这般的玄虚问题，从来不会浮现在他塞满数字与工具名称的脑瓜子里。只要不生病，他就是行动家。走进他的家，你马上就会感到这男当家了不起！厨房是他装修的，所有金属把手都擦拭得闪闪发光。后院的栅栏，不像别的人家，不是木料腐烂就是有了缺口；一色红木，涂上红油漆。阳台和楼梯，每年都会抹一层防水漆。他家的车库更有看头，橙红色宝贝车旁边是中药铺一般的箱子，各类工具，像钉子、螺丝、管子等，无不井然有序，经营的苦心与奥微的学问，越是行家越能体会。

詹姆斯的年龄和我近似，可以预计他的晚年是充实的。只要手脚能动，他都会给自己找事情做，从给三辆车子换油到给儿子的房间加一个书架。他太容易找到乐子了，发闷时走进那家咖啡馆，粉丝们会围着他问：怎样申请加建许可证？水管系统是不是一定要有排气管？而且，底气充足地奋斗了一辈子，成果叫他满意，单是名下的房屋不会少于 4 栋，价值超过 300 万元。还没说到他的退休金以及其他门路。

叔本华把构成“每一生物内在中心”的东西命名为“生活意志”。大略而言，詹姆斯的生活意志就是“向钱看”，倒也活得有滋有味。

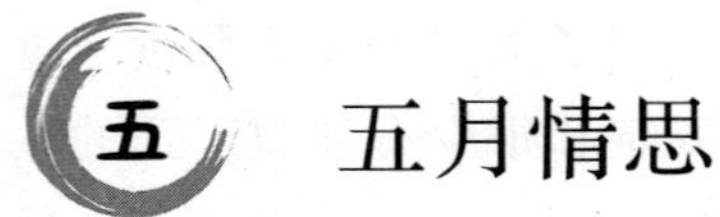

五月情思

一

父亲，送你远行。

铜管乐队在前面开路，乐手是清一色的白人，白衣、蓝裤和白手套，一路吹奏哀乐。

出殡队伍由敞篷车领头，敞篷车的上面，你的两个孙子守护着你的遗像。父亲，最后一次了，你以卧姿经过唐人街。好在，遗像有模有样地直立着，一似你从前来这里买菜、上茶楼以及带外孙去打秋千时的虎虎生风。遗像是我和母亲选的，前些天，在住处，母亲捧出一大沓家庭照相册，我一页页地翻检。80 岁以后的那些照片，病体支离，神情落寞，我们没有选；70 岁以前所照的又不够老气，这一张拍在 78 岁前后，你仪表堂堂，沉稳与飘逸、洞达与干练兼具，我们喜欢极了。拿底片到照相馆去放大，装框，再送到花店，在周围嵌上红的玫瑰和粉红的康乃馨。我们为你的魂魄作最后的巡礼。

我双手捧着一支巨大的香烛，妻子紧紧挽着我的胳膊，从殡仪馆走出（妻子一个劲儿地在我耳边叮嘱：慢些慢些）。我走进殡仪馆的黑色礼宾车。训练有素的司机离开驾驶座，绕到我这一边，把侧门的玻璃摇下少许，将香烛“卡”在玻璃与门框之间的缝隙里，滞重的烟篆散向熙熙攘攘的市廛。

父亲的灵柩在前，被乐队导引着慢速前行。星期天中午，街上人潮汹涌。挽着购物袋的同胞在街角等候交通灯转绿，漠然看着几乎每个周末都必然会上演一次乃至多次的出殡。父亲，这样的队伍，你旁观了 20 年，到了晚年一定也能够想到，迟早有一次，你会当上主角，平躺着，被花圈、挽联以及亲人们簇拥着，被面无表情的过客看着，当然也会被好奇的外地游客摄进数码相机。

我身边的司机，一只手把着方向盘，另外一只手把一沓纸钱撒向大街。蓝色的阳光下，土黄色的长方形冥币随风翻飞，一似破茧的螟蛾，然后安卧在马路上，风起时，成了蝴蝶；其他的则任车轮碾，随脚踩。它们是“地狱银行”发行的通货，动不动就是“10 亿元”的面额。

二

前几天和殡仪馆的执事讨论殡葬的细节，为了保证队伍不被不相干的车子和行人阻断，殡仪馆会派出两位摩托骑士，沿途担任警戒。这开销已包含在殡葬费内，如果想更保险些，最好多雇上两位前后作照应，每人 75 元。我说好的。父亲，为了你最后的一段路，再多的付出也值得。

离开丽安殡仪馆所在的格林街，转左进入市德顿街。骑士们左右穿插，在十字路口停下，用横置的摩托车挡住东西方向，以使出殡车队畅通无阻。乐队的喇叭引领着，铜管奏起压倒所有市声的基督教音乐，激越而宏阔，曲目从来不加改变，熟极而流，进行曲速度带着催眠的魔力，街上的行人会在不知不觉中跟随它的节拍走路。我不知道安魂曲的名字和作者，只知道它和岭南乡村“八音”乐队所奏的《双星恨》、《江河水》有明显的区别，管乐也不含有那种叫中国人闻之泪下的悲哀，它们负责的只是引领灵魂上天堂。可惜，父亲不谙洋乐，也不是教徒。从市德顿街左转，进入积臣街，折入都板街，到了帕思域街。这就是过去 20 年间，你走得最多的，也最稔熟的区域。

你第一次到这里是通过旧金山机场移民海关的次日。你平生第一次坐飞机，越过太平洋，在我家住下。第二天，要是其他人，时差肯定倒不过来，不是昏昏乎乎的，就是蒙头大睡。你却神完气足，一如年轻人，起个绝早，悄悄坐上巴士。凭着当年当采购员的机灵，你居然不靠任何人帮忙就乘 N 线电车，到了下城转搭巴士，最后摸到离住处 7 英里远的唐人街。

我知道，你为何迫不及待地去唐人街。本来，25 岁那年你有绝好的条件移民，因为在旧金山唐人街开豆腐店的岳父回国养老时，带给你一张“出世纸”，那是他以每岁 100 元的价格，花了 2 500 美元从另一位乡亲那里买下的，他老人家以为没有哪种见面礼比出洋凭证更为珍贵。拿着它，你可以冒充为某位美军华裔士兵的儿子，这也是第二次世界大战以后众多侨乡子弟毫无风险的出洋路。你居然放弃了，理由是在家乡发展未必比抛妻别子，只身漂泊，一辈子才回老家三四次差。你把昂贵的“出世纸”卖掉，加上全家经商多年的积蓄，凑足买地皮和建铺子的三万块钱，在家乡水步镇中心开始了野心勃勃的发家大业。文具纸料店“永益隆”雄踞最繁盛的中华路中段，丁字路口的中心点。此后的数十年，你曾多次慨叹“一子错，满盘皆落索”。终于，你来了，离你本该来而没来的 1947 年刚好 40 年。那一次，你穿过唐人街的牌楼，到企李街去看“和合”小店在不在（父亲的岳父曾在里面泡豆芽，一泡就是半辈子，指甲全都被腐蚀至残缺）。它早已不在。好在，满街的汉字招牌让你真切地知道，这就是梦绕魂牵的“金山大埠”。3 个小时以后，你回到家，手里挽着平生第一次用美钞买来的猪肉和豆角。我和妻子一早起来就到处寻找你，开门迎接时，我们铁青的脸色没转过来，你笑嘻嘻地说：“走南闯北这么多年，从来没迷过路。”

父亲，你的遗像浏览街市，你的灵魂收集脚印。你活着时，最后一次来这里，坐的是轮椅，去看家庭医生——他是香港人，每次都不会忘记教训你：“哎呀，刘伯！人老了，只好认衰咯，看看和你一起上茶楼的还剩下几个嘛！”我费了老大劲才把轮椅从斑马线挪到人行道，最后我们还得请计程车载一段路。那是你去年中风，在医院留医 3 个月之后。

三

今天是 5 月 19 日。父亲去世后的次日，遗体从负责安宁照护的疗养院运回市内，在常青殡仪馆寄放。我和殡仪馆的业务代表商谈葬礼的细节，最后敲定在今天出殡。仅仅是巧合，因为在国内的弟弟夫妇正在奔丧途中，而且今天是星期六，吊唁的亲友也不必请假。

40 年以来至今，每到这个日子，我都要反思一番，有好几年还写诗纪念。1967 年的 5 月 19 日，我躲在中学第三宿舍三楼的一个寝室吹最心爱的笛子。这房间本来是高三（2）班班主任伍老师的，造反风云骤起以后，师生打成一片，几位要好的便搬到这里，他们睡的仍旧是简陋的双层床，但门已可上锁。我在吹奏缠绵欲绝的《花儿与少年》，楼下忽然起了骚动，走廊里滚过轰隆隆的脚步声，有人吆喝：“马上集合！”广播喇叭也开始播放紧急通告。我下了楼，站在石级上，透过丛丛似火的凤凰花，看到涂着“一中红旗”四个黄色大字的大红旗在升旗台前飘动。红旗派学生神情庄严地从四面八方涌来。江司令作了简短的讲话，大意是：去年，黑县委派驻学校的工作组执行刘少奇的资产阶级反动路线，他们迫害左派，犯下严重错误乃至罪行。本部敕令工作组组长和副组长来学校检讨，不料遭到县委会保皇派组织“红联总”的阻挠，是可忍孰不可忍！“革命小将们，我们该怎么办?”司令叉腰发问。“杀过去！”有人吼叫。接着，几百号人马跟随大旗开向县委会，和大老保算账！这一去，把县委会里头的“红色造反派联合总部”砸了个稀巴烂。

何其酣畅淋漓的造反，快20岁了，我从来没有这般彻彻底底地过瘾！夜里我回到小镇，父亲也在家。我手上沾的墨汁怎么洗也洗不掉。我没兴致去描述刚刚完成的惊天勋业。在公社级供销社当棉布门市部小组长的父亲，今天为了办货，也去了趟县城，不过，他不晓得布满县委会前大街两边墙壁和人行道上的大标语：“五一九行动就是好，气死大老保！”“五一九是第一声春雷！”“窝藏执行资反路线工作组坏头头的县委会一小撮没有好下场！”“五一九冲击县委会是革命小将正义行动！”都出自他儿子的手。极幼稚的隶书，连模仿《石门颂》皮毛都算不上，是在赶写批判三家村的大字报时，从美术老师写在柱子上的毛主席语录模仿的。

恰恰在被我冠名为“五一九行动”，且已过去40年的一天给你送行。那时，我不足19岁，还是一名普通的高中毕业生。那个岁数，不管想象力多奇拔也不会想到，今天，在美国西海岸，成为在大旅馆打工的资深移民，且是两个儿女的父亲。

在出殡前的追悼会上，我穿着黑色西装肃立在棺木旁边，妻子挽着我的胳膊。父亲啊，我看了你最后一眼：你安卧着，一身最阔气的西装，文雅的眼镜，被打上唇膏的嘴巴里含着一枚铜钱。母亲和你辞别时，发现铜钱的位置不大对，给妹妹示意后，铜钱被小心地扶正了。一层层的布被盖在遗体上，司仪在旁报着送被者的名字。

出殡的长队绕了半个唐人街，走到帕思域和市得顿街相交的十字街头，乐队大功告成，演奏员们一路说笑着回殡仪馆去了。初夏的阳光下，制服上黄色条纹和丝绦格外夺目，相形之下，撒下的纸钱就暗淡多了。乐队此行共赚了 950 元。长队继续前行，沿松树街，从金门公园旁边绕过，沿日落大道开到我家门前，略一停顿。我在第 36 街的住处，父亲并没有入住过，但我是长子，权且作为他的阳间驿站，让他的灵魂来作最后的告别。

然后，灵车径直往墓园驶去。父亲，你一辈子的命途，数最后一程最为顺畅，交通灯为了送你而失去权威，因为无论红灯绿灯，灵车都可以优先通过；一切车辆，都得让路。四位摩托骑士逢十字路口必停驻，以确保车队衔接。我坐在车上，望着急速后退的街道、湖泊、行道树、屋宇、高速公路的灰白色路面以及坦荡如砥的蓝天，想：父亲的 84 年生涯中，哪些岁月和这最后一段相似？

四

父亲的童年算不算顺畅呢？父亲出生在 1923 年，广东的 20 世纪 30 年代，有过承平日子，那是陈济棠从 1929 年到 1936 年当省长的 8 年。他的政绩，一直到我当知青的 20 世纪 70 年代，依旧被春荒年月吃豆角叶和番薯的农民忘情地歌颂："那时哪会饿饭？"陈济棠时代，正是父亲的童年。

"那些年物价便宜到什么田地？我七八岁时，你的爷爷奶奶当流动小贩，一早挑着货物到附近的陈边圩摆摊。我一个人在家玩，爬上大床打滚时居然捡到一个银元。我拿着它，召集了六七个小伙伴，从早上起，在圩场放开肚皮吃，豆腐角、炉底糍、猪油糖糕、牛膜萝卜、棉花糖……一个摊一个摊都吃遍了，直到下午，肚皮胀得不行，只好跳进横水河里泡。海吃一天后还剩下六个双毫。为了这天的豪爽，我是要付出代价的——晚上你奶奶看到我买回家的一包叉烧，我又说不清钱从哪里来，她马上明白了。然后，我的屁股布满了藤条打出来的血斑。按月算，那年代的大学教授能赚 360 枚，码头苦力赚上 6 枚。"父亲在晚年对我这样说。

然而，他的童年并不快乐，虽然能吃饱饭。祖母早说过，父亲 12 岁就得负担家里的生计。"你奶奶，怪不得给街坊叫做'鸡婆凤'。抓钱那个狠呀！为了省点搬运费，我这个才14岁的亲生儿子就被她赶到埠头，踏着不到一尺宽的跳板，从疍家船卸货。挑糖缸，一次差不多有两百斤。她从不想儿子这么嫩，腰折了怎么治！”负重的少年时代遭逢抗战，1943年台山饿死20万人的大饥荒和内战。覆巢之下，哪有完卵？父亲一直说，他们是中国当代历史上最不幸的一代，“开头就不好”。

再看他的“辉煌期”。1949年，他在小镇买地皮建两层楼高的铺子，那一年才26岁。跨进20世纪50年代，这位“永益隆”的少东家成了共产党的红人，镇工商联第一任主席当上了，县人民代表大会代表也给选上了。他穿上四个兜的中山装，胸前飘着“燕子尾”，上县城开会，没日没夜地忙公家的事，诸如向商户集资为小镇购买消防用的压抬式抽水机、宣传“肃反”以及“土改”等，很少在家。他的文具店由祖父母打理。1956年，春风得意一阵，父亲去广州参观“苏联社会主义建设成就展览会”，带回来的手信是用甜菜制的糖果，差点酸倒牙。父亲一边分老毛子的糖给来听新闻的顾客，一边避开好奇的提问而不谈对展览的看法。因为他私下里不相信这些“成就”。1957年，全国掀起“资本主义工商业社会主义改造”的高潮，我家的铺子连带全部货物都充了公。那年我9岁，全家陷入彷徨，祖母夜里召集全体孙儿女，以哭腔宣布：“明天起东西全归公家，你们要什么现在尽管搬。”父亲身负“带头走社会”的义务，在大游行开始前，匆忙回家，把我拉到骑楼上，从当街的窗口甩出一串鞭炮，要我把尾部拴在窗柱上。他则跑到街上，看准打头的狮子趋近时点起引子。在噼噼啪啪的爆响中，他茫然地站在招牌下。永益隆被清空后，祖父和祖母从老板变为打工者，被分派到别店当售货员，拿最低等级的月薪，分别是24元和20元。父亲凭可怜的政治资本变为干部，月工资为38.5元，他担任镇里唯一的国营百货公司的副经理。在这以前，我和父母在一起的机会极少，但这一段时间成全了我和父亲的亲密关系。每个星期他都要轮值一两个晚上，一个人在号称全镇最大的双门面大楼里过夜，说不害怕是骗人的，他便带我去壮胆。夜幕低垂时，他领我走进临河的香江饭店。汽灯挂在低矮的天花板下，白光射到埠头石级下碧绿的河水上。老板想叔一边拉起围裙来揩拭油晃晃的手，一边呵呵笑着从厨房走出来迎接。他不是要拍工商联主席的马屁，而是为了感恩。三年前“香江”开张时缺钱买用具，是父亲帮他渡过难关的，如今，“香江”并入合作社，想叔和我家一样失去了生产资料所有权，但位置和从前一样——掌勺。想叔和父亲交谈不到三句后便回身进厨房，里面传来一阵锅铲和铁锅的碰撞声，爆炒葱蒜的香气溢出，我深深吸了一口，父亲看到我的陶醉样笑了。一碟加上特别多肉片的滑饭端上桌，我们父子两个分别从椭圆碟子的两个尖端开始，向中间逼近。这是我有生以来吃到的最可口的夜宵，父亲一个劲儿地提醒："别急，别把喉咙烫坏了。"父亲吃得不多，他不是不饿，而是被我的贪婪吃相镇住了，怕我不够吃。沾满酱汁的米饭在舌头间，一骨碌就下去了，稍微腌制再以猛火急炒的猪里脊，滋味是无与伦比的。我在料峭春寒中吃得满头大汗。父亲掏出汗味很大的手帕给我揩拭额头。吃罢，父子并肩走过石板步月桥，我问："香江的碟子，为什么和家里的不同?""怎么不同?""底特别平，盛上饭菜，汁液老往外流。"父亲打趣说："不要问我，你自己琢磨去。"数年后，我才明白用这种盘子盛菜，看起来分量特别多。1957年反右派，他去县城参加一连串会议，"帮助党整风"。凭着直觉，他知道向党"开火"非同儿戏。因此，无论"党里头的人"怎样"引蛇出洞"，他都说"没意见"，侥幸过关。可是，商人是仅仅次于"地"、"富"、"反"、"坏"和资产阶级的"准异己分子"。在1958年干部下放的高潮中，他是逃不掉的，被派到农场"锻炼"。这时他不过30多岁，但已经历颇多惊涛骇浪，因此不能算"华彩乐章"。

对了，如果论思想的自由和行事的速度，我要举出父亲在"文革"中"造反"的行谊。他是本色的生意人，头脑特精明，左手拨算盘，右手记账，不怎么读书，毫不浪漫（下放到农场以后给母亲写信，左一句"妹妹"，右一句"思念"，这是我在梳妆台的抽屉里拿出来的，当时大吃一惊，那是爸爸唯一的多情），他关注墟场猪下水的价钱远远多于关注领导层的更替。可是，在1967年方兴未艾的"犯上"狂潮中，他像换了一个人。那是夏天，我和同属红旗派的同学一共300多人，打着"红卫兵"的大旗游行到公安局门前，高呼口号并命令当权派交出从大字报棚偷拍的"黑材料"。大队人马开到时，公安局里面空荡荡的，人都已经溜了。我们并不罢休，在盛夏火烫的台西路上，静坐、绝食，足足饿了两个整天后无功而退。我从学校回到家，脸瘦了一圈，父亲心疼地骂："真傻，值吗?"我在煤油灯的黄晕里来回走动，把受走资派和"老保"压迫的红旗派，从5·19开始集结，到在6·6绝食以展现气势的经过一一道出。父亲听着，一言不发。祖父在另一个角落，把水烟筒抽得咕嘟咕嘟响。看得出，父亲已被我感动了。木讷的祖父把憋了一个晚上的警句倒出：“怎会容忍你们造反？右派是怎么挨打的？小心才驶得万年船!”

父亲没听他父亲的劝告，几天后骑自行车来到学校，当时我正在战斗队总部写批判“老保”的大字报，两手沾着墨汁地走到紫荆花下和父亲会面。父亲激动得一脸通红，说：“我们也扯起大旗了!”他要我去和他的战友见面，组成联盟。当晚，我就去了父亲工作的小镇，在食堂里面与十多位叔伯辈的战斗队成员交流。父亲那年 43 岁，脸上罩着理想主义的光彩，眉目那么舒展，举手投足都带着青春的豪迈。“老保欺负我们够久了，有小将撑腰，我们不怕!”在食堂当厨师的坤叔拍着我窄而瘦的肩膀，亲切地说。父亲仰起头看着比他高 10 厘米的儿子，更加骄傲。他已从同派战友中听说，他的长子在县城是有点名气的笔杆子，每篇反击“红联总”的大字报贴出时都会引起围观。在一个闭塞的小镇，他这“小商人”和当权的以及逢迎当权的大多数过不去，结果不难想象。一年以后，他被挂上“阶级异己分子”的牌子，在闹市敲破锣游街。祖父不幸言中，备受四乡百姓尊敬的“能人”，为此生唯一的“反常”举措付出了惨重代价。

在父亲的履历表中，以“反抗”为标志的 1967 年并不顺溜，但我要定它为老人家一生中最值得纪念的年份，它就像出殡路上司塞湖畔高尔夫球场那风光最美的一程。他在中年，以幼稚的血性，以一个公民对“社会正义”一厢情愿的理解，以和锱铢必较的商人习气全然相悖的浪漫投入到荒唐且难以把握的运动中，他的人生就此抹上了诗意的亮色。

前面，载着棺木的灵车在六线道的开阔路面疾行，父亲的遗像被高速公路两旁颜色鲜艳的房舍、橡树和桉树拥抱着，云影在路上飘移。最后一次了，父亲，好好看看吧！这是你此生的前 64 年，至为渴望的土地啊！

五

出殡车队在摩托骑士的引导下离开高速公路，进入科尔马市的地界。科尔马，幽灵人口比地面人口多 13 倍，所见尽是陵园。路为坡地，车子像走在波浪上。“台山墓园”在望，父亲将在 G 区的第 38 号下葬。墓园背靠黛色的山岭，周围环绕着相思树。墓碑整整齐齐地排成迷你的街道。

生命流逝何其快速！“看我，挑得起300斤担子，要不要打赌？”那年父亲28岁，在永益隆的骑楼下，即将去参加拔河比赛，但领队却要用另一个“大只佬”换掉他，他这般争辩。那年，我3岁，正在他脚下玩玻璃珠子，被他的高叫吓了一跳。

1969年，我21岁，父亲46岁。我们两人各骑一辆单车，到50公里外的乡村买黑市稻谷，早上出门，中午在目的地吃了朋友招待的一碗饭（才一碗，连肚皮的一角都填不满）。在归途，我们每人载着150斤稻谷，听到风声说沿途有公社保卫组设的检查点，查到黑市粮食一律没收。我们不敢停留，不停地蹬车，回到家时已是黄昏。我累得躺在床上，发烧了。进了家门还忙着缝草包的父亲，吃饭前走到床前，按按我的头说：“没事，睡醒就好了。”我奇怪，他的体力和耐力为什么远远超过我？

父亲的生命力少有人能比，出国前，我在乡村当知青，在小学当民办教师，前后7年，是和父亲相处的最长时间。我家人口多，没有侨汇，但在普遍极度贫困的乡村，却能成为独一无二的小康之家，全靠父亲的脑筋和力气。这辈子没见过比父亲更勤劳的男人，他每月休息4天，回到家的第一件事就是把走后门买来的大片猪脂肪放在锅里煎煮，加水加盐，榨出尽可能多的油。这就是没油供应的年代唯一的食油。后来，他干遍了所有副业：帮开缝纫小店的母亲裁剪和缝制接来的衣服，他的脚踏上缝纫机就难得停下；和儿女们一起打防洪草包，以每只两毛六的价格卖给镇上的收购站；和弟弟编土产店订购的竹帽；到自留地浇菜、割猪草、做饭。他擅长一边干活一边聊天，手不会被语言耽搁一秒钟。家里充满他神完气足的吆喝声、谈笑声和放屁的响声——他随处随地放不臭但够响亮的屁，许多次，刚过门的媳妇听了，拼命抿住嘴冲进卧房里，笑得喘不过气来。夏天，到了夜晚，黑灯瞎火的，因没法干任何活计，他才搬出祖传的藤椅，坐在屋前的禾堂专心纳凉，有时也和我大声抬杠，争论村里“学大寨”、该种什么经济作物以及白卷英雄张铁生该不该效仿，我们都语带荤腥，“妈”声不绝，村里的父老暗里诧异，没见过儿子和老子这样没顾忌的！

38年之后，父亲因脑栓塞被送进医院，那是2007年的春节，自此，父亲进入生命的最后阶段。在医院的加护病房，身上插着许多管子，和死神作艰苦卓绝的斗争。他赢了第一仗，苏醒了，只是神志不复健全。先是患狂躁症，动手打给他输液的护士，飞腿踢为他做复健的理疗师，最后医生只好给他上戒具，戴上棉手套。但他从来不打亲人。后来，他又变成了被迫害狂。我在病床边给他喂饭时，他忽然一跃而起，以还能动弹的左手左脚支撑着，到病房外去“报警”：“六个人追杀我，不得了，没处躲!”他急得要哭。我搀扶着他回到床上，安抚他。他服过镇静剂后，睡过去了。由此，我也想起他从前的创伤。那是1970年，“文革”末期的“清理阶级队伍”运动开始，他被抓进学习班，关了两个多月，这次运动集中整“经济问题”，理由是他活得这么滋润，不可能不贪污。造反时挨过他骂的“老保”，这次终于可以痛快地秋后算账，祖父当年随着水烟吹出来的警句全部应验。可是，父亲从来没有拿过公家的一分钱。连番的逼供使他精神崩溃，甚至寻死。好在工作组里有一个好心人，他认为这位“能人”为公家尽心尽力，落得这个下场，太不公平了，就想法给他一条生路。后来他托人给我捎话：告诉你爸，工作组没找到任何证据，绝不能坐实他任何一宗罪，再撑一下，天就亮了。于是，在一个昏暗的黎明，我约父亲见面。他溜出关押他的平房，和我在男厕所里一起待了一分钟，我把那位好心人的原话说了一遍，最后说：“爸，家里人都好，等你回家，你一定挺住!”爸爸哭着说一定一定。类似的磨难满布他的一生，累积成极大的心病，最后这般爆发出来。

灵车进入沙加缅度大道，拐一个直角，驶进台山墓园。父亲，坚强的父亲，最后向死神投降。一年前，他绝不甘愿罢休。在疗养院，他每天扶着单杠练习走路，拉绳子以恢复右手的功能。孙子在前面说，再走三步，对了！他会颤巍巍地走下去。只是心智比肉体退化得更严重。他想家，一次次说要回去。回哪里去？我问他。他说要回“水步乔庆乡瑞龙村”，那是他的出生地。后来，他以死抗争，在疗养院用头撞厕所的墙壁，抗议护士不送他回家。

然后，是最后一轮抢救。离开急诊室后，我决定成全父亲的愿望，把他带回家。他在家待了不到两天就变成了大闹天宫的孙悟空，有一次半夜起来旋开煤气炉要做饭吃，差点成了纵火犯。有时又在卧室里哭，说胡话。母亲和妹妹、妹夫为了看住他，没有合过眼。只好再次送他回疗养院。最后的半年，他是在40英里外太阳谷一家专收治狂躁症患者的疗养院度过的。

生命的倒数是一次次退让。开始，我们去探望，推他去户外晒太阳，为他不能多走路而遗憾，愿他能离开轮椅站起来，再往后，愿他能坐在轮椅上健康地生活。最后，他却出不来了。讨价还价，退无可退，我们把他交给“临终关怀”机构，让他安宁地离开。父亲，我的父亲，就这样，在和我血肉相连 59 载之后撒手人寰。

灵车在路上停下。由于一位年方 35 岁的帮派头目被人杀害，今天在附近下葬，所以我们要稍作停留。那个死者拥有众多弟兄，花圈摆了半个山坡。据报道，这位来自越南的狠角是凌晨在奔驰车上和仇家发生冲突时丧生的。我在不相关的哭丧声中感到一丝安慰，父亲得享天年，毕竟幸运。

我和弟弟妹妹们跪在坟前，我把一直拿着的大香插在青草地上。竟想起一个镜头，四十多岁的父亲，凭着下放农场担任基建队小工时学到的泥瓦手艺，在家里砌了一个长方形水缸。这可是他的得意之作，他不厌其烦地用水泥粉把表面修得又滑又平。不知道是谁出的馊主意——新水缸须灌满水，水泥才干得快。他一边放下瓦刀，一边吩咐妹妹挑来五挑井水灌下。睡前水缸还好好的，第二天早晨走出卧室时，水缸已塌，水漫过天井下的池子。我出门去上课，看到他搔着毛发稀疏的头，蹲在水缸旁边琢磨。父子对视一眼，他尴尬地掉过头去。我出了门，才敢大笑。精明一辈子的父亲栽了，一家老小都乐不可支。在一家人的潜意识中，父亲是不会出错的，这一次赐给我们大大的优越感。如今，天人永隔！

我抱着父亲的遗像回家，对着它流泪。父子一场，父亲啊，我永远爱你。差不多 5 年以后，我才把这篇纪念文字潦草写完，因为没有人能取代你在我心中的位置。你是生我、养我的人，我终生最好的老师和最亲密的朋友。父亲啊，我想念你。

每当遇到重大的抉择，我都要拿你来作标尺。我在 63 岁这年离开生活了 30 年的新大陆，回到故土。你是在相近的年岁从故土来到旧金山的。你在 25 岁时有了我，我在 26 岁时有了儿子。你在 42 岁时当上外公，51 岁时升格为爷爷，而我在将近 64 岁才抱上孙儿。你比我享有更多的天伦之乐，我比你拥有更多的自由。

如果有谁问：你回顾漫长一生，要给哪一个场景贴上“最幸福”的标签？

我千万遍地自问，最后，把蜜月出游、第一次印出诗集、上台领奖、儿子结婚以及孙子出生等都一一剔除，留下这一幕：

1976年春天，周恩来总理去世，“批邓”运动风起云涌，那是中国最黑暗最绝望的年代。当时父亲52岁，我28岁，我的儿子则2岁。在贫瘠的乡村，我因为对前途失去最后的幻想而彻底离开文学，埋头学做木匠，在和家相隔一条巷子的破屋内，把所有空闲时间都消耗在运锯挥凿的纯手工劳作中。从早到午，全心沉浸，汗水涌流，刨花飞舞，笨拙的书生，蹩脚的成品，唯一的陶醉是劳动本身。刚学会走路的儿子从家里走来，爬在门槛上，奶声奶气地叫：“爸爸，吃饭饭。”我一把将儿子举上肩膀，让他骑着，他用两只小手抱住我沾满木糠的浓密黑发，我们就这样嘻嘻哈哈地回家去。家里，二妹在灶前烧火，父亲把调好了的芡汁倒进一锅雪白的萝卜里头，用锅铲翻、勾，一屋子都是带酸的香气，那是父亲的招牌菜——甜酸萝卜。祖父提着水烟筒从居住的小屋回来，坐在太师椅上。一大家子围着小方桌吃饭。这顿饭因父亲买了肉和菜而变得异常丰盛，热气和笑语飞到了池塘那边。厅堂里，停着6部自行车。屋旁的猪舍里，有一头一百多斤的猪。在最难生存的年代，因为有了父亲，我们一大家子才得到温饱，日子过得井井有条。我无限依恋那段时光，因为父亲、母亲、我、我的妻子以及弟弟妹妹们都还年轻。祖父也才76岁。

父亲，你安息吧！我将继续前行，为了圆一个梦。

大年三十排队买烧猪肉记

此刻是2012年大年三十的午后，年轻人正聚集在客厅看美式足球四强争霸的恶战——旧金山“淘金者”对纽约“巨人”。老婆大人忙于准备晚间的大餐。我无所事事，只好码字。题材现成——写早上排队买烧猪肉。先写题目如上，故意舍“岁暮怀人”、“守岁夜遐思”、“龙年瞩望”一类和“雅”沾边的题材，仅仅为了与唐人街摊子上的挥春、老式中文书店的杨柳青年画、联合广场旁边的紫藤，以及那挂满手织虎头帽的货郎担，取得至低限度的和谐。

“年晚”，香港人扩展为“埋年挨晚”，即所谓“年关”，这里没有“年年难过年年过”的凄凉氛围，也没有普天同庆，因为毕竟是以圣诞为正统的社会。我主动领下一个任务——买祀神用的烧猪肉。鉴于好几年来的经验，这种红彤彤的供品是排长队才买得到的。主中馈者本来打算从简，改以水煮猪肉代替，后来觉不妥。夫春节，乃一年中最紧要的祭祀，天上神明和祖先早已吃惯了带崩瓜溜脆之皮的烧猪肉，偷工减料被怪罪怎么办？我主动请缨，保证趁外出慢跑时捎带买了，理由是昨天一早跑步路过时发现，八点前后顾客不多。

跑到店前却倒抽一口冷气，因为队伍已初具规模。在阴晦的天色下，跻身其中。为了继续消耗热量，我不停地扭腰或原地小跑。看阵势，没有半个小时买不到。如果带上手机，可以给几个远地朋友拜早年；如果手头有报纸，也可以趁天光渐开，读未必为了逢迎龙的传人而突然美好起来的新闻。真想向后面的女士套个近乎，请两分钟的假，跑去20米以外的咖啡店买日报。但怕她不答应，忍住了。

最后，我只好效法虚拟骑士堂·吉诃德大爷，他外出当游侠，以思念虚拟的情人杜尔西尼亚来消磨懒婆娘的裹脚布一般的夜晚，我没有那种艳福，只能把记忆里的“排队”梳理一遍。这辈子，排了多少次队和吃了多少斤烧猪肉一般难以统计。20 多年前，在旧金山，为了替父母办理移民手续，曾半夜去移民局排队。从寰宇各国来的寻梦者，为了取得绿卡，必须先吃够排队的苦。我看着这没有一个能说标准美式英语的庞大人龙，自言自语：在故国，排过多少种队？买肥皂、买大米、买猪肉、买红宝书和买出国申请表的队，上学的队，当兵的队，政审的队，体检的队……而离开的部分动机是为了不排队。可惜，天下无不必排的队和“无不散之宴席”一样，是坚硬的真理，苏俄先是狂热鼓吹革命，后来自绝于革命的诗人马雅可夫斯基曾呼吁：“开一次把所有会议都取消掉的会。”哪有这回事？不过，在美国，我部分地实现了不排队的愿景，比如，拒排购物（包括买紧俏货、跳楼货）的队，哪怕出卖的是龙肝凤髓。我有无往而不胜的理论：天下无可以白吃的午餐。还有，不排捧名人之场的队，市场街大书店热卖传播界狂人、名嘴斯东尔自传和由前总统克林顿签名的自传性著作《我的人生》，我在环绕三个街区的粉丝队伍前经过时，头也没扭。书迟早能看到，又不是不及时买皮就不复崩瓜溜脆的烧猪肉。

回过神来，背后的队伍又增加了 15 个人。排队的成就感和当官类似，看后面的才晓得自己爬了多高。但是看前面却会泄气，还这么长！说句公道话，前面也就 20 个左右，要命的是队伍移动缓慢，为什么？因为每个人不买则已，一买就甩出老长的单子，每磅价钱不少于 8 美元的烧鸭、烧猪仿佛是不要白不要的赠品。一个刚刚完成购物大业的男子马上印证了我的推测——他两手各提着五个白色外卖盒，出门时有点踉跄，因为东西太重了！倘若在故土，这等人物多半是黄牛党；但在这里，可以肯定，他是代理好几家至爱亲朋购物业务的义工。

我前头的平头中年男子熬不下去（原因未必是队伍太长，而是离开家时忘记排泄之类），给老婆打电话请示改到唐人街买，获得恩准后便飘然远引。环视队伍前后，我竟然发现好几位“异胞”。一位 60 岁开外的白人女子拘谨地挪着。一位比她大约年轻 20 岁的黑人女子趋近，与她亲热地谈了一小会儿后转身到“赛福威”超市去买减价牛排和袋装马铃薯。据目测，她们该是一对被前卫的旧金山市政府经发放结婚证认可的合法“妻妻”，即“蕾丝边”（Lesbian）组合，现在出门“血拼”，各有分工。叫我纳闷的是，这个时候买午餐的菜还太早，她们没必要和过正经八百大节日的中国人抢位置。她们是不是每顿都不能缺少中国式烤鸭或者卤猪脚呢?我这般揣测是着眼于黑人女子的身躯，足足250磅的庞然大物，可能是由嗜吃中餐馆烤炉制造的高热量高脂肪肉类造成的。至于另外几位身量和我们类似但年龄较小的男洋鬼子来凑热闹，可能是受了中国太太或中国太太那不谙洋文的妈妈的驱使。

雨下起来，细细的，头顶的天，浅蓝，没有乌云。这几天旧金山湾区迎来入冬后的第一场像样的雨，但早晨从太平洋刮来的风极强健，使云都往内陆逃窜。雨应该是从某片流连在双峰山顶的云撒下的。闪烁亮光的丝绦，好长好浪漫的弧线！有道是“廿年媳妇熬成婆”，40分钟以后，在老脸沾上的雨滴超过20颗时，我终于移到餐馆橱窗的外面。清晰地看到明亮的灯光、柜台前攒动的人头、刀锋的闪烁以及操刀师傅油晃晃的手，当然，这些都不过是补白，真正占据视野的是悬挂着的烧鸭、叉烧、贵妃鸡、白切鸡，还有就是染成红色的猪舌头。触目的是师傅的那块木砧，中间深深下陷成为盆地，可以想见这些日子它何等忙碌。

风吹来，脖颈一阵冰凉，缩缩头往上望，原来是水珠从头顶的帆布横幅滴下来的。那中英双语的横额是前年挂的，内容是自我表扬——这家餐馆被全美中国餐饮协会评为100家最佳餐馆之一。稍经世故的中国人，都不大相信这类无论透明度还是代表性都有限的“有偿”宣传。这家以回头客而不是以一次性游客为服务对象的餐馆，除了味道不错之外，乏善可陈，比如，我此刻所目击到的，它一贯受足诟病的做派——连容器一起称重而不扣减，这等明火执仗的揩油是“外甥打灯笼”。然而，“好吃”这一好足以遮百丑了。水珠慢条斯理地滴下，应和着橱窗里头的油和酱汁的嘀嗒声，那些声音来自悬挂着的烧鸭的屁股。烧鸭的脆皮披着璀璨的灯光，可媲美迎新舞会上贵妇人纤指所套18克拉钻戒的毫光。遥想40年前，我在穷乡村当月薪25元的民办教师，饥肠辘辘的初春时节，打开一本刚刚送到的《人民画报》，其中有一张彩页，在“春节市场供应空前丰富”的标题下，一个北京王府井某市场的烤鸭特写，啊，足以诱出一公升涎水的油光！然而，稍把目光从宣传品上移开，现实却是冰冷无比，市面和胃都空荡荡的，老百姓连果腹都办不到，那徒然点燃饥火的画报只配拿去生火。然而现在，眼前铁钩下油光灿灿的烧鸭，是可以轻松地移到家里的餐桌上的，队伍中的任何一位都办得到，而且一只才9块钱。问题只在你的心脏、胆固醇、血脂、体重之类答应不答应。人生莫大的悲哀，在于错位，设若把眼前这些通过时光隧道运到 1972 年的中国去……

“还可以，新移民嘛，哪能要求太高。说实话，这里日子枯燥是枯燥，但是安稳，心里实在……”队伍中一个和我相隔五个人的老年人，以手机回应从彼岸打来的拜年电话，他说的是标准的广州话，我断断续续地听到一些。回头看他的脸，红润且舒展，足见心态不错。他和我年纪相仿，当年肯定也以眼睛饕餮过宣传品上油晃晃的烤鸭。

“为了节省时间，请大家把要买的东西告诉我。”店内走出一位手拿一沓纸条的干练女子，她是管“堂食”的侍应生，今天是非常日子，餐桌都撤下了，老板便吩咐她另外找活儿干。此举无疑是英明的，她一一询问排队者，代他们填好购物单，轮到以后，顾客便交给师傅，免去“沟通”这一层手续。广东四邑来的师傅，刀工是娴熟的，但未必能对付带全中国各地口音的普通话，更不必说官方语言——英语了。“三只烧鸭；五磅烧肉，要瘦的；三磅半叉烧……”“五磅夹心烧肉、白切鸡两只、一条猪脷……”我一边听一边惊呼：“我的天，哪一家今晚吃得下这么多！”女侍应生走近我，我婉拒：“只买一样，不必写。”

终于走近柜台。抬眼看墙壁上的钟，已耗时 1 小时 10 分钟。前面还有两位女士，一老太太一少妇。老太太矮小，但以勇猛见长，她不停地吆喝：“我就要那块带肋骨的，对，拜托了，全给我！好极了，改天请你饮茶。”少妇买下一只豉油鸡、一条叉烧、一磅烧猪肉，款款走开。她轻柔的嗓门和穿过白色塑料袋把手的动作莫名其妙地感动了我。我从中看到了生活的世俗魅力。我想象，她应该是幼时随父母移民的香港人，结婚以后住在这一带。她家里还有丈夫和三四岁大的儿子，一大早，她轻轻掩上家门，走进寒气中来这里排队。

我买下一块烧猪肉，才花 11 块多。出门时，雨更大了。小跑起来，越跑越是感恩，在 63 岁的大年三十依然能健步如飞，岂不是上苍所赐的最大福气？跑过刚刚开门的杂货店时买了五棵萝卜，收款员报价说 1.68 元，色然而喜。当走过一家日本餐馆、一家港式小食店、一家报纸档、一家百货店、一家越南餐馆、一家按摩店、一家银行、一家超市、一家教堂以及数十户普通人家，兴冲冲地回到家时，衣服也湿得差不多了，但是，外卖盒里的烧猪肉的皮还是崩瓜溜脆的。

七 别有用心的散步

“原来是这样，不过是这样——把自己的事当作别人的，把别人的事当作自己的。”

“托尔斯泰平生最喜欢那种不含恶意的愚蠢，然后，做了许多不含恶意的愚蠢的事，让我们喜欢。”

——木心《即兴判断》

散步类似写多变的散文，可以衍生出闲行、健步、竞走等散法。而且，一路散来，眼睛和头脑都需要安顿。看景是一法，可以散出陆游那种“为怜一径新苔绿，别有墙阴取路行”的多情；动脑筋又是一法，可以散出思考的动态——老康德肯定曾经在路上无数次地推究存在论、自由和真理的关系。我则要另辟蹊径，效仿悬疑大师希区柯克制造一个悬念，然后以散步来破解，从而使平淡无奇的散步尽可能地带上戏剧性。

知易行难，路就是一些街和树木。往西走到海滨，风太大；往北走到犹太街，房屋太单调；往东沿“那里哎噶”街走，餐馆众多，而且生意也都不怎么样。后来我选定往南走，抵达他拉威尔街后转左走5个街区，然后回头，耗时三四十分钟。这一段路长约3公里，大半为林荫道，旁边是伟岸的花旗松，上方是从针叶间漏下的、时而蔚蓝时而雾气笼罩的天空，路的最后一段是一条长街。他拉威尔街是住宅区内的半拉子商业区，除了餐馆、酒吧、洗衣店、律师事务所、牙医诊所、理发店、宠物医院、加油站、补习学校、柔道班和教堂之外，在我以脚步圈定的范围内，还有三家按摩店。

经过几天筛选，我给自己布置一个课题：查出这些按摩店的生意怎么样。这念头在脚步声中渐渐清晰，而我则对着电线杆和电线交叉切割的蓝天搔头苦笑：无聊到家了！是的，即使查出这些店面在做什么生意、状况如何，又怎样呢？难道还要向国税局或警局举报？其实，想知道易如反掌，走进去接受“服务”，一次不行，三次以上，升为备受信任的“恩客”之后，肯定能把底细摸个八九不离十。可是，我独沽散步一味，也并非心疼钱。虽然店面所标的价钱并不高：沐足，一个小时 19.99 元，加上购物税和小费，不超过 25 元（自然，这是为招徕生意用的，并非都不贵）。但我要坚持“让散步变为看剧”的初衷。

这些按摩店都是中国人开的。为了窥探方便，我为它们起了代号，位于日落大道旁的一家为 1 号。位于 32 街街角，有中英文招牌“蓝天”，号称囊括美容、美白、抽脂、刮痧、拔火罐、踩背、足浴和全身按摩的一家为 2 号。位于 30 街附近，店名叫“快乐”的为 3 号，它是足浴连锁店，门上告示所罗列的本市加盟店不下 10 家。

根据从国内和本市所收集到的资讯，按摩也好，沐足也好，或者连同没在招牌上标出和“按摩”有关的项目而以“发廊”蒙混的也好，它们可粗分为两类，一为不涉及色情，一为有色情交易。前者多半用上“健康”的前置词，颇为滑稽，让爱去这些香港人称为“架步”的场所放松身心的人暗笑：“难道牵涉情色就不‘健康’，就意味着生病乎？”再细分，一部分色情与非色情兼收并蓄，净桑和“全套”、“半套”服务通杀；一部分只做皮肉生意，即地下妓院。那里的“技师”对穴位、经络、推拿不甚精通，号称“马杀鸡”而实际只养不杀。

凭常识也该明白，单靠“路过”，如何能摸清人家的运作？可是，趣味也就在这里。以 1 号店为例，它的玻璃门上只有英文，大号字为“健康中心”，小字是：“欢迎男女宾客，每星期营业 7 天，每天上午 10 时至下午 9 时”。玻璃门窗上显示“营业中”的红色霓虹灯，不论阳光多猛它都异常扎眼。我从它门前经过，透过玻璃门后所挂的百叶窗，看到一张办公桌和一台电脑，有时坐着一个女郎，她应该是接待员，有时没人。当然，我的“看”，只能是东张西望时的随兴停驻，不然，店主会把我看作联邦调查局的密探。窥探它，只用一分钟，一个客人从开门进内，到回身关门或门自动关闭，这个过程满打满算也就这么长。一天营业 11 个小时，合 660 分钟。如果我午后和傍晚共经过两次，有所发现的几率小到三百三十分之一。因此，这种“工作”最忌讳急功近利，好在我抱着“成固可喜，败亦无妨”的心态，一百天如一天地“看”下去。

散步的第十天，午后3点，一个穿连帽运动衫、牛仔裤的白人男子推开1号店的门。他的每一个动作都不迟疑，可见不是熟客，就是电话预约过的。我朝他矫健的背影扫了一眼，自然而然地发生疑问，诸如：他进去，先洗桑拿，再按摩还是开门见山地“败火”？要花多少钱？英语词汇有限的技师怎么和他交谈？门在他身后关上，此后再无动静。我只能肯定一点——这位走路带风的年富力强者，患风湿或者坐骨神经痛的可能性甚微，因此不是为拔火罐而去。

往后，我又看到一个中国男子把小客车停在路旁，匆匆闪进装潢颇为豪华的2号店。那是一个多雾的黄昏，我裹紧棉夹克想象着，房间里暧昧的灯光下，将会是什么交易呢？3号店相当神秘，它标榜“健康足浴”，又是连锁店，它的老板一定较为谨慎，以“洗脚就是洗脚”为方针而不让技师靠皮肉赚外快。这里的同胞，以吃苦为天职，脚板没有国内有钱人那么娇贵，也许它的生意并不怎么样。

第二个月，我在松林下的小路上疾行，对面是他拉威尔街，人行道上有两个女子散步“散”得相当别致——只在一个街区以内兜圈子，绝不走远。边并肩同行边议论。挺胸、快步，爽利中别具袅娜的风韵。我马上猜测她们是1号店的雇员，此刻无活可干，出来活动活动干活时不大用得上的腿脚。为了证实，我走过街，故作庄严地和她们面对面地走。当时不敢细看，只是目光潦草地扫过那两张脸：有点年纪了，都化浓妆，以胭脂染出桃颊，只可惜鱼尾纹太抢眼。她们不可能注意到我这个糟老头子，更不可能理会我的“居心叵测”。几步以外，我听到她们用带四川口音的普通话交流。我由此假定，她们以出卖色相为副业，如果是规矩的洗脚妹，淡妆或不化妆均可，而且也可以省下不少开销。不出所料，在我从毫无动静的3号店门前往回走时，她们走进1号店，可能客人已到或将到了吧。

接下来的一个月，差不多没有故事，我散步如故，但也不是没有零碎的发现。某个黄昏，3号店里走出的一个姑娘，站在门口打电话，她应该是接待员。一天晚上9点，2号店匆忙走出一个穿风衣的女子，我想探测她的身份，于是假装慢跑追上并在一棵橡树下停步，她穿过日落大道，在巴士站里坐下时，我从她冷漠的脸孔前跑过。她没化妆，从脸相看，该是来自广东四邑乡村的移民。我猜她是专管清理房间和烧沐足用的药汤的清洁工，此刻下班，她赶着回家给做功课的孩子做嫌晚的晚饭。还有，1号店的女郎外出散步更加频繁，差点让我当作步后尘者。她们走了几圈之后，打开店门探头进内——应该是问接待员有没有人来电预约，然后和同伴继续走。她们一路都很注意步伐的一致，甩手整齐，会不会是从同一所中学毕业的呢？若然，当年肯定在操场上参加过军训，也可能一起进过模特训练班，在伸展台上走过猫步。

一个星期天的下午，1 号店的高个子女郎的红色风衣分外触目。她站在门口，我在对面放慢步子。一个小个子老先生在门前试图把车停下，他的车是老式的雪佛兰客货两用车，女子让他停在车房前。老先生的技术不坏，但手脚不灵便，车子老停不好。我隔岸观火太久了，怕被发现，但走开又不甘心，便效仿女子在附近转圈。老先生终于把车子停好，女子打开门请他进去。他摆手，也许是“稍等”的意思，从车子后舱捧出一箱物件。他们两人进去后，门前又恢复了安静。问题又来了，老先生是顾客还是别种人物？是顾客，为何带着箱子？箱子的表层放着的纺织品，要么是毛巾、被单，要么是衣服，据此推测，他有洁癖，要求按摩用的和穿的都必须是自家的。看他步履蹒跚，保有德高望重人物应有的矜持，因此，我猜他除了僵卧在铺着家里带来的被单的按摩床上接受一双温柔的手抚慰外，不可能有别的“戏”。我推理到这里兀自大笑起来，笑自己的滑稽。其实，老先生也可能不是顾客，而是以房东的身份进去修理水龙头或热水炉什么的。中国老人的活力是不可低估的。

终于，一个星期五的午后，我的偷窥有了一个小小的高潮。走近 2 号店时，一个男人迎面走来，40 岁上下，他若有所思地抽着烟，在 2 号店前停步，有点鬼祟地看看左右，然后推开了带百叶窗的玻璃门。碰巧，门旁的一排落地窗中，有一扇的布帘拉开少许，我可以清楚地看到整个接待室。女接待员对着男士说话时，一年轻女子从工作间出迎。男士跟着她向里面走去。能收集到的信息就这么多。往下的只能由想象力接力。

想象什么呢？25 年前在斯皮尔电影院的悬疑片专场，那是专为向大导演希区柯克致敬而举办的，大半天才看了 3 个片子，其中最具张力的自然是《后窗》。此刻，我仿佛成了坐轮椅的摄影记者，我的“后窗”就是这些店面。腿部裹石膏的主人公的偷窥欲，是通过主观镜头加长镜头肆意发泄的，而我却只有还管用的老花眼。

且虚构一个惊悚版：刚刚进去的男人是市警察局风化组的便衣探员，

职责是取缔色情服务的店面。他身上拴着窃听器，进按摩室后，和拿商务签证、居留期限为半年的川妹子过招。川妹子是老手，从国内干到海外都受过反侦查的训练。她严守两个规条：一，客人脱光她才脱光；二，绝不开口，只用手语（“打洞”是左手的大拇指尖和食指尖相接，成为一个圆形，右手中指戳入圆内）。探员没有针孔摄影器，难以取证。探员原先的计划是：进门以后先发问，一旦对方说出性服务的价钱，他就马上按下身上报话器的按键，让埋伏在附近的警察入内逮人。这次难施其技，只好在享受一个小时的足浴之后溜之大吉。

来一个奇情版：按摩女郎和客人一见钟情，先做爱后谈爱，一曲异国恋歌，以男士迎娶风尘女并让后者取得临时绿卡告一段落。

还有日常版：客人患腰疼，要试试“热石烫背”，但因石头太热烫去了一层皮。他为人厚道，不好意思骂人，以扣掉大半的小费而只给象征性的一块钱作为抗议。

《后窗》的高潮是谋杀案。即使按摩业涉及色情，有时会让人联想到暴力、雏妓、毒品、黑社会、屈蛇集团之类，但在这个祥和的居民区，武装绑架、非法禁锢等罪案发生的几率极低。

那天我在 3 号店经过时，有一个穿着花哨的女孩推门出来，看模样 15 岁不到，跟着一个又高又瘦的小伙子离开了。我对着这两个背影出神，想了许多种可能，其中最黑暗的一个：她是被黑道用毒品控制的妓女，下班时前来迎接的那个青年，既是“姑爷仔”，也是老大派来监视的狠角。至于较近情理的设想，便是哥哥来接妹妹。要明白，3 号店是“健康”的沐足店。前天是星期天，午后一位妙龄女子迈着和我一般闲散的步子，进 2 号店去了。从衣着和姿态看，她不可能是来上班的技师。那么，应该是客人了。她将需要哪种服务呢？我无法揣测，唯一能肯定的是：不会是“刮痧”服务。在隐私部位制造一道道黄褐色的痧斑，会被男友报警说她受到虐待。最近 1 号店的红衣女郎外出散步的频率大大提高，可见里面生意不怎么样。它的隔壁是一个车库，从前是紧闭的，入夏以来门每天都会打开一半或三分之一，这视温度而定。车库里面放着沙发、电冰箱、面盆、杂物、衣架，总有人在里面走动。该是技师们的休息室和厨房。有一次，我看到一位老太太以中国式背带背着婴孩，在里面包饺子。我心里被触动了，散步以来所累积的种种和“色”有关的想象散落一地。

在星巴克写星巴克

手拿 iPad 走进星巴克时，是上午 8 点 30 分。不知是由于早餐期已过，还是人气一直不旺，因无所事事而殷勤过度的 3 位店员一直紧盯着我的一举一动，其中一个抢先问我要什么，我说等等。看过价目牌，我要了一杯小号咖啡和一块核桃蛋糕，共 5 块半。

在料理台打开盖子，给咖啡加进奶精。站在中央，扫视四周，我选了靠近门口的小方桌。落座后把 iPad 放下，也把纸杯和蛋糕放下。地板不平，我把桌子稍加调整，导致桌子的细微震动，咖啡溅出少许，把 iPad 和蛋糕都弄湿了。我连忙起身拿些纸巾来擦拭，这么一动，桌子就更不安分了，咖啡再次溅出，我不能不恼火了。我可以去找因无所事事而殷勤过度的店员直陈地板之弊。他们一定会一个劲儿地说“少来”（Sorry），然后揩干桌面并补回溅出的咖啡。可是，我没有行动，心想干吗难为这些上高中或者大一的年轻人？地板不平，他们是摆不平的。一般像星巴克这样的大企业都有规章，小至每一次泡制咖啡的程序，大到处理顾客的投诉，就像电脑那样，但凡能演绎为“一般性”的玩意都可以置入普适方案。然而，具体到某一个分店、某处地板或某块瓷砖，这是程式无法涵盖的“特殊性”。更何况，只要店员拿来一沓纸巾或者一块纸板垫在桌脚，一挪位置也就好了。张潮有言：“世间小不平，可以酒消之；大不平，非剑不能消也。”我只消举起咖啡杯。

不过，坐在星巴克用 iPad 写中文对我具有莫大的诱惑力，开始吧！虽然美国出售的 iPad 的中文输入软件比不上台式的顺溜，但桌面动不动就发抖，即便顺也没大用，只好将就了。按照新闻的写作程式，文章必须有三个带 W 和一个带 H 的元素：When、Where、Who 和 How。When（何时）：2012 年 7 月 23 日星期一。Where（何地）：加州核桃溪市靠近地铁站的

“文托多”建筑群内。Who（何人）：一个退休的中国糟老头。

然而，这种交代太粗糙，光是“何地”便可作点深层发挥。这张可供两个人面对面就座的小桌隐藏了至关重要的“背景”问题。如果我选了靠窗的椅子，那么背后便是星巴克内部。我没有，这是稍稍迟疑的结果——我不是要写星巴克吗？为什么飨对象以冷屁股呢？

此刻的坐法，“背景”便是核桃溪的市容：一条叫“崔立特”（Treat）的大马路，上面有驰驱的车辆。稍偏一些是一个十字路口，它的上空是形状如银色巨鸟羽翼的铁架以及辐射形铁条组成的骨架，远望似悉尼大剧院的庞大建筑，掉头看不过是横跨马路的人行道，这种现代气派无疑给城市加了分。左后方正在建楼盘。再远一些应该是公园，林木葱茏，连成一片，叶丛间漏出招牌和灯柱。如果待长久些，我便会去探幽索微。连带地摸清这个小城的前途和钱途。我不看好这里的房地产，我所在大楼的底层都是商铺，但七成依然空置，开业的只有健身房，保险公司和号称喝咖啡、使用电脑和吃饭三合一的新潮店面。

上面说的还属表层，一如“核桃溪”不必有核桃和溪一般。眼下我和这块土地并无纠葛，却不等于没有记忆。20 年前，我至少有 5 次来这里访友。受到的款待自然是极为美好的，只可惜细节无存，只记得一种大如小龙虾的海虾，那格外红彤彤的色泽。另外，和主人路过公用游泳池时，他骄傲地展示腰间的钥匙以表示他乃是有免费戏水资格的主人翁，我很羡慕他在池边晒出的、与海虾相仿的火红皮肤。此外，一位洋朋友请我全家吃晚饭，除了以罐头蚬汤为前菜、牛排为主食的情节，其他的都被岁月洗刷净尽，毕竟那是 25 年前了。如今能和这座城市重新结缘，是因为女儿一家住在星巴克上面的一个单位。笼统说来，这背景对我没有什么意义。一如游客，即使背后是自由女神像、埃菲尔铁搭，也只能为“到此一游”充当注脚。如果背景是山岭，主体应该是参天大树；如果背景是老屋，前面应该是耕耘的田地，最好旁边还有篱竹，上面爬着牵牛花伴你雪白的鬓发。

好在，欠缺景深，并不妨碍我揩干屏幕上的咖啡渍开始码字，写星巴克的内部。首先吸引我的是咖啡的分量，在价目牌上分三种：Tall、Grande、Venti，分别为 12 盎司、16 盎司和 20 盎司。通俗的说法无非是小、中、大。价格由左到右递增。别小看这样的排列。有一个黄色笑话讥笑某一群体（例如 A 国）男人“那话儿”的尺码，说只消这样排列：大码、中码、小码和 A 国码。三个别扭的名词害得我每次进星巴克都发呆三秒钟。细考其来历，它们正好说明了星巴克创立者的初始理念——另辟蹊径。星巴克崛起之初，以面包连锁企业 Dunkin and Dunkin 为假想敌，务必标新立异。对手卖的咖啡分小、中、大三等，星巴克岂能照抄？从英语拿来 Tall（高杯），此“高”在价目牌的序列本来是老二，前面有 Short（矮杯），比高杯更便宜一些，然后从意大利文借来 Grande，意为“大”，至于 Venti，意大利语的原意为 20，引申义为“超大”。可是，喝咖啡特别凶的美国人不喜欢小号，Short 遂被淘汰。

研究了一阵子价目牌，我才意识到自己冷落了眼前的咖啡，马上喝。啊！何其美妙的巴西货，劲道醇厚且香味老到。喝它，一如和一位道行高深的道人周旋。星巴克普遍供应这种咖啡，绝非即兴为之，它是在咖啡专家品尝、比较以及市场调查之后的结果。我曾在诗人纪弦戏译为“蜜儿不来”的 Milbrae 市的星巴克参加一个临时拉夫的品尝会，专家端来七八只纸杯，每一只盛着不同的咖啡，有夏威夷的、法国的、哥伦比亚的、印度尼西亚的和埃塞俄比亚的。他们要我们这些毫无专业知识、连“发烧友”也不够格的消费者逐一品尝，然后选出前三名。专家特别推荐埃塞俄比亚产的“卡发”，他们说“卡发”用的是传统的“包壳曝晒法”，味道特别香浓。但是，我品不出来。

慢悠悠地喝着，放下杯子，码一行字。

往下，就该用“Who”（谁）做文章了。先说顾客，从此角落数到彼角落，共有 11 名。闲谈者 5 人，用电脑者 4 人，独坐发呆者 2 人。青年才俊占多。一位比我还老的白人坐在双人沙发上，和同伴高声谈论两位总统候选人。老人说：“奥巴马害得我每月多花 20 多元医药费，我向上帝祷告他只干一任就下台。”看来他是资深共和党人。他眼前的桌子上只有一个铁做的水杯，这是他散步时随身带的，这就意味着，他并没在这里消费一毛钱，却大大咧咧地坐着骂人。再细看，不只是老先生，两个年轻人，他们面前也只有笔记本电脑，凝神于虚拟世界而不知人间何世。

我敢保证，不论过多久，嚼口香糖的店员也不会走近，请他们出去。站在店家的立场，顾客盈门之际，揩油的当然会遭冷眼；可是，若里面冷冷清清，老板就情愿让非消费者来充一充门面。而且，“和社区居民建立良好关系”应列于这个跨国企业的规章之中，一如从前中国某一国营商店

《服务公约》上有一条——“不打骂顾客”。

看腻了坐着的，便看站着的。断断续续有人进来、出去。趿着拖鞋的少妇眼神迷离，带来一股慵懒的气息；一身名牌西装的青年，想必是春风得意的企业高管，在柜台前顾盼自雄，因为墨西哥裔的性感女店员只顾看他忘记找零钱了；白领丽人的香奈儿5号香水没有被匆忙的脚步搅散，她的高声大笑却把三位大汉的话题打乱了——昨天在AT&T体育馆的棒球赛上谁打出了至关紧要的全垒打。两个警察先后进来，我紧盯着他们的举动，纯然是因为好奇——他们享受免费待遇否？结果是：都要乖乖付钱。

一位女士推门进入之前抱起了她通体雪白的贵妃狗。三位同事模样的青年男女在料理桌前，向纸杯子倒进牛奶或脱脂牛奶，加入白糖或粗砂糖，搅拌。网上摩登哲人曾说到涵盖整个人生的三种咖啡：加进牛奶（或巧克力）和糖的咖啡，代表花样繁多的花季少年；单加牛奶的咖啡，代表不复甜腻的稳重中年；什么也不加的黑咖啡，代表原汁原味的落寞晚年：天晓得他道中的比率如何。眼前的男女同在青年和中年之交，但各人所加的糖和牛奶的分量就大为异趣。一位地产经纪模样的男士一手拿杯，一手拿搅拌棒，用嘴巴咬住盖子，我疑心这是新潮流。

杯子里的咖啡缓缓地冷下去。我坐了一个多小时，如写生一般码了一千来字，不移步而换形。此刻，写到离我不远的广告牌，牌子上是有关促销的内容，或许它是星巴克最近的主打品牌：一种叫“奥胡”（Oahu）的夏威夷咖啡。广告的大意是：产自海拔二百米的卡阿达山谷地，那里，年降雨量为50毫米左右，平均温度为80摄氏度。手摘和湿制是它的两大特色。和多数咖啡的“干制”不同，“湿制”是放在水里洗净、浸泡、发酵，再放在高处的石头上晾晒。我对面的墙壁上挂着一巨幅照片：咖啡豆填满画面，底部中点冒出一个裹着粉红头巾的人头。画和广告牌遥相辉映，这种伎俩，也许只有设在西雅图的星巴克总部里头的广告总监想得出来。我忽然省及，所谓“三种咖啡道尽人生”的说法颇为牵强，这种“湿法”制作倒可看出晚年的真谛——泡水的咖啡豆，青的浮在表面，它们要被捞出。剩下来的都是老透了的，烘焙以后，自然能维持纯一不杂的苦涩。

四个店员是快活的。他们只能拿到最低工资。他们对任何人微笑。黑人小姐端出切得细碎的蓝莓甜糕，逐一插上牙签后，在所有座位旁边绕行一次。我拿了一块。愤世嫉俗的老共和党拿了两块。一个白人小姐拿着抹布，把空桌子擦了一遍。我想和她说一说桌子不稳的毛病，但最后还是忍住了。

门外的背景忽然生动起来。起风了，银灰色的人行天桥振翼欲飞。夹竹桃和柠檬桉起劲地摇晃。视野中不存在的核桃树，在哪一处水湄？在风里，它摇不摇？我对这个城市发问。门外两把蓝士林布做的筒裙状太阳伞中的一把，在微微震动，另一把则作 360 度急速旋转，我差点站起来去问问进门时问我“要什么”的快乐妞儿：怎样才算遮阳伞的“规范动作”？转还是不转？我猜她的反应是这样的：耸肩，摊手，表示不知道。若逼她表态，她便说：“我先去查《员工手册》。”

我合上 iPad 离开了。文件库里又多了半篇潦草的文字。

九 墓园里

一

这里是阴阳的交界，地狱或天堂的入口，平日是海鸟的地盘。清明节到了，晶蓝晶蓝的天空下，人气在这个微型城市里陡然升高。街道似的白色墓碑一排排，平时填满碑石之间空隙的是，柔软的草色，这时却流动着人的潮水。这潮水在明亮的太阳下泛着奇幻的光——黑的人头，五花八门的衣服、鞋子，男子的鼻环，男子和女子的耳环以及闪烁的项链。这里的实际主人是海鸟，此刻，它们对人类的暂时占领并无过激反应，在碑石上伫立，姿态依然从容。祭祀遗下的或荤或素的供品，海鸟也并非绝对不染指，只是它们已被一连串的供品大餐撑得连高飞也没兴趣。我们一家人在父亲的墓前祭奠、行礼、烧纸钱。父亲的瓷像嵌在碑石上端没有变化，但母亲却更加老了，她在风里飘着的白发使我想起水边瑟瑟的芦苇。

趁着家人切烧猪肉和松糕的空当，我去附近的“街道”拜祭老友老南。我每次来都会顺便看望这位来美 30 年，至少同我情同手足 15 年的诗人、厨师以及唐人街会馆的中文秘书。他的瓷像是在 50 岁上下时拍的，戴着儒雅的眼镜，笑眯眯的眼睛，神情还有点顽皮。这照片曾经被放在他诗集折页的作者简介旁边，想必是他最中意的标准像吧。恍惚间，我好像来到他生前位于格利大道的书房，他正在文稿纸上田垄般的绿色方格里写诗。听到我故意放轻的脚步，他蓦地抬头，或许因为太熟，一点也不以我的“不速”为忤，那个微笑和照片上的酷似。然而他辞世已经 8 年多了。

我从前感叹，人的任何照片都绝对比本人年轻，然而放在冥界却相反，因为不老的只有照片。我凝视着它，往事似阳光直射下的碑石，清晰至发亮。我鞠躬如也，心里说，老友，当年你每次谈及死亡，都说死的事不是问题，只是从生病到死的过程太长、太麻烦。从这个角度看，你是幸运的，一天就办妥了。

妻子在远处唤我，我从老南的墓前离开。不料有了新发现：一位失踪多年的高中同学原来躲在这里！他叫黄明，早在2006年已去世。伉俪碑上，他的生卒年写在右边，上端是他的瓷像，那是一张熟得不能再熟的脸，黝黑、瘦削、目光炯炯。我失口叫了一声："靴仔！"

再跨过一条"街道"，在另一行墓碑里又看到一个：陈锡。又是一惊：他也是我的中学同学。他的瓷像是一本正经的教书匠模样，怪不得，他移民前在家乡的中学任教。

二

三个人，阴阳永隔的朋友或同窗。他们迁居到一个我们或迟或早都前往的世界。他们在阴间的地址，我们姑且以墓碑为记。老南比我年长8岁，黄明和陈锡和我同届，年龄近似，他俩都在60岁前后甩了手。长久负疚的是，他们三人的葬礼，我都没参加。老南的，虽然我知道日期，但当时回国了，只请朋友代送了花圈。其余两位，我连出殡日期都不晓得。看碑石上刻的辞世日子，我那时在旧金山上班。可是，当时没有人通知我。也就是说，他们的亲人并不晓得我是逝者的朋友。

扫墓以后，我心里一直难以平静。老南、黄明、陈锡，三个旧金山新移民长眠在郊外柯思马的绿草上，背靠着如黛的青山。穿挺括西装、戴鲜艳领带的是当会馆秘书的老南。戴蝴蝶结，穿红色制服、黑西裤以及一双让我记起他早年威风凛凛的靴子的黑皮鞋的，是25年前在意大利铁马餐馆当见习生的黄明。戴着染满油污的白围裙的，是当着糕粉店老板的陈锡。这三个形象在眼前晃动，使我陷入痛苦的深思：回忆他们，能给在世人提供什么？每一个消逝的生命，远距离看无非像公园角落小小山丘里的蝼蚁那样，悄悄地活，而后无声地消失。没有所谓的"蝴蝶效应"，更不存在什么"永垂不朽"。难以发掘哪怕十分轻微的"警世意义"，是不是向墓碑鞠躬便可以了事？若然，我应该把感慨发完就去睡，醒来就像什么也没发生。

然而，我停不下回忆的鹤嘴镐，很想掘进卑微人生的底层来审视这些和我的人生有过交会的鲜活生命。巧不巧，他们都可以贴下标签：老南——半拉子诗人，黄明——折腾型，陈锡——忧郁型。如果不嫌粗糙，可以这样说，陈锡是中国人的多数，黄明是少数，而老南则是二者作了折中以后的异数。

三

先说黄明。他的折腾，在婚姻上。在女儿上高中的年代，他生怕宝贝被“黑鬼”勾引而采取极端手段——晚上不准外出。处于逆反期的女儿则多次造“庭训”的反，不但迟归，有时还干脆在同学家借宿，故意气老爸。坐在门口边抽水烟筒边等候，直到通宵仍不见女儿踪影的黄明实施的是中国古老的管教方式，轻则破口大骂，重则动手。女儿愤而报警，不懂英语但偏偏爱青筋暴突地骂人的黄明多次被抓进警局，但他不思悔改，依旧施行家暴。他的妻子忍无可忍，和女儿站在同一阵线，但还是制止不了黄明的疯狂举动，最后她们便从娘家搬救兵，一次又一次摊牌。黄明在旧金山没有亲戚，自以为受尽岳家的欺凌，便和老婆离了。和他共患难多年的妻子是黄明下乡当知青时认识的，比他小 6 岁，地主出身，在村里的地位最为卑贱，每次运动到来，她父亲就被挂上“地主公”的牌子押到斗争会现场去陪斗。从城市被下放的黄明，家境还可以（上高中时穿得起皮靴就是明证），喜欢上地主的闺女后便结了婚，并育下一子一女。后来这种政治冒险获得报偿。妻子的伯父在旧金山为属于他家族的四个家庭 20 多口人申请移民。自此，黄明一家便离开了留下太多屈辱记忆的故国，在旧金山落户。20 世纪 80 年代末，我把黄明领进下城区的老牌意大利餐馆当我的下手。黄明的家乱成一团，不过那是 20 世纪 90 年代初的事。离婚以后，由于房产属夫妻俩，难以切割，所以他和前妻依然住在一栋房子内。

黄明是出名的犟性子，为了向给前妻撑腰的那个具有“大石压死蟹”实力的大家族示威，在签下离婚书时就开始找对象。通过报纸上的跨国征婚版和广州的一位会计师认识了，每天都打贵得要命的越洋电话。“头一个月的通话费就 3 千美元。”有一次他在电话里半是炫耀半是无奈地对我说。如果是 20 年前，他一个月的工资恐怕都付不了这张电话费账单。但很快，女方就以母亲病重为由退出了。后来黄明干脆加入俱乐部，把“谈对象”作为业余的主要消遣。他养了两只凶猛的狼狗，说来说去，前妻的“后台”的侮辱一直是他难以化解的心结。“说我个子矮，要钱没钱，要力气没力气，哼，管教自家女儿轮到你们指手画脚吗？现在打上门看看!”说到看门狗的威风时，他解恨地笑起来，黑脸膛变红，眼睛里布满血丝，那样子有点吓人。我知道，和他断绝了关系的女儿迁到别州去了。老婆儿子和他住在同一个屋檐下，吃饭时可能连招呼也不打。

黄明一次次投身于涵盖美国、加拿大和大陆、港台的相亲，都在前妻的眼皮底下进行。虚张声势而已，效果甚微，他的表面理由是“气死她”，但内心深处却是依恋旧情。设若真的死了心，他就不会挖空心思地刺激给他许多气受又让他享受温柔的女人。可是，“激将”绝对不能产生正面效果，前妻骂他也越发凶狠。黄明横下心，在离异的10年间，通过跨国中介、电话，网络谈了10多个对象。最后，他神差鬼使地和一位远在哈尔滨的年轻护士谈好了，后来就马上回去完婚了。那一回，在飞往冰天雪地的东北“成其好事”之前，为了办理单身证明和新婚妻子的移民签证所必需的经济担保书，他以“好同学不帮谁帮”的强硬口吻，要我立马给他打5 000元，以证明他能养得起来美定居的老婆。我还没来得及往银行跑，他又来一个电话说不用了。为什么？吹了。那一回，我没帮上朋友却和从来没见过面的“前黄太太”结了怨，因为我和黄明通电话时，她躲在卧室门后面听得清清楚楚。她断定，我这位中学时代笛子高手黄明的崇拜者，是数年前把黄明带进收入较高的西餐馆的“贵人”，也是破坏她和黄明复合的千古罪人。此后，每一次我打电话到他们共同的家，只要是她接听，必然被骂个狗血喷头。

可是，黄明再婚之心不死，终于在55岁那年成功地变为洛阳一个小学老师的丈夫。他从遍开牡丹的名城归来后邀我上茶楼，也算是补请客吧。从认识到谈恋爱最后到论婚嫁，黄明一笔带过，只说“小徐”35岁，离婚3年，个性活泼，“我离开前，她在机场抱着我不放，眼泪流了一地”。下一步就是把多情的新婚妻子弄到旧金山来。这些年他因忙于择偶而荒废了正业，当务之急是挣钱，他开始打两份工——白天在建筑工地当扛水泥包的小工，晚上在越南餐馆见习生。到2006年，也就是他去世的前一年，我和他最后一次在茶楼见面。他神情落寞，若有所思地低头猛喝劣质水仙茶。我追问几次后他才说出心事。原来，在他向移民局递交申请表不久后的一天给她打电话，接听的竟是一个男人。对方才说了一声“喂”，就知犯了大错而把电话挂了。他再打时是妻子接的。他问刚才那位是谁，她声音变了，一个劲儿地说是她哥哥。黄明本来就是火爆脾气，但这回他没拆穿她的西洋镜，只是恨恨地搁下电话。通话时是凌晨 1 点，她住的宿舍只有一个卧室，哥哥怎么会待得这么晚？不是情人才活见鬼呢！恐怕和他成亲前就睡在一起了，也许这男人是有家室的，和她无非是玩玩。好在，这一“绿帽子”与其说是打击，倒不如说是解脱。原来，前妻在黄明发现年轻妻子出墙前后已经有意复合，她凭着近水楼台，每天做了老火汤端进黄明的房间。两只狼狗也早已被她摆平，因为她每天都从她上班的中餐馆带回骨头。黄明乐得顺水推舟，每天晚间都进前妻的卧室睡觉。如今，难题并不在破镜重圆，而在摆脱洛阳的妻子。他问我怎么办。我说简单得很，马上离婚呗。他抱头苦笑说：“老鸟飞了千万里，还是要回到破巢去。”两个交情超过 30 年的男人面对面坐着，我端详着他的脸，这几年他老得特别快，中年的容颜是近于豆腐渣的河堤，凶猛的感情冲击频繁，就更是老得一塌糊涂。那一次见面后，他的音讯断了。这一次，却在绝对难以预设的地方见上了——墓园，瓷像。粗略算算，和那次和我上茶楼相隔还不到一年。估计是心肌梗塞所致，他因个子矮小而自卑，再由自卑衍生自大，三言两语不合就会和人大吵，乃至动手。他在意大利餐馆，曾和一位负责洗碗的墨西哥大叔对骂，青筋全摆在脸上和脖颈上，一个劲儿地“操你妈”却说不出英语，最后反而是人家抱住胳膊看他笑话。我把他拉到一旁说，快消消火气，别给气死了。不幸而言中，或幸而言不中？黄明早逝的真实缘由，需问墓碑右侧上已凿下姓名、出生年月日只差死期的未亡人。

陈锡和老南并不曾离婚。看墓碑，老南那依然单身且替二女儿照顾孩子的老妻，并没有遵循唐人街的惯例——和亡夫共用一块墓碑，或许是不愿意在阴间和诗人携手，或许是买不起双人墓地，也可能是别的顾忌？不得而知。陈锡的妻子在丈夫患了癌症以后，便把生意早已上了轨道的糕粉店盘出，我想她在百年身后是要和夫君团聚的，这可以伉俪碑上的文字为证。

四

我背着手在草地上徘徊，远远近近，一柱柱烟篆把阳世亲友的思念都写在蔚蓝的天幕上，海鸟穿梭其间，鞭炮噼噼啪啪。三位故人的身影并排伫立在虚幻世界。

32 年前，在我和家小抵达旧金山的当天，从唐人街茶楼点心制作部下班的老南赶来和我见面。站在我眼前的，不是一脸油汗、在煤气炉前蒸虾饺烧卖的厨师，而是着三件头西装的阔佬，肚皮抢眼地凸出着，我没敢问他来美后增重多少。他大声宣告：不肥出气候来怎么好意思称“金山客”呢！我们两人漫步在金门公园，他教我在美生涯的第一课：过马路。从此，两个在乡间一起作诗的狂热者，友情有增无减。他在异国以“三无”（无驾照、无信用卡、无支票户口）自豪兼自嘲，前后至少失业 10 次，却写了数百首新诗和 20 多篇短篇小说。

陈锡呢？一辈子劳碌而安分，出国前他在家乡的中学当数学老师，后来升为教导主任。来美后许多年，他给一家茶楼当清洁工，上班时间都在深夜。后来，他老婆凭在老家学得的手艺，开起糕粉店来。陈锡白天在糕粉店当厨师，午后过了高峰期就坐在糕粉店门口抽烟，我路过时必和他聊三分钟的天。他常常提及，这样“挨世界”没意思。他唯一的一次兴致高涨，是我问他为什么他店子蒸出来的白面馒头，卖相特别好。他微笑着教我秘诀：拌面粉的不是水，而是全脂牛奶。

他们都是平凡的劳动者、新移民。叔本华在语录体《论心理》一文中认定：“人的个别真实生活，主要也在自己意识中。”“意识明晰的程度，即思想明晰的程度，可以视为生活的真实性程度。”从这个立论出发，可以把人分为 3 种。一种人“永远在动乱不安中”，“总在争争吵吵，没有一点时间用在思想上”，“他们不会想到自己生存的一致性，更不会想到生存本身”，黄明属于这一种；还有一种人，“深思熟虑而头脑灵敏的商人”，“他的时间老是花在思考方面”，因此，“他的生活具有较高的真实性”，陈锡近之，却多了些忧郁；第三种，指诗人和哲学家，“思想已达到极高的程度”且“心中的观念已超越一切为意志役使的关系”，他们是“最真实的人”。老南的天赋有限，不可能达到这一境界，好在他耽于写诗多年，是可以贴上这个标签的。

如果问他们给后世留下了什么？客观地说，不多。但是，谁又能留下许多呢？富豪留下财富，节妇留下牌坊，英雄流芳百世。普通人在世间走一遭，也许只宜充当老杜诗句“身轻一鸟过”里的鸟。我和他们一样平凡，所以自己也不必哪壶不开提哪壶。

我们要记住的是逝者的好处。愿陈锡所教过的莘莘学子能记得这位严谨的师长，一如我在上初中时，惊艳于他出色的硬笔书法一样；若茶楼厨房里专供“抛锅”用的多孔煤气炉有灵，应当记得他每天半夜里来清理烟垢和油污的情形。

再回头说黄明，他一生有太多周折，一言难尽。他的财产就是和妻子一起买的房子，现在应该已归妻子一人所有。他的退休金也该由妻子领取。据伉俪碑的左侧所载，他的妻子生于1953年，比他小6岁，要到2019年才能享受到这份余荫。就我和同届的同学来说，黄明最拉风的是，他是全校1 500名学生中的“独一份”——黄澄澄的皮靴，接近半个世纪以前的1964年，学生只穿得起解放鞋，贫寒者只好打赤脚，他却以带钉的靴子使得人人为之侧目。“靴仔”的诨名，在离校多年以后，依然跟随着他。老南比他俩幸运，他所著的诗集和小说集现在还陈列在图书馆。将来，如果撰写《当代美国华文文学史》的国内学院派知悉老南曾把数百张稿纸贴在卧室，每天绕室吟咏，琢磨又琢磨，也许会乐于腾出半页篇幅，用来对他的长篇叙事诗《梅菊姐》作简要的评论。

我能做的只是：在每年的清明节来墓前和他们打个招呼，放上供品。

十　三个宝贝“瞎拼”去

家里有三个宝贝：老宝贝——妻子，中宝贝——女儿，小宝贝——外孙女，前两个的年龄合起来有 90 多，但最后一个在这方面却作不了大贡献，因为她来到这个世界才 105 天。午饭后，她们在家里忙乱了一阵，因为外婆要给小宝贝加衣服，但小宝贝不肯而拼命哭闹，声震四方。好在，粉红小袄穿上身后，我把她放进提篮，她马上安静下来了。拴安全带时，她骨溜溜转着带泪花的眼睛笑起来。我把篮子提出门放进车后排座位的婴儿椅上，扣好保险扣。

然后，三个宝贝 Shopping 去了，Shopping（购物）这个英语单词，差不多已经国际化了，有人音译为“血拼”，有点暴力；我喜欢另一音译：“瞎拼”。音义兼顾的“瞎”凸显了女性购物的神韵。男人上商场都带着明确的目的，速战速决；女人呢，则漫无边际，逛、看、试、想、比、算，加上退货，动不动在一个商场耗一整天。有鉴于此，从当陪人到只当车夫再到全程缺席，我一路淡出。好在，自从女儿长大以后，妻子就不再抓我的公差。母女俩“瞎拼”，一路或讨论或争吵，乐不思家，而我要付出的代价是饿肚子——她们拼着拼着就会忘记回家做饭和吃饭。今天，梅西斯大百货公司的夏季“清货大出血”刚刚开锣，石头城里就人山人海，我和往常一般，并不想掺和进去。小宝贝躬与其盛，是因为她们不放心把她交给我这个末流保姆。

对于实施“瞎拼”大计的妈妈和姥姥，小宝贝虽然是累赘，但绝不使她们厌烦；相反，她不但是“瞎拼”的兴奋剂，而且是全程的中心。外婆说，别看她小不点的，可天生是“瞎拼”的料，在路上没吵闹不说，就是坐在手推车里逛女装部，从裙子看到裤子，从手袋看到鞋子，从夹克看到套装，眼睛也只是光顾骨碌骨碌地转而没吭过一声。

更奇妙的是，逛了一个小时以后，外婆看到小宝贝的尿布沾满了屎和尿，一塌糊涂，但当事人却全不当一回事。如果在家，光是尿湿了，她也会哭着抗议。至于屎，更不会拉在尿布里，预先会发出惊天动地的哭声，直到富有经验的外婆把她带到洗手间去一拉为快，才破涕为笑。然而，为了配合大人的事业，此时竟能这样宽容。

想起一位早年在柏克莱大学上学的朋友，养了一只极乖巧的哈巴狗。每天他去上学，小狗都缠着不让走。朋友和小狗谈条件：我带你去上课，但不能出声，如果被教授发现，你就别想跟我走了。从此，他每天都把小狗放在背包里出门，不管上课多长时间，小狗都保持缄默，就这样过了足足两年。我不知道小狗的智商和百天婴儿比，谁更高些。看今天，我们的小宝贝显然比那只名叫“王子”的小狗强得多。

老宝贝和中宝贝今天的“瞎拼”，成果一般。老的说：“里面尽是中国货。”这句话，差不多每次逛商场回来她都含着各种感情色彩地说一遍，有时是自豪，有时是遗憾，有时是不带褒贬的描述，今天就是。她买了一件黑色半棉半尼仑的晴雨两用夹克，中国出口的，原价150美元，打折以后只80美元。为什么不在国内买，她认为这里便宜得多且较少山寨货。

中宝贝买了几条裙子，她不看价钱，也不管产地，只要符合“合身”和“时尚”两个标准。外婆给小宝贝买了一件有蕾丝衬边的环形花冠，小宝贝戴上后成了十足的小天使。使得老中两宝贝一起快乐的，是买到了合意的手袋，一个带豹纹的巴宝莉，一个寇奇，都是名牌；至于是不是中国加工的，她们因忙于对着镜子摆各种拿手袋的姿势，讨论该用哪边肩膀挂而没功夫检查。这当儿，小宝贝乖乖地睡着了，才不理会在偌大商场里环绕她的是多少脚步声、谈话声和打发票的滴滴声。

以上这些，我并非亲身感受，而是听老宝贝说的。要不，就是我对着她们的“瞎拼”战利品虚构的。

 某校友会周年庆记

一、缘起

我在旧金山住了30多年，参加过的社交聚会，“白事”、“红事”一类不算，非去不可的至爱亲朋的婚嫁、弥月宴和寿宴也不算，光是同乡会春宴、迎送要人名人宴、某团体成立若干周年宴以及各种各样的筹款宴会就不在少数。以今年5月为例，光是下半月，就接到4份请柬，其中3份是家乡某所中学的同学会成立或周年纪念的宴会，一份是南湾一个文化中心文化人的聚会。这些一半是出于履行社会义务、一半是为了交谊的派对，虽然过去我是勉为其难地参与，但是，在唐人街却可见到穿正装、胸前飘着“燕子尾”的同胞结队往某酒楼前进，一路顾盼神飞、“万物皆备于我”的模样。对此，我从前抱的是“看要猴”的心态，如今老了，便改变过来，只有羡慕。

另外，从写作者的立场出发，有一个难处——无法从这个“庆祝”那个“纪念”中挖掘出“意思”来，热闹完了也就完了。我只写过一篇《赴粥会记》，记叙了16年前受邀参加“金山粥会”午餐会的始末，语言上并无大不敬，只是颇多调侃；而且，我没有把以下对“拉山头太随便”的讽刺写入——连“吃粥”也能成为一个成员达数百名的社团的宏大宗旨，那么扯起“金山饭会”的大旗，啸聚上万会众难道还是神话？“饭”的威力一定胜于“粥”吧？

今天，坐友人夫妇的车，前往唐人街参加家乡甲中的校友会年会。友人A和他的太太B是旧金山新移民中少有的成功者，在地产界具有相当实力。他们盛装前去，有一个重要原因，那就是“人情投资”。酝酿了20年而只因群龙无首而多次胎死腹中的“美西甲中校友会”将于下星期临盆。盛况是需要预先营造的，而最要紧的就是人气。他们夫妇和甲中校友会的

中坚们都去捧乙中校友会的场，以换取乙中校友会同仁的同等回报。

对这类“螺蛳壳里做道场”的社交活动，我从看不起到认同、支持，是近年来对“公民社会”内涵进行重新思考的结果。公民社会的前提是公众参与。在西方，公民社会的核心是教会，而教堂是社区内主要的心灵诊所、合作场所、交谊场所和娱乐场所，然后就是五花八门的“会”，按行业（如工程师、足科医生）、兴趣（如钓鱼、登山、收藏）、资历（如退伍军人、“二战”老兵）、疾病（如青少年糖尿病患者、艾滋病人）、籍贯（如湖南同乡会、美西客籍联谊会）以及姓氏（如刘关张赵四姓组成的“龙岗亲义总公所”）分会。然而，中国人先天地欠缺宗教情怀，当教徒的比率不高，相形之下，团体便承担了教会的大部分职能。经营好同仁团体，就是为公民社会添砖加瓦，其中的校友会就是负载共同青春记忆的好团体。

二、要不要公关？

A、B 夫妇在车上，忙不迭地向我解释一桩我一点也不介意结果的事件——一篇由我撰写的报道，他们予以否决。起因是这样的：40 年前在甲中当过 10 年校长的朱老先生，从 A 那里获得我的手机号码，一个星期前他来电说，请我替已被筹委会选为会长的 B 女士作宣传，以便提高 B 女士的号召力，让更多甲中校友参加成立大会。我对此原则上表示同意，但怕没地方刊登宣传内容。朱校长拍了拍胸脯说写好以后交给 B 女士，由 B 女士转给他，他保证在大报的社区版让宣传内容露脸。我应命，最后把稿件送到 A、B 伉俪的家。我完成任务后就没再跟进。A 和 B 在车上对我说，报道不敢拿出去，他们怕被乡亲和校友讥为“炒作”。

我说没什么，顺其自然就好了。其实，这一“熊掌与鱼”式选择题的背后是中西文化的冲突。按中式办，谦冲自抑无疑很重要；按西式办，却要尽可能地利用媒体增加知名度，知名度就是公信力。既然我们生活在“不主张低调”的西方，就要随俗。当然，也不能搞一刀切，鉴于校友会成员是固守中国传统的第一代移民，公关最好两边讨好。好在不难兼顾，撰稿人注意措辞，强调首任会长志在奉献，略过带炫耀性的内容便可以了。

三、“老会长一直不愿退”

会场上，一切都是暖色调，这是专为喜庆而设的餐厅，从柱子、布帘到屏风都是大红或朱红，横额、桌布和餐巾亦然。大家或站或走动，一片熙熙攘攘。不过，简单的寒暄也好，深入的交谈也好，都是熟人之间的事。而且“熟人”几乎是社交的唯一对象，这是中国人的痼疾。连带的就是圈子狭窄，难以形成包容“众人”的政治诉求。

好在有例外，乙中校友会M会长对全体参与者都予以热情接待，熟的拍肩膀，说笑话；素昧平生的，也谦和地握手，连说欢迎。如果时间允许，他还兼当带位员，一路问从哪里来、塞不塞车、哪个村的等问题。他仁厚长者的风度，人见人敬。

不过，我的好朋友H几次向我提及，M会长已80岁了，校友会成立9年，他一直不肯退下来。“别以为我这‘陪太子读书’的副会长要抢班夺权，我这是为集体着想。校友会的首脑必须有广泛的人脉，M会长移民前曾在东北某大学教书，离乡大半个世纪，对家乡并不十分熟悉，校友会的成员也认识不了几个，这样下去，人会越来越少。必须换上能够承上启下的人。”我对H的话表示同意。

M会长贪恋职位这一现象可堪玩味。唐人街以姓氏为标志的同乡会大多数都有百年以上的历史，肇建的先侨高瞻远瞩地买下实业，除用来办公之外还出租，每年租金收入就有数十万乃至上百万元，既可维持日常开支，还可以给每年参加春宴的老人发补贴，给学业优秀的子弟发奖学金。从20世纪80年代起新移民为主体的团体则极少置业。他们一没影响力，二没外来资金，三没经济实力，担任“三无”组织的头头，不但类似正月十五的“福”字——倒贴，而且几乎没有带“含金量”的活动能量。用会长、总董、主席、共同主席或者元老的头衔来自我安慰犹可，玩真的就难免出洋相。

我这想法貌似清高，其实俗不可耐。下意识地拿国内的官职作参照物，“诸公衮衮登台省”，他们的特权、贪腐、排场古已有之，《聊斋》里描写为：“出则舆马，入则高堂。上一呼而下百诺。见者侧目视，侧足立。

此名为官。”可是，我漏看了一个侧面，那类附加无数实惠的“官”，职位、等级就是身家性命，身在其位所承受的压力、所费的心机以及所付出的代价则可以“豪赌”喻之，而在海外的同仁团体中弄个头衔，也就是请人上茶楼以拉票而已，彼是“长”，此也是。海外的“长”回到国内去即可暂时享受国内的“长”的尊荣，感觉何其美好。不错，M 会长虽然老些，但校友会的“会务”基本上都是一年一次，况且今天他已恪尽职责。这种事情无利可图，唯一的好处是出风头，活到如今，他好不容易才兑现了成就感。

从 M 会长说开去，人的本性之一就是容易上权力之“瘾”，权力烈如海洛因，一旦染上，极难摆脱，除非制度上予以限制。再芝麻的官，再清水的衙门，都有致命的吸引力。这一微妙的通病，只要你当过一任“官”，被朋友和乡亲们真诚或客气或语带讽刺地称为“长”，那么就有了以下叫你迷恋一辈子的荣耀——在掌声中健步登台作庄严的会务报告；和所在国的民选官员、议员以及母国的“实官”见面时，被人以“××长”这一全称介绍，因而获得“久仰”的回应，得到非同一般的礼遇；你的名片上会载上一个或者一行带“长”（哪怕是荣誉衔）的名称，回到老家，不明就里的或装作煞有介事的明白人都会给予礼遇；在宴会上，你旁边坐着的是当地的一把手；你的名字和职务上了报；你被电视台请去做专访，专访中有这样一行描述你的风度：“虽然贵为××长，但为人十分谦和热诚”；开大会时，你很可能被邀上主席台就座，并享受镁光灯的照耀；照团体相时你被安排在第一排的中央，甚至坐在数目有限的椅子上。M 会长捧着香饽饽而不愿被人染指乃是人之常情，只能怪当初拟定《校友会章程》没有开列一条——会长只能连任一届。于是，我向担任副会长的朋友献策：发动一些校友会的理事修改章程条款。

四、主轴——演讲和照相

尽管会场如家乡的墟场般热闹，但在请柬所指明的“11 时半”之后的半小时，司仪才宣布开始（中午 12 点才是组织者心目中的开始时间，预留提前量而已）。各项仪式照预定计划进行，偶尔带上扩音器电流声的嗓门在大厅里盘旋。会长致欢迎辞，第二副会长宣读母校以及各地兄弟团体的贺电贺信，第三副会长报告会务和母校现状，第二副会长致感谢辞。

第二副会长，即好朋友 H，上台前拿着发言稿请我最后把关，我草草读后连声说好。他质问我："真的不错？别骗我，要出洋相的！"我这样肯定：第一，但凡大会发言，留心听的其实不多，过得去就行。第二，你即将上台，现在提出修改只会让你失去信心。须知演讲靠的是底气，只有灌注了热情才精彩。第三，会长在前，副手的锋芒最好稍加收敛。

尽管没人听，但为了对得起头衔，他还是写了三晚演讲稿，练读了两晚，还请一位香港女士校正读音以求字正腔圆。我只提醒他一点：公开答谢，最紧要的是不要漏掉任何一位。为了加强说服力，我还举一个例子：家乡某小学由华侨捐建的教室大楼落成，由捐款最多的几位拿剪刀剪彩，但有一位也属"最多"之列的侨领没领到剪刀，马上拂袖而去，并表示以后不再参与。

演讲完毕，开始照相。一个活动的精彩与否未必紧要，照相才是具有历史价值的"定格"方式。唐人街的社团活动中，摄影师是凌驾记者之上的无冕之王。社团留影，放在 20 世纪 80 年代及之前，是由老资格的社区报纸《金山时报》垄断的。专职跑社区新闻的摄影师，并不介意在报社领最低的薪水，因为他有自己的摄影店，包办社团活动的照相和晒相片。按张收费，一张从 10 元到 20 元或 25 元不等，一张团体照动不动就可囊括上百名胸前飘"燕子尾"的当红名人，而照片不但披诸版面马上被朋友们瞻仰，而且可以买回家放进家庭照相册中传诸后代。摄影师有一条铁则：买照片可以，底片却不能出让。非要不可吗？出 300 块钱。今天的摄影师是从另一校友会来的，他负责拍照并发上网络，友情客串，格外勤快。会长伉俪合照，正副会长合照，全体校友合照，顾问合照，老师合照……

五、"为什么偏偏漏掉我一个"

两个多小时过去了，庆会皆大欢喜地结束。H 告诉我，收到的餐费已足够支付全部开销，正副会长不必掏腰包补足差额，他松了一大口气。往下一桩事——登报，如果办得漂亮，那从头到尾就无懈可击了。

次日，大报以整整一个版面刊登甲中校友会的长篇报道，并附加大量照片。

好朋友 H 从版面内容上看出两大毛病。一是报道中列举的为庆会乐捐的校友名单中，“只举 × × 校友捐出花生米，其实，放在各桌的小吃，不止花生米，酸菜是 × × 校友捐的，凤爪是 × × 校友捐的，如果只举其中一种，其他两位的感觉能好到哪里去?”二是他自己的切肤之痛：“一张正副会长和理事的合照里共 11 人，却只列出 10 个名字而偏偏漏掉我的。今天一早，某位‘朋友’看报后马上打电话给我老婆，乐死了。”

我表示十分同情。虽然负责选照片和加说明的女理事已向他再三道歉。“明明知道是无心之过，心里还是堵。她啊，真是哪壶不开提哪壶!”原来，这里隐藏着他一辈子的心灵创伤：幼年时，他父亲下南洋，一去不回。从那以后他和母亲相依为命。村里人看他家人丁单薄就找茬欺负。有一次，他在池塘里洗澡时被一群野孩子按进水下，灌了一肚子水。他忍气吞声，可是却把仇恨记在心里。“最最敏感的就是遭人看不起，我是要跳起来反击的!”

H 的话更让我明白，校友会一类的团体活动，务必把照顾人的尊严放到最重要的位置。

十二　又庸俗又密实的快乐

午后两点十五分，天无一丝纤云，我背着一个鼓囊囊的布袋走在厄文街上。袋子本来是用来提的，但因嫌太沉重就把带子穿过臂膀，挎在肩上。另外一只手提着两个外卖盒。这当儿，忽然悟出，快乐是有疏密之分的，青春和中年的时光太匆迫，快乐成了棉花糖，大块但不经嚼；此刻的快乐，却是密实的话梅，余味悠长。这种密度够大的快乐使我惶恐而生怕乐错了。

快乐从清早起就俘虏了我。老妻昨晚患了感冒。从外孙女满月起，每天一大早由她接班照顾，今天让我顶班。6 点钟，开车到 50 英里外上班的女婿给我道声早上好，出门去。我上楼时，女儿和她的女儿都在熟睡，我把小宝宝连人带床抱起，轻轻地放在客厅的沙发上。小宝贝的睡相如坐莲的观音。曙色从窗台渗入，先唤醒一盆舞女兰、一盆蝴蝶兰，随后，秀逸的观音竹呈现清晰的剪影，组合为日出前妙谛无穷的图画。

小宝贝终于醒来了，抱起她时，奶的淡香和微笑使我心花怒放。7 个星期大的婴孩和 64 岁的外祖父是以心灵来交流的。为了此刻，我要跪下来感谢上帝。7 点钟，老妻上楼做了早餐，只是寻常的麦片和全麦馒头，但前者加上了草莓，后者淋上了椰子油，口感极好。门外茶树的花终于开到高潮，在我买回没有什么叫人兴奋的消息的日报之后，茶树以红艳艳的容颜适时地给我正面的鼓舞。

下午 1 点多，我开始在微风中散步，花旗松下踱出哲学家步子的乌鸦被惊飞。从家走到厄文街需要 30 分钟。犹太街一片宁静，N 线电车隆隆开过时的声音显得粗野。我横过大街，不愿意走那种被健康专家大力鼓吹的“健步”，而只想取悠闲的节奏。此刻，“吃”下道路的脚步似享受美食的口腔，细嚼慢咽比囫囵吞之更能品出真味。

到了热闹的厄文街。老妻交代的购物单在脑子里出现，于是，先进一家墨西哥人开的蔬菜店买菜，再去老妻推荐的糕粉店买全麦馒头，结果却吃了闭门羹，因为今天是休息日。我只好到另外一家具有同一品种的店，只可惜没有放进葡萄干，哪怕是寥寥几颗。接着到一家烧腊店买烧鸭和白切鸡各半只。10 年前，也是在这里，我几次遇到同一对夫妇，一脸上海人的精明的太太，她父亲是当年中国的政治局常委，即不掺假的官二代，和我排一样的队，吃一样的鸡鸭（这种联想犯作文之忌，他们的背景关我什么事？不过，这篇一开始就决心“庸俗”却是例外）。后来又踱进大型超市买腊肠和糙米。这些都是奉命而为。只有一个例外，台湾嘉义出的“庄家方块酥”陈列在收款台旁边的货架上，不知为何，我一见钟情地把它放上传送带。我去“瞎拼”，未能免男人之俗——目标明确，由此而失去盘桓、权衡、取舍乃至砍价之乐，好在，那只是女性的专利。不过，思及移民这数十年间，既无物质匮乏之忧，又无没钱买必需品之窘，在低层次上实现了随心所欲，这是我常常感念的。须知我和我的同胞，在那些年头的人生是被贫困、饥饿、禁锢、绝望所填充的。最后粗略算了算，今天花了 30 多块钱，这相当于退休前工作半个至一个小时的报酬，实在便宜！

走出超市，踏上归途，成了这样的状态——肩背着塞满了货物的布袋，手里晃荡着一个塑料袋。依然取着闲散的节奏，一路感恩。在这般澄明的太阳下，在这并不慵困的下午，心田成了春雨过后酥软的花圃，每一朵卑微的花，每一片安分的叶，都在恩情的光照下尽情舒展。感谢老妻，她今天早上的感冒促成了我和小外孙的亲密关系。怪不得托尔斯泰那么欣赏生病的女人，并把健康的女性斥为灾难。感谢迎面走来的犹太老头，他的包铜拐杖戳在水泥地上，有如鼙鼓一般“咚咚”响着。感谢站在停车表旁边和洋鬼子交谈的同胞，尽管他说英语远远比不上耸肩的动作顺溜。感谢从银行走出的白人女子，她的脸上尽是如连环画一般的刺青，她这辈子铁定不会杀人越货，否则，独一无二的脸定然出现在电视的《通缉犯》节目里，岂不马上被缉拿归案？不过，她之所以留下彰明昭著的印记，是怕自己丢失也说不定。感谢一路护送我的马蹄莲，它的根长在墙根，它的花开在为油漆外墙而支起的铁架下，一茎剑叶擎起一只盛满清澄阳光的酒杯。感谢漫长的路，足以让我把体内讨厌的血糖水平降到让家庭医生放心的程度。感谢饺子铺的大蒜香。感谢犹太社区服务中心门口的轮椅，让我感受到没有轮椅的人生何其幸运。感谢人行道上的狗屎，感谢朽木上清晰的年轮，感谢草地上的饭盒、吸管和中文报纸上的残叶。感谢活着，即使活得千疮百孔，也能教你如何拓展生命的阔度。感谢死，即使在这般的阳光下“翘辫子”，也没有辜负上帝的宠爱。

尤其要感谢布袋的带子，勒在肩膀上，便略略有和哲学家的思考类似的深度。这肩膀，从 32 年前挑着 110 斤行李走过深圳海关以后，似乎再也没机会享受过这样深刻而细致的压迫了。很好，生命必须伴以痛苦，唯有如此才能圈养“快乐”。

终于望见家了，它在阳光下的黑影何其安稳，我拔腿飞奔。家里有我的孙女，无论她在妈妈的怀里睡还是为只喝了三盎司奶水而大哭，都使我快乐。我在书房里，偷偷地打开盛有方块酥的盒子，发出像老鼠吃稻草堆一般的“簌簌”声。

快乐无一不以庸俗和密实为标记，尤其让我快乐。

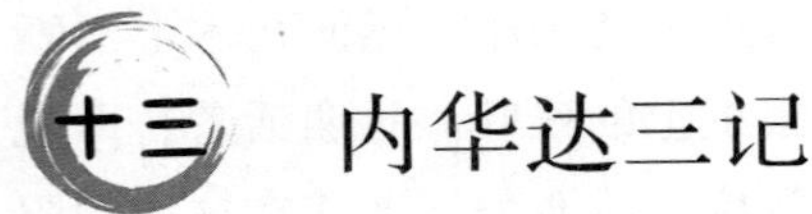

内华达三记

一、春天的橡树

2012 年的初春，我乘巴士从旧金山到数百英里外的雷诺赌城去。进入内华达州境内，沿途树木茂盛，并不见不毛的沙漠。在返青的枫树、高标的棕榈、柔媚的桉树中间，橡树格外触目。我们熟知惠特曼的名作《在路易斯安那我看见一株活着的橡树正在生长》所写的一棵，不但“没有一个同伴”，而且有青苔从枝垂下“发出许多苍绿黝碧的快乐的叶子”，它的同类在眼前一片又一片地透迤开去，光秃秃的，没有丝毫绿意。

内华达的橡树，大大咧咧地裸着，并不高大，和夏天结满嘉果的苹果树、芒果树一般，每一棵的高度也近似，很少热衷于突出自我的鹤立鸡群之辈。树形都是扇一般的半圆，枝条斜着伸出，主干、次干、梗枝依次变细，各司其职。树枝交叉而不纠缠，参错却不突兀，一体的银灰色，稳稳地坐落在荒原上。巴士在车辆稀疏的高速公路上驰骋，我把脸贴着车窗，橡树林一路旋转、一路跟随，看着看着，眼睛竟湿润了。

橡树林整体呈现出什么气势？它是冬天的孑遗，经历过冰天雪地和霜锋雨刃，表皮已斑痕累累，然而，眼下春风吹来了，柳树又开始发芽了。我家门前那棵山茶，在两个月前已结满蓓蕾，只是迟迟没开，到最近却知趣地从密闭的骨朵顶端拱出一点猩红，它是为春天唱颂歌的灵巧的唇。可是，内华达的橡树对节令睬也不睬，维持其老成持重、大智若愚。趋奉春天的人和万物鄙弃橡树的不识时务，我却要称颂它的傲气。不错，它们都矮小，可是叔本华笔下的小橡树，“生命以世纪为单位来计算”，“凡是要经过几百年之久才发现其影响力的人，都是这样地立身于世”。

在柏克莱森林公园，我见过有百年以上树龄的橡树，仰视它时差点喘不过气来，因为它太庞大了，密匝匝的树冠浓成一团的墨绿，好似要把人裹进叶丛里头去。由此，我以为它是常绿乔木，不料，它如此谦卑地以裸体和白雪联手，制造荒原的洗练和辽阔。

黄昏，巴士爬上海拔超过三百米的斯尔拉山脉顶部，此时我的耳部约略有了高山反应。暝色从雪山上俯冲下来，只在山峰的缺口留下最后一点广漠幽冷的光明。这一刻，千万不要错过，橡树组成的林带贴在天幕上，如亿万只抗争者高举的手，亿万架沉寂在深海的珊瑚，亿万件皮影戏里的剑戟刀枪，以及现代派剪纸留出的空白。极黑、极沉重，且纹丝不动，如果此刻下一场铺天盖地的雪，绵延的橡树群将会为大地支撑出何等浩瀚的被盖！

组成集团军的每个个体都被惠特曼这样讴歌："这路易斯安那的活着的橡树/依然孤独地生长在那广阔的平地上/附近没有一个朋友，也没有一个情人/一生中却发出这么多的快乐的叶子。"如此推论，这个整体有怎样的底气啊！

二、一朵云

从赌城雷诺往旧金山湾区开的巴士，载着昨天来这里的大赌场看演出的中国人。50来位中年及以上的同胞并不快乐。一来，昨晚的表演让人失望，一场轰轰烈烈的宣传之后，是严重的言过其实；二来，一般进了赌场，哪有不试运气之理？但通宵鏖战的结果不问可知。更何况，我们都睡得很少，困得不行。巴士又为了等候迟到的、迷路的以及在牌九桌前舍不得离开的，耽误了半个小时。好在，在埋怨声中，巴士终于开动了。

一路上，车内的气氛和刚来时形成了鲜明的对照。一位香港女子，也许是唯一神完气足的，她放开嗓门骂昨晚的演出、骂赌场、骂旅行社的老板、骂司机。附和的并不多，好些人转过头去看她一眼，要她住嘴，但都不敢说出来，怕招来更凶的骂——她输惨了，正在找出气筒。

下午，内华达高原的阳光被清新的空气过滤以后更加闪烁。放眼于坦荡、宽厚、仁慈的大地，我对自己说：光沿路的风景，这一趟已值回票价。"看，云！"坐在前排的高个子女士的声音并不大，但语调充满略嫌夸张的惊奇，多数人的视线被吸引到窗外。果然，一朵形状像杀人鲸的巨型云飘在半空。“仔细看，还镶着绿边呢!”女士似乎是看云专家，又有了新发现。不错，“鲸鱼”头部周围，淡淡的荷叶绿若隐若现。看久了，绿边折射出粉红，使人联想到虹。“是一条大鱼，年年有余，它是我们的彩头嘛!”刚才起劲地抨击一切的香港女士，语气完全变了，大概是从这朵云上找到了祥瑞的缘故。云淡然而执着地移动着，和疾驰的巴士方向相同。“呵，鱼有了眼，有了嘴。”不少于五位男士刚才在打瞌睡，现在终于被“鱼”唤醒，把脖子伸长，也“啧啧”称是。

我把视线从鱼身上移开，发现天空比高原的怪石和积雪更有看头，天空的蓝，淡中有穿透力，让人生出身在天空的幻觉。云絮如羊群散落在无际涯的苍穹上，偶尔有一粒黑影起落在云间，可能是搏击的鹰吧。“再看，鱼长尾巴了。”一位老太太叫道，刚才还心疼在百家乐桌上输掉的200块钱，此刻终于甩掉坏心情参与看云的盛举。“哎呀，这算什么尾巴!”“你说是什么就是什么，别太较真了。”“倒也是。人家在天上闲逛，多写意，才不管我们怎么看。”听语气，我有理由推测发言者从前是留学生，主修心理学或哲学。

云在变换形状，车里的人却没有更换话题。从云谈到天空，谈到生之无常与有常，渐渐地，把百家乐的赔率、角子机前的失算以及俄罗斯轮盘的狡猾都忘记了。

三、直

坐在巴士上，穿越内华达州的斯尔拉山脉。抬头，一道笔直的云，从东到西，把整个蔚蓝苍穹当成西瓜切下去，利落得叫人吃惊。不用说，这是飞机的喷射云。就目力所及，天上的一切，没有一样是直的，你可以把云形容为绵羊、花朵、舢板、羽毛、山峦、大海，然而怎么也不会想到“直尺”。中国人惯于“看天作人”，每天所仰赖的老天爷的脸，固然不存在“直”；那么，老天之外的大千世界，又有多少直线，是自然而非人工的产物呢？我靠着车窗这般胡思乱想。

从气象宏阔的数起，海平线该居第一位。从前我曾写过一首短诗，把它喻为跷跷板，一头是日，一头是月，宇宙凭它进行永恒的儿戏。这一类的直可以靠“远”来完成。靠得太近，直线便带上了浪花的毛边。其次是地平线，但地平线只存在于大平原上，依然靠“远”来删节细微处的曲，如小山坡、屋宇和树。

还有吗？巴士驶进一个休息站后，我下车往洗手间走去，身上落下碎而淡的树影，仰头看到一种叫不出名字的松科乔木，它高达数十尺，褐中带黄和青的树皮龟裂成很艺术的图形，树干伸向高空，仿佛随时冲天而发的火箭，在树梢头徘徊的白云也相应地变成了爆炸云。不错，除了这种树，像杉、加州的千年红木、无论有风没风都一样萧萧的白杨树、榕树的气根以及深山悬垂的青藤，这些也都是接近于直的，当然，不可苛求，因为我们都不可能拿来当直尺。

还有吗？肯定有，但更要肯定的是，不直的远远比直的多。这道理，和天籁相同，林涛鸟叫水溅这类自然音响虽然动听，但自然界不可能自发地出现音乐，哪怕是最简单的。换个说法，但凡本真、自然的事物，基本上都以不直的形态存在。这里藏着什么奥秘呢？

回到家，读《庄子》的《养生主第三》，里面这样说：“然则我内直而外曲……内直者，与天为徒……外曲者，与人之为徒也。”这是站在人的角度立论的，正直于内而委曲求全于外的人，内以老天爷为师，而外则当“人”的徒弟。只有号称万物之灵、之主的人类，才有那么多穷讲究，至于“物”，内外无别，一概是“与天为徒”，按照自然的法则生灭荣枯。自然的意志就是它们的意志，就像一朵并非喷射机“拉”出来的云，要它笔直地遨游，其难度不下于让日头从西边出。

思绪绕了一大圈，从《庄子》中走出来，我发现门窗、百叶窗、后院的栅栏、阳台的扶手和地板、书边和笔杆，室内诸物，十之八九都是直的。无数的直，编织成牢笼。

十四 倒下的花旗松

“一棵树倒下，不论倒向南还是倒向北，终必躺在地上。”

——《圣经·传道书》

一

黄昏，没打开大门就听到了呼呼的风声，我便把10年前抵御过日本北海道海滨最凛冽寒风的夹克穿上。在街上，只穿着运动裤的腿还是感到了风的威力。走过街口，转头向右，远处就是太平洋，暝色里，白浪滚翻。无遮拦的风更加凶猛，我把夹克的所有纽扣都扣上。沿绿化带旁边的水泥小路前行时，便想着回去要走有屋宇挡风的第35街。太冷了，破例把手藏进衣袋里。

绿化带伴随着交通繁忙的日落大道横贯了整个居民区，它以花旗松为主，杂以桉树和夹竹桃，林下是草坪，楚楚可怜的蒲公英和波斯菊举目可见。昨天路经这里时，发现松下新添了一张带扶手的木质长椅，背着大海，朝向第36街，椅背上写着“纪念安德逊先生”。这椅子应该是安德逊先生的后人或遗产继承人捐出来的。为什么会选中这个位置？也许是因为安德逊先生生前爱在这里漫步，喜欢听鹧鸪和乌鸦在头上聒噪，喜欢看叶子在风中舞蹈。在林下走了30分钟以后，我绕到第35街往回走，靠近家门的奥铁街，又折回绿化带。

花旗松林子怎么有点异样？暮色茫茫的天空似乎比往常更显空洞。走近看，原来是最大的一棵花旗松倒了，连带地，紧挨它的一棵较小的也卧在公路旁边。人行道和大街上堆起的庞大绿色似科幻片里的怪兽。几位散步的同胞好奇地绕着看。两棵树的树干都需要几个大人才能合抱。我绕到另一边察看根部，连根拔起之后，留下一个坑，坑不深，但直径约3米。更让人惊奇的是树根断得那么干脆，再也没有一条稍大的根与供养它的土地相连，一个黑白夹杂的蚁巢黏附在根群中，不知是不是白蚁？若是，也许就是它们把老树的根基蛀空的。风依然不减其强度，脸被打得生疼，怕旁边的松树也那样倒下来，急忙走开了。

站在安全的地方，面对着被黑暗渐次吞没的大树，我竭力回想，难道树倒下时没有征兆？结论是没有。不动声色地说倒就倒。倒得慈悲，不但没打在任何人身上，而且没有砸中任何一辆停在路旁或者驶过的车子。而新闻，只垂青于造成重大动静的人和事。倘若有人葬身于树下，那么本市的四大电视台“今晚新闻”的头条便会归它，我家附近就可能停着多辆警车和采访车。感谢天，谁要出悲惨的风头呢？

回到家，一整晚我都怔忡不宁，琢磨不停：大树倒得如此低调，是什么道理？一首我在二三十年前读过的诗，写的是村头一棵百年香樟树倒下的惨烈之状，从电锯的轰响，带有强烈香味的木屑四射，到巍峨之躯断裂，倒在大地上时，轰然一声，无不惊天动地。我由它获得一个偏见——大树倒下，必然惊心动魄。谁知道，完全不是那么一回事。

夜里，我几次打开二楼的窗子，探头看倒下的树，影子太模糊了，清晰的是大树上方的天幕，先前曾被偃蹇的枝叶遮蔽的一块空出来了，由两颗星星来代替。

二

两棵花旗松被风吹倒后，市工务局不出3天就把枝干锯成许多段，连同叶子都搬走了。人行道旁边的双人木椅被树砸断了椅背，作为触目惊心的物证，最近也消失了。可是，要3个人手拉手才能合抱的树桩依然如故。

我站在稍小的树桩旁边，伸手把电锯留在切面的木糠抹去。这一棵是受牵连的，本来不必倒下，只因它的树枝和旁边那一棵有纠缠。

我数起年轮来。这一棵树颇特别，它有两个圆心，就像人头顶上的两个发旋。围绕圆心的线没有构成圆，也没有成为椭圆，一似不规则的海岸线，好在它们都闭合成“轮”。数年轮并不容易，因为锯齿的痕遮蔽了一些。俯首细察，年轮线之间的距离有差异，宽的有一厘米多，窄的也有半厘米，可见它们在一年内生长的态势。一共约80圈，恍若一块石子投进池塘激荡起的涟漪，一道波纹就是365天的晨雾夕阳和春花秋月。它们因为自身是常绿乔木，似乎脱出了荣枯的轮回，但春天到时，针叶丛中那些毛茸茸的黄色松果，我名之为“孔雀的翎羽”，则呈现出生命的交替形迹。

我走到另外一个树桩前，这一棵倒得彻底，连根部也完全裸露了。它的年轮比前一棵的清晰一些，我数了两次，也是80到90圈。可见它们是一起移植过来的。比年轮更为触目的是树皮，层层叠叠，至少一尺厚，蟒蛇的鳞片般包裹着树身。老杜咏武侯庙古柏的名句：“霜皮溜雨四十围，黛色参天二千尺。”放在这里，即使剔除夸张的成分，也不贴切。然而，彼时花旗松的气势看天空就知道——这两棵倒下以后，林带新成的缺口猛然敞开大片天空，茂密中出其不意的空旷，对比太强烈了！

它们在这里矗立的时间，如果以80年算，栽苗时间应是1930年前后。我的邻居玛丽，10年前去世时91岁，她是靠近绿化带的第36街一带最老资格的居民。这位在“9·11”事件的次日，颤巍巍地爬上阳台，把一面星条旗挂出来的白人老太太，应该看到过花旗松林带的幼年期。那个年代，她还是明眸皓齿的少女。树若有灵，目睹这一街道的沧桑变异，包括每天从这里出门和回家的人，他们的一生，无论悲欢离合还是生老病死。如果年轮是粗纹唱片，那么乌鸦的嘎嘎、海鸟的嘈嘈、圣玛丽私立中学的鼓声哨声、教堂的钟声、狗的叫声以及人在林子边沿的脚步声和谈话声都会被录入。树是人生的旁观者，它也会以四季不变的绿荫介入其中。如今，它们的年轮终于停止，此前，饱览红尘的树会不会叹息一句：人犹如此，树何以堪？

我离开树桩上路，购物袋勒得手指生疼。我自问：我的“年轮”呢？脸上的皱纹是线，只是首尾不能衔接。扩大些看，人生的轨迹或有些许相似，如果在地球上绕了一大圈，又回到出发地的话。

十五　俯身向你

——给孙儿

在你来到这个世界一个星期以后，我和你的奶奶第三次去看你，那时你在外婆家。阳光是灿烂明媚的，整个世界暖洋洋的，使冬天不成为冬天，看着那些赤裸的树，多不好意思。红叶在街道尽头燃烧着，好似不必劳动消防队的篝火。

奶奶抱着你，这是她的特权。我还没准备好。把孙儿放在胳膊上，不但是技术活，而且是一种使命感沉重的哲学。我站在你奶奶跟前俯身看你，即使看一万次也不够。在家里，我一遍又一遍地看你爸爸用电子邮件传来的照片，睡醒了，打开床头儿上的 iPad 接着看，看够了才叫醒奶奶来看。

我就这般定定地看着你，不用戴老花眼镜，只用目光抚爱你——我的第一个孙子，盼望了十多年的骨肉，淡淡的眉，细长的眼。我出生时和你相似。我奶奶高声宣布："我这长孙眼睛是小，可是，眼角尖，一定聪明，是读书的料！"此刻，你奶奶也这么称赞你。我似乎从来没有这样看过人，看旁人，不敢这般专注，因为怕被疑为别有用心。看恋人，也不敢，因为害羞。看成为妻子的恋人，又没有这么多闲暇。看儿子，没有这个耐心。祖父只把凝视的眼神献给孙儿女。隔一代，就多了份诗情；老人在向童年回归，再往前，就可能和你一样幼稚、一般顽皮。

你爸爸来给你喂奶，弯腰把奶瓶放进你鲜红的嘴唇里，你吸吮的声音，就像春雨里的小鱼儿，在咂着水面的小圈圈。我抚着你爸爸的头，37岁的汉子，头发已隐隐披霜。他和你一样大的时候，第一次和我睡觉，我一手撑起被窝，一手抱住襁褓，几乎一夜无眠。你爸爸的头，小时候有分明的棱角，为这，他出生时要靠钳子，你也一样。可是，此时你却可以大大咧咧地睡觉，一点也不抱歉。我捏捏你爸爸粗大的脖颈，拍拍他的肩膀，不禁感叹，当年骑在我肩上看游行队里的狮子的小家伙，如今已变成大个子！你将来应该也一样。

我的孙儿，我凝视着你的睡相，足足十分钟、二十分钟……白嫩的小脸蛋，我不敢摸，可是，我要把一首诗写在你的梦乡。生命有了赓续，希望有了承传。我这个新大陆的“一世祖”，有了第三代传人！

俯身向你，是向着我的百年身后，向着家族延伸的根系；俯身向你，是向着我的家山社稷；俯身向你，是向所有生命致敬。我的孙儿啊！你长大以后，很可能不会读爷爷的文字，可是，不要紧，在你睁开锐利无比的眼睛之时，爷孙俩的心灵已经完全接通。

我的孙儿，Jacob，我要多多俯身向你。

春　夜

夜里9点50分，坐在书房，对着电脑，正写到兴头上，却果断地刹车了。因为记起海明威语录："早晨起来常常面对空空如也的一页稿纸而陷入极度的痛苦之中。"为此，海明威提供一个治本之方："当一个人知道第二天该从什么地方接下去时，那么他当天的工作就必须停下。"

这个时间睡觉太早，那么，就读书吧！随便抓起一本，躺着读。咫尺之外，是奶白色的垂直百叶窗。窗外，便是春夜。只要不撩开，夜春不春都和我没关系。外面的院子，静默的花草、枝条和藤蔓，在墨色天幕上雕镂出怪异的线条。灯光天真地射在周遭的树木上，恰似孩子们在窥视。花粉是空气的催情剂吧？仿佛闻到了荷尔蒙的味道、肾上腺素的味道。一丈以外，一朵玫瑰花，有如钢水在黑夜的槽里成形。

忽然，一段文字扑进眼帘："午后出门，几件事办完将近午后三点，在酒吧是站着喝了就走的，归程一小时，那么倒身入睡是四点光景，昏昏沉沉，以为整夜过去……夕照看作朝阳，回家的人极似赶路上班，暮色便误认雨云。"回头看封面，是木心的《即兴判断》。大乐，正中下怀之乐。我也有过这类美好的经历，只是都发生在儿时。午后大寐，醒来以后走出铺子，在小镇的街上溜达，阳光斜照骑楼，人和招牌无不怪诞，恍惚进入鬼域一般。

不过，木心不愧是20余年来当我的偶像的厉害角色，接下来的想法，我从来没有过——"全黑的上午"。不是吗？倘若黄昏成为黎明，那么黑夜不就是早晨了吗？眼前景物无不髹上黑漆的白天，灯红酒绿，车灯如龙。最让人惊悸的是什么呢？"而刹那间，就因为眼看男男女女行走如常，我更诧异，更恐怖。"是啊，在黑咕隆咚的"上午"，大恐慌、大逃亡、一团糟，才是正常。在儿时，我站在小镇街头，被摊档后面慢悠悠地摇动葵扇的小贩吓得不轻，在诡异的时间，人人仍旧是“外甥打灯笼——照旧”。

过了 10 点，黑夜在百叶窗之外并无异动。玫瑰花只为自己而香。柠檬树的叶子无声地落下，似人间有人永远闭上眼睛。没有星星，一如既往地没有。

十七 逼近眉睫的玄学

又来叨扰了，乱人心意的玄学——为什么活着？生活究竟有什么意义？这个问题，从脑际冒出的几率不高，一旦出现，便怔忡不宁。而且，奇怪的是，无论是经过教堂时听到里面作弥撒的“阿门”，还是经过香烟袅袅的寺庙，甚至经过墓地和骨灰瓮，我都极少产生和来世、永恒、灵魂有关的想法，偏偏在旧金山的唐人街这个中国人成堆、烟火气十足的地方，想到了纯粹的形而上学。

这天中午，92 岁的岳母去诊所看病，太太作陪人，我当司机。把车停好以后，我要完成太太交代的差事——买菜。于是，在转悠了 30 年的街上，进出于菜店、肉店和杂货店。手里提着五六个沉甸甸的购物袋，站在十字街头等绿灯。身旁是生意最好的蔬菜店，它的货架已占了小半人行道，盛满桃子和金山橙的大箱还雄踞在卸货专用的停车位上，来不及从纸箱子里搬出来的苦瓜、西瓜、洋葱，干脆堆在人行道上。于是，男女老幼不得不侧着身子穿过，而我因难以忍受拥挤，干脆在马路上走。我知道，警察虽然会偶尔予以干涉，但店员们以其得天独厚的“不懂英语”为理由，拒绝沟通。生怕担上“歧视移民”罪名的黑白警察们只好耸耸肩走开。闹哄哄的市声、叫卖和打招呼的声音、踩痛前面行人的脚后跟引起的埋怨声、汽车喇叭声以及吐痰声，在人群车流中交混着。在这样的时刻，我哀哀自问：这就是我们不远万里所追求的吗？通过合法途径的还好说，多少人当人蛇、逾期居留或假结婚，无所不用其极，而这一切都是为了一张绿卡。合法身份有了，然后就可以进入这样的氛围。

如果我不在乎购物袋的提手把手指勒得生疼，就会作一次随机问卷调查，对象可以是：把小玻璃柜摆在人行道边缘卖电话卡的福建小伙子、低头选番薯叶的广东少妇、一手拄拐杖一手提着一札青葱和一把枸杞的同乡老婆婆、在彩票店刮“刮刮乐”刮出一地废票的东北汉子以及在点心店里慢条斯理地喝皮蛋粥的上海老爷爷等等。问题是：这样生活，为了什么？我相信，这些人都会抬起头，用白色远比黑色多的眼珠瞪我，不是苦笑就是拒绝作答。最后他们心里会想，神经病！活着就是为了活着，还用问？

其实，中国的老话早已预备了答卷，“人生一世，吃穿二字”，“民以食为天”，“好吃不过饺子，舒服不过倒着”，“只有享不到的福，没有受不了的苦”。我的家乡有一条教因找不到工作而茫然四顾的唐人街“新乡里”特别贴心的俗语：“有一条虫子就有一片叶子。”可是，民间的智慧似乎只能敷衍生存、温饱以下的层次。不错，辗转于饥饿中的人，提供一顿丰盛晚餐的地方就是天堂；久经离乱的父母，能和孩子蜷缩在同一张破被下也感谢老天。那么，安居乐业以后呢？对不起，你应该知足。然而，每当涉及“终极”问题，我都会辗转反侧。今天尤甚。如果钻牛角尖，必然会害抑郁症——既然活着没有意义，那么，长寿还是速死，还成为问题吗？既然非要找出存在的意义，而又不愿意皈依某种宗教，或者说，愿意皈依，但没有培养出归属感，那么，日常生活还值得好好过吗？厌烦，腻味，亟欲打破现状又畏惧它几无例外的结局——更坏。

而且，这种“高级苦恼”不能向街上为了生活而忙碌的人们说，他们没工夫听，因此，只能找牧师和心理医生。也许，釜底抽薪之法是：承认对最终真理的叩问、对人生价值的追寻和对终极意义的解析，都是文化的结果，是外加的。而宇宙本身、生命本身并不存在什么“价值”和“意义”。我能够如此超脱吗？

接上岳母和太太，在回家路上，谁也不多说话。因打了类固醇针剂而脸部浮肿的老人家是没气力说，而我则是没心情。

进家门。马上拿起《圣经》，翻开，看到这样几段话：

世人在日光之下劳碌奋斗，究竟得着些什么呢？他们一生充满痛苦哀戚，夜间也不能得到安慰。唉，这也不过是空虚而已！

人生最上算的，莫过于吃喝和欣赏自己的成就；然而，我也体会到这一切都出于上帝。没有他，还有谁能吃喝玩乐呢？在上帝眼中被看为好的人，他就赐给他们智慧、知识和喜乐；但在他眼中被视为罪人的，他们就要负起积聚收集的担子了；然而，上帝却把他们辛苦积聚得来的，赐给他所喜悦的人。

那么，人劳碌究竟是为了什么呢？我察觉上帝给人各种工作，目的是使他们不致投闲置散。他使每一件事情在最合适的时候发生，又把“永恒”的意识放在人的心里，人却不能猜测上帝自始至终的作为。这使我了解到人生最上算的事莫过于欢喜快乐，尽情享受。

（《圣经·传道书》三章）

十八 春天第一天，美的奇袭

大年初一的旧金山，清早，一切都是平淡的、按部就班的，没有戏剧性，除了车祸和抢劫。此刻车祸的几率较低，刚刚喝了咖啡的驾车人很清醒，都能对突发事件作出敏锐的反应，更何况路面能见度这么高。至于刑事案件，在这个最讲“兆头”的日子里，中国产的小偷不会出动，因为他们要图个流年吉利；美国产的呢，还在睡懒觉——我总觉得但凡干坏事的，都是黑暗里的动物，而在金绦丝般的晨曦把整个人间整治得辉煌如皇宫的时段，坏事难行。更何况，早晨是青年才俊的象征，是希望的象征。当然，我们要接受平安的副产品——刻板。我无所谓，只要安宁的思绪不被败坏，我就会欣然于庸常的一切。

不过，奇迹还是让我遇上了。送女儿上班回来时沿萨特路开行，交通灯一路阻拦，我却心平气和。退休以后，没有任何理由再“赶”了。一辆大卡车停在马路上，占了一条线道，驾驶员正在卸货往餐馆送。我停在卡车后面，等候时机越线。就在这时，几点白色在车窗前晃动。我没在意，以为那是行道树上的布条或纸片罢了，昨天半夜下大雨，今早的萧疏就是这些被风雨造就的小玩意衬托出来的。可是，不对呢！白点明晰了，是花，梅花！它们贴在铁青色的枝干上，散兵游勇一般，并不成阵势，只有主干长得较多，但也不算繁密。就这样，在春天的第一个清晨，梅花以洁白的花瓣和幽微的芬芳，向这个总嫌太冷的城市发出美的奇袭。

我惊呆了，把车停下来，打开紧急停车灯，反正前面有卸货的大卡车挡着，我的车子有不开动的理由。何其干净、爽利！单薄得无限丰厚，零散得何其浓密，这春之信使！没有一点预警，想开就开。我该怎样来形容？36 岁的诗人余光中，描摹巴尔的摩的郁金香，用了“孤注一掷”；旧金山的诗人程宝林，在散文中以“得理不饶人”来修饰恣肆开花的李树。

此时的我却有点词穷，只好向经典黑白片《罗马假日》求援，它里面有一个不朽的镜头：在罗马，被出访的繁文缛节整得烦闷之极的英国公主，逃出领事馆，随意闲逛，走进理发店，把由宫廷理发师侍候的长发剪去，然后，对着镜子，狠狠一甩利落的短发，23 岁的绝色美人奥黛丽 · 赫本就此留下至为销魂的一瞬：叛逆、得意、婉约，满不在乎。我曾经对着银幕晕眩。此刻亦然，它像赫本一样绝美，化入我记忆的“松脂”，成为至美的“琥珀”。

花中的赫本啊，在龙年的第一个早晨，以维多利亚式屋宇正面的那爆裂的粉蓝色油漆墙壁为背景。花枝下面，有从大卡车卸下的袋装面粉和箱装啤酒，有用手推车往西餐馆送的墨西哥人神情麻木地走过，和他差点撞上的，是穿大衣的白领丽人。这些背景，都是可以忽略的，一如我凝眸于迎风缓缓摇动的花瓣，不必调来“疏影横斜水清浅”和“已是黄昏独自愁”之类的古意。

然后，我的老眼噙着一点也不老的泪，怏怏逃离。怕大风无端吹起，把花瓣击落，摧毁我心中的奇迹。对花的最后一瞥，成了永恒。

剪枝记

总归是无聊的缘故，昨天给门前的茶树“理发”，剪掉侵入邻居领土的枝叶，那是通往楼梯的石板路上方的部分。邻居并没投诉，我只是防患于未然。我对这棵永远长不大的树，怀着爷爷对孙子般的感情，它不长高，恰似年年上幼儿园大班的孩童，以给人提供快乐为唯一责任。两个多月前，我从故土回来，茶树已布满小小蓓蕾。我被感动得手足无措，看啊！树犹如此，树竟如此，以满树的繁华迎接久违的归人！可惜，我耗尽了耐心，骨朵儿也没绽放，而只露出胭脂一般红艳的尖尖。看来还得等待……

今天，我向门口另一侧的树动了剪刀。它和茶树分立两旁，是常绿的“秦叔宝”和“尉迟恭”。这一棵是很能长的，眼看顶部就要触及二楼的阳台，右侧也将扩张到车道上。我搬了一张可折叠的木椅，站在上面痛感“利其器”之必要，因为这把大剪用了25年，从来没磨过。剃头刀“磨砺以须”，枝叶却不能代替磨刀石。太钝，剪得一点也不利落，但已来不及再磨。反正，多费点臂力，权当锻炼吧！

剪下去，绿叶纷纷撒下，一阵清香扑来。啊，是扁柏！我一直以为它是枞树——严格地说，因为太熟悉的缘故，从来没细究过它属于何种乔木。清纯的芬芳，带着些许草的腥气，把我拉回了童年。乡村老屋的大阳台上，铁皮天井盖子旁边，有两个大瓦缸，缸上栽着葱茏的柏树。打从我记事起，柏树就长在那里。此后的悠悠30年，以长寿著称的树，还在守护我日逐残破的老屋吗？想及此，竟有点凄楚。再往叶间伸下剪刀时，竟带上了一点儿怜惜。

这房子，原来的业主是法国来的老太太，曾在联合国当翻译，自称精通五国语言，她当然不会把柏树和孔夫子的“岁寒，然后知松柏之后凋也”联系起来，即使是她栽的，也是巧合而已。早年在乡村，我家的柏树可是热门之物，全村乡亲碰上婚嫁和为孩子摆满月酒，都要来我家剪去几茎柏叶，和铜钱一起，由红绳子系着，摆在礼盒上或戴在婴孩的虎头帽旁边。一个星期前，我们的孙儿满月，妻子也是这么办的，不过柏叶是从后院采的。

我仔细地把柏树修成一个半圆，捎带着把树旁边的波斯菊也修剪了。这丛金黄的菊花，是邻居家的，并不曾越界，但它是柏树的伴侣，我也会善待它。“丛菊两开他日泪，孤舟一系故园心”，这是老杜的感喟。邻居是没读过多少书的洋鬼子，他们遛狗有一套，只是不可能文雅。而且，他们上星期搬到隔街去了，是胖小子告诉我的，没说原因，八成是因为新居的租金便宜些。丛菊也因此没了主人。菊花旁边曾有过一个笨重的消防水喉，是胖小子捡来的。这玩意，本来立在街口，下方接着水管，仅是“上半身”而已，我曾遇到好奇的路人，趋近水喉查看，以为它是能喷水的。这样的无根之物，也和贴邻一起离开了。

我带着一身的柏树香气回家，一边掸去碎成米粒大的叶片，一边想：不同的家居，竟有相同的吉祥植物。

 华盛顿广场的阳光

中午，站在华盛顿广场的边沿自言自语：“阳光真好！”话出了口才去想阳光“好”在哪里，好在不灼人吧？按理说，阳光如此强烈，热度是不会低到哪里去的，然而，不知道它是天生只有亮度，像黑夜的高瓦数节能灯泡，还是热力被从不远处的太平洋吹来的风稀释了，只知道它笼罩着裸露的肌肤，让你浑身通爽、舒泰、安全且毫无压力。然而，你又难以明白地道出它是“怎样”带给你奇妙感觉的。须知，阳光是没有气味的。当然，不远处有桂花，对面的百年老店“酷酷来梯”顽强地逸出大蒜和番茄酱混合的浓香，那是现焙现卖的旧金山名产——长条酸面包的招牌味道，它雄辩地昭告：这是意大利区。

我尽量避开橡树和扶桑树清晰的美荫，让阳光成为舞台的聚光灯，一路把我变为向树枝和叶子致敬的“要人”。脚下是从草地中间横过的柏油小路，自家短短的影子活泼地晃动、游走。草地被太阳镶上了釉一般的亮光，绿出辉煌的气象。我不忍心把这一片柔细如婴孩毛发的碧绿压在身下。然而，魅人的曲线并不在乎，她们都戴着墨镜，散布在茸茸的草坪上，看书、听音乐或者冥想。

华盛顿公园位于唐人街北面，属北岸区，一直是意大利人的聚居区，如今意大利风味的餐馆依然占统治地位。放在60年前，中国人可不敢大大咧咧地进入。若然，带西西里黑帮背景的小混混对你不会客气。如今没那回事了。这个公园人气很旺，周边的居民爱进来晒太阳和遛狗，爱吃诸如“来威奥利”、“康尼隆尼”一类正宗意大利面食的食客，饱餐之后，也来这里释放热量，并吐出叠叠香酱汁的气息。20世纪80年代，我好几次来广场对过的三角地带旁边的西餐馆，是一位黑人侍应生怂恿的，他说那里要午餐练习生，他可以向老板保荐我，最后这事不了了之。不过，自从5

年前雕像对面那家以俱乐部形式经营的高雅书店关门以后，我就没有来这里的理由了。

这次来，纯为凭吊。如果把唐人街和它的周边地带喻为潜游众多“记忆之鱼”的水域，那么，在市德顿街垂钓，收获物以“养家活口”为标签；在都板街呢，浮标下喁动的便是友谊、社交一类。在华盛顿广场，能“钓”到什么呢？阳光闪烁的草地是波光粼粼的海面，我怀着些微伤感和些微欣慰追忆亲情。

我的父母，在这一带住了 10 年。两位在 60 多岁以后才由我出面申请来美的亲人，起初住在位于日落区的家，三年过去，洞达世故的父亲知道我家的 4 口人、他们两口子再加上新来的幺妹，在才有三个卧室的空间住太拥挤，便搬到唐人街去了。开始时父母和妹妹在市德顿街租一个单房，我去看了，早已成年的妹妹和父母的床铺之间以布帘隔开，比在国内时还逼仄，这让我十分惭愧。好在，很快，精明的父亲就找到了门路，在华盛顿广场附近的菲拨街租到二楼一层，和他在家乡时一起当棉布店售货员的叶女士一家三口分租。

那时父母亲都刚满 70 岁，身体还不错，父亲尤其精力旺盛。老人家从住处走出，经过华盛顿广场的林荫道便可到唐人街。一街乡音，他们逛街，和同村的乡亲以及在旧金山结交的朋友一起进茶楼，在咖啡室看报，回家时顺路买菜。30 岁才结婚的幺妹很快就生下两个胖小子，父母亲从此当全职保姆，生活也更加充实。

我站在广场的华盛顿铜像下，视线越过大教堂。十字路口的另外一边就是父母所租住的房子，可惜已记不清门牌。回想起和父母亲共处的岁月，足堪安慰。我爱在下班以后，或者开车，或者步行，在路上买一条活鱼，不是石斑就是鳅鱼，另外还会给外甥买些点心。母亲把鱼放进厨房的电冰箱时，不经意地向叶女士提及。我和父亲的随兴谈天，那几年也恢复了。还记得在老家时，每逢夏夜，我们父子都在禾堂上乘凉，天南海北地闲聊。葵扇伴着，一天的星月伴着，我们肆无忌惮地谈天，有时连粗话也源源而出，在井台旁边抽水烟筒的父老听了，叽咕一句“都没大没小”，哈哈大笑。如今，有母亲在旁，我们也不好乱说，但互动总是热络的。母亲照例忙于照顾最小的外孙。我喜欢把两个外甥中的其中一个抱过来，放在膝盖上。这小家伙脚力非同小可，下蹲，站起，一刻不停。20 年过去了，记不得说过什么，也许只是家常而已，铭刻于心的是父亲的笑声，还有母亲宁静的神情。

我在广场徘徊，橡树下的一张长椅上坐着意大利裔老男人，他们在争论什么，神情严峻，但不会演变为武斗，因为没有气力。并排的一张长椅的两头坐着我的同胞，一男一女，男的打瞌睡，女的打毛线。长椅对过，草地的边沿躺着一个胡子七颠八倒的老流浪汉，他接受阳光的爱抚，愉悦地伸懒腰，还把手伸进裤裆抓痒。我自问，当年有没有和父母到这里来过？答案是肯定的，因为距离很近。我一定曾抱着外甥和父亲在这里溜达过。父亲在换掉老化的左膝盖骨之前并不用拐杖。广场上有放风筝的、跳扇子舞的，也有打拳的，我和父亲坐在哪一张椅子上，现在已想不起来了。北美洲的阳光落在两张近似的东方脸孔上。

父母亲结婚 67 年，前 40 多年都被多儿女、多变故所扰，并没有多少快乐。这 10 年才算是获得一点点补偿。不但有尽孝道的长子和幺女，还有内外孙。他们还有一个热切的梦，那就是团圆——还在老家的三弟和二妹两家人的移民期渐渐逼近。长于计划的父亲做好了准备。梦想总是比醒来时美好，平面的蓝图无法涵盖立体的现实。

数年后，父母因无法和叶女士相处而搬到对面去。总能找出趣味来的父亲，在小客厅安放了一个带空气泵的鱼缸。母亲在家看管外甥，父亲则整天生机勃勃地到处跑。1998 年，老家的家人移民到这里，三弟一家和父母一起住，一年后婆媳发生摩擦，三弟搬走。我的老同学和他太太成了新移民，他们很快被父亲笼络为分租人。可是不久父亲就向我抱怨，说我的老同学搬来前曾答应和他多多聊天，最后说话却不算数。我这才知道，父亲是寂寞的，他这种一辈子热衷于行动，而缺乏内心生活的劳动者，享受不了独处的妙趣。

不过，这种只具有低层次精神生活的状态，未必是要不得的。也是在这个广场，也是一个阳光照耀的下午，我在酒吧对面的草地上和一位老先生相对而坐。选上这个地方，是因为我们经常同进一家书店，谈电影，谈文学，欲罢不能，便并肩散步来到这里。老先生比我长 30 多岁，20 世纪 50 年代时，他是驰名全国的电影《山间铃响马帮来》的副导演，我和他熟了以后，便称他为“杨导”。“杨导”在印尼长大，因向往祖国的革命而回到北京上电影学院导演系，毕业后执导过两部片子，随后当了“右派”。

改正不久，他只身移民美国，以领救济金为活。我鼓励他把平生遭遇写下来。他激动地挥动大而蜷曲的手说：“万万不能!”“在这里，你怕个屁!”“知道江南是怎么被国民党那边的人杀了的吗?”“这是极个别的。”“天知道哪天会轮到你，我一个字也不会留下!”他激愤地说。决绝手势惊飞了啄食人行道上面包屑的鸽子。我父母亲并没有这种刻骨铭心的恐惧，尽管父亲在“文革”后期曾被挂上“阶级异己分子”的牌子，敲破锣游街。

在华盛顿广场走了两圈后，我恋恋地离开，耳畔响起父亲的大嗓门，他正在假装生气地向调皮的外孙吆喝。缓缓走过人行道，橱窗里映照出意大利比萨和面食的菜单：酒、牛角包和乳酪。一位靓丽的带位员站在门外，努力把路人引到落满阳光的座位上去。在格林街，我拐了弯。不远处有一家殡仪馆，5 年前，84 岁的父亲曾从这里出殡。那年，他离开华盛顿广场旁边的住处已超过 6 年。人的一生就似这般，画了一个潦草的圆。

我抬头，看看依旧纯粹的蓝天，阳光悄悄地铺在肩头，也铺在脸上，可是，我感觉不到。阳光就是亲情啊，就是父母的眷爱啊!

 是什么偷走我们的自然

上午开车到国际机场接机。上路以后，天色极好，没有流云，天蓝色一鼓作气地伸到所有和大地的交接处。上了 101 高速公路，风景更开阔，呼吸也更畅快。哎，是该游春的时候了！今天是阴历二月十一，后天是惊蛰，旧金山湾区展现无处不宜的温度和风景。雷是没有的，雨昨天草草下过，但无论人还是土地都嫌不过瘾。

把亲戚接上并送到目的地时已是中午。均匀的金色阳光洒下，车厢内有点燥热，当我把玻璃窗拉下一半时，软风马上把睡意煽起来。一路想着，不能再猫在家里了，应该出去！去哪里？地方多着呢！离家不到一英里就是马赛湖，粼粼的浪使你恨不得在水面躺下去。金门公园里，临水的樱树，一个星期前还光秃秃的，白树皮闪着幽冷的光，可是万一它突然开花呢！海滨，印满海鸟爪印的沙滩，排浪的气势；20 年前我曾爬上去打太极拳的排水站平台，风车站和水泥路上巨大的橡树荫。所有这些，只要开车 10 分钟，就能站在滨海的围墙旁边尽情收揽。还有吗？再远一点，有野鸭子群聚的塘子，有白色游艇密布的金山湾，有飘葡萄酒香的纳帕谷，还有被束束阳光穿透的千年红木。一处儿童游乐场的旧滑梯上沾满了孩子们昔日的嬉笑，栅栏旁边的勒杜鹃召唤我去怀旧——还没想好，就到家了。

对着电脑屏幕时，蓄满阳光的后院在骚动，迷离的光线仿佛在叩击玻璃门，我赶紧把门打开。风款款而入，帘子变为微微摆动的裙裾，带着被日头搅浑的土香。我眯眼对着远处一排屋宇的后墙，想到：在后院坐着看书如何？阳台挡住阳光，造出美荫，正是时候。可是，椅子呢？现成的都是椅背笔直的。为了不辜负春光，没有摇椅或者在两棵茶树之间安置的吊床是说不过去的，我要以放浪形骸的姿势，读庄子的《齐物论》，同时在小圆桌上放上纪伯伦的《先知》——万一被庄子的艰涩整累了，还可以以

这位洋哲人清明的思绪作调剂。风是澄明的，对面一棵看似烂熟的桃树，棕色树叶总是被人咯吱似的抖索着。几排栅栏外，有人在锯木板，也许锯片不对，响声粘腻，像被夹住似的。没有问题，没有鸟就权且让它充数吧。贴邻的月季开得很中国。我还没想好用哪一张椅子，妻子就走过来，咋咋呼呼："看，苍蝇都飞进来了！"砰地把门关上。是啊，一只黑头苍蝇已在玻璃窗上施展带毛的脚。

看来，只有出走一途。就在我快要拟定去海滨的计划之际，网络上的《午夜巴黎》居然能凌驾版权禁忌而任人下载，我能不看吗？2011 年的片子，二月在洛杉矶举行的奥斯卡颁奖典礼上获得"最佳剧本奖"，风头之劲，仅次于最佳电影《艺术家》和男女最佳主角。谁是捉刀者？大名鼎鼎的伍迪·艾伦。这位从影数十年但一直拒绝出席奥斯卡典礼的鬼才，是两个星期前在纽约尼克斯队和亚特兰大鹰队激战那一场，坐在篮球场的看台上其貌不扬的小老头。然而他炮制的电影必有独特之处。我在扶手椅坐下，取一个尽量懒惰的姿势。

"是什么偷走我们的自然？"这是我对着片头发出的疑问，也是"入戏"前的叹息。不错，快得不可思议的网络，免费提供正在电影院放映的热门作品，门票少说也得 10 美元加上 3.5 美元爆米花加 3 美元减肥可乐。捡这个便宜，得赔掉一次活色生香的春游。网民就这样耽溺于"方便"之中。现代科技的每一点进步，都可能使人更懒惰、更苍白、更无能。高清电视以各地风景名胜为背景，置换着风尘仆仆的远行。数码相机和录影机就可以使人们轻而易举地"卧游"。带影像的电话，加上网络聊天室的录像头，便使见面成为不必要。

而把我从户外活动诱回电脑前的电影，是一个纠结的故事：美国的作家吉尔在巴黎旅游时，居然和海明威、毕加索、莫奈、高更等一类经典人物聚首。要看懂这部天马行空、包罗众多不朽作品的电影，非得把西方艺术史和美国现代文学史通读不可。主人公的一个疑问是：所谓的"黄金时代"，是过去还是现在？结尾处，决定留在巴黎写作的呆子吉尔和一位巴黎女郎漫步雨中，算是从形而上回归现实。我最后的欣喜是，不必去电影院就"解决"了一部非看不可的新片。最后的悲哀则是失去了去电影院的理由，我也因此错失了一路好阳光、"21 世纪剧场"崎岖的扶梯和走廊里爆米花的香味。

二十二 人心的风景

我在旧金山日落区居住了25年之久，这个不到10万居民、方圆10平方公里左右的滨海社区，说一点也不熟悉有点丢脸。可是，离我家不足4公里，名叫“格兰角”的山冈，本身的美与它折射出的一片“人心的风景”，我却迟至今天才领略到。

一片高坡。首先吸引我的是一道石梯，它足足有200级，都以45度角，笔直地通往靠近山顶处。它的特别在于色彩，水泥基座上镶嵌着斑斓的瓷片，瓷片上的图案拼成一条巨龙，它匍匐着作腾空而起之状。瓷片是陶艺工作室烧制的，每一块都出自业余艺术家包括儿童之手，水准参差，着色、构图都体现出绝对的随意。如果非要概括数以万计瓷片的风格，最好以“稚拙”一词。我踏上石梯，一级级地看。靠近底部的20级，由本地企业捐赠，每片都标上名称，如古拉吉达烘焙店、必胜客比萨、维克多印务、多拉尔幼儿园、史丹利律师事务等，字体都很小，说是“广告”则失诸夸张，无非是共襄盛举的记录。往上，便都是私人捐出来以纪念某一个人的，类似墓碑，字体都不算漂亮，但都独具个性。

登完瓷片梯级，才到山体高度的三分之二。再往上是另一种梯级——红木做的，极尽曲折之能事，逶迤到山顶去。周遭有虬曲的扁柏和纷披的桉树，嶙峋的山石从白色沙丘上拔起，最后和偃蹇的树干一起，组合出后现代绘画的雄怪气势。拍着被雨水浇出苍黑色的栏杆，沙子在脚下响起雨一般的淅沥声。木梯的起点和终点旁是由市政府设立的图文并茂的路线图。

在这里，无论徜徉还是伫立，远眺还是谛视，都是宜人的。可是，我不赞美极目处淡蓝色的太平洋，那些带帆的游艇平时都被橘红的金门大桥圈在金山湾里面，今天则在海湾以外的波峰里开成雪似的莲花。不在意尽收眼底的中产阶级居民区，每一栋房子都有自己的颜色，一似居民的个性。也没留神金门公园里怒放的樱花有如平铺的黛色云。更何况，天空是坦荡的碧蓝，气温渐高，春衫尽可轻薄。

我全心歌颂的是石梯两侧忙碌着的义工。他们的活动，看街旁一张简单的通告就可了解："4 月 14 日，上午 10：30—12：30，需要义工除草。"并无落款，也没电话号码。靠近石梯的大街上，有一张折叠桌，桌上放着一些纸杯子和切成片的水果。我估计，义工是这样召集的：由社区居民自发组织的"金门高地"给属下会员发电邮；为保证基本队伍，贴张告示来搜罗散兵游勇。于是，30 个义工都准时前来。

我在梯级上缓缓地走，向义工们投出敬佩的眼光。他们中有长相儒雅的绅士，举止稳重，已是坐五望六的年龄；有动作敏捷的中年女士，多数是资深园艺家，从后院花丛练出来的好身手；有中学生模样的少女。以二三十岁的男女为主力。他们都全神贯注地除草，清理落叶枯枝，偶尔说笑，气氛轻松，但绝不懒散。盛满了枝叶的黑色塑料袋放在石级上，完工时便移走。论族裔，这个群体是居民区的缩影，白人、黑人，拉丁裔、亚裔都有，中国人占了三分之一，一个小伙子是日本人——我是从他贴在胸前的简便名牌看到的。

义工们都很谦和，一个个趁假日来游玩的人经过时，都把他们当风景看，他们不介意，也不会摆出"老子辛苦，你们享受，也不说句感谢"的架势。都是什么人？医生、护士、会计师、化验员、软件工程师、室内设计师、律师、大学生、主妇……未必没有老板、经理、富翁，可是在这里，所有人都是平等的、高贵的；都是快乐的、满足的。风轻柔地抚过他们的头发和头上的树叶。这就是公民社会的生动写照，也是美国无处不在的宗教精神。他们绝不刻意宣传，"干着喜欢"就是一切。看到石级两旁的花圃、草地在他们的手下清爽起来，我差点大声说："感谢你们！"

我回头读了石级旁边的说明牌。原来，这些石级是 2005 年砌筑的，部分资金来自市"美化环境基金"，加州联合银行也捐了钱，另外还有私人捐款；两人担任指导，其中一位是姓余的中国人；两位建筑师绘图；尼比兄弟建筑公司和砌砖行业工会的师傅施工。可见，它是官方与民间、专业和业余联手完成的。这里展现的是社会中坚的心灵风景。

人心的美丽景观有现成的话作诗意的描画："山上的紫罗兰使岩石爆

裂。”这句话刻在山顶木梯级旁边一张长椅的靠背上，长椅是克洛斯·菲利普女士的亲属为了纪念她而捐献的。菲利普女士生于 1956 年，殁于 2006 年。坐在这张漆成酒红色的长椅上，形而上和形而下的风景都欣赏到了。

怎样“谋杀”4个小时

下午1点多，在微感燠热的太阳里，走出泛美保险公司总部形如金字塔的阴影，穿过人流汹涌的市场街，那阵子，对“谋杀”4个小时还是蛮有把握的。上午乘巴士出门时已策划好了，中午参加一个团体的会议，下午6点在唐人街有一个聚会，这中间有四五个小时需要打发。找人聊天无疑是最得宜的，但总想不出谁合适，临时征召又于礼不合，也未必找得到，即使找到了人家也未必准时前来。有一位很谈得来，住得也近，但今天去了周末中文学校教“关关雎鸠，在河之洲”。好在，还有一招——看电影。于是，我踌躇满志地走进了位于第四大街的电影院。在异国，进电影院待半天，看一出完整的加一两出不完整的片子是我持续多年的嗜好。

电影院去年改造过，格局全变，挤出了更多空间来满足人“看”之前及之后的口腹，我在韩国烤肉串、墨西哥“特口”、汉堡包和中国锅贴前巡视了一回，没合心意的，只想买一包零食以抵抗邻座嚼爆米花的噪音，可是找不到在哪买。

排队买票时才发现，《泰坦尼克》3D片是主打，这个故事我并不喜欢；此外，一出音乐歌舞片、一出惊悚片、一出动画片，没有一个吸引我的题材，也没有一个我喜爱的明星。可以预料，无论我坐在哪个影厅，都不会安生，只好放弃。

站在全市最大的马力达旅馆门前，旅客从我的前后挤过。往下的时间如何“谋杀”颇费周章。好在，这难题，与其说是头疼，不如说是幸运。在时间流速日益加快的晚年，谁不为“只是近黄昏”惶恐？我居然生怕时间死不掉而自行给力！

怎么“谋杀”？延续刚才的思路——买零食是其一，反刍岁月是其二。我一路找的，不过是花生、核桃仁或燕麦面包一类，但下城多的是大型百货店、时装店、名牌专卖店。我先在电影院附近的商场转了一圈。一家甜品店有现焙现卖的“帕芙”面包，图片上香味呼之欲出，只是里面加进了太多的糖分。在一家人头攒动的快餐店，我排进了付钱的队伍，看着柜台里面的陈列品，杂粮做的“马分”包黑得叫我垂涎，只是顶部浇上煞风景的糖浆。倒是座中男女喝汤用的银匙使我肃然起敬——本来，快餐店的餐具都是一次性的，但在此处，高级的镀银器物让顾客随便拿，所以，不给老板发“环保先锋”奖牌就委屈人家了。往唐人街的方向走，在“梅西”对面的咖啡档前浏览价目牌以及欣赏黑人售货员为“卡帕西奴”调制脱脂牛奶泡沫的潇洒姿势；在“马丹巷”口，隔着铁栏栅看发型屋的金字招牌和在遮阳伞下啃火鸡三文治的游客。想起20世纪90年代，这个地方惯常有一队秘鲁来的鼓手，他们能敲出出神入化的鼓点。如今，他们的“文化使者”签证应已变为绿卡，献艺者该从街头转到夜总会。

我在十字街口迟疑，对面就是汇集来自全球旅游者和湾区“瞎拼”专家的联合广场。要果腹，可以光顾三文治店；要文雅，可以在日头下眯眼看流派各异的画作；要出汗，可以坐在离棕榈树远一些的石椅上。我先前在这一带上班，这里留给我的唯一记忆是20世纪90年代的一个圣诞节，趁午班和晚班之间的空当，坐在紫藤下读叔本华的《我思故我在》，一年中最凶猛的购物人潮在旁边奔涌，而我却成为一朵游离的浪花。我该铆在那里看人脸，直看到打呵欠，这么一来，三个小时应该“报销”了。可是，我否定了这个主意，因为读书处被人占据了。转身看，背后是一条和马丹巷平行的巷子，它的尽头处，有过一家名叫“三色”的法国餐馆，老板是法国佬，我曾去那里找工作，他还曾和气地给过我一张名片。我想看看他还在不在，忽然明白，那是20多年前了，他早已退休。时空错置，是在这一带游走时摆脱不了的症候。

零食没有着落，记忆倒是源源而来，比如，联合广场对面的“巴登”鞋店从前的经理是同性恋，还被诊断出患有艾滋病，有一次他在酒吧遇到前情人，即以性爱谋杀他的仇敌，他突然冲过去，以极度虚弱的双手死死抓住对方的衣领绝望地号叫。我是亲眼看着他在酒吧前精神崩溃的。如果从马丹巷口一直望到尽头，人影绰约之处就更加扑朔迷离。我下班后常去逛巷子里的画廊，和犹太老板聊天，他谈到了中国油画的通病，“画面总是黑不溜秋的”。我不期然地摸摸脸。

走过市得顿街的隧道，就是唐人街了。在隧道里，面对着前方一个半圆和半圆之外燃烧一般的阳光，脚步声格外清晰。从对面传来的声音，那是33岁以前的我，下夜班以后从这里走到联合广场旁边的巴士站。我闲散地经过20家杂货店、10家点心店，却没有买下肚皮频频呼唤的食物。

走上斜坡，终于在图书馆旁边买下一包核桃仁。至此，"谋杀"时间的手段用尽，看看手机，才耗去1个小时12分钟。黔驴技穷乎？不是不可以独自在茶餐厅或咖啡馆的角落，即使伴着一只早已喝空的杯子，如果手里有王鼎钧先生的新著《落花流水杳然去》；不是不可以步行到海滨，走进"安巴卡叠路购物中心"旁边的公园，在草坪上曲肱而枕，和云影与橡树的美荫为伴，如果旁边搁着《柏拉图如是说》或《帝王论》；也不是不可以坐在纳山汉明顿公园的喷水池旁边，与戏水童子的雕像为邻，如果手里有《浮士德》。然而这些都没有。

只好去有书的地方。踏上图书馆的石级前，想吃点零食，袋子还没打开，对面一辆多功能车上，有人摇开车窗叫我的名字。哎，是老友老丙。我挥手回应。随即，我给老丙打电话，他说他坐顺风车来这里，傍晚和我一样，也要参加同学会的周年庆会，而眼下也有时间排遣不去的麻烦。"来聊天吧！"他热烈呼唤。

我走进市得顿街的"德兴"烧腊店，下一道颤巍巍的木质楼梯。地下室里坐着老丙、德兴的老板和退休的中学校长，这些都是熟人，但有一位高瘦老人从没见过，经介绍才知道是从天津来的，先前当过电信局局长，早已退休。于是我们聊天，从故国到异乡，从教育到经济，从男人到女人，从孩子到父母，一直持续到6点。"谋杀"工程终于完成。

和老丙并肩在街上走，像52年前从县城的学校步行回10公里外的家一般。

二十四 三句话就是一生

父亲节的午间，我坐巴士往唐人街参加一个和父亲节无关的聚会。巴士行近唐人街时，一位持杖的华裔老先生艰难地上车，坐在老人专座上。两个站以后，一位白净的老太太上车，见到前者便亲热地打招呼，还坐在他旁边。他们说话之前，我猜那位女士是台山人，说到依据，则只能是意会的直觉，家乡来的女人，脸相与躯体似乎都有若干特征。果然，他们热络地说起台山话来。台山方言极为复杂，我可以凭口音猜到籍贯，而且具体到镇那一级。眼前这两位，口音完全相同，应该是潮境一带的同村或村庄相邻的乡亲。旧金山市台山人众多，这两位老人家，即使交情没有深到三天两头就联袂上茶楼，但至少每年也会见上几次，在同乡会的春宴、婚礼、葬礼等活动上，所以，“两眼泪汪汪”的滥情场面是没有的。然而，他们的交谈触动了我的心。尤其是其中的三句话。

第一句，老先生问女士：“家里人都来了吧?”第二句，老先生在双方谈过几位乡亲的近况以后说：“都这么挨过来了。”第三句，老先生谈到自家身体状况时说：“我什么也不想，今天上床睡觉，明天能醒来，能下得了床，再想明天的事。”

三句俚俗闲话，把“老金山”的一生勾勒出来了。第一句是人生理想。早年的移民，终其一生，最大、最迫切的愿望是团圆，但是，回老家探亲只是治标，把所有亲人都弄到美国来，让家族在全然陌生的土地绵延才是“异国一世祖”们至为顽强的抱负。为了这个梦，他们一边拼命赚钱、存钱，一边找律师办申请。在中国大陆闭关锁国的年代，无法可施，只能鼓励亲人偷渡到香港后再以难民身份来美。改革开放以后则以走正道为主，以假结婚、政治庇护和“屈蛇”等歪道为辅助，艰难曲折中夹杂着多少期许和筹谋，钻营和牺牲。第二句是人生写照，一个“挨”字道尽了游子漫长的奋斗之路。初来时不通英语，备受歧视，很少有接受教育的机会，在底层靠超长工时的拼搏，年复一年地熬才可以打下根基。更为讽刺的是，侨乡百姓绵延至今的传统是：不出国就不算找到“出路”，一代代业已落地生根的移民宁可耗尽积蓄也要把乡中亲人弄出来，不是为了有福同享，而是有苦共“挨”。尽管世道常变，治乱更迭，出国潮有起有落，但在台山人的深层心理中，这样的硬道理一脉相通：走出去，“挨”是值得的。第一代人是苦些，但从下一代起，日子就好过了。第三句，是晚年心境，过一天算一天，不预支忧虑。风烛残年，他的人生成了摇曳的微焰，命运则是无定的风。

继续听下去，我收集到了更多资讯。老先生今年 81 岁，“62 年没有回去过”。世故的女士没有刨根问底。我猜，他 19 岁出洋，那时正是家乡解放的 1949 年。悠悠岁月，他把乡愁压在心底而拒回家乡。其因由应不是没钱买双程机票，而是其他方面，比如，家乡的亲人在“土改”中遭了罪，这一惨变对他造成极为深重的伤害，他不敢面对冤死的父母的坟墓。“过去在一起的都走光了。”老先生又说。“在一起”，可能是指一起“上埠”的乡亲、一起从军的袍泽、一起打工的伙伴以及一起打麻将的牌友，如今他们已成古人。他把着拐杖的手布满青筋，皱纹触目，微微颤抖着。“我也 70 了。”女士说。我看她的脸依然圆润，表情淡漠，似乎老下去的是别人。

巴士在唐人街停站，两位老人挪下车去。我连忙把三句话温习几遍。

二十五 一盏街灯

正对着我家的一盏街灯在上个月灭了。夜里出门很不方便。开始时我很自私，反正自己夜里宅在家，受连累的不只是我一家，且忍受些时日。一个星期过去了，黑暗依旧，可见邻居们和我持有同样的心态。于是，我给太平洋煤电公司的客服中心打电话。接听的是一个很和气的黑人，他作了记录，还把档案编号告诉我以便跟进。按常规，至多一个星期光明就可以恢复了。可是，10 天过去了，还是“外甥打灯笼——照旧”。我又打了一个电话，这次是青年白人接的，我把街灯的编号告诉他并询问要多久才可修复。他说尽快。好，我再等。一个星期以后，我又打电话，痛快地发了一顿火，把客服部的白人女孩教训了一顿：“听着，你们公司玩忽职守，导致我们所在社区长期陷于黑暗，给犯罪分子提供方便。一旦出事，我们会提出集体控告!”这女孩子身经百战，一个劲儿地道歉。当然，我是放空炮，我并没和街道上任何人串联过，也没有谁就街灯向我发表过议论。我问她到底是什么问题？换一个灯泡，顶多 5 分钟或 10 分钟。她说，没那么简单。我问要多久才能解决，她说解决了管线的故障，街灯就会发亮。我最后再吓她一吓：给你们一个星期，到时还不成，我们将采取法律行动!

一个星期过去了，光明还没有到来。我真有点担心了，远近的街灯都亮，唯独我家附近长期被黑暗笼罩，车子被盗以及房子遭劫的可能性确实是与日俱增的。一位朋友告诉我，可能街灯归市管，不关太平洋煤电的事。我想也有理，怪不得后者坚持不修理。我给市政服务中心打电话，答复相当完美：没有问题，我们马上立案，一个星期内修好。

一个星期后，我给市政局打电话。腔调变了，说那盏街灯归太平洋煤电公司管，他们把一个档案号码告诉我，请我自行报告。我再次找到太平洋煤电的客服。我问接线生，我第一次报告是哪天。回答说是上月 20 号。“今天是 22 号，你们费了一个月，街灯没修。”他在那头道歉，我对着话筒哈哈大笑。他惊诧，问我笑什么。我说笑你们的作业。他受不了，又不敢谴责我的讥讽，只说：“我们保证尽快处理，行了吧?”我说：“打这官腔的，你是第五位。你们受过相同的训练吧?”我懒得和他扯皮，把电话挂了。继而想起以“换灯泡”为题目的系列笑话，比如这样一个——“问：要几个心理学家才能换一个灯泡？答：只要一个，但先要确认灯泡自身有淘汰更换的要求。”不料真让我遇上了。

一个小时以后，太平洋煤电公司来电话，是电脑控制的信息反馈：录音告诉我们，最近阁下给客服打过几次电话，请您用 6 分钟回答几个问题，如：阁下打电话要求帮忙，接线生的态度如何；您提出的要求，已获得满足否；对我们服务的整体评价如何；请打分，5 个分数，1 为最差，5 为最好。我一律打上 1。

次日，即打来民意调查电话的 10 个小时后，修理车来了，把灯泡换掉，我们又沐浴在光明里。一天后，太平洋煤电的客服来电，不是电脑，而是真人，是悦耳的女声。我前天给他们的所有服务打上“最差分”惊动了某位主管，她请求我详细说明，以便他们改进。我说为了一个灯泡，我打 5 次以上的电话，这让我很生气。灯泡已换，现在没事了。她道谢。

二十六 独饮咖啡

夏日。散步一个小时以后，走进厄文街的枫树咖啡店。一杯小号咖啡1.65美元，不用缴纳8.5%的购物税，此为一喜。店员给我一只空纸杯，我去斟咖啡时发现咖啡有五种之多：中等烘焙度的法兰西式、榛子风味、香草风味、哥伦比亚式……我随便按下一个开关，注满杯子，再加上牛奶和代糖。一包代糖就甜得蛮像一回事，我彻底戒掉食糖两个多月，味蕾被赝品感动了，此为二喜。倒好咖啡，环视四周，居然有一张靠窗的小桌空着，此为三喜。

我似乎从来没有在咖啡店单独坐过。刚才走进第19大道旁边的星巴克时，才有了独饮的打算，可惜座位都已被占，只靠窗的长桌前有一张高凳，但紧挨它的是一条大汉，他面前的苹果牌手提电脑和他的身体一般霸道。不过，如果在星巴克就座，"独自"的成色就要打折扣，因为有一段回忆相伴。上次我买咖啡恰恰是10年前，和一位朋友对座，还送他一本刚刚出版的书。那是友情如马蹄莲一样蓬勃的时间，如果今天面对同样的墙壁——一幅描摹19世纪旧金山下城贵族生活的巨大照片，我也许能调动起瞬间的激情，一似从死灰中撩拨出的火星。那时星巴克的小号咖啡要1.85美元一杯，也许还要加税。

我毫无题外之旨地喝着甜得有点诡异的咖啡，想，得喝成"什么"才对得起这个座位。从前多次进星巴克都有人做伴，咖啡喝得雅致、诙谐或者热烈。今天，毫无凭借，既没带书或者报纸，也没有带拍纸簿，以便装模作样地划些字，再撕下，像出游的李贺那般，喂给随身带的诗囊。地方是第一次来的地方，发思古之幽情却不可得。延续刚才的思绪，想把从那个年份起步的一场友谊温习一回，无论情调还是方法都是合适的，洛夫不是说过"咖啡是黄昏时回家的一条小路"吗？

然而，我很快就发现，把咖啡喝成“人间”也不是不可以的。周遭已够丰富，邻座是一群老太太，清一色的台山人，地道的乡音，一律70岁开外，她们的当务之急和当务之缓都是一样的：把日子消遣掉。幸亏她们都有老板与店员也不敢开罪的老脸皮。至多开销一杯热茶，或者和我一般，要一杯小号咖啡，就可以把太阳光从直射坐成照进柜台角落的斜晖。更何况，她们不光喝，还有吃的，自家制的“大龙金”和“鸡笼”都是台山乡下的祖传糕点，前者如同比萨，但味道是甜的；后者即广州的“咸水角”，只是捏成了鸡笼的形状。她们肯定是资深移民，且乡情早已消耗净尽，因为此刻她们在预测今年美国大选谁能胜出，轻车熟道地批评奥巴马，似乎都是共和党员。再看远点，一位老先生正面对中文报纸，桌上散乱地堆着的版面，至少属于两种大报，看得极为投入。我有理由猜测，他午饭以后就待在这里，如果是报纸的总编辑，连明天的社论应该也打好腹稿了。他的后面是一对夫妇，遮阳帽被搁在桌面，可能是逛街累了进来歇息的。还有吗？另外一边，三位年轻人对着电脑屏幕。我疑心他们是不务正业之辈，不过是浏览游戏网站，或者上“脸书”泡妞。一位中年人，也坐在靠窗的位置，手里拿着一沓彩票，手指蘸了口水在点算。还有两天才开奖，因此他的好梦依然活着。

“人间”也在窗外供我慢条斯理地喝，喝它的纷纭变幻，喝它的井然有序。性感的翘臀与裹着牛仔裤的长腿，在我前面消失，顷刻间转身，飨我以正面的失望。轮椅推过，一个中年女子搀着老太太走过。少年在贪婪地咬着羊肉串。我忽然悲伤起来——咖啡杯空了。

二十七 “刻板”是这样炼成的

早晨，在公园边沿跑步。我站在山坡上方，看到下方的曲径上，一位中年白人女士遛着一只吉娃娃小狗，正向我走来。有四位男子和她错身而过。事有凑巧，那四位男士都是中国人，而且都上了年纪，她和他们相遇时的互动，我看到的是她的正面和男士们的背面。待到她和我碰面时，她的脸部表情让我诧异，为什么全是怒气，好像我欠了她一千而赖掉八百似的？我回头看着她远去的背影，想琢磨出原因来。

她是在美国出生、长大的，从小到大，都恪守主流社会的规定：在路上遇到陌生人必点头、微笑。我曾在这一带碰到过她几次，我对她说早上好，她都照规矩办事。可是今天她失态了。理由是，她在遇到我之前邂逅的中国老男人，都没有以友好的问候回应她的点头与微笑，她失败了四次，由此，她认定我这第五位应该也一般无礼。也就是说，这个早上她完成了一次“刻板”的操作。“刻板”，英语叫 stereotype，意思是以固定的观念去“套”一个群体。以眼前的事件为实例，同胞们连续的类似表现让她得出中国人“冷淡”的结论。我是她拿这个结论来“套”的第一个中国人，在她看来，既然中国人都不懂社交礼貌，她也懒得动用脸部肌肉去套近乎了。

但是，我并不责怪先我之前省下微笑和问好的同胞。他们都来自中国大陆，在中国大陆男人没有向陌生女性微笑的习惯，可能是封建时代“男女之大防”的余波，这是相当敏感的过招，稍有不慎，便被疑为“轻薄”。我好歹也算个“老金山”，但也只敢对向我点头和微笑的陌生洋女性回敬以微笑和问好。这类社交上的误会只好归诸“错误的时间和错误的碰面”。

“刻板”印象一旦完成，要想改变，就必须有另外的机遇。下一次，如果同一位遛狗的洋女士在路上遇到的 10 个中国人，每一个都热情地向她问好，她便可能缓颊，进而得出和上次相反的结论。有人说，中国人对美国的总体印象往往取决于本人留学时的第一个房东。如果这个洋房东对他友好，甚而结下深厚情谊，那么，美国将被他长久地称赞；反之，美国将为他第一个房东的吝啬和冷酷背黑锅，并被他咒骂多年。“刻板”观念形成的途径和时间千差万别，其片面和狭隘则一致。

最近我多了一个这样的印象：新移民的后代，即在美国出生、成长的一代，大多数是优秀的，他们说标准的英语，受完整的美式教育，价值观和宗教观是西方的，但因为父母来自中国，他们和中国传统文化有一种天然的亲近感，在中国人圈子里的潜移默化，使他们在孝道、待人接物、规划人生诸方面，自觉或不自觉地运用东方的智慧，比之直率粗豪的洋式开放，他们多了份内敛；比之咄咄逼人的牛仔式进取，他们多了些圆融；比之过分强调沟通而引发的繁冗社交，他们又多了点简约。他们热爱人生，有奉献精神，在慈善捐献和当义工上并不落后于人。从外观上看，他们挺拔、自信、富于幽默感，和心态总难以平衡的先辈具有明显的区别。我的这一结论是在上星期帮女婿搬家，和一群这样的青年人在一起时得出的。是否刻板，尚待进一步查验。

“天文学家”与“哲学家”

叔本华的著作《杂论》中有这么一则：“两个游历欧洲的中国人第一次进剧院，其中一个人一心想了解舞台装置，结果他达到目的了。另一个人，尽管对当地语言一窍不通，却想了解剧情的意义。前者像天文学家，后者则像哲学家。”

如果这个“剧院”扩大为美国社会，那么，我们这些新移民都无师自通地成了“天文学家”或“哲学家”。想想走出旧金山国际机场海关以后的岁月，一开始，充当的角色大抵是剧院里的“观众”，怯生生地面对光怪陆离的世界。电视里播的是英语，巴士的驾驶员报站用的是英语，广告牌上写的是英语。上门的同乡带来的小孙子，你和他说家乡话，他眨巴着乌黑的眼睛看着你没有反应，原来，他的母语是英语。刚开始，哪怕“哲学家”的架势十足，说到社会这部庞大无比的“戏剧”，对它的情节与主题，自然是一窍不通。待到水土不服期过去，英语好了一些，阅历多了一些，眼花缭乱的“剧情”也就可以看懂一些。不过，仅此而已，往后基本上维持着“半通不通”。

当然，移民并非观光客，“新鲜”看过，便得投入生活，为了生存的第一义——衣食住行，而疲于奔命，而蝇营狗苟，而俯仰不愧。于是，自己也成了剧情的一部分，比如说，在唐人街的鱼店当店员，如果卖青蛙和王八时，一个不小心，挥刀的动作被以“热爱动物”自命的洋女士摄进录影机，便可能成为新闻人物，焦点是“虐待动物”，自此也会在主流媒体和法庭辩论上露脸，虽然不一定是主角，或者仅仅跑了一分钟的龙套。

叔本华的上述分类并没有提及台上的演员。但“天文学家”和“哲学家”这两个称谓，不妨借来。“了解舞台装置”类，就是凭着“工具理性”，在陌生的异国土地上以技艺来谋生的一群人，比如一身污垢的水管工，衣袖总沾着线头的车衣工，他们没能耐弄懂美国宪法、独立战争、三权分立；从马克·吐温到麦克·杰克逊，从摇滚到牛仔舞，他们都不求甚解，但是，这并不妨碍他们赚钱买房子和养儿育女，如果说他们是“天文学家”，那么“天象”就是手艺，“星座”就是存款折上的数字。

至于英语始终过不了关的“哲学家”们，弄不懂泽·连拿在深夜脱口秀里的笑点，更看不明白政坛候选人在选战中的对骂，但好奇心不变，因为总在兴致勃勃地破解人生的密码。他们可能成为诗人，也可能成为冥想者。

你要问我算个什么角色？我只好这般搪塞：移民美国之后，前20年是蹩脚的“天文学家”，后10年则是不入流的“哲学家”，有限而浅薄的“哲思”都藏在用汉语书写的作品里。

二十九 灾区饥民种兰花

鲁迅批判“人性论”时的著名语录中有这么一句：“灾区的饥民，大约总不去种兰花，像阔人老太爷一样。”素来过激的老夫子在这里稍稍收敛，用了“大约”一词，但仍旧不算工稳。这一句的重点不在于饥民中种兰人所占的比率，而在于以种兰与否来解释阶级论流于荒谬。种不种兰，首先出于兴趣；阔不阔，是不是“阔人老太爷”，则属次要。

按照鲁迅作为立论的“经济地位决定意识”，灾区的饥民，一门心思是活命，哪有心思去种娇贵的兰花？这是大可商榷的。首先，若是天灾所成，如洪水、大旱、地震、虫害等，则无论贫富显微都要遭殃，只是程度不同而已。大水没顶之时，阔人老太爷也要逃命，而顾不上被淹没的兰苑。其次，灾难有种类、大小、时间等的区别。只要不是死到临头，饥民中的雅人，照料几盆兰花的可能性还是存在的，毕竟，兰花消耗的只是不多的水分，比起养哈巴狗、金丝雀来，节省得多。最后，揆诸中国历史，种兰也并非阔人老太爷的专利，种兰和财富、地位不能画等号，蹭蹬失意的文士，落魄的世家子弟之中，种兰者的比率未必会低于“阔人老太爷”所盘踞的豪门。

鲁迅的这种逻辑源于中国人由来已久的惯性思维——但凡非生存所必需的消遣，如种兰等，是浪费，是对穷苦人的冷酷。比如，中国人早就抨击西方人养宠物，并把给宠物洗澡、美容、穿衣视为罪大恶极。“有这个钱，为什么不施舍给露宿街头的可怜人？”这就是穷奢极侈，人不如狗，这种不平等务必以革命的雷霆摧毁。其实，慈善事业和养宠物并无冲突。这种旨在消灭人间一切趣味的言说，到“文化大革命”时已登峰造极，种花、养鸟一类正常的嗜好，轻则被斥为“资产阶级情调”，重则变成反革命罪证。蓝蚂蚁遍布的国度，革命成功以后的下一个问题就是吃饭，而吃饭是为了进一步革命。

话说回来，种兰当然不是家徒四壁者、流离失所者或三餐不继者的第一优先（不排除个别“兰痴”宁可不吃饭也栽花）。在鲁迅生活的乱世，尤其是灾区，活下来已够幸运，逃荒路上的拄杖老人，背包里不会有一盆兰，除非是被人出了高价的君子兰之类。不过，这一事实并不能为鲁迅所热衷的阶级论提供证据。因为阔人老太爷在洪水滔天之际也有挨饿受淹的现实危险，一样种不成兰花。

半生不熟的阶级论，是鲁迅从苏俄“文艺革命理论”那里搬来的，硬套进中国复杂的社会现实，一如沉重的毛瑟枪，深谙中国国情的思想巨人不会使，出了洋相。

“怜子”与“真豪杰”

鲁迅的绝句《答客诮》：“无情未必真豪杰，怜子如何不丈夫？知否兴风狂啸者，回眸时看小於菟？”鲁老夫子溺爱儿子海婴而遭到客人善意的讥笑，他写此以自辩。海婴小时候又顽皮又可爱，郁达夫的散文《回忆鲁迅》中曾写道：“鲁迅一见到我，就大笑着说：‘海婴这小捣乱，他问我几时死，他的意思是我死了之后，这些书本都应该归他的。’”爱宝贝儿子而被讥为英雄气短，实在让这位得子甚晚的父亲为难。不但鲁迅，还有相当多的国人，都有一个预设的误会：但凡豪杰，必然无情。在当“真豪杰”和“怜子”这二者中，只准择一。如果这是熊掌与鱼式的命题，那么豪杰不得不效法长坂坡前的刘皇叔——赵子龙为保护他的儿子阿斗，在曹操的千军万马中杀个七进七出，但刘备接过亲骨肉时却掷之于地说：“为汝这孺子，几损我一员大将！”

其实，对豪杰而言，“怜子”和“无情”是并行不悖的，我们犯不着替他们为难。首先廓清“豪杰”这个概念。在这里它是一个中性词，并非谁被封为“豪杰”，谁就是救星、明君或者贤人。说得极端一点，误尽苍生的常常就是这类立志“不能流芳百世，亦当遗臭万年”的大人物。这类人物布满号称“相斫书”的千载青史。暂且不去争论“是英雄还是群众创造历史”这一类大题目，只需看一个事实：没有希特勒，就没有第二次世界大战；没有毛泽东，就没有“文革”。这些旷世浩劫，如果不是干惊天动地的大事的人，岂能干得出来？当然，鲁迅也是豪杰——文豪。

好在，其“豪”是文不是武，或文武双全，有共通之处，那就是：一方面极端无情。还拿鲁迅的诗作例子，“兴风狂啸者”的厉害，首先不在“回眸时看小於菟”，而在于嗜血，在于凶猛。无论是对付敌人还是清算同一营垒的反对派，他们都冷酷、奸诈，且不怀丝毫的悲悯和坦诚。楚汉相争之际，刘邦和项羽对阵，项羽要挟把刘邦的老爸杀了，刘邦说："吾翁即若翁，必欲烹而翁，则幸分我一杯羹。"这就是豪杰之为豪杰的精髓——冷酷。"仁者无敌"无非书生一厢情愿的假设。残忍者无敌，却被历史和现实无数次地证明，争夺天下也好，剪除异己也好，心不狠手不辣，不斩草除根，最后只会被消灭。在争皇位的战场上或者在没有游戏规则的政坛，无情就是唯一通行的铁则。好在，耍笔杆子的鲁迅还没到那种气候，尽管他一直声称对于论敌，到死也"一个都不宽恕"；尽管他主张对敌人，要横眉冷对。也不乏斗争艺术——比如，横着站，一面对付敌人，一面对付善放暗箭的"朋友"。入骨的讽刺和绝望的冷嘲，是鲁体杂文的本色，他对他仇恨的、不喜欢的或者开罪过他的，可不兴温良恭俭让这一套。不能说他全骂错了，但大多数都免不了偏激、刻薄，如骂"丧家的资本家的乏走狗"梁实秋，骂提倡性灵的林语堂，骂"洋场恶少"施蛰存，骂杨荫榆校长，就都没骂对。

无情，是豪杰们开拓事功的法宝。同时，他们在私密的处所或在非公开的场合，又有和"无情"恰相反对的一面——柔软、善良、慈爱、宽厚，甚至带点孩子气。这二者都不可缺少，如果"无情"是白天，那么"多情"就是黑夜。如果前者出于处心积虑，那么后者往往是率性而为。这不是因为他们善于做戏，通过晒"有情"的一面来掩盖粗暴的本相。"多情"和"无情"相反相成，最后合成完整的"豪杰人格"，"有情"一面若缺失，豪杰就难以取得心理上的平衡，更难以把杀伐、征服的伟业进行下去。

这就是人的本性。对豪杰而言，他们的正面，即向公众展露的一面，以无情为基调，他们也因此而承受精神压力，其沉重也不是非豪杰们所能想象的。那是一个充满野心的世界。"和尚打伞——无法无天"，既然要成为行事的主义，便要时常提防遭到暗算。他们岂不知道，每一张谄媚的脸的后面都有一个想取而代之的计谋。不说每一次亲热地握过的手都可能戴上白手套，以在转过身时把阴谋付诸行动。权谋、意志、体力、敏锐度的角力且不说。光说围绕豪杰的马屁精，曲意逢迎，山呼万岁、皇上圣明以及肉麻的歌颂，豪杰每天听得耳朵都起了老茧，如果他的明智没有完全喂狗，那么，在满足之余，也感到强烈的孤独和厌腻。从那个虚伪的、危机和杀机四伏的"前线"退出，豪杰们急需把郁积的压力释放，以重新获得心理平衡。这么一来，他们就很自然地把目光转向待在家中摇篮里的亲骨肉。他们抱起孩子的手也许刚刚在杀人的密令上签过字。如果是昔年参与南京大屠杀的日本军官，可能刚刚拿过天皇赐予的军刀，砍下多少颗中国人的头颅。

爱自己的孩子仅仅是豪杰的一面，而且是较少刺激的一面；更大量、更具吸引力的，则是和女人有关的事件。粗略可分为两类，一曰付出感情，二曰纯然发泄。前者的代表是“二战”的盟军统帅艾森豪威尔，他在欧洲指挥百万大军和纳粹德国决战时，和替他开车的英国女司机发生干柴烈火的婚外情。这里没有道德与否的讲究，只看豪杰能否以真情投入。后者则更多，除去差点使得克林顿总统受国会弹劾的绯闻不说，中国的皇帝们睡三宫六院，不叫做爱，而叫临幸。豪杰们的征服欲表现于床笫，主要是为了祛火放松，以便在起床后更加精力充沛地投入“无情”的事业。“大将难过美人关”，指的便是以性欲作为本能的压倒性威力。可是，睡归睡，为了一个痴心爱着的女人而放弃辉煌事功的则为数极少，较典型的是自愿逊位的英王爱德华。《长恨歌》里的唐明皇和死于马嵬坡的杨玉环，在梦中缠绵不已，留下好名声，该感谢的仅仅是诗人白居易的想象力。

说到这里，可以起鲁迅夫子于地下，告诉他：少安毋躁，尽管和孩子玩耍去，谁要讥笑你为了怜子而做不了真豪杰，你就像骂陈西滢那样回敬他一句“这样的中国人，呸呸！”同时，要点明，山大王万分疼爱的只是自己的小老虎，遇上绵羊妈妈带的孩子，它照咬不误。如果它闯进一家幼儿园，大概也不可能看在孩子“可爱”的份上掉头而去，除非它已吃饱了牛肉和活鸡，或者是马戏团里派来表演的。爱自己的孩子是动物的本能，也是人的天性。魔鬼疼爱自己的儿女，杀人如麻的军阀也会给小妾生下的骨肉喂奶。对了，还得补充一笔，刘备在赵子龙面前摔的阿斗并没有在襁褓中死掉，似乎也没受伤，若然，就没有后来“乐不思蜀”这一类笑柄了。

三十一　街灯亮起之前

西海岸的夏季，白天较长，到了七点三刻，天还没有黑下来的意思。太阳早已沉没，余晖也挥霍尽了，白天仅存的光明被老天爷省俭地用着。我在街上一边散步一边给住在休斯敦市郊双湖畔的朋友打电话。他那边已是晚间10点左右。我好奇地问他“双湖”有没有渔火？他笑了，因为我的问题太天真，因为“双湖”不过是小不点的人工湖，也许还没广州流花湖大。不乏在岸边垂钓的，偶尔还会有洋人划小艇或者独木舟，但都是用卡车拖来的，玩完了便运走。

他问我，此刻旧金山的街道热闹不。我说我们这个滨海居民区总是冷清清的，除非有电车隆隆开过。我每天在街上溜达也常感奇怪，为什么如此静寂？从沿街人家透出的灯光看，居民并不少，那为何街上人气甚少？今天是星期天，已过了下班时间，尤其寂静。也难怪，这个周末加上下星期一的国殇日，假期共有三天，许多人趁汽油降价都驾车远游去了。但不管哪一天，居民区在这个时刻的基调都是冷寂的。暑气断乎没有，外出乘凉、戏水的更不消提。我脚下的，是遍布酒吧、餐馆、足浴店、咖啡馆和芭蕾舞学校的他拉威尔大街，从窗户和大门所透出的晕黄灯光看进去，就餐喝酒的客人并不少，可是在街上，我从来没有看到过他们，目光所及，只有零星的遛狗者、散步者和回家的人，还有就是没开灯的汽车。

就在通话时，我有一个新奇的发现：近来在这一带散步，不下10次看到两位中年中国女子，并肩在这里散步。她们的衣着常常变换，但颜色和式样大致相同，昨天是红色短大衣，今天是长长的白色羽绒服。和我擦肩而过时，我听到她们说的是普通话。如果不是“散”得特别，我不会注意到，她们只局限在一个街区内的一段人行道，来回多次，且一路热烈交谈。我揣测，她们可能是新加入某个诗社的诗人，不然，就是刚刚开始或者结束一段婚姻的同病相怜者。我又猜，她们是一家“健康中心”的从业员，这“中心”没有中文招牌，只在玻璃门上标出英文名字，又没有具体内容，天晓得它是如何教人“健康”的？如果我的好奇心更强一些，就会推门进去，问问对电脑屏幕坐着的女孩，请她介绍“健康”项目，可是我不想让单纯的散步无端染色。在我这般告诉远方的友人时，两位散步者一起推开了“健康中心”的门，瞄了瞄又离开了，接着她们又是一路交谈一路溜达。我大乐，向友人揭开谜底：这是一家按摩店，散步者是技师，客人没来，她们便以散步解闷，因怕客人来电话或进门而不敢走远，每隔十来分钟和接待员打个照面。因为终于看到寂静街道的生动一面，我高兴起来了。

为了不影响友人就寝，我挂了电话往回走。暮色沉沉而降，林荫道布满了黑影。前天被大风刮倒的花旗松，已被锯成许多段搬走了。花旗松站了上百年的地方留下一角格外敞亮的天空，那是死亡带来的空白。

到家之前，隔街看到，贴邻的门前有一个白人斜靠着电线杆埋头读一本书。这个时刻，天色已暗，除非视力极好，小字难以看清。可是他行。我知道他在读什么。今天早上，外出买报时，我看到电线杆下的纸箱子里放着 10 来本书，多半是科幻小说，也有一些心理学方面的，我逐本翻了翻，又放回箱内，掉过头对好施舍的印度裔邻居默默说了声：“谢谢你，只可惜不对口味。”刚才我又路过箱子，发现书已减少到一本。于是，我在按摩女郎之后进行了第二次推测：这位读书人刚好路过，出于好奇捡起箱内的书，一读便被吸引住，后来就坐下来一直读到天昏地暗。他的上方，有黄得叫人想起咖喱饭的灯光，那是从书店前主人的餐厅里透出来的。我定神看了看汉子手里的书，书脊黑白各半，噢，对了，就是那本《被切割的人生》，我记得很清楚是刚才翻得仔细的缘故，作者是《华盛顿邮报》的记者俄尔萨·瓦里苏，由 CNN 主播吴露夫品题，内容是三位名女人的访谈录。

在清冷的街头，在离倒下的那棵参天大树不远的人行道上，就着暗淡下来的日光读书的是谁？流浪汉吗？也许是，否则，他应该把书带回家，对着一盏台灯从容地读；不过，我还是把他当作书呆子吧！伟大的呆子，为了爱书而在冷风里靠着并无暖意的电线杆，他头上的电线，虽曾站过鹧鸪，它凄恻的鸣叫也曾引发我古典的乡愁，但此刻连海鸟也不会来栖息。

而他却能怡然读书，我非得把他定性为“妇女问题专家”不可了，否则，对不起这本书和这个入迷的人。我隔着第36街，瞻仰着他读书的姿态。在天色全暗之前，街灯亮了，橙黄的光慷慨地铺在读书人伸到人行道的腿上。不管他有没有灯，此刻，街灯是属于他和他手上的书的。

我被感动着，生怕扰乱了读书人而不敢迈开大步。门旁的山茶花已到花信的末端，凋谢的和盛开的密匝匝地覆盖了整个树冠。暗红的花，在街灯下，有如壁炉里半烬的松柴。我那在双湖畔忙于画画和作诗的朋友，已就寝了吧？

哪把剑经得十年磨

闲来无事，哼着年轻时背熟的古诗取乐。贾岛的“十年磨一剑，霜刃未曾试。今日把示君，谁有不平事？”念了几遍，越念越生疑，不禁问：“哪把剑经得10年磨？”不晓得磨剑是怎样作业的？是不是一定要天天磨，每天磨多少个时辰，总共费多长的光阴才可成功呢？然而，按照“铁杵成针”的古老磨法，一把宝剑，磨它10年，岂不一路薄下去，最后变为纸片，变为蝉翅，变为铁屑，变为乌有？不可能有这般冥顽的傻瓜。那么，较大的可能是：十年间，偶尔磨磨，维持其锋利就够了。据说宝剑有如贾宝玉的宝玉，可通灵，在磨出吹毛即断的绝顶锋利后，如果没有人血的滋润，鞘里的剑就会在半夜的风中铿铿然，仿佛要凌空飞出，直取敌人首级。可见，宝剑和佩剑的侠士一般，是耐不了寂寞的。

马上有人会讥笑我：哪有这般解诗的？全首诗表达的是侠客的执着与豪迈，先是长时间的韬光养晦，准备好以后，便可重出江湖扫荡世间的不平。再升华一下，它和书生的“十年寒窗无人问，一举成名天下知”是同一路数，也是用上“十年”，这似乎变成“准备期”的通用标准了。论形象性，“磨剑”这一意象无疑是高明的，天地为炉，造化为工，阴阳为炭，锻就干将和莫邪，再耗费漫长的时间与巨大的人力才可磨出霜刃，以毫光照耀缺乏正义的人寰。

磨剑的过程可一笔带过，问题在下半部。侠士仗如此好剑，迫不及待地想澄清宇宙，比如，像上文所引的古诗，也果然有人报信说哪里出了“不平事”，侠士前去，小试锋芒，大捷而回。不过，这样的好事虽然发生的几率大大高于中六合彩，但肯定和磨剑志士的期望值相去颇远。一贯如此，“学成文武艺，货与帝王家”的传统路子，要么太窄，要么太长，连被选中的小部分幸运儿，一个不小心也会被皇帝老子砍掉脑袋，别说相当数量仍旧逃不过老死牖下的宿命。就是那把锋利无比的剑，不插上草标卖掉，也会被当作陪葬品。这样的前车之鉴肯定影响着后来的磨剑者，使他们不敢在“磨”上投入太多的生命。至于早已磨好了却始终没有被招去征战的那一类，积郁难化，早早死掉不少，而剩下的那些，以余生来喟叹、惋惜、悔恨乃至妒忌，那把好剑又转而戳中主人的心。袁枚在《蒋心馀藏园诗序》中叹道：“安知不缺且折，为干将、莫邪之伤？”道尽了用世之锋的难处。

人间所谓“有志者”的纠结大抵在这里。如何是好？只有把“磨”本身作为目的，一年年地拿剑锋来砥砺，在“磨”的间隙聆听锋刃在指下的铮铮声。礼赞剑客生命的正是这种声籁，而不是别人的血与头颅。最后，剑和人生都被磨成齑粉，那是至高的圆满。

三十三 “搔痒”说

林语堂在演讲词《论东西文化的幽默》中有一节专谈搔痒，称之为“人生一大乐趣”。不过，林公之“搔”专指“轻轻地挑逗人的情绪”的“幽默”，这一界定有失狭窄。其实，人间的社交活动，摒除林文所指的负面部分——“像严冬刮面的冷风一般的”恶意嘲谑或讥讽，如欲增进友谊而互相搔心理之痒，无疑是重头戏。

首先肯定的，是每个人的心中都有痒。男人之痒，首在成就感。大凡在现实人生因先天和后天的条件所限而成就不大，即所谓“千古文章未尽才”一类，内心积累着对成功、对成为名人的渴望，这种渴望，越是难以变为现实，就越是积郁于内，成为顽固的痒。

解痒有二法，一曰自搔，二曰他搔。自搔简单，他搔却是一个技术活。试举一例，以下场景在美国唐人街的咖啡店不难见到：在某栋大厦当清洁工的中年人 A 进来时，遇到了在某家中餐馆当帮厨的老乡 B，两人除了刚来时在茶楼聚过之外，10 年下来，只偶尔在街上邂逅，但每次都会为了“马上要去上班”或“陪家人”等冠冕堂皇的理由，没法细叙。这一回是天赐良机，合该一边喝咖啡，吃 4 毛钱的菠萝包，一边认真地聊聊大天。交谈开始不久，A 极为关切地问：“你的两个孩子现在怎么样？”B 有点惊讶，A 一开始就关心自己的孩子，面都没见过呢！于是语气平淡地说：“大儿子上大学了，学商科，二儿子正上高三。”可能是乏善可陈吧？B 不想多谈家事，出于礼貌，他也不能不回问：“你的孩子呢？应该都 20 多岁了。”这可不得了，A 谈起儿子来！一说就是 20 分钟，一个进哈佛，一个进柏克莱加大，念什么主科，每年领多少奖学金，得奖多少次，教授怎么夸，女朋友的门第多高，多有钱等等。B 开始时出于礼貌，展现出尽可能高的热情和尽可能生动的面部表情，惊叹、欢呼、质疑、如梦初醒、响应和雀跃。A 一发不可收，顺藤摸瓜，大谈比当今出畅销书的“虎妈”还厉害的育儿经，长子的天分在牙牙学语时已露端倪，次子在小学一年级便轻松拿到了全班拼字第三名……B 暗暗叫苦，熬了 40 分钟就难以支撑，最后以“看医生”为借口狼狈逃离。A 强咽口水，把发表欲压下去，站起来寻找第二个倾诉对象，好围绕“自家儿子”再作一番淋漓尽致的发挥。

且就以上个案作分析。A 在国内时是衙门的科长，来美后因别无所长而只好兢兢业业地当体力劳动者。美国社会讲究平等，人们不会拿职业作为人的“等级”标志，但 A 科长移民时却把古国的尊卑观也带来了。好在他早已认命，和多数在底层讨生活的老乡们“同流合污”，不复埋怨老天的不公。可是，这辈子的窝囊，不平反哪会心甘？于是，成就感全部落实在“争气”的下一代身上。“养出伟大儿子”成为心底“奇痒”，自搔却嫌不过瘾，便摸索出一套引人来搔的功夫。通观 A 的此番作为，不足处是过分以自我为中心，他最好是奉行“己之所欲，必施于人”的古训，被搔时也替人家搔。他的忽略造成后半段谈话的不和谐。

再看 B，前一段表演还不错，后来的互动出了问题，责任则在双方。但愿他明白，社交以“让对方愉快”为天职，他应当全程尽力表演。其实，他也有痒处：那是下中国象棋，出国前一连三年横扫全乡，获春节淘汰赛冠军，如今在中国城花园角公园也难逢敌手。倘若 A 有点知人之明，对话时，不但谈儿子，也把棋艺以及 B 的成就作为互补谈资来充分展开，不但保证不冷场，而且相见恨晚，一直聊到咖啡馆关门。

从以上例子出发，我们可以为“互相搔痒”定出几条规矩：

一曰重视。除非你不出门，不论进入哪个社交圈，哪个人不希望交上若干“谈得来”的朋友？“嘤其鸣矣，求其友声”，这“声”就是“搔痒搔得好”。古来的友谊佳话，如管鲍之交，管仲说：“生我者父母，知我者鲍子也”；还有“高山流水遇知音”，伯牙从琴声中听出弄琴人的全部寄托。看，肝胆相照的朋友都明了对方“痒在何处”，搔出前所未有的痛快，他们也因此建立了流芳百世的友情。

二曰准确。稍微夸张地说，成功的第一步是要有“找准人家痒处”的眼力。一位艺术家，以画画为本业，也擅治印。众人聚会，交口称赞他刀法如何飘逸，印文如何神妙，字体如何高古，却绝口不提绘事。又如，一味称颂某位“高产作家”如何勤奋，每天除上班外还要熬夜，乃至在巴士上、出租车上、飞机上写出多少百万字的小说，最后却忽略了数量庞大的作品本身的成就。这类马屁可能会拍到马腿上。前者，容易让对方误认为你暗指他在专业上无可观，最好改行；后者，使人家感到，你的言下之意是他只有一种能耐，那就是粗制滥造。

三曰得宜。古有“麻姑之爪”，那可是神仙的手，它有两个特长，一是搔工极细腻，让对方舒服得像麻姑一般成了仙；二是长，自家的手难以触及的部位，它都胜任愉快。不要以为出手轻重只和技巧有关，它体现的恰恰是“知人”的智慧。清人俞樾有文《高帽》：“有京朝官出仕于外者，往别其师。师曰：‘外官不易为，宜慎之。’其人曰：‘某备有高帽一百，适人辄送其一，当不至所龃龉。’师怒曰：‘吾辈直道事人，何须如此！’其人曰：‘天下不喜戴高帽如吾师者，能有几人欤？’师颔其首曰：‘汝言不为无见。’其人出，语人曰：‘吾高帽一百，今止存九十九矣。’”这位“其人”可算老手，搔得老师飘飘欲仙，只可惜最后一句是蛇足，火候到的人不会点破，而只微笑着离开。

说到这里，以耿介自命的青年才俊可能会骂我：说了半天，原来是传授马屁学。我不以为然，首先，不能不承认，所有社交都含有“拍”的因子，这是由人类天性的刚性需求所决定的。你和人打交道，不为进行阶级斗争，也不为结怨造孽。太平之世，两肋插刀式既然用不上（幸亏！）那么我们就只好正视“人爱受奉承”的普遍事实，顺从人性的天然趋向。而搔痒乃是在和人相处时制造快乐的不二法门。

拍马屁是搔痒的低级阶段，不过，说它低级并不意味着高人就有免拍权。且看雅士在“不拍世路难行，拍了自己难堪”这一悖论之中用了多少权宜之计：谀人宁用口勿用笔，在谁也不能随身携带具录音功能手机的漫长年代，人们不是绝不作虚伪的逢迎，而是力求不留下“铁证”。连带地流行一条潜规则：不公布私人通信，为的是免于过分的奉承暴露。

那么，什么是搔痒的高级阶段呢？“搔哪哪痒”几近于极致。也就是说，本来不痒（痒是种心理冲动，和荷尔蒙的分泌近似，有时强烈，有时衰竭，比如抑郁症患者，压根儿不痒，只有痛），交谈时工于引发奇痒，痒了能搔，搔了能乐。臻此境界的，不是八面玲珑的交际花，便是对人家的痒处了如指掌的达人。还是拿上文那个偏好海吹“自家儿子”的人为例，他的对手如果早已对此洞察于先，见面时巧加调度，便可望产生话题一出，痒随之，互相搔个不亦乐乎的喜剧场面。B 遇到 A 以后，可以抢先提起哈佛的近况，从参加校庆的名人猛人名单破题，抽丝剥茧地进入哈佛的环境、师资以及学生。面对正中下怀的话题，A 的灵感肯定如天花乱坠，随时都可加以诠释、引申，到最后，即使 A 不围绕自家儿子多加渲染，但心里的瘾已过得差不多。当然，A 要在下棋方面作同样的文章，话题交错、机锋穿插，便是妙不可言的双赢。

同理，文人的互搔不必归结到对方的“受用”与否，只要能激发谈兴，导出对方的智慧，过招之时火花四迸，有如竹林七贤坐而论道，诸葛孔明舌战群儒，以放达的哄堂大笑或意味深长的会心之笑为余音：这就是无功利计较，纯以思考与辩难为乐的灵性境界。

谁没有痒？穿街过巷的木匠有技痒，赌徒摇俄罗斯轮盘时有瘾痒；兵家有昔日功勋之痒，政客有施阴谋阳谋之痒；情种有单思之痒，恋人有倾诉之痒；商人有利润之痒，农民有庄稼之痒；小女孩有白马王子之痒，小男孩有当超人之痒；中年男子有功名之痒，中年女人有妒忌之痒；老男人有初恋情人之痒，老太太有孙儿女之痒；连家里的狗，也爱被人抚扫颈项，那是它的受宠之痒。金圣叹的“不亦快哉”中有一条：“留得三四癞疮，关门呼热汤澡之。”前一句说造痒，后一句说搔痒，精华尽出。

三十四 鱼尾纹颂

幽默作家吴玲瑶女士在一篇随笔中，以“可以夹死五只蚊子”形容女性眼角的鱼尾纹，我吃早餐时读到这里，笑得咖啡喷湿了半张桌子。厉害！昔有李太白的“白发三千丈”，今有杀蚊利器在眼角。随即想及，鱼尾纹岂可由女性专美？我马上冲进洗手间对镜检查，区区也有不少。我老出丰沛的鱼尾纹以后，不是没在饕蚊成阵的乡村待过，脸部和手足被叮多次，蚊子葬身在手掌的也不止五只。只是，蚊子爬进皱纹的缝隙，闻之未闻也。唯一的可能是，蚊子们去东洋取经时学会了神风突击队的死法，径直朝鱼尾纹俯冲，而且以五只为编队。再想，我这老眼既小且浊，毫无魅力可言，设若换一美目盼兮的女性，秋水般的两泓既然可以使人神魂颠倒，那么，使以吃人血为生的公蚊子为之痴狂，为之殉情，又有什么不可以？

不过，我歌颂鱼尾纹，倒不因为它们分批处置嗜血的飞行家，本色当行，大有益于环境和人类健康，而是惊叹于它的能耐。不动声色地布网，五只同时降落也照单全收，若以哲学喻之，这壕沟之深邃可与庄子并驾齐驱。再设想，拥有这样鱼尾纹的眼睛该是何等巨大；镶嵌如此深巨之纹的脸，又是怎样的壮观！所谓吉人天相，这才够格。推想下去，这等具备“熟女”以上年资的女性，其生命活力，何消说得？

红颜迟暮是必然的事，鱼尾纹布阵也是迟早的事。如果有这样伟大的鱼尾纹，“老”是划得来的。孔夫子云：“老而不死是为贼”，往豪迈上说，“赃物”无非是肥硕眼袋里头的岁月。老出这般的鱼尾纹，雄辩地说明，更年期以后的岁月漫长且健康。女性的青春之美，可以用“肤浅”来形容。鱼尾纹带来的，乃是真正的幸福人生。那时，抚养儿女的责任完成，荣登“岳母”、“婆婆”、“祖母”、“外祖母”的宝座，此其时矣。为梦想活，为美丽活，需要洞达的智慧、良好的体魄以及进取而潇洒的精神状态。也只有这般健全的女性，才有闲心在化妆的余暇，修炼鱼尾纹，进而用鱼尾纹来收拾蚊子。

拥有“夹死五只蚊子”的鱼尾纹的老女人和老男人，想不骄傲也难！

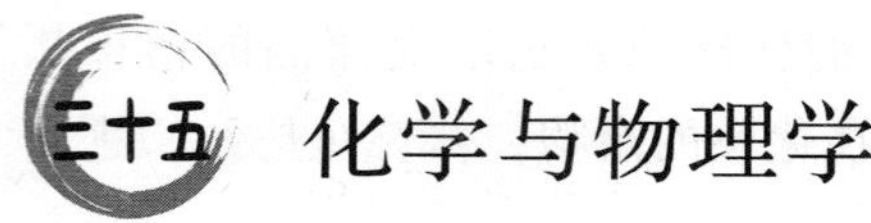

三十五 化学与物理学

王鼎钧先生的散文集《左心房漩涡》里有一经典之作——《我们的功课是化学》，它的主题是“化”：“不要再加减乘除了，我们的功课是化学。化！化种种不平、不调和，化种种不合天意、不合人意，化百苦千痛、千奇百怪。”

我又想，我们的人生，在拥有这种由宗教情怀、人生智慧所凝聚的“化”境之前，粗略言之，都是这般：要么在两种状态之中，要么在进入两种状态之前和脱身之后。哪两种状态？一曰物理，一曰化学。前者是指有序的、缓慢的，可以计算、可以预测或者可以控制的状态；后者是指突变的、纷乱的、伤筋动骨的，难以计算、难以预测且难以控制的状态。

童年的成长是物理，少年的发育是化学；青春的汗水是物理，青春的梦想是化学；友谊是物理，恋爱是化学；柴米油盐是物理，儿女灯前是化学；中年的负重岁月是物理，中年的心理危机是化学；老年的思想是物理，老年的身体是化学；健身院是物理，鸡尾酒会是化学；菜篮子是物理，价钱是化学；栽花是物理，花开是化学；冷兵器是物理，热兵器是化学；改革是物理，革命是化学；田野是物理，太阳是化学；汽水是物理，酒精是化学；父女关系是物理，母女关系是化学；养育女儿是物理，女儿出嫁是化学；当老百姓是物理，当官是化学；打工是物理，当老板是化学；步行是物理，驾车是化学；工资支票是物理，赌场筹码是化学；打在脸上的雨水是物理，飘过月亮的云絮是化学；乐器是物理，乐曲是化学；老师是物理，学生是化学；黑板是物理，粉笔是化学；日记是物理，情书是化学；工作日是物理，节假期是化学；客厅是物理，双人床是化学；工具是物理，玩具是化学；房契是物理，因房契而结合的姻缘是化学；电灯是物理，烛光是化学；暖气机是物理，壁炉是化学；日历是物理，诗集是化学；阅读是物理，写作是化学；散文是物理，诗是化学；水井是物理，江河是化学；家是物理，神龛是化学；纸笔是物理，电脑是化学；牵手是物理，性爱是化学。

按部就班的人喜欢物理，冒险者或急于改变现状者则喜欢化学。老实人喜爱物理状态，阴谋家偏好化学状态。中年人爱物理，青年人爱化学。平常日子，谁不希望安稳呢？这就是我们所坚持的物理学。平常日子，谁不耽溺于某种梦呢？这就是我们半夜爬起来去电子信箱搜寻的化学。

两种状态难以截然分开，它们大抵是此进彼去或此消彼隐，其结合部即灰色地带的故事最多。我自己偏好物理，因为物理学没有窑变，它使我感到人生由我掌控，心里踏实。

三十六 天这么快黑下来了

晚饭后，在电脑前玩了一会儿。穿上最笨重的夹克出门去，抬头看墙上的钟——8 点 30 分。开门，户外一片昏暗。我一惊，为何这般神速？仿佛还是昨天，晚间过了 9 点，太阳才刚刚在海平线上晃晃悠悠地沉落，走近日落大道旁边的树桩，还依稀看得到它的年轮。此刻，夜色先以“洇”的方式晕染天地，不经意间再来个大泼墨，全黑了。

似乎回到了去年的 12 月，从国内飞回来。门旁的山茶以满树碧玉似的蓓蕾迎接我。然后，它花了足足 6 个月才慢条斯理地开花，最蓬勃是 6 月，俗气之至的艳红花瓣，密密麻麻地组合成一把大伞，这是过年的乡村才有的喜气，仿佛带着鞭炮的火药味和年菜的香味。

又到了归去的时间。真快啊！过了花信的茶花黑魆魆地对着我。丝丝缕缕的惆怅袭来，这在过去是没有的。我抱着外孙女，拨开窗帘看外面，落日在枝桠间如红丸，暝色在松林的外面迟疑着不敢贸然侵入。女儿问我：“爸爸，是不是一想到回国去就欢喜？”我顿了一下说：“说是也可以，却舍不得你这个小公主。”“放心，我们每天在网上见面。”女儿的这句话真的做到了，上星期搬回核桃溪以后，她每天至少发一段小宝贝的录影到我的电子信箱。

独自散步是从今年 3 月开始的，如今已成习惯，每天至少花一个小时在路上，一双台湾产的球鞋行将穿破。走进夜色里，街灯、车流、树影，一切照旧。我在老路子上走了 10 多分钟后，不再像过去那样折回，而是转右向海滨方向。愈近大海，黑色愈浓，且因隐隐的涛声而多了萧索。

从第 36 街到第 48 街的这一段，我极少来。一路上，心事在胸间翻腾。人生有黎明，傅雷译罗曼·罗兰的《约翰·克里斯朵夫》时，开头即引用《神曲》：“蒙蒙晓雾初开，皓皓旭日方升。”我的外孙女正处于这个时刻。

中年以后，光阴的流速愈来愈快，到了晚年更甚。然而谁敢抱怨？快意味着顺畅，没有“尚算可以”的人生遭际，你可是要度日如年的。这不，黑夜到来了。不错，黑夜并非只有黑暗，更何况，黑暗也蛮不错，光没有它的深厚和宁静，倘若夜没有厚和静，至少可摆莫测高深的谱。

一路上都是餐馆里透出的灯光，不多的行人，三位少年一路打闹，三个南美洲人在路旁低声交谈，大智若愚的秋田犬后面是一位若有所思的妇人。出售太阳能设备的商店早已打烊，透过玻璃门还可看到里面的货物。我无所感，只对一家无人光顾的湘菜馆投去同情的一瞥，并对坐在屏风前无聊地翻菜单的侍应生表示谅解。

我的夜，有什么呢？有诗的星辰、散文的月亮，有朋友，有电子邮件，有对彼岸一栋大楼第十五层一个三居室单元的想念，有不成器但足以自慰的著作，有体能尚可的64岁的身躯，家里有多数未曾寓目的书……对了，还有“老”赐予的最大一笔——无尽藏的记忆。光举所知道的恋爱，就有生死相许的、刻骨铭心的、销魂蚀骨的、奇情的、浪漫的、撕心裂肺的、余甘无尽的、镜花水月的以及真枪实弹的。有的伴随着诗，有的蕴藏着高尚，有的暴露着兽性。然而，在黑夜里一一反刍，就都成了只剩下硬核的橄榄，味道全失还不肯吐掉，这是没有鲜品替代的缘故。

然而，走下去，岁月还要剥夺有限的拥有，一似身影为无所不在的黑所销蚀。从财产到收入，从肌肤到心脏，从视力到记性，从力气到弹性。最后伴随的是什么呢？路过第46街一家新开的按摩店，里面黑灯瞎火。借着路灯的微光读着门外的布告：“无证营业，勒令关门。”忽然想到这个至为严峻的问题。

我的回答：该是亲情。晚年，可资凭借的并不多。友情虽在，但双方终会因距离和能力的局限而只能偶尔雪中送炭。情欲远去，不会离开的只有亲情——妻子的扶持、呵护，儿女的关注、照顾，不管是出于义务还是日积月累的习惯。至于幼小的孙辈，也许他们不能在病榻前送上安慰的话，但他们的存在就是种族绵延的铁证，让人不致生发“无后”的哀叹。

如果有机缘和慧根，皱纹密布的手还能抓住一些更为高级的救生圈，那就是宗教。无常的恐惧、疾病侵凌的凶狠以及命运袭击的阴险，无论亲人多有能耐，都是无能为力的。唯有基督引渡，我们的灵魂才可能获救。

信仰的必要是明摆着的，但问题是：宗教情怀酝酿就绪时，生命到了哪个阶段？

我就这样思考着，漫步着。一趟，花了一个多小时。

三十七 北美洲的天空

入夜，外出散步。天气晴朗，九点过后天空依然没有发黑，通体宝石蓝，又纯粹又深邃。夏威夷的海水与它相似，透明的蓝是驰驱浪头的滑浪者的永恒诱惑。花旗松的针叶间，为何有眼睛在眨？巨钻一般使人目眩。细看，是星星！在北美洲待久了，竟把星星都淡忘了。从林荫道走出，站在空旷处仰望，天上有的是星星。自然，它和故土的天空没得比，尤其是在仲夏夜，彼岸的繁星就如海岸的沙子。星的光和光的晕给天空喷上一层无远弗届的银灰色。这里的星星不密，但一颗是一颗，不亮相则已，一亮相必璀璨玲珑，镶在蓝色的下方，有如悬挂的超强镁光灯，即便没有献假殷勤的云絮来来往往地擦拭，也容不得你忽略。向最亮处看去，是一镰新月在空中载浮载沉，这才是主角。我和新月并行，脚下舒展的小路上铺着落叶和绿叶的影子，影子并非来自星光，而是来自街灯。

真好！疏朗的光华，简洁的天宇。凝视它可想到人类有史以来有限的伟大人物，想到以保持距离为标志的“绅士风度”，想到生的终极意义，想到死的崇高。

古人认为，天上的星斗和地面的人具有神秘的对应关系。一颗星星就是一个人，人的运数可以通过读星来破解。如此说来，故土的繁星师出有名——和它联结的是13亿人。在北美洲的天空下，芸芸众生又是如何演绎“天人感应”的呢？今天午后，我走过定居了20多年的旧金山日落区。安宁，一如夜空；静谧，一如众星。我走过好几家正在刷油漆的人家，专业和业余的工匠一边自得其乐地挥刷或推滚筒，一边低声交谈，其中两位用的是我家乡的土话。多数住宅都没有人，因为这是上班和上学的时候。偶尔走过的行人中有一个50多岁的女士，兴许是头一遭造访此处，走错了门而逡巡在人行道间，神情有点害羞，却被我看作鬼鬼祟祟，她是此间唯一的谜团，一如星图上北斗七星斗柄上的那一颗，我怎么也找不到。有人在门口打开车后舱，把一包包水果、奶酪、肉类，还有一束郁金香卸下来。轮椅迎面而来，辚辚车声伴着两位女士的对谈声。电线杆上的白头翁没有唱歌。一位戴鸭舌帽的老太太，正在门前车道上以胶状物填补水泥的裂缝。这样的氛围，让人感到欲望是累赘的，喧哗是空洞的，追逐是无聊的，而静静地做自己的事，如星星发自己的光，才是存在的意义。星星没有公关。人生无须熙熙攘攘。至于金门公园临水的橡树，簌簌飘下的黄叶，就当作渺远的流星吧！

记得在大约30年前作过一首诗《北美洲的天空，缺少星星》，以故园的繁星比照异国的清冷，主题是乡愁。如今，我不复排斥这个疏出气度来的空间了。我对星空说，不管哪一颗属于我（或者说，不管我的人生是哪一颗星星的化身），我只要默默地守住这个角落，发自然的光。发光未必是我的义务，萤火虫提灯照夜只是本能。我独立于苍茫，独立于无限，尽可能地坚持，把陨落推迟，这样就好。看，我靠窗的电脑，夜里，银幕边缘亮着一星微光，那可能是我，也许不是，管它呢。

三十八　全世界的祖父

白天，滨海的住宅区照例是宁静的。他拉威尔街热闹些，但柔道馆内比武的吆喝声到黄昏才开始。那阵子，有轨电车卸下的下班族，也把匆忙的脚步和寥落的交谈撒在街上。我从柔道馆对面走过时是午间。人行道上，一个牌子挡住了脚步："旧物平卖"。我顿住脚，看左首的人家，大门打开着，我便踏着石阶上二楼。探头看里面，客厅寂静一如大街。我先发一声"哈罗"，不敢擅入，以免被警惕性过高的业主误认作"白撞"。一个老头子脚步轻快地迎上来，皮笑肉不笑地回应我的问候。他 70 来岁，英语带俄国口音，但相当流利。我问是不是出卖旧东西。他说："是，请进来，随便看。"

厨房里陈列着瓷器、银器、锅和勺，巨大的陶罐是最引人注目的，它使我想起俄国某位作家对心宽体胖的俄罗斯主妇的普遍赞美：不管世道多么艰难，物资多么匮乏，客人进了门，总会变魔术般地弄出一桌过得去的饭菜。罐子是她们的魔术箱，此外就是煮茶用的铜壶。可惜不见女主人。饭厅里堆着搅拌器、班戟炉、微波炉。客厅有高尔夫球具、西装、礼帽、手套、开关、电线、熨斗。我边看边随口问："打算卖房子吗?"一般而言，老人卖家具、衣物等赘物，下一步便是变卖房子。然后，进入生命的终点站——疗养院或专供老人居住的小公寓。他很干脆地说："不。"

没有什么好买的，因为我也到了以"精简"而非"增添"为主题的年龄。不过，为了不辜负这位活力四射的俄国老头的好意，我指着陈旧的小茶几问："多少钱?"我心动是因为小茶几下部有可放杂志报纸的方框。"15 块。""5 块。"我还价道。他说："不行。"我摸摸口袋，有 10 块钱，还可以再砍一次。但检查茶几时看到接口都松了。我说："摇摇晃晃的，不要了。"

我向老头说声谢谢后告退。正要下楼，他说："慢住。"我想，他是不是退让了。我回身。他问："你有没有孙儿女？"我说："有，两个。""那好，买点什么送给宝贝。"他指了指一个我刚才忽略的小房间。我进去，是一个小女孩的卧室，花床单、花衣服、音乐盒、花伞，更为触目的是放在小桌上的洋娃娃，她有 3 岁女孩一般大，穿着橙色"布拉吉"（连衣裙），应该是俄国产的芭比。我犹豫了片刻，最后对他说："看过了，谢谢。"我没法向他解释，即使喜欢，也不能买。因为外孙女的妈妈及妈妈的妈妈对二手货极端痛恨，我把它带回家，只会招骂。

一次毫无建树的流连过去，事情本已完结。第二天，我又路过那个地方。"旧物平卖"的牌子还在。门口有了动静，我抬头，一个比俄国老头更老的洋老人正往下走，我大吃了一惊——他右手紧紧抱着一个巨大的洋娃娃，乍一看，还以为是活生生的婴儿。对了，就是昨天引起我注意的那个玩具。洋娃娃左手的小花伞昨天没看到，是主人"买一送一"的优惠吧？他身躯臃肿，空手已举步艰难，此刻两手拿着物件，没法抓扶手，走得就更加谨慎。他一步步地下挪。我站在人行道上，直到他走完最后一级楼梯。

我凝视着老人家走远。抬头看俄国老头住的房子，二楼的一个窗子里有一丛银色的头发在晃动。原来，他正在目送刚刚和他做了两笔交易的客人。

我不能不感慨万分。刚刚过去的周末，女儿把刚满一周岁的外孙女带来，和小宝贝一起度过了让我和老妻久久回味的欢乐时光。我把她放在地上，她站稳了，得意地扬手高叫，宣示这一不下于猿进化为人的显赫成就。在大人们的鼓励下，她走出我的怀抱迈开第一步，尽管步幅很小，但这里面也有我的功劳。我忘情地大笑。宝贝转身扑进我的臂弯。

俄国老头的孙女，应该已是少年，甚至青年，或是离家上学或是工作。也许，他的老伴也去世了。这次出卖旧物未始不是清理记忆、重新出发的意思，不管房子卖不卖。至于抱走洋娃娃的胖老人，可能孑然一身，经济境况也不好，只好买个便宜的洋娃娃以代替早已不在身边的孙女儿。

3 个背景不同的老人的共同点是：当了祖父或外祖父。

三十九　人生盛宴

早晨，在旧金山，打开家门走出来。满天蔚蓝，无一丝纤云。老天爷飨我的是又一个平常日子。

平常，无所不在的平常。叔本华贬抑它，先自设问：“为什么平常的东西都是可轻视的呢?”继而回答：“‘平常’这两个字的原始意义是指属于所有人的东西，亦即属于整个人类的东西。”然而，我绝不敢向天空抛一个轻蔑的眼神，因为谁都知道，蔚蓝并非理所当然，或许阴霾已在彼岸成为另一种“平常”。

更何况，平常日子的种种平常事也不能轻视。贴邻堆在人行道旁边，并贴上“免费”纸条的婴儿床令我回味不已。证券公司的财务分析师提姆夫妇，有一个极乖巧的女儿，她从襁褓到学步，到上幼儿园小班，我们都是目击者。四面有栅栏的小床是他们的宝贝女儿睡过的。外观漂亮，做工实在，如果是节俭的中国人，一定舍不得扔掉。提姆夫妇都不到40岁，生产力有的是，他们并不缺钱，生另一个时，再买就是。对着拆散了的小床，不期然想起婴儿的成长，从睡、坐、爬行，到攀着栅栏直立、迈步。每一个进步，在大人眼里，都不亚于猿猴变人的革命。

阳光渐渐强烈，温度却没有随之升高，小床的栅栏横放在人行道上，影子的边缘极清晰，还带着变幻的银光。忽然，一辆小货车开来，在它跟前停下。一位带东欧口音、肚皮高挺的大叔，带着讨好的微笑走近，并把婴儿床搬进车里。我向他点头，算是鼓励。

就在小货车开走的一刻，街对面的林荫道走来一小队人马——60多岁的奶奶背着1岁多的小女孩，两个五六岁大的男孩前呼后拥。他们的背后是花旗松筛过的阳光，有如光环。5张纯粹的中国脸孔都洋溢着欢乐。好风知趣地从海那边吹来，把小女孩的黑发扬起，骨溜溜的黑眼睛从发丛间露出。

这不就是平常人生的盛宴吗？我差点跑过街去，拦住这个无意于耀武扬威但形而上意义足以垂范当世的队伍，道一声“早上好”。如果说这小小群体蕴含着醇厚的诗意，那么，“诗眼”不在虎头虎脑的男孩，尽管小平头整齐干净，单眼皮，圆脸，一路走一路踢蹬小石子，可爱之极；不在从背带探出来的憨憨的脸蛋；也不在老奶奶淡定且满足的微笑和絮叨，而在把小女孩捆在老奶奶背上的绣花背带。诗情是由北美洲蓝天下最中国、最亮丽的“平常”升华而成的。

在中国南方的乡村，从古到今，背带就是襁褓，就是摇篮，还是童床，是托儿所。不错，洋人也有类似的带子，但比中国式多了支架和扣子之类，也更昂贵一些。最大的差异是放置婴儿的方式，带置于胸前，婴孩和大人完完全全地心贴心。以育婴为唯一内容的洋式，增加了安全系数与安全感，当然有护理学、心理学上的优越性，但大人的两手受较多束缚。中国式的呢，基本上不妨碍干农活和做家务。春耕时节，母亲背着吃奶的婴儿，挑着百多斤的秧苗，在田埂上奔走如飞，把背上的娃娃颠个不停。娃娃饿了就解下来，拣个干处坐下，打开薯莨衫的半边纽扣，在众多男女公社社员的眼皮下欢欢喜喜地喂奶。

不过，眼前的小队伍，之所以给我触电般的震撼，是出于个人因素。在我家乡有过完全相似的一幕：背着小孙女的奶奶，是背着我那几个月大的女儿的50多岁的母亲；两个小跟班，一个是5岁的儿子，一个是比儿子大1岁的玩伴——小莉莉。那年，女儿满月以后，妻子回到公社的服装厂上班，中午无法回家。母亲就每天背上孙女，踏着稻田间的阡陌，到三里外的小镇去，这叫“送奶”——送婴孩去吃母乳。不管雨天路多滑，不管风多大，小小队伍都是田垌上不变的风景——在无边的绿浪上，背着孙女的母亲打的蓝布伞，一如鼓满风的帆。载着一老三小的船是无形的——不，是用至高的满足做成的。一路上，女儿要么咿咿呀呀地叫，要么呼呼大睡，以顽皮出名的儿子和小莉莉一路追逐，抓蚂蚱或逮栖在稻叶上的蜻蜓。母亲边笑边吓唬她的长孙：“再摔跤，过一会儿告诉你妈，看她不拧你耳朵!”远方有布谷的叫声，近处是溪水的淙淙。生命的盛宴啊，老老小小当仁不让地享用着。

人间至美的场景，30多年以后留在谁的记忆里？已近中年的儿子，汉语的童年被英语洗刷净尽。一年前成为人母，有时把女儿放在“胸带”的女儿当时太小，记忆是空白的。有了 3 个儿女，在香港当茶楼端菜工的莉莉也许还记得，可惜生活的艰辛淡化了她一生中最清纯的篇章。88 岁的母亲呢，每一次见到怕生的曾孙女都惋惜地说：“不让抱？你妈妈可是我带大的。”于我，则是刻骨铭心的。那年头，我许多次伫立村头社坛旁，挥送这支绕过池塘、走向田垌的小小队伍，因为这是我的家园记忆和家族定格，老两口的“夜深儿女灯前”。其实，这夹带美妙隐喻的行进，不管儿女记不记得，要紧的是：他们出生和成长在珍惜亲情的东方古国，在那里，一代代人承担着延续血脉的神圣职责，他们虽然不大说中国话，但拥有敬老爱幼的基因。

此刻，另外一些人的生命盛宴正在进行。不必像彼岸的传媒记者奉命作问卷调查时一般，手拿麦克风，在街上追着行人问：“你幸福吗？”也可以断定，他们是最幸福的人——老奶奶长满老年斑的手，爱抚从汉字“花开富贵”两旁伸出的小小脚丫，在嘴角漾出微笑；背带里的婴儿仰起头，好奇地看掠过树梢的知更鸟；两个小小“哥们”用老奶奶全然不懂的英语讨论昨晚的 NBA 篮球赛，为偶像投三分球失手 5 次而痛心。他们的目的地是孩子们的家，那里，爸爸妈妈在等着，电视里的卡通以及门旁边的篮球在等着，好吃的饺子或者广东艇仔粥在等着。按叔本华的划分法，他们是“平常人”，平常人的秉性“就是他们所属类的秉性”，就此刻大而化之的观察，我要反叔本华之意而宣告：发扬珍惜亲情这种中华民族秉性的同胞，是高贵、伟大的。

我的贴邻提姆一家三口，刚刚到金门公园的日本茶亭去赏花信中的樱树回来。大半年不见，他家的千金长高不少。不用问，她的卧室里放婴儿床的地方，已换上没有栅栏的童床。

我的同胞所组成的小小队伍，在花旗松掩映的小路上化为小小几点。这地方，我每天路过，开满了黄灿灿的波斯菊和红艳艳的杜鹃花，是老奶奶的异国，也是孩子们的家乡。

第二辑　落日故人情

——写于佛山

四十 如此感激我的人生

2011 年盛夏的一个早晨，两对夫妻站在体育馆门外，头顶是岭南标准的蓝中带灰的老天，背后是馒头形状、通体雪白的庞然大物。我们刚刚在那里面打了一个小时的羽毛球，此刻汗水漫洇了全身上下的衣服，连毛发都擎着汗珠，一如小草叶尖上一颗颗反射晨曦的清圆。

我满满的幸福感与把湿漉漉的衣服吹干的爽快晨风同步，从心深处向外辐射，我只想咏叹，坎坷卑微的人生末端竟存在着无懈可击的美妙。首先引发我欣喜的，是挎在胳膊的球袋，红得像即将盛开的凤凰花一般，把球拍、球、水瓶、替换衣服、钥匙、手机一股脑儿盛下，所以相当沉重。可是，它却是美好晚年的象征。并不雅观的躯体早已进入衰老的轨道，人生多故，前路难测。唯一可以肯定的，是去年比今年好，明年比今年糟。幸好，我从海外“赎”回来的身子大致完好。对于羽毛球，木夫妇从不间断地打了 40 年，在 J 市的老年组比赛上获得过前三名，我和太太处于绝对劣势。可是，论出汗的淋漓却旗鼓相当。海外 30 年，磨破了上百双鞋的脚还能腾跃，承受过异国无数压力的肩膀，没有僵硬。

“怎么走?”和我一样背着球袋的木是和我相交 50 多年的知己，他提出这个意味深长的问题。我们要回家去，从这里起步，似乎有两三条路。“条条大路通罗马”，坦荡的南海大道两旁夹着细叶榕，延伸到远方。向左，走到贯通全城的南北向通衢季华路，拐个弯进汾江南路，不多远就是我的小区；向右，穿过一个新区就是绿景二路，再往前便是绿景一路，那尽头便是目的地。我哈哈笑起来，太美妙了！居然能够选择道路！假如还是打工族，即使在具有最大自由的假期也不可能。那时的旅游路线是旅行社选定的，在旅游的间隙回到家乡探望亲友，没有一次不在“下一回一定好好叙叙”的借口下开溜。如今，终于有了够我们肆意挥霍的闲暇。

“饥来驱我去，不知竟何之”的岁月，“长恨此身非吾有”的处境，怎么可能以开玩笑的口吻，以“随便哪一条都好”的潇洒，对待脚下的道路？是啊，终于可以停下来，悠闲地讨论了。我们指着高处的蓝色路向牌，煞有介事地权衡利弊。往右转，再远些，可能保证方向对头？至于往左，从挖开的泥土的颜色看，是新区，难保不会越走越远。

我和木难以作出决定，只好求教于两个在背后忙于聊天的女人。她们中断了兴高采烈的私房话，对我们的提问却默然，她们并非对“怎么走”全无发言权，而是懒得计较。因为研讨“做馒头该给多少酵母粉”正到了关键处，天下之大却大不过一个从墟场买来的竹蒸笼。然而，你不需关注糖尿病、骨节增生、动脉粥样硬化，暂时不牵挂 90 岁的妈妈和 87 岁的婆婆，怎样的福气！

最后，一致认同木的主张——往东边走，冒险也罢，走冤枉路也罢，脚力是唯一的问题。好吧！太阳正好，雪一般白的体育馆，以巴黎铁塔般的电视发射台为背景，伟岸地坐镇在北面的天穹下。

走吧！球袋在肩下晃动着。都穿着“舒服得忘记其存在”的旧球鞋。20 步开外，是我们的老妻。我和木都毫不犹豫地把自己的妻子选为“天下最好的”，婚姻这旧鞋子告诉了我们这一毫无争议余地的事实。

折入绿景一路，就不必为方向犹豫了。我和木一路说话，这个一脸皱纹深如黄土高原沟壑的男人和我并肩走了多少路！小学六年级上学和放学的路上，拐进村后的树林，抓蚂蚱、偷吃番石榴；在小镇的街巷，在村庄背后的大山……大串联时在广州，知青年代在肇庆鼎湖，垂钓的池塘畔，羽毛球场上的双打，还有文事上的扶持，感情上的支撑……

森美、灵翠轩、摩力克、康耐登、好家当、甘健……商店的招牌自动跳进眼帘，但不引起任何反应。我们走进了另外一条“街道”，它以年代和重大事件为标志，却并不像眼前的美荫匝地，鸟儿啾啾。

深夜，我仗着占有“真理”，和两位镇上的青年到小学母校去了解公社党委操纵小镇的“文革”战斗队，把无辜青年抓去游街的经过，却遭老师围攻。一位以和蔼出名的老师跳起来，戟指我的鼻子，狂叫“斗你！”我们灰溜溜地回家。那晚我因为气愤，没法入眠。下半夜巷子里响起人声和脚步声，十来分钟后消失。第二天天没亮，起床察看，费了好大劲才推开面对小巷的后门，随即响起纸被撕破的“簌簌”声。原来，公社党委的御用战斗队，用声讨我这个“资产阶级孝子贤孙”的大字报封了门，我的罪名是“为牛鬼蛇神翻案”。祖母慌忙把我推出巷子，喊道：“赶快走！给抓到肯定要挨‘游刑’。”我骑着“哐啷”作响的破车，走上大街。我的妈！铺天盖地的巨幅大字报指名道姓地批判昨夜去学校“调查”的三个年轻人，不能不佩服他们的气魄，整整半条中华路，延伸到桥头旁的一面大墙壁，都被大标语和大字报覆盖了！我们三人的名字都被打上大红叉叉。幸亏起得早，连卖菜的小贩都还没露面。我急急如丧家之犬，逃回学校。当天下午，学校大礼堂前的大厅便贴着一张捉拿我的告示，下方署名是“××小学革命教师”。这是对青春期的我杀伤力最大的精神刑罚，足足一年，我不敢涉足小镇，怕看见大街，怕遇到童年的朋友。我的这一段遭遇，彼时在另外一个城市上学的木并不知情。

勿忘我花店、金龙布艺、帝海酒家、幽润阁工艺品、专业建材、穗宝床垫、玫瑰名园、泰臣橱柜、山水居……“我在柴油机厂当铸工，一个月工资33元，一领到手，就跑到邮局，给家里寄去20元。这是救命钱，晚半天，父母和弟妹就会断炊。余下的13块，伙食费去了11块半，个人开销——纸烟啦、肥皂啦、理发啦……全在里头。结婚时，幸亏你替我打造了全套松木家具，不然洞房就空空如也了。怪不怪，岳父大人知道我这赤贫家底，却毫不犹豫地应允，说贫农成分好，批斗的、抄家的都不来敲门，在板床上一觉睡到天亮。”木说着，转身对后面的妻子投去一瞥。

公交车站到了，我提议让两位“另一半”坐126路先回去，准备午餐，我们仍旧安步当车，她们说这主意好。我们继续着，三公里多的长街，不够回放回忆的全部胶片，但何等荡气回肠。忽然记起纪伯伦名著《流浪者》中的《探索》：一千年前两位在黎巴嫩相遇的哲学家，一位寻找“青春的源泉”，另一位寻找“死亡的秘密”，双方都认为对方浅薄，精神上盲目。一陌生人听过他们的争论后，认为“这两者不过是一个事物，而且作为一个事物存在于你们两位身上”。于是，两位哲学家默默相视片刻，哈哈大笑，然后，一起走一起探索。

我和木是不是这样的哲人无关紧要，一如他从前的官衔“城区计划委员会副主任”，我目前的称号“‘旅中’美国退休老人”，并不影响当下的生存状态。未知生，焉知死？让弥留去解读死亡的奥义吧！我们姑且追寻“生之秘密”，它不就是“青春的源泉”？我想紧紧抱住友情超过50年的朋友的肩膀哈哈大笑，这笑声曾经在广州市委接待站里用稻草堆成的床铺上响过——为了我们的手巾和牙刷，被邻铺的江西红卫兵去北京朝觐最红最红的红太阳之前，顺手放进了捆得方方正正的“解放军”式背包里。

拂面的风带着燠热，我满心洋溢着感激，灵魂如此感激肉身。30 年间我投进异国不算惊险但劳累与忧患足够丰沛的人生战场，及至退出，摸捏身体各处居然还完好。我的灵魂，在晚年竟然获得不错的居所。灵魂啊，是如此感激自身，过去它备受情欲与名利欲的侵扰。如今，笼子里的野兽驯顺了，懒洋洋地在故土一隅享受一夕清谈与半榻明月。我如此感激我的朋友，他没有抛弃我，我们都没有离开共同的童年和青春，我们还护卫着共同的晚年。

我和木，如此感激终生伴侣。此刻，她们两位，在我家厨房的抽油烟机下忙碌。我们可以预估，一旦走进家门，萝卜糕的蒸气就会从灶间抢先扑来，一似将来在异国降生的孙儿女。普洱茶、榨菜碟子、馒头、花卷放在圆桌上。在没有镜子的客厅，电视机屏幕映照的尽是老而快乐的容颜。

四十一 回来了

一

前几天，S来电话，劈头一句就是："我回来了！"他从彼岸的耶鲁大学回到广州，邀我见面。约好今天中午我和他两人拣一家靠近地铁出口的餐馆叙叙旧。和这位比我年轻但品格和才华让我敬仰多年的朋友，在旧金山一起吃一位诗人朋友家的麻辣火锅还宛若昨日，如今已是五六年前的事了，积下许多话。后来，他又来电话，说要见的人太多，逐个约来不及，不如在白天鹅宾馆的玉堂春餐馆来个"一勺烩"。

我先到达宾馆，给他打电话，他兴冲冲地说："大队人马正在路上。"我站在二楼，扶栏看入门处的人流。他进来了，夹在一群衣着体面的人里面，中年的、年轻的总共10多位。早听他说过，他的兄弟姐妹八个，小时候哪一个外出不归几个晚上，父母都不会发现，孩子多是原因之一，更紧要的是大人顾不过来，先是忙上班，后来又忙于挨批斗。好在这群孩子继承了他们的优质基因，每一个都成了材。在楼梯口，我把S截住，他没急于介绍擦身而过的家族成员，把一个男人推到我跟前，说："老班长。"我马上记起来，"噢，是海南岛知青农场那位？""正是！"老班长该是70开外了，腰身挺拔，举止轻捷，手臂上的肌肉没有退化，脸相和年轻他10多岁的S比，可称伯仲。"抓紧时间替我俩照些相，机会难得。"S说，但马上大叫，"怎么搞的？没带照相机！"我说："少安毋躁，我的苹果手机可以代劳。"于是，在这家建于改革开放之初、在岭南名声最响亮的五星级宾馆内，我咔嚓了七八次，把穿粉红和嫩蓝条纹短袖恤衫、斜纹布长裤的老班长和穿红色衬衫的S肩并肩、手搭肩的姿势收入镜头，背景是走廊的长椅或者花园的盆景。

乍一看，老班长和这个大城市的老者没有两样，甚至更加洋气一点，这也不奇怪，因为按照惯例，从边远地方来之前，他一定“大修边幅”，还理过发。可惜这是盛夏，换到冬天，藏在衣柜里、被套子裹住的宝贝西装必然上身，走到哪里都留下一股樟脑味。始料不及的是，老班长很快露出“大乡里”的原形。带他到宾馆顶层好临窗看风景。他进入电梯，好奇地摸着擦得亮晃晃的镀铜把手。“金子做的?”他喃喃自语。S指点远处逶迤而来的珠江，这是海珠桥，底下是沙面……老班长心不在焉，脸色变白，怕的是风万一大起来，把他刮到绿绸般的水面去。我暗暗发笑。然而，来不及看不起，就被他石头般坚硬的朴质迷住了。他以不算标准但因自信而流畅的普通话和我交谈，发出类似《红楼梦》里刚刚进城的刘姥姥的提问。结束高楼探胜，在下到餐厅前的路上，我从S以及老班长口里收集到这么一些资讯：1968年，不到15岁的S，从广州被下放到海南岛五指山下的农场当割胶工，老班长是他的顶头上司。初来的S，经常在场里受一帮年纪大一些的知青欺负。他苦于知识稀少，下班后就躲在宿舍读书，捣蛋鬼不是偷他最宝贝的书籍、偷看他的日记，就是给他的煤油灯灌水。他一个人打架赢不了，只好忍气吞声。后来老班长挺身而出，不但狠狠地教训了寻衅者，还把瘦小、敏感的S请进自己的房间，让出自己用旧肥皂箱叠起来的“办公桌”，给小号煤油灯加满煤油，拍拍S窄窄的肩膀，说：“小子有志气，在这里好好读书。”然后，带上门，出去和朋友打纸牌、聊天，深夜才回来。几年下来，S坐在班长的床头，读了大量古典名著。10年后，S以初一的学历，在恢复高考后考进中山大学中文系，据说他的数学试卷得的是零分，分数全靠文科挣来，而根基就是在老班长所供给的深山寒窗下打下的。这回，由S作词，由也曾在海南当知青的作曲家谱曲的组歌《岁月甘泉》在深圳盛大公演，S买了机票，请老班长来观看。S说到往事时，拍拍老班长的肩膀，感恩之情难已，双目似要渗出泪水。老班长是在“瘴疠之地”饱经风雨的人物，又没读过多少书，感情粗犷，听不得赞美之辞，S一激动他就会紧张加害羞，手不知该往哪放。

二

“组歌中的一曲《回来了》是我为老班长写的，这回让他亲自听听!”

带位小姐把我们带进明月厅时，S眉飞色舞地说。这一刻，老班长去洗手间却迷了路，S和我一阵好找。

厅里的两张圆桌是S的家族包下的。人陆续进来，S作了扼要的介绍，有S的大哥、二哥、大姐、二姐和丈夫、两个妹妹以及他们的儿女、女婿、孙儿女。大哥壮实活泼，声若铜钟，是老清华，冶炼行业的资深工程师，退休后在一家冶金企业担任董事。他爱旧体诗，坐在我的旁边，我们一下子就热络了。

在烧卖、虾饺、粉果、肠粉、排骨和叉烧包之上，筷子和笑语交错着。使我深切感受到“回来了”的意义的，是一对姐妹的莅临。“××和××，当年的美人，如今容颜依旧！”S跑过去给她们一个富有风度的拥抱。“那一次，在武斗最危急的时刻，你和我一起带领参加两派谈判的××派司令穿过整个腥风血雨的广州城，了不起的女孩！”说这话的是S的二哥——“文革”时在广州叱咤风云的工人造反派头头。

如此这般，我们一起“回来了”！回到了1967年的冬天，向走资派夺权的新浪潮涌起之时，我们都是不可一世的红卫兵。刚刚落座的姐妹花，一个念初二，一个上初三，当时十七八岁，都曾跟随S的二哥投入H派与D派的鏖战。我眯眼看去，她们虽晋身奶奶级，但身躯依然挺拔，并无赘肉，举手投足间透出城里人的优雅。“退休了，我俩都在舞蹈学校当义务教练。”姐姐款款地点头，保养得宜的右手支着打上淡妆的桃颊。妹妹被热情过度的S盯得有点害羞低下头去，修长的颈项更加迷人。可以推想，40多年前，她们穿着由妈妈改过的旧军装，大皮带束着纤腰，不施脂粉也娇艳无比。本来是最为妩媚的年龄，却在广州H派工人的老巢——××重型机械厂，当宣传队的舞蹈员，那些舞蹈光从名字就嗅到火药味——《向刘邓黑线开炮》、《敌人不投降，就叫他灭亡》和《横扫一切害人虫》，都以夸张的“扎架”收尾，里里外外惹上杀伐之气。青春和老年，文斗的口号和武斗的硝烟，捏得出来的嫩与一塌糊涂的老。我的思绪到处游走，激动起来就频频喝茶。感情的天平很快倒向怀旧一端，因为眼前是同一时代同一语言的故人。就这样，由坐过死牢的“文革坏头头”二哥带头，姐妹花跟随，我和S等鼓噪，在广式点心的香味和乌龙茶的氤氲中一起“回来”——回到我们的青春。哦，如此狂野燥热，又如此恐惧谨慎；如此畅快淋漓，又如此痛彻心扉！1967年7月23日中山纪念堂两派进行冷兵器武斗；H 派车队往太古仓抢枪走漏了风声，遭 D 派伏击，伤亡惨重；遭受 × ×兵多次伤害以后，恼羞成怒的 H 派攻打珠江边的海员工会，敢死队以沾水的多层棉被作掩护冲过枪林弹雨，用炸药爆开大门后，逐层攻占，到最后一层，死守的 × ×兵一边高唱林彪语录“完蛋就完蛋”，一边以 700 号高强度水泥把楼梯口堵死。杀红了眼的 H 派死士在底层叠起炸药包，正要点燃药引时周恩来从北京打来紧急电话，把这群他在几个月前赞扬为“造反精神比较强”的 × ×战士训斥一顿，命令他们马上放下武器，撤出大楼。原来，被包围的 × ×兵中，一个能通天的老子的一个电话救了几十位青年人的性命……嘿，当年都是 H 派！二哥风头最劲之时，成为广州地区 H 派的代表，上京参加由周恩来主持的两派谈判。可惜兔死狗烹，他很快就被投入监狱。“1971 年 9 月 13 日，林彪逃亡苏联，摔死在温都尔汗，就在那一天，我被释放。一死一生，记得最清楚。”“你刚放出来时，我们去你家，你瘦得像鬼魂，都不敢看你。”姐妹说。从语气中我听出，她们中的一位，可能和 S 家男儿中的某一个有过爱的纠葛，只是最后分手了。S 说：“那时我念小学，替二哥发传单、送急信。珠江边的一排小叶榕上吊着一个个死尸，传说是从监狱里逃出来的囚犯。”我们这些“文革”的参与者都是造孽的先锋，曾经癫狂过，40 多年后，热血又在沸腾。老班长那时置身在云遮雾罩的山林中，城里乱糟糟的派仗，他可能也听人说过，只是无缘目击，无法进入我们的独特氛围，只傻乎乎地看着壮怀激烈的说话者。青年时的凌云之志，一半化作遗憾一半化作恐惧的二哥，脸上泛着少女般红晕的姐妹，大智若愚地作温婉微笑的大姐——S 悄悄告诉我，她已是纺织业巨头，在郊外拥有的七层大屋是专为家族聚会而建的，被评为广州十大优秀建筑物之一。

我说得口干，一连喝了几杯茶。旁边的大哥举重若轻地说着昔年在他的办公室当过助手的现任某省省委书记，在三伏天光膀子蹬自行车运送实验材料的趣事，我却走神了——迷失在“回来”的八卦阵中。“文革”就是我们的青春。清算它，嘲弄它，仇恨它，无不是冲着我们的雄姿英发、明眸皓齿而来。不错，我们都是罪人，那年代所干的，夺权、反夺权、批判会、喷气式、游街、大字报栏，从楼顶垂到地上的大标语，游弋珠江的汽艇上，大功率喇叭日夜叫嚣，斗争会上抢夺麦克风乃至动拳头，辩论，两派对立，武斗，从长矛到枪炮，死亡……“国共内战”以后的全面内战，哪一桩不是罪？可是，缅怀青春，总是拔起萝卜带起泥，总是掌心掌背都是肉。回来了！回到豪情，忘记豪情构筑的人间地狱；回到血性，忘记血性屠戮和我们一样单纯的同学；回到纯情，忘记纯情被掌权者当钓饵。忘记了吗，那残暴、那血腥、那幼稚？别无选择，要唤起青春的记忆，只能凭借欺骗过我们一年，然后，我们须以 30 年来批判的歹毒玩意，诸如《红卫兵战歌》的大型演出。何等滑稽的悖论！以全部的“否定”达到一个可怜的肯定：肯定我们曾经青春年少，曾经天真烂漫。剔尽了肉竟没有骨头。一番风雨过去没有彩虹。

其实，像我和 S 的兄弟姐妹这些全程投入“文革”以及参加上山下乡运动的一代人，对那场荒谬绝伦的革命，不会如局外人那般，远看一眼就捂上鼻子逃离臭气烘烘的暴民政治。我们小心翼翼地选择，一厢情愿地相信“淘尽黄沙始到金”。“文革”里的民主因素，我是 1967 年来广州串联时，在一次群众大会上才见识到的，主讲者不断收到从台下传上去的纸条，他边读边解释。人民自发的力量，是在羊城晚报社门外体验到的，当时打着各派大旗的大学生红卫兵组织，要冲进去，封掉这家死保“资产阶级司令部”的广东省委“保皇报”。千万颗人头在攒动，我的直觉是：饱受专政之苦的老百姓将来会充分展现自己的意志。而历史的嘲弄恰在这里：明明知道，坐对面的姐妹和二哥之间那种可歌可泣的战友情，是在大字报棚和武斗工事中萌芽的，难道就此下“为虎作伥”的简单结论？大时代的所有战事、所有激烈的动荡都是由上层的阴谋家掌控的，底层的战士无非是棋子、炮灰、替死鬼，然而被欺骗的士兵舍命救护袍泽，难道不也闪烁人性的普遍光辉吗？这些感慨我来不及一一道出，只好聚精会神地凑集回忆。“那一年干了什么”是不会厌倦的话题。忆旧是返老还童的气场。

三

畅谈到 3 点半钟，兴致还未退潮，但 S 和《岁月甘泉》的作曲者约好了，4 点钟去文化宫排练厅看彩排。匆匆和昔日的战友们握别，我们三人赶到门外时，一辆越野车已在等候。驱车到了文化宫，走廊上坐着几个人，其中一位是这次演出的负责人，她热情地和 S 握手，抱歉地说：“稍等，待里面告一段落，我再引你们进去。”这时，隔着紧闭的门可以听到钢琴和合唱。

看来，不但作词者 S，合唱团也很把老班长的亲临当一回事。为了把气氛制造得浓烈，S 让我留在走廊，他带老班长跟着负责人进去。门打开，噼噼啪啪的掌声汇成的气流差点把我击倒。然后就是 S 激情洋溢的介绍。老班长拙于言辞，也许只站在中央向大家挥手。“仪式”完成以后，S 开门把我请进去。

一屋子都是人，老班长拘谨地坐在前排，一脸春风，带着高温天气逼出来的油汗。合唱团分 6 排，一半站着，一半坐着。一位年龄和我相仿的队员礼貌地向我点头，并示意我在第二排最靠边处落座。我抬头逐一看男女队员们。都是我的同代人，岁月所赐予的一切以残忍的明快呈现在一张张脸上。可是，我绝不敢说他们是时间侵凌下的溃兵。看，衣着都很光鲜，男的一律短袖衬衫，女的一色中裙。S 在车上告诉我，合唱团是从全市各业余文艺团体中挑选的，他们不但是佼佼者，而且都有下乡当知青的背景，“为自己歌唱”。怪不得没有不全力以赴的。

指挥者是华南师范大学音乐系的教授，他比所有队员都年轻。合唱团的曲目已练得烂熟，今天的排练只是为了最后的润饰。

在另一个角落，钢琴声响起。指挥坐在高凳上，双脚颇为放浪形骸地伸出，头晃动出节奏。别以为教授在打马虎眼，看队员们的反应就晓得他是极为苛刻的，而且，每个人都严阵以待。“啦啦啦啦……我们回来啦！我们回来啦！啦啦啦啦……我们回来啦！”女生齐唱。我探头看过去，白发和染成的黑发、褐发连成旋律的浪，先轻后重，从五指山下的南海漫过来。眼前，被猝然流淌的泪水模糊，隐隐看到，老班长的背部在颤抖，S 用手轻轻拍了几下。“橡胶林，我们回来了！带来了珠江水日夜的牵挂；芒果园，我们回来了！带来了潮汕平原清风的问好……”如何描摹此刻的感受？欢欣鼓舞，顾盼自雄，追悔莫及，还是冷冷嘲弄？都不是，也都是。人生到了这里，全部是复合的、交错的，邪恶也是正义，罪恶也是仁慈，祸福尽可换位，日记本上的炼狱也是旧梦的天堂。长歌当哭，长歌当笑，长歌当史。组歌无非是电脑屏幕上一个代码，我们需要做的只是单单点击“所要的”。我想，连 S 这个始作俑者，也不在乎歌词的表面：“带来了，往日的歌声缭绕；带来了，今天的泪水和欢笑。”要的是重现生机！

“生命本身就是最主要的德性。一个人缺乏了生机，即使它有一切其他的德性，也不能称为有道之士，因为他不是一个完全的人。”这是被称为“世界青年的良心”的罗曼·罗兰，在巨著《约翰·克里斯朵夫》中所宣扬的不朽信条。

是啊！我们回来了，要么回到兵燹，回到废墟，回到被告席，回到灵魂的监狱；要么回到一无所有。上千万红卫兵的青春是伟大领袖点燃的烟卷，随风消逝净尽。老天垂怜，允许我们乘歌声回去。组歌是不是由音符构建的“列车”，此刻是不是食指的《四点零八分的北京》？这首写知青乘坐列车离开北京，奔赴天涯的著名诗篇最后是：“管他是谁的手，不能松，因为，这是我，最后的北京。”此刻，我们抓住了专为我们设置的旋律，它未必不矫情、不煽情，虽然它和李劫夫所谱的语录歌、干嚎一般的造反战歌切割得不大利落，可是屋里的这一群：回城后当工人、当个体户的；放下农场的割胶刀、大沙田的镰刀、潮汕平原的扁担，进大学的“高龄生”班——要么是工农兵学员，要么在1977年后通过正式高考进入——毕业以后从教、从政、从商的；和我一般远走高飞，来一次洋插队的，到如今，多数花甲已过，官衔、等级、财富之类，即使没有全部被摒弃在门外，也被高傲的钢琴声甩出窗口，遭受偃蹇老榕的戏弄。我们拥有一个整齐划一的名字——老知青，拥有“最倒霉一代”的标签——老三届的老头子、老太太啊，我们所追怀的青春，从前附加的真理与光荣被剥去，只剩下赤裸裸的“生命”。那好！我们仅仅歌颂只能有一次的生命。同代人中，多少人早早“回去”了？有的死于“破四旧”，有的死于“大串联”时爆发的传染病，有的死于武斗，有的死于乡村、农场的绝望与贫困，有的死于阴险的迫害、残暴的强奸，有的死于香港、深圳之间白茫茫的巨浪和蜈蚣山的深谷。我们幸存，如今有家有儿女和孙儿女，有“回来了”的合唱！

“停！再来一次，女声从第二句加入，我要强调——不要滥情。”指挥的威严是不容置疑的，大家乖乖地重复：“回来啦！回来啦！”“注意发声，须从弱到强。”沉着的开端仿佛是橡胶林迎来的第一场春雨，我为没有被岁月销蚀的甜脆女声而暗暗惊叹。然后，声浪渐次加大、加强。“回来啦！”有如台风旋转，我给刚才向我点头的老者行了一个注目礼，只见他高高昂头，我从他张大的嘴巴处看到一个黑色的大洞，那可是激情行将爆发的火山！“啊，我们回来啦！啦啦啦啦……我们，我们回来啦！小学校，我们回来了！带来了山南海北儿女的欢闹；老班长，我们回来了！”我掩面大哭，泪水淋湿了一片水泥地，但一点也不难为情。

即使指挥多次厉声叫停，郑重训诫：必须抑制感情，不要突出个人，要将所有声带汇进一个系统。但我分明听到，唱到“老班长”时，合唱里有微微的哭泣，也有感慨的喟叹。老班长本人被声浪冲击得脸色苍白，S的手和他的手紧紧握在一起。一曲唱完，足足一分钟的全场静默，钢琴弹出的最后一个音符孤单地盘旋，在天花板上撞出悠远的回声。然后，是大叫：“老班长，我们回来了！”完全的即兴，竟然比合唱更加整齐，我被这简单的奇迹惊呆了。老班长缓缓站起来，挥手，鞠躬。指挥只好停下，环顾了全体一番，摇摇头。我知道他的潜台词：“真拿你们没办法！”

好在，往下的练习，指挥和全体加深了默契，变得顺利。5点钟，练习圆满结束。负责人宣布明天早上在这里集合，乘坐开往深圳的三辆大巴。明天晚上，老班长将坐在贵宾席，和上万观众一起观看这场规模宏大的演出。

“啦啦啦啦……我们，我们回来啦！我们回来啦！”歌曲一个劲地回响，直到我和S及老班长分手，直到我搭上广佛线地铁。

傍晚，我回到家，推开门，妻子正在厨房里做饭，听到响声，转身问：“回来了？”

四十二 “沿海高速”途中

冬天一个略显黯淡的早上，我坐上开往电白的巴士。买票时告诉售票员目的地是水东镇，回答是不到那里，终点站叫“客运中心”。而且，票价连保险费涨到112块钱了，网上看到的价钱才80块。崭新的欧洲进口大巴还没坐满，我和妻子各占两个座位。

巴士开上“沿海高速”路段，我对着窗外出神，怕旅途上无聊，带上了两本爱看的书。此刻却无意寓目于铅字。烂熟的风景，稻田之后是绿树，矮的老屋和顾影自怜的招牌，斑驳的山色。可是，就在对视野厌腻而打算读点别的当口，灵魂忽然苏醒、雀跃，甚至呼喊：这是我的故土啊，这是我30年来梦寐以求的境界，生命在高处的翔舞啊！

终于感觉到，我的身心完全附着在母体的肌肤上。那个酷热的夏天，挑着100多斤的行李出国。一通过深圳的海关，就以逃命的速度走过木板铺就的罗湖桥，从此一直处于“悬浮”的状态，没有哪个地方能够安放心灵。把自己连根拔起以后，勉为其难地在陌生的泥土上重新扎根，活是活下来了，可怎么也谈不上踏实。悠悠32载，居住在太平洋之滨的旅游名城旧金山，所谓“此处安身是吾家”，好意思说乡愁，也不好意思夸谈我们这类骨子里不可能被彻底异化（即“夷化”）的中国人的尴尬身份——余光中早期诗作自况为“鸡尾酒杯里一块拒绝融化的冰”。在64岁退休以后，回到祖国，又一次连根拔起，没有第一次的痛楚与痛快。然而，完全变回一个和巴士上的乘客一模一样的中国人，谈何容易？但此刻我做到了！

在车窗外飞驰的稻田明白无误地说：你回来了！人间的风景，没有哪一种比连绵的稻田更让我感到安恬。整个1969年，我的青春献给了稻田，经历了完全的春种秋收，我是生产队里拿最高工分的“印格员”。插秧时节，每天凌晨最先踩进沁凉的水和泥中，在昨天被“耙田佬”以水牛拉着的铁耙和平泥板整理好的田块里，手推一个以竹子编成的巨大三角体，把行间距印在泥上以供稍后出勤的人民公社社员在格子眼插下秧苗。一个早上下来，我成了泥人，花七八桶井水才能洗净。在田垌，步履的沉重，脚底下泥的滑腻，腿肚子上水的活泼，赤裸的背脊上太阳的毒辣，还有，布谷鸟在苦楝树林里的啼唤……交织成“水深火热”，在那时我是恨不得立刻逃之夭夭的。然而，现在却怀恋它的“实在”。这才叫完全彻底的“进入”。“老金山”心里最深的乡愁，是怎么也搔不中、搔得不过瘾的“痒”。

此刻，这痒被收割后的稻茬子搔着，稻梗最粗硬的根部干脆狠狠地戳，有点痛，却舒服得使我呲牙咧嘴。黄褐色的寥廓田野和淡蓝的天相接，一两头水牛在池塘畔蜷伏，摆动的尾巴，仿佛是放牧树顶上云彩的鞭子。与生俱来、却被漫长人生所掩埋的中国基因，即彻头彻尾的“中国人的感觉”，就此苏醒！脑际，爱默生的名言有如交响乐在演奏：“在大自然中，一切都是有用的，一切都是美的。它之所以美，是因为它是活的、运动的、有生殖能力的；它之所以有用，是因为它对称、漂亮。”

往下，一切都顺理成章了——不是被手拿三角旗的导游放羊一般管理着的游客，不是怯生生的“少小离家老大回”，不是挟若干个洋学位、回来拿百万年薪的高级“海龟”，不是身份可疑、以猎奇为务的记者、探险家或者田野工作者，不是以“脚踏东西文化”自命的文化人……我只是一个老头子，与后座那位把两条腿伸进过道、和老乡大声讨论某种水泥价格的湖南人的不同仅在年纪。

我两眼含泪，把头搁在车窗。漠阳大桥，白沙，程村，双捷，湛江，茂名，阳江，沙扒，新墟，儒洞，岭门镇，冼夫人故里。40 年前读俄国文学时记下了一个夸大马车奔跑速度的短句：“车夫的鞭子打在里程碑上，有如扫过菜园的篱笆。”高速公路上簇新的巴士在车辆稀少的区段，比俄国佬的马车更加豪迈，我的视线迅疾地掠夺各种各样的标志牌，它们都有相同的特征——蓝底白字。那蓝，是异国的天空才有的深和纯。尾追的广告牌色彩斑斓，月亮湾温泉、联塑管道、御唐府、新新家园、大自然农庄、阳西建筑。也不乏幽默感，我对着墙壁上醒目的招贴“官渡靓鸡屎”，琢磨不透，鸡的排泄物升级至“靓”后又有何用途？一道凌空而架的涵管，外壁十分残破，朱红色的“学大寨”依然清晰，这是唯一和我的知青年代相衔接的标志物。“前方二公里施工”，“车距确认，100 米，50 米”，“实施计重收费”，“高高兴兴出门去，平平安安回家来”。则是这样的意象：笑问客从何处来。

还有一个小时的车程，巴士离开高速公路，有如野马脱了缰，一路鸣笛，驱赶不识好歹的摩托车和自行车。行人却总是以“死猪不怕开水烫”的架势，慢悠悠地走，好像在说：“有胆的撞过来！”巴士在一家杂货店前停下，这是车站。下来两个小伙子，尾随他们下车的是验票员，验票员打开车腹部，查看车票后让他们拿走行李。

验票员回到车上，高声警告：“使用厕所后请冲水。”我这才知道这巴士尾部有这等高级设施。家乡快到了，回家的人不再打瞌睡，开始拉呱。他们的“官话”叫“黎话”，和闽南话近似，也有客家话的成分，而且电白人多半能说顺溜的“广府白话”，占尽了交流上的便宜。在杂沓的话语声中，前座的嗓子格外凌厉，我坐直身子看，一个 40 岁左右的女子在打电话。“听话，一定要读书！”听得出来，她是在和儿子或女儿谈话，对方说不想上学，她很着急。“学校有什么不好，你说？”“老师欺负你？同学打你？”“乖，妈穷死、饿死也不欠你的学费，你担心什么？”“上学，你给妈保证，不离开学校。”她的声音被泪水浇得软弱无力。用心良苦的妈妈不是教训，而是在乞求。她说的是黎话，但到了关键处改用广州话，以表明“知书识礼”。

车又停站，这是空地，一个妙龄女子翩然而下。六七部“摩的”蜂拥而来，嬉皮笑脸地拉客。女子微笑着架开男人贪婪的手，跟着一个青年男子离开了。摩的佬不服气地盯着捞到便宜的男人，以为是他同行，一个摩的佬甚至走近去探看究竟，知道他是她的男朋友后才点点头走开。满面春风的情侣骑在摩托上，“呼”地走了。

巴士在抵达终点前开进一个颇具规模的车站。迎面一条标语：“车进站，人归点，站管车”。读不懂，也许是权力、地盘、利益上的划分吧？马上，现实作出诠释——两个农村妇女的三轮车停在巴士旁边，从车上拿起几个鼓鼓的口袋后冲上巴士。所卖的是食物，该是土特产。邻座的男人刚才还口沫横飞，现在饿了，马上从黝黑的手里接过一块黑色的糯米糍，付了一块钱。这糍多像家乡的“乌芹藤圆子”，我咽了下口水，买是不敢的，怕不卫生。

巴士经过一个交警分队的办公大楼门外，一个摩的佬淡定地把着车守候顾客。摩的佬和交警的关系本来近于老鼠和猫，但他们相安无事。我的中国经验亦然，一切都是复合的，善与恶，希望与绝望，上升和沉沦，对峙的命题，一一成了彼亦此、此亦彼的纠缠。于是，面对黑暗，我不复惊讶，一如另一参照物——我 32 年前的“中国时期”，何曾是使今天黯然失色的天堂？

车内屏幕上播放着一首多年前流行的歌《外面的世界》：“在很久很久以前，你拥有我我拥有你……”我自问，哪里算是我的“外面的世界”？美国还是中国，客观还是主观？此刻，和我的心理惯性相悖的都是“外面的”，很精彩、很无奈的世界。好在，不是谁都这般满腹心事，前面坐着的一对年轻人，许是昨天才举行过婚礼，世界无论内外，他们都拥有，拥有在一路紧紧相握的手上。

到站了，我健步下车，脚下的土地坚硬、广阔。这是我的祖国。“美必须回到有用的技艺那儿去，必须把美和实用技艺的区分忘掉。”（爱默生《论艺术》）据此，对于污染和农田的萎缩，对于转基因，对于田野里明摆着和潜伏着的诸般危机，我照单全收，因为别无选择。

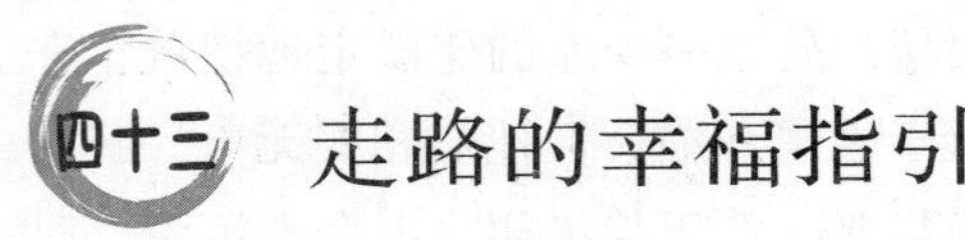

四十三 走路的幸福指引

一、往好里想

走出小区大门时，心情略为“郁卒”。“郁卒”一词在台湾流行，据说它来自闽南语。好在，我这“郁”离“卒”远着呢，仅仅和16岁女孩为了挤颊上一颗痘痘而担忧“毁容”、100岁的寿星公为12月21日这世界“末日”的临近而恐慌近似。我是由于一篇作品写得不顺手，写毕后再不愿回头看。如果一年到头有的只是这类烦恼，而没有急性慢性病或接不到亲友患病和作古的消息，幸福指数该算很高的了。

阳光奶白，紫荆花被前两天的强冷空气刮落大半，跌进河里的居然聚拢一处，不知是不是旋风或回流的作用？我避开汹涌的车流到了对面。那是一条小路，由于附近某一条大马路正在大整修，而绕道的车子又都选上了它，本来可以从容散步的所在也变成了喇叭的闹市。我只好贴着河沿的栏杆，在落羽杉的间隙中穿行。前面，一群衣着整齐的男女从一部厢型车内走下来。看第一眼时有点吃惊，还以为这里发生了交通事故，当事人临时找来一群人马以增气势。再看，他们有说有笑，气氛极为友好。从他们的姿态和神情看，他们的幸福指数远远高于我。走近车子时我看清了，他们是市“文明办”的。于是，我作出这样的揣测：欢乐的公务员们所进行的是关乎文明建设的庄严事业，如督导、检查、评比。

当然，文明是“犹河汉之无极”的精神与物质的总汇，谁都只能从它的“弱水三千”中舀小小的一瓢。哪一瓢？反贪污有纪委、反贪局和微博；他们人力不够，也没有气魄去捉拿违反戒烟法例和随地吐痰的人，那么，管道路清洁应该是既切题又保险的。这管，也只能落实到清洁工身上。前面，明明有三个年轻女子，一个把喝光的牛奶盒子扔在脚下，两个一手拿着黑皮蔗猛啃，另一只手放在口袋里，蔗渣呢？当然是从口腔吐出，如天女散花般一路洒落。他们都撞见了，却连劝诫也没做。

小队“幸福人马”过去，殿后的男子正在给穿橙色工装的清洁工示范：“不能留下一片树叶，这样扫，看清楚啦？”被他点醒的清洁工，果然把路面以及栽着紫荆树的河基作了一次极为彻底的清理，只差把根旁的泥土也扒掉了。满目的洁净也有天气的功劳，因为此刻风停了，不然，紫荆花不会因为“文明办在此”而不肯离枝。这远离政府办公楼的地方，有扫把光顾已属难能可贵，不料还能再加上水洗的工序。在水龙头的猛烈射击之下，河沿的橙红色方砖露出了从来没有过的鲜艳，水泥地更是破天荒地明洁起来。

我难以抑制好奇心，本想去和手拿水管的工人套近乎，问他，这段路为什么要弄得这般干净，有什么高官要经过吗？可是，后来改变了主意。为了找到良好的自我感觉，何妨把文明办的这次行动当作单单为包括我在内的少数行人提供的特别服务？不管是“一个不小心”的原因，还是狐假虎威的原因。谁是“狐狸”后头的“老虎”呢？只有文明办的人才知道，而我能得此殊遇，纯属意外。

也许是因为人太多，雨露均沾是最大的难题，而独享、先享则成了可据以傲视侪辈的香饽饽。此刻，和我一起升到“特权阶层”的有：穿“毋米粥”餐馆工作服的服务员 3 名，骑自行车的中学生 2 名，推着满堆番石榴和富士苹果的板车的中年人 1 名；汽车虽然有多辆，但没有鸣笛开道的警车和布帘低垂的豪华轿车。

这一段路，我走得飘飘然，就像红地毯上的明星。

二、虚构浪漫

我出门是为了寄书。刚刚问世的自选集的出版方送了我 300 本，堆在家里不生利息，也不孵后代，徒然占地方，只好寄给别人。在邮局待上 20 分钟，花 30 元就办妥了。走出自动门，抬头看看不改其惨白的老天。下午 3 点 15 分。有点无聊，但马上来了念头：虚构一回浪漫。

邀上一个人，30 分钟或者 1 个小时后在季华公园的草地上见面。我要买上一束比园内的扶桑花和美人蕉还要鲜艳的红玫瑰，先藏在树丛里。去哪里买？向西走一公里，在同济路的花店。再去买两盒三文治，两瓶矿泉水。对了，还要准备一本诗集，附近的一家书店，惨淡经营多年，该有《情诗×百首》一类的应急书。不，我自己来，虽然荒废多年，写一首哄哄从来没写过诗的女子没有问题，即兴之作则更为珍贵。此刻没有镜子，没法对仪容作一番最后的修饰，这么老了，由他去吧！家常衣服，毫不名牌，但已懒得换了。就这样，我去奔赴老年的约会，牵一只小手在绿茵上小跑，跑累了，她瘫在我的臂弯。然后，一起看云，密集的云，一似已然消逝的共处年华，难以分出彼此。灰色的，一似刚刚翻弹过的棉被，被迟来的阳光焐出熨帖的暖意。要对她说什么？说第一次秘密约会，在江之滨、湖之湄。说儿子和女儿的小时候，说孙子和外孙女的现在，说异国遥对寥落星辰时的憧憬，说远方家里客厅一盆万年青不知还有没有水，说近处我们小区内一棵兰花即将全开，说瓦煲的药和砂锅里的"胡椒猪肚鸡"。她不会多言，但难以忍受我的邋遢而非要抻我夹克的下摆和衣领，我不好意思地避开，她就来抚摸我的头发，心疼地说："给风吹散，更显稀疏了。""从前，'自然卷'多帅！"我苦笑着打岔。听着，我念一首诗。皱巴巴的餐巾上是我的急就篇。可是，我卖了个关子，停下来轻轻咳一声说，怕人听见，你自己看吧……

计划成型后，我给她打电话。问她在哪里，她说在东方广场，正和朋友一起看冬装。"什么时候能看完？""难说，刚开始，好多好多新货，还要试穿呢！""我……"我结巴了，不敢把心思和盘托出。"你不是说要看电影吗？自己去好了，不要等我。""好的。"我把手机放进口袋，独自往电影院走去。

虚拟的浪漫之举，连最先的一步——买玫瑰花也没实行。可是，心里的感动难以言状！我又变回23岁，她也回到21岁。被岁月一路删节之后，凭一次步行的重新建构，灰烬居然能成为冬天的篝火。

三、努力联想

路上的每个人都是特定时空上的"点"，即"这一个"的生平和此刻人间的相交处。人走的路将点连缀为线。没有接触的人变成彼此的平行线。有了互动，就有不只一个人的故事。

我走小路回家时，在僻静处看到这样一幕：一个穿工装的小伙子驾车停在路旁，打开车门，拿出一个纸皮盒子。50 多岁的大叔骑着三轮平板车适时而至，大叔接过盒子放在平板车上，和旧报纸、电线、螺丝、铁皮、啤酒罐混在一起，盒子并不扎眼。我从两个人的神情看出一点蹊跷来，不是干见不得人的事不会这般旁若无人。果然，我回头时看到大叔给他付钱，面上的一张纸币是 20 元。小伙子接过钱后开车离开了，神情无端地变为满不在乎。周遭静悄悄的，没有异样。就这样，一宗交易完成。两个人的人生也从此有了纠葛。“前因”在此聚合，“可能”就此展开。

我注意到，小伙子开的车，门上有电器公司的名字和电话。大叔骑着平板车，低着头慢悠悠地跟在我后面，似乎在哼“二人转”。如果我口袋里有一包烟，一定会把他截住，递上一根烟和他聊天，然后边说话边瞅那盒子，如果谈进了港，我还会问他：“刚才弄到什么好货？要不要转手？”往下，他可能给我白眼，骂一句“乱说”后上车走人。

我还可以拨打小伙子所开车子上的电话号码，打个小报告。想到这里，我心跳加速，虚构出戏剧性场面：我和老板秘密会面时，被心怀鬼胎的小伙子发现，他在门口等我，要对我饱以老拳。我从侧门溜走，到公安局报案。警察向我要证据，可我连他们交易的一幕也没有用手机拍下。最后，警察摇头、叹气，我则狼狈逃出。小伙子和捡破烂的大叔在背后双手交叉地盯着我。

可是，我马上把联想全部推翻。我凭什么认定小伙子在销赃？我这爆料人无非梦游。想到这里，兀自大笑。痛快啊！为了联想的功夫。

走路，居然有如此乐趣，我还没说到看瞎拼、看跳楼货、看橱窗、看抢购、看托儿呢！

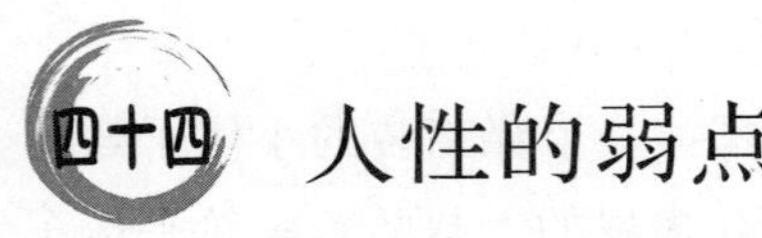

四十四 人性的弱点

（四题）

什么是人性，即“天性”？我以为它具备以下品质：第一，自然而然地存在着的；第二，在理性思考之前就出现的；第三，遇到外力干预，首先作出的反应。诸如水往低处流，瓜熟蒂落，婴孩饿时啼哭，儿童爱受夸奖，女人爱被爱和追求虚荣。人不是不能违反“天性”，但如逆水行舟，如变性，吃力未必讨好。本文，主要着眼于中国人的人性。

一、排斥异见

人的“天性”之一，是对异见的抗拒。不喜欢和自己相反的意见，即使不算普遍的天性，也是多数人难以幸免的共性，尤其是老人家。对此，我有切身体会。那天，打电话问候远方的一位朋友，和他交情向来不错，这“不错”，主要是指“同气相应”，即在对世事以及对一些人的意见上不谋而合。但这回围绕家乡的一桩文化事件，两人展开激烈的辩论，彼此把客气、包容都抛到爪哇岛，非要争个你输我赢。一个小时过去了，唇干舌燥之余很是气闷，我首先鸣金收兵。回到家，直到夜晚就寝时，心口还堵得慌，起初以为心脏有恙，再想才知是心火，来自白天辩论的心火。辗转反侧时，生朋友的气愈演愈烈，此公何其褊狭！难道一首诗只能有一种解释吗？难道质疑定规便是大逆不道？难道忘记“文革”的教训了？不可理喻！我早就明白了两条世故：一是通过辩论说服对方，如果对方已成年或进入老年，那就成了空想；二是辩论永远是自说自话，人家何曾仔细听过你的陈述？然而今天却热血澎湃起来，还当了“天性”的俘虏，企图以言辞征服比我还顽固的朋友。

不只我等小人物，宋朝大文豪苏东坡也曾在这方面出过洋相。这位历尽坎坷的天才，晚年被贬到江北瓜州时，自以为看透人生而写了一首诗，其中有两句：“八风吹不动，端坐紫金莲。”没想到佛印禅师读了以后，批了两个字，托书童带给正等候赞美的苏东坡。苏东坡看到“放屁”两字，差点气昏。他立即坐船到金山寺，冲进里面问罪：“即使我的诗不好，你也不能恶语伤人！”禅师笑道：你不是自夸“八风吹不动”吗？怎么一个“屁”字就把你气得过江来吵架？“八风”指的是人生必然具备的八种心境：称、讥、毁、誉、利、衰、苦、乐。但凡“负面”来袭，人的第一个反应并非闻之即喜。为此，洋谚语这般应对：每一块批评的“三文治”都夹上了赞美的“火腿”。

那次和友人争吵后，我冷静下来回溯，多久没和人家争论过或被人家指斥、讽刺、讥笑过？很久很久了，久到记不起“上一次”是怎么一回事了。心境太平，日子顺溜，同时心又太娇贵、虚弱了，已受不住纯粹的驳难了。如果把这种争论放在年轻时光，应该不会那么介意，吵完便忘记。然而在缺乏自信和耐性的老年时期，正常不过的过招都变成了搅乱心湖的怪风。

如果没有上述反省，我下一步将是什么呢？可能会牢记朋友的不是，要么写信逐一驳斥其谬论，要么打电话给共同的朋友，把对方的“不是”一一渲染、放大，让他成为遭受一致排斥的公敌。

为什么老人会把正常的辩论看成“冒犯”而急于作出还击呢？可能有以下理由：第一，过分的自尊。认为人家不赞同自己的主张就是看不起，就是对自己名誉和地位的挑战。第二，过分的褊狭。既没有宗教信仰又欠缺理性的国人，无法把“意见不同”视为民主生活的必然现象，反而肆意作出负面的引申，得出对方“故意给自己难看”的结论，下一步便是报复。第三，过分的自以为是。长期以来极少听到反面意见，且不间断地接受赞誉，形成了“高人一等”的错觉。

一番痛切的自我检讨之后，不再恨朋友，也渐渐忘记那次辩论而最终与朋友言归于好。由此，我想起一个更加严峻的问题：作为一个退休老人，与时俱进的记仇所造成的危害，再大也只波及不多的朋友。如果成了大人物呢，我会把反对我和“反对整个政权”混为一谈，我会命令执法部门把胆敢批驳我的捣乱分子抓去，杀鸡儆猴。

二、权力迷恋

在美国，就“公民社会”这一层面而言，“权力阶层”无非是民间团体的领导人。在唐人街，拉个把山头一点也不费事。会员上万的固然是会，三位数的也是，而且名目更壮观，动不动就是“全美”、“全侨”、“环球”、“中美”或“国际总会”。华人的同仁团体在旧金山湾区一带少说也有数百个。各种会长、董事、理事、干事应运而生，且规矩繁多。传统的同乡会有叫外人“丈二金刚摸不着头脑”的讲究：级别分元老、总长和主席。“元老”的燕子尾，须是担任过三届主席的才有资格戴。无论哪种职位，它们共通的特征有三：一是没有薪水（资金雄厚的同乡会，开会供应“工作午餐”，到外州或别国参加恳亲活动则补助机票和食宿费，但不算丰厚，多数需要自家倒贴一部分）；二是没有潜在利益（由于本身没有资源，谁也不求你办事，当然没有白白付酬的冤大头）；三是连任有严格限制。

人人贪恋权力，如何按程序让掌权者体面下台就成了大学问。唐人街有一个团体，因会长改选闹了大风波。起因是团体召开理事会，研究下一届会长的选举。现任会长以年老和住处离唐人街太远而难以视事为由，请求理事会不把他列为候选人。理事们为求速战速决，潦草地通过了决议。下届会长的选举如期举行，老会长下了台。本来，整个过程并无瑕疵。可是，黯然下台的老会长串联几位平日合得来的理事散布谣言，攻击新会长，列举对方“不称职”的理由，要求重新选举。虽然因响应者不多没成气候，连番折腾却使该团体元气大伤。理事们冷静下来以后，总结教训，终于明白，风波的根由很简单——对前会长的尊重不够。不错，老会长要求不连任也绝非“假惺惺”，只是想风风光光地下台。不能让会长大人误会众理事“生怕他不走”。诸位务必表示出惊讶、失望、不理解和舍不得，然后一而再，再而三地挽留，以回应老会长的辞了又辞。怎样才叫“瓜熟蒂落”？老会长的去意坚决到生大气的田地，理事会的挽留也到了“百般无奈”的境界。最后，开隆重的话别会，再送上堂皇的牌匾以让老会长堂堂正正地“功成身退”。须知按照章程，老会长是可以竞选连任的，他不想不明不白地做田园不芜而挂冠的陶渊明，他不在乎五斗米，而只要体面地告别。

没当过清廉如许的“长”的大陆新移民，怎么也想不通，这既不来钱又没多少影响力的芝麻绿豆大的“官”，为什么谁做上了都不愿下来？解释是现成的，比如：但凡“官衔”，不管其实质权力如何，都能满足人的虚荣心，在海外生活的中国人，精神生活贫瘠，社交圈子狭隘。新移民在国内的日子多半不如意，在美国也处于底层，他们不甘心卑贱一生，想在晚年“抖”给人家看，而最容易获致的威风就来自当“官”。

说千道万，归结到这样的定理：权力本身是极强烈的腐蚀剂。它把人的良知毁掉的过程就像温水煮青蛙。你微弱的理性、意志力，断断难以抗御不着痕迹地把你向罪恶与愚蠢方向拖的内外合力。内部因素是虚荣心，而外部因素则不止一种：在官本位的社会，每一个掌权者都是向上爬的，是需要打通关节的，也是谋取利益的各色人等务必“搞定”的对象。奴才是材，是最实用、最有用的“材”，炉火纯青的拍马屁功夫，遍及海内外，或显性或隐性，绝妙的“打点”技巧，使人在合宜的温水里，被捧为“天纵英明”，不再不好意思；享受惯了特供，再也不能忍受普通菜市的肮脏和污染。终于，好人被“煮熟”，成为标准的官员。

田垌里的稗草，不怕虫害，不要肥料，也不需任何人力，骄傲地长在稻子头上。勤勉的农民，不管耕耘多么辛苦周到，也未必能获得好收成。前者是坏的天性，而后者是好的天性。

三、追逐特权

《儒林外史》里的严监生在临死前伸出两根手指头，不肯断气。亲戚问他，是不是因为有两个亲人没见面，是不是有两笔银子没吩咐明白，是不是两位舅爷不在跟前，是不是有人欠二两银子的债，是不是两个外甥没来。他呢，一概狠狠地摇头，“越发指得紧了”。他的老婆赵氏分开众人，走上前道：“老爷！只有我能知道你的心事。你是为那盏灯里点的是两茎灯草，不放心，恐费了油；我如今挑掉一茎就是了。”说罢，忙走去挑掉一茎。众人看严监生时，他点一点头把手垂下，登时就没了气。我们一直把严监生视为吝啬的典型，却没注意到，这里揭示的是一种普遍的人性。

仆人眼里无伟人，说的是零距离必然导致的，对“远”看所造成印象的细化和纠正。每一个人，伟人也好，普通人也好，第一个局限就是距离。严监生的土地、妻妾、屯粮食和金银财宝的库房都太远，近的只有蜡烛，他在蹬脚前视力与能力所能达到的，也只能是蜡烛。同理，如果总统亲临实地，走进灾民的窝棚，或者通过读相关文件、听汇报，那么对下层的疾苦不是不可能产生关切的。但是，“切肤之痛”依然在身体上，再稍加拓展，也只能在所见的范围内，如家人、仆人、幕僚。慈禧太后对被太监梳落头发的在乎，自然超过了对京畿饿殍的关心。

放大一点看，和“两点之间的最短距离是直线”一样，追求特权有两个俗语，第一个是“近水楼台先得月”，第二个是“肥水不流外人田”。二者合起来成为国人的处世秘诀：走后门。首先，须有后门，也就是得“近水楼台”，接着，是实际操作——“不流外人田”。无论是官是民，无论其社会地位和财产如何，向往特权几乎是普遍的天性。差异仅仅在于享受的有无和多寡。没有的，羡慕、嫉妒、嘲骂和抗争，最后是以“取而代之”为宗旨的造反。跨越千年的“官本位”法统，就是“走后门”，即追求特权的最大化。

一位写了许多优秀的忧国忧民小说的作家回到老家，乡亲父老对他说：写书顶个屁用，怎么不做官？草民可不理会什么“无用之用”，他们要的是“上头有人”，好拿到批条，获得拨款，甚至“庆祝成为国家级贫困县”。“近水楼台”情结是我们文化基因的重要构成。如果你对此坚决否认，那么且先考考自己，假设在高速公路上你的车撞了人家的，且你是酒驾，这类事件发生在外国，若招致伤亡，第一个电话自然是911，要找的第一个人是律师；在这里，你的下意识却是：交警里头有没有人。往下，就是检察院、法院有没有人，纪委有没有人。如果你要在医院动一个性命攸关的手术，你自己或者家人要给医生塞红包，如果医生懔于法规也好，出于操守也好，婉言拒绝，那么，你被推进手术室时，心里会踏实吗？在海关，你大半天厕身于长长的队伍，眼红的是不是那些走“外交通道”的人？这种心态，和三四十年前物资短缺期间相似——不是“出口转内销”

就不算俏货。

即使进入相对宽松、不是“近水楼台”也能得“月”（当然，最圆最大的经济之月只能由垄断企业享用）的时代，谋取特权依然是最大的热门。原因是显而易见的，首先，有特权，一切都会事半功倍。其次，只有特权，才能满足国人庞大无比的虚荣心。且看公共场所，只要排队，就少不了插队的。所有适用于全体的法规，必然有人置身其外、其上；一切被纳入“公共利益”的名目，必有人要占比普通人更大的份额；如果只有一条供全体人通行的路，那么必然有人别出心裁，开辟捷径。凭借各种各样的关系，攫取了普通人难以企望的利益或正派人难以靠循规蹈矩的努力而取得的成功，这些都是特权者最华丽的人生凯歌。出于这一心态，海南三亚一位当警察的临时小三的女孩子，按捺不住得意把警察哥哥载她去泡温泉的系列照片发到微博上。

千年青史，不缺阴谋，不缺杀戮，不缺封闭，更不缺特权，这是不平等的必然结果。由此，特权成为我们的人性、人格的重要部分。

四、不愿穷究

这样的考题，也许绝大多数中国人在上小学时都曾面对过：树上有 10 只鸟，猎人开枪打死了 1 只，还剩几只？答案有两个，非此即彼：9 只或者 1 只也没有。前者是错的，连“枪声把其余的鸟吓跑”这样的常识也没有，不是“二百五”是什么？

可是，今天，出题的老师被难住了。学生在回答前，要搞清楚五花八门的前提。比如，猎人用的是无声手枪，还是其他没有声音的枪？如果是无声手枪，则要辨清其声音的分贝。如果分贝够大，余下的鸟被吓飞是肯定的。问题并非到此为止，学生穷追猛打，再次提出：鸟群中有没有聋子？有没有听到枪声也不愿飞走的傻瓜？有没有关在笼子里的？有没有不能飞的残障鸟或者饿得飞不动的鸟或者怀孕的鸟？此外，对打鸟者的视力也提出了疑问：有没有看花眼，凭什么肯定是 10 只？鸟群中有没有情种，看到情侣被打中而留下来以身殉情的？猎人会不会一枪打中两只？排除了所有可能以后，学生给出答案：“打死的鸟如果是挂在树上没掉下来，那么就剩1只；如果掉下来，就1只也不剩！”最后，被学生逼出一头大汗的老师推了推眼镜，强忍着要昏倒的感觉，颤抖着嗓子说：“你不用读小学了，直接去考公务员得了。”

其实，学生提出的假设，即使相当部分钻了牛角尖，也还是有漏洞的。依据我本人的切身体验：枪声若分贝较低，沉睡中的鸟是无法察觉的，要是猎人枪法好，打下一只以后，仍旧可以颠覆这道永不会塌台的考题。我在40多年前去打鸟时，用的是没有安装消音器的普通猎枪，在林子里一直打下去，已干掉不止10只。后来，看到一只鸟栖息在低矮的枝桠上，为了节省铅弹，伸手去抓。掌中的鸟发出一声短促而锐利无比的惨叫后，林子里响起纷乱的扑翅声。顷刻间，鸟全部飞走了。这样的造孽使我痛心疾首至今。原来，不管论证的题目如何简单，除非你满足于大而化之，否则就要费许多功夫，其中最重要的就是立与破。立，是为结论建立严密的正向论据；破，则是为结论排除逆向的可能。

这一道普及面极广的“脑筋急转弯”，藏着民族性的大缺憾：不愿穷究。主要表现在三方面：一是线性思维。一条线（枪声）、一个面（树上栖息着10只鸟）一目可见，一数便可直截了当地奔向结论。不考虑其他条件，摒弃所有可能，黑白分明地绝对化，要么此、要么彼，没有中间状态，没有“两可之间”。二是排斥实证。10只鸟就是10个个体，它自身的状况，鸟和鸟的关系、和树的关系、和猎人的关系、和天气及环境的关系，是需要进行深入考察的。可是，一如杜甫看到鸡和虫子斗法一样，不是目不转睛地注视以求透彻了解“斗”的过程、斗的因果或求索因应之方，而是以“鸡虫得失无了时，仰面寒山倚江阁”敷衍过去。不妨再看一个流传千古的典故——“坐怀不乱”，它可是人们至今都津津乐道的“拒腐蚀”范本：“鲁柳下惠，姓展名禽，远行夜宿都门外。时大寒，忽有女子来托宿，惠恐其冻死，乃坐之于怀，以衣覆之，至晓不为乱。”我们不妨设身处地地想：城门外，寒风刺骨，远行人疲惫不堪，女子坐在男人怀里互相取暖，这可能是避免都被冻死的唯一选项。在这种特定情境下，不只是柳下惠，大多数男人都不会“乱”。原因呢，从天时地利人和三方面看，光顾筛糠，毫无性爱欲望，此其一；城门外是公共场所，旁边有人，毫无隐私，顾忌极多，此其二；彼此不认识，柳下惠作为主动方，对这位女子的底细一无所知，然而，能否“乱”起来，和年龄、妍媸、衣着和对方的态度与意愿都有着绝大关系。别说礼教森严的古代，即使是今天，不必说正被组织部门考察中的后备官员，就是不被讥笑为性无能的正常人也能做到。可见，思考的粗疏和推理的潦草是一贯的痼疾。三是沾沾自喜于小格局、小聪明。这道“考题”流传久远，向来极少受到和上述小学生那样的追问，但它也理所当然地存在着，并被成千上万自以为是的大人拿来考人。

四十五 桂树下，买鲜花

春天，绿景路的街道中线，一排栽下不久的木棉树齐刷刷地开花了。小巷口的桂树，并不相让，也爆开米粒般的花朵，形状和色彩虽然和木棉花没得比，但以香气取胜。

我在桂树下做了一档交易。

和开花一般，毫不勉强的交易。那时候我太太进巷子口的银行办事，我在门口等候。玻璃门后的警卫虽然没对我加以防范，但在这地方徘徊毕竟煞风景，于是我站到桂树下去。香气有如深海里的小鱼不容易被逮到。一位卖花姑娘蹬着三轮车到达，这里好似是她的地盘一般。平板上是一个大篮子，满满地插着各种鲜花。我扫了一眼，灵机一动——买一束玫瑰花。“啊，我的爱人像一朵红红的玫瑰。”脑子里泛起彭斯不朽的诗句。

不过，我买的玫瑰并非送给在附近柜台前和办事员打交道的太太，而是我敬爱的大姐，她年已 80 岁，是病体支离而浪漫情怀不改的名诗人。“你好!”我向埋头整理工具的姑娘打招呼，她转过身来看着我，眼神比 10 步以外的警卫温和多了。她，矮小的个子，黧黑的脸色，淡定的眼神，短袖紫色上衣，浅蓝裤子上还沾着泥土。诗句里的卖花女，比如“深巷明朝卖杏花”的那一位，她的水灵是“小楼昨夜听春雨”的雅士在早晨虚拟出来的。眼前这一位，虽不能和她卖的花比，但和整整齐齐地插在大小桶子里的花放在一起很是和谐。她和花厮混多年，已难以分开。

“玫瑰怎么卖?”我抚摸了一下裹着白色小网兜的花蕾问。她一边挥剪子修剪叶子，一边回答：“一块五一株。”“一打呢?”“照算。”在商场见惯了阿谀的脸孔，这种基于对货色的自信而显示的尊严反而使我景仰。

“好吧，要一打。”我说。

她在桂花树下的人行道上展开一张旧报纸，然后把玫瑰平铺在上面。

“要不要扎起来?”“当然。”其实，在我没来得及搭腔时，她已剥开小小的网兜。玫瑰脱去外衣后，一律憔悴，花瓣也软塌塌的。“都有点难看，不是刚刚剪下的吗?”“放心，马上就好。”她麻利地摘掉花枝外层的残红，玫瑰的妩媚和挺拔便回来了。这时我想起了意大利明星索菲亚·罗兰的名言:“女性的美，越是老越是往里头缩。”我那将要接过花束的诗人大姐，不就是把青春年华的鲜嫩和敏锐都凝缩在一页页心里的诗稿上了吗?

“该有陪衬的。”她说，我默许。她从三轮车后拔出两把黄莺草，又拔出五六株百合。她并没征求我同意，因为她依据的是她无往不胜的美学。形状修长的淡黄色百合夹进葡萄酒色的玫瑰，对照出高雅的视觉效果。

“黄莺草每扎三块，百合花每株两块。”她这时才报价。我微笑着打趣:“你倒真会赚，一会儿一个花样。”“不要也行，没人强迫的。”她低着头，在摊开的报纸上忙碌着。

我盯着百合出神，忽然想起了20世纪抗战年代在延安写下《野百合花》的王实味，这篇对特权制度表露出书生幼稚的不满的散文，让作者后来死于兵士的斧头之下。致命处不在篇名，可是我不能阻断联想，不得要领时就想:王实味的百合是野的，这由三轮车运来的百合是家养的，因此也是稳妥的。此外，满车的花，从绿油油的富贵竹到小家碧玉的波斯菊，从名字了得而花容不起眼的勿忘我到闹哄哄的杜鹃，都不会惹事。

“包扎的费用是要算的，8块钱，你……”她又加码了，怕我抗议，亮出一张张洁白柔滑的有光纸，那一阵脆亮的窸窣仿佛春雨。抬头，桂花在枝桠间掩映，不起眼，所以没人采摘，但它们自得其乐地芬芳着。不知什么时候，碎米似的花洒在了报纸上。

不包装怎么拿得出手?姑娘把有光纸折成对角，挥剪子剪开。我和她打趣道(纯粹为了解闷):“怎么又加码了?”“一张纸要一块钱，你以为好赚?”我哈哈笑起来。很快，喇叭状的花束成形，她在纸的边沿贴上一些透明胶纸。她站起来把一束鲜丽的花递给我。算总账，一共45块。尽管我多次抱怨，但她并没少收一个子儿，因为她懂得怎么对付我这类不计较小数目的粗线条男人。这时，另外一个骑三轮车的小贩来到树下，他卖的是木瓜，橙色和青色夹杂的摊档恰好补了花的不足。他老想找借口和她调情，但她忙于事业，没有时间理会。

我抱着花，心里隐隐起了刚刚进入初恋的少年才有的那种甜蜜悸动，可见玫瑰花作为爱情载体的神秘力量。我和太太乘车到了广州芳村。进入小区时，一只小不点的白色蝴蝶翩翩来迎，这是我在这里第一次见到的春之使者，可能是它看中了早阳下的玫瑰花吧。

下午，我和妻子回家，路过那棵卖花女作为据点的桂树，伊人已渺，兴许花都已转化为口袋里的人民币了。树下，一位路过的老者气势如虹地吐着痰，另外一位蹲着的汉子则在敲烟杆。

四十六　和“小麦”并坐

第一次

盛夏正午，我在商场外徘徊。太太在里头购物。我背着装上羽毛球拍等诸多杂物的庞大袋子无法进内，因为袋子塞不进商场为顾客设置的小小储物柜。如果我背着它在货架前溜达，难保不被保安撵出，不然，便会获得经理富有风度的规劝，或者售货员警惕性奇高的眼珠。然而，外面走廊上并没有座位。这是企业家的生意眼，如果这儿不但能遮阴，还可以落座，那么落地玻璃窗另一边的几家餐馆不就少了客人了吗？

幸亏，麦当劳快餐店门外有一张长椅，那是供麦当劳大叔坐的。这个由树脂、塑胶一类材料制成的坐像，身躯虽然伟岸，但只占长椅的一半多一点，所以多坐一个活人应该没有问题，除非保安员礼貌地向我下驱逐令。我安稳地就座，前 10 分钟都耗在了揩汗上——阳光在两米以外，但其温暖却可辐射在肌肤上。然后，我才有闲心打量身边的“大叔”。一身黄衣服的小丑，脸上的微笑是由红色油漆固定下来的。他个子虽大，但年龄肯定远远不如我，我可以呼他为“小麦”。我和他有一共同点——都是舶来品。他是作为美国快餐文化的象征而进口的，在创造这个超级大品牌的美国本土，这种塑像并不多见，也许 100 间麦当劳才会有一座，且只配置在乡村或郊外的分店，不在正门而只在停车场入口。

笑眯眯地坐在这里的“小麦”，两条腿摆着别致的姿势，不是二郎腿，而是把弯成直角的右腿搁在下弯的左腿上。这坐法，好就好在有容乃大，三个小孩子朝他一蹦，两个分坐两腿，一个则被圈在怀里。我仰望着他，他目不斜视地盯着烈日下赶路妇人手里晃荡的外卖盒。我透过玻璃窗往里头看，具有国际特色的炸薯条，和彼岸的一样金黄。可口可乐的泡沫也不会少几个。我该和“小麦”谈点什么呢？谈两地汉堡包的异同，还是制冰淇淋及奶昔的牛奶含有多少三聚氰胺？哪里产的番茄酱较为地道？在异国，我并不排斥大麦汉堡，但如今别逼迫我在清蒸顺德脆鲩鱼和“麦”记炸鱼块之间作选择。

午间，商场外行人不少，其中多半是来解决午餐的。麦记的高热量、高脂肪汉堡包擅长搞大食客的肚子，好在这一弊病都可以被高温下的汗水抵消。怪不得没有人讨厌“小麦”，路过的姑娘也会给他投上崇拜的眼神；小孩子握握他的手。在尊老的国度，有“小麦”的衬托，我仍旧捞不到什么好处，即使自封为“半拉子文化老人”。

热板凳足足坐了半个小时，目击“小麦”被握手30多次，居然没妒忌。临走时，我拍拍小麦的肩膀说请他吃一碗馄饨面，“应记”的。

第二次

上一次和他坐在这一张带靠背的长椅上，是三四个月之前。不会变老的“小麦”自然是老样子，二郎腿的角度也没变分毫。但环境有异，最触目的是，附近的“好又多”超市易名为“沃尔玛”。内情不清楚，光看招牌就叹了一句：“被洋鬼子兼并了。”小的改变是离“小麦”长坐之处不到两公尺的地方新开了一个小窗口，是专卖甜品的。这么一来，无所事事的洋鬼子“小麦”又可以封一个新官衔：甜品部警卫官。

我没向“小麦”打招呼便坐下来。仿效“小麦”，翘起一点也不洋气的二郎腿，翻开刚刚买到的报纸，才读了一页，把头一偏就看见“小麦”怀里“有货”——一颗橘子的整块皮，被剥成莲花状端坐着；一个撕开大口的彩色塑料包，上面有富诱惑力的“呀！土豆”（这是商标）。小字为“烤鸡比萨饼”。那广告才叫厉害：“咬一口‘砰’！嚼一口‘喀嚓’！口感层出不穷！”然而，不知是购买者不喜欢这些“砰”和“喀嚓”，还是出于富×代的骄气和娇气，至少三分之一都被扔给“小麦”。这些马铃薯制品是形如意大利“是把格地”面条的条状物件，和圆形的比萨饼相去颇远。好在，“小麦”不会计较这些。我贴近看，有这些食品为伴，“小麦”这洋玩意竟人性化起来了。

我埋头读报，这次没像上次那样注意路过的诸色人等如何对待“小麦”。当天的日报自然比无语的小丑“小麦”有趣。看，南都的《街谈》评论“宁波将斥资5 000万培养1 400名‘乔布斯’”的壮举时，就有这样的妙语：“乔布斯在车库里起步的时候，咱们在牛棚里干活的人更多。”报纸读完，抬头，人间又回到眼前。一位妙龄女子推开麦当劳的玻璃门走出来，一边走一边打手机，一丝冷冷的笑意从嘴角抛下，拖了一路。一对亲热的异国情侣，男子是白人，其伟岸可以和“小麦”比肩，拖着一只小手，小手属于一个娇小的中国女子，她穿上四寸高的高跟鞋，个头还没超过男子的肩膀。看着他们的背影，我为单身汉“小麦”难过起来。

然后，三位青年走出麦当劳，两男一女，朝气本已蓬勃，马铃薯条和汉堡包又发挥着热量，因此格外轩昂。看得出，他们是打工的，可能在附近的发廊或者国美一类的电器店上班。女子的马尾辫在身后跳着，活像一只雄鸡的尾巴。她走近甜品窗时，我暗暗赞叹：年轻多好，这么快又有胃口了！不料她没买东西，只说：“喂，‘麦叔’身上脏得很！”

我惭愧地自责：我坐下来时就看见了这“脏”，为什么没有向快餐店报告，好清理掉？甚至，我也可以拿起塑料包和橘子皮扔掉，这也毫不费事。但最后我竟有点自得：看，我终于能够容忍了。

第三次

走过沃尔玛超市所在建筑物的停车场，径直向“小麦”所坐的长椅走去。以前我每次来，它都虚位以待，不料今天却坐着两位女士。附近还有一位年龄和不久前惨被卡车碾死的小悦悦相仿的男孩子，但他受着严密的看管，不可能遭遇那种不幸。好在，她们离开了，我又和“小麦”并肩而坐了。

坐着，自然要游目四顾。太平世界，椅子旁边那专卖甜品的窗子后面，无事可干的女孩正在打瞌睡。其楼下人行道的大理石光可鉴人。勤劳的清洁工——穿着和紫荆花一般粉红的工作服的女子，刚刚清扫过，但可爱的同胞像约齐了似的又扔下垃圾。快餐店的玻璃门前，有瓶盖两枚，吸管一支，餐巾纸若干张。往最善良的方向想，他们是生怕地方太干净导致清洁工无事可干，进而被炒鱿鱼，于是以制造垃圾维持其事业；若然，便可冠以“阶级感情深厚”的褒语了。

我面前晃过一片白色——一位穿雪白衬衣的青年才俊经过，把一张小纸片扔在光洁的人行道上。我以为是藏在谶语饼里头的什么语录，拿起来一看，原来是一个打印出来的第15号。这位肯定受过大学教育且看上去相当文雅的白领，刚刚从附近的建设银行走出，随手处理掉轮候用的号码。不起眼的白点就这样留在地上。

垃圾，垃圾，无处不在的垃圾。昨天坐车外出，归途所坐的巴士里面，一个座位的下方堆着柑子金黄的皮，外加一个白色饭盒，这位在车上吃午饭和饭后果的乘客，真够利落！刚才路过一个流动水果档时，一位同样穿着白衬衫的青年才俊在吃香蕉，边吃边把金黄的香蕉皮扔在脚下，其实垃圾桶就在他的左前方，距离不到三米。我暗暗祈祷：公平而仁慈的上帝，请赐他一个仰八叉（但以不摔伤为限）。

他们的过失自然小之又小，不好冠以破坏创文、丑化城市一类吓人的罪名。他们还没有养成这样的习惯——以手 Hold 住垃圾，坚持将之放进垃圾桶。“Hold”这个最近在中文世界流行的英语单词是我唯一不反感的，原因是汉语里没有确切的对应词。我们不惜代价地 Hold 得太多了，官位、财富、醇酒、美人、洪水里的救生圈以及股市里的垃圾股或潜力股，唯独 Hold 不住的是自己生产的垃圾。

我要和“小麦”联手呼吁：为创文而殚精竭虑的官员们，为改造国民性而奔走呼号的志士们，且为全民做最小的好事——Hold 住垃圾，做点建设性的工作吧！

四十七　小涌之谜

一

盛夏8月，以“水深火热”为特征，豪雨和酷热交错。这么一来，暴雨刚停之际，温度的急刹车便显出别样的韵致来。这是黄昏，我把伞收起来，趟过来不及排进地下水道去的一个个小池沼，走近河涌。栏杆旁边，湿漉漉的砖地上站着三个男人，他们每个人的肩膀上都骑着一个小男孩。从脸相看，两对是父子，一对是爷孙。我纳闷，他们在干什么呢？哦，是看水。原委不难揣测，雨后，野性未驯的小男孩要到小区外玩耍，老爸或者祖父怕他们滑倒，便牵起手走到了涌边，花岗石栏杆挡住了孩子们的视线，父亲或者父亲的父亲便把他们高举起来，并以自己身体作鞍垫。“为儿孙做马牛”，绝妙的写生。

孩子们以为，刚才雨这么凶，河水暴涨，一定有看头。以他们的年龄，并不在乎波浪翻卷，但也恰是这种不在乎使父母担心，万一打滑栽进涝水，就不得了了，另外他们也不会欣赏水的气势。他们要看的大抵是漂浮的玩意——不是什么“落花流水杳然去”，而是木头、树枝、洋娃娃之类。我不知道这6位年龄各异的男性，对着雨后的河涌生发过什么议论。我注意到他们时，小孩子们正指着水咿咿呀呀地叫，似乎被什么新奇玩意吸引着。大人们不理他们，眼神游离在水和林间飞鸟之间的空隙。

天不动声色地暗下去。我扶着冰凉的栏杆站了好一阵，直到水畔的灯亮起来，一根根灯柱在水下颤动，弹簧一般地伸缩。我琢磨着：小孩子那么兴奋，是不是他们的天真之眼发现了小涌的秘密？如果除了“王老吉”饮料盒、塑料纸、泡沫，还有别样的谜，那应该是什么？

我天天路过这小涌，对它不存恶感已算给足面子了，小涌的水面从来没干净过，此点和普天下流经城市或和地下水道相连的河涌无异。我不知道被洋人夸大为“城市的良心”的地下水道系统的构造如何，但我肯定这无名小涌是被灌进污水的，那些从桥边两个直径近一米的水管流出的便是。水浓稠、惨绿，在白天，我不敢将之诗化为被落羽杉的枝条耐心擦拭的镜面。夜里还好些，密丛丛的树影围拥着，神秘感也悄悄地堆积起来。

二

雨不再下，小涌依旧缓缓地流，我的悬念逐渐淡下去，不料被到访的至交木激活。

“那里有没有鱼？”他在我家阳台上指着绿荫掩映的小涌问，不是问我，而是自问。50年前我和他在家乡的横水河钓过无数次鱼，但此后的记录则几近于空白，他不会问道于盲。“我倒是见过一个人在桥头垂钓，但时间甚短。我当时的感叹是：他的成功率未必低于大海捞针，怕待一整天还是要空手而回。”我说，但我并不是泼冷水。

木从阳台走出说：“走！”他把我领到小涌边。我知道，在钓鱼方面，他早已不是一般的爱好者，而是超级的痴人。从50岁退休起，他的人生道路就银光闪闪——鱼鳞铺的。几年前，他在一个文学论坛当版主，经常出现因忙于垂钓而多天不上论坛的情况。我代表网友们呼吁：“蓬江的鱼族求救：木再不搁下钓竿，将一无孑遗！”我今天尾随着他，是要看他有没有功力勘破水的秘密。

“沿着堤岸，走个来回。”木说。我先把他带到桥头，指给他唯一的垂钓者的逗留之处。他来回走了几步，盯着地下水道的出水口点点头：“有！”“有什么？”我有点雀跃了，须知这是家门口的营生啊！他不答，却快步走向50米开外，原来，那里有个垂钓者。我跟上前去。

“你好！第一次来？”木开门见山。我不客气地查看钓客搁在脚下的竹篓子。对方是60岁开外的瘦小男人，有点儿不好意思地说：“我是茂名人，昨天来这里看望儿子一家，儿子怕我闷，就向邻居借了钓竿，让我……”一边说一边解开纠缠着的玻璃线。他背后站着一个年龄相仿的女人，应该是他的另一半，她拖着孙子的手，也向我们套近乎，因为老公在这里有了同道者使她宽心。

木手痒起来了，一步步地反客为主。先是指导钓客调浮标的深浅度，再是检查鱼钩上的蚯蚓，最后是示范：这样甩出去。他过度的热情让陌生人又感动又自卑，干脆把钓竿交给木说："我先观摩。"木在我家待了一天多，按他的算法，这意味着错失了两次渔事，只是当着老朋友的面，他不好意思嚷叫损失了多少，但昨天他一进门就说："这几天大旺！酷暑过后来了场台风，把鱼儿都憋死了，急着出来找吃的。昨天我去河口，钓了15条，送给朋友大半，剩下的还嫌太重呢。"潜台词是，催促他来我这里一趟，为了那里的鱼能多活几天。

木看浮标没动静，便转移到桥边去。主人提起竹篓，乖乖地跟着，讨好似的递烟，我婉谢了，木也没接，他只顾忙着向最新的钓友证明造诣。我对他的能耐早已了解，此刻要弄清楚的是这道小涌的秘密，具体地说，是有没有鱼，都有哪些种类？

木换掉蚯蚓，重新出发。主人看了看盛蚯蚓的小罐说："我再去挖一些。"主人把家当撂下，消失在夹竹桃林子里。我暗笑他的天真，万一我和木卷物潜逃怎么办？空空如也的竹篓诚然不值钱，但钓竿据木说值50块钱。木全神贯注于水面，这大概就是癖者和非癖者的区别了。他的沉静是箭在弦上的张力。我呢，眼神空洞，全身弥漫着鸦片烟鬼一般的懒散。

蓦地，眼前划过一道闪电！那是滴着水的线和浮标。往上一甩，用的是爆发力，在最佳时机让鱼钩死死卡在鱼的上颚上。我陡地惊醒，并叫一声好！拉上来才发现玻璃线的末端是空的。为什么呢？木向我解释：上钩的那一条，至少有7斤，怎么知道？凭它咬蚯蚓时的凶劲，还有提起鱼竿时的手感。可惜，线太细，鱼钩太小，它咬断了3只鱼钩中的两只，溜了！主人适时地回来，带着几条鲜活的蚯蚓。听木这么说，顿时来了劲，兴许今天晚餐还可以加上一碟"清蒸"呢！尽管只剩下一只鱼钩，木不肯罢休，重新换上蚯蚓，把浮标调浅，让钩缓缓沉进排水管旁边的水中。一条长逾一尺的鱼浮上来，打了个翻身，也随之带起一排涟漪。木指着它叫："就是它，示威来了！"

桥头陆续走过下班的和闲逛的。女人含蓄地瞥了一眼竹篓，好事的男人则干脆走近拿起竹篓检查。我说，还没收获呢！他们鼓噪："钓几条，开开眼界嘛！我还没见过谁钓到过鱼呢！"一个中年人背着手走近，看得出他是和木同类的癖人，他不言语，以欣赏的目光看着木，点点头走开了。我从桥上看不远处的木，他拿竿的手，指头满布再也洗刷不了的黑色粗纹，这是一年年的钓鱼造就的，光是蚯蚓，他的手不知挖过多少，往鱼钩上挂过多少。

钓竿的主人默默地当跟班，趁空隙向木讨教。浮标又给拖走了，起竿一看，蚯蚓被吃掉一截。木说是小鱼。后来他放弃了，把钓竿还给主人。

木领着我沿着小涌走。他下了结论：小涌的水深，潮落以后约为 1.2 米，潮涨时可达 1.7 米。根据是刚才垂钓时浮标的姿态——它平摆，意味是鱼钩触底；直立，则表明鱼钩和底部之间有空隙。

“看，这是越南鲫鱼，潮水来了，它们就结队游进内河。嘿，有山斑！看摆尾多有劲!”他走走停停，不胜依恋地议论着，只恨手里没有称心的玻璃线和鱼钩。“这是埃及塘虱鱼，看到吗？它爱拱进污泥里，游动时会带去一缕缕泥浆，还有气泡。”我细看，果然如此。木指着远远近近的河面说，这是一个鱼藏丰富的好地方，“最好是夜晚，坐在灯光下面，3 个小时下来，保守点预测，鱼味鲜美的山斑，体型粗大的塘虱，以量取胜的鲫鱼，10 条应该没有问题。”

眼看晚饭时间已近，怕家里人久等，只好离开。远看桥头，那位新手也扛着鱼竿往对面的小区走去，背后是他的小孙子。“下一次，我带鱼竿来，鱼钩要大号的，蚯蚓嘛，在那里挖……”他指了指小区围墙外的树林，“好几兜‘蚁芋’，往根部一翻，蚯蚓又粗又长。”

我和他，不约而同地拟好了计划：明月在天，树影在肩，我和他安坐在橙红色方砖所铺的堤岸，水下，清凌凌的灯影、月影，浮标得意洋洋地静止着。

第二天一早，木夫妇俩回家去了。我送他们到小区外搭车，回来时看着浅绿的小涌，它的神秘感消失了。忽然为此失悔，让它还原为神秘的水面该多好！让雨后骑在爸爸或者爷爷的肩膀上的孩子，依然看不透吧！我也不要谜底。少些垃圾，多些落花就好。

四十八　书香节，我的位置

炎夏时节，和一群朋友去琶洲的南国书香节展馆。逛了差不多一天，该吃晚饭了，一位客人却走丢了。同伴重新走进馆内寻找，由于刚才约定的碰头地点就是这里，必须有人镇守。因此，我在第9.2号展馆前的空地上画地为牢，面对着瓷砖地上一个彩色圆圈，圈子上画的是路标。从展馆涌出来的人在这里分流。爱书人的嘉年华，处处赏心悦目。

我跟前的一队队青少年男女，扮相和服装怪异，戴面具，拿武器，兴冲冲地游行。我揣想，一队是从《哈利·波特》里走出来的，另外一些该来自《火影忍者》、《钢之炼金术士》和《网球王子》之类。

久站无聊，便打开刚刚买到的《兰姆散文选》。别以为高卧竹榻或坐在扶手沙发上，读书才够滋味；站着读别有佳兴——焕发体育的劲头，品出书的入世精神。读《漫谈读书》，兰姆的一些朋友拒绝读书，并认为此举“无非是沉浸在别人绞尽脑汁得来的成果之中”，害得“每日中大部分时间拿来读书”的兰姆心神不宁，好在，他甘愿“沉浸在梦幻中一般在别人的思想里虚度一生”，原因是“我不会坐下来沉思默想——自有书本替我思考一切”。

趁翻书的间隙，瞅瞅地面，圆圈有如日晷，身影成了淡淡的时针。我和兰姆对话。读书未必总和思考有关，比如，为了催眠，就得把乏味的思辨类大部头书放在床头几；平时，也只为好玩而读。不过，今天我买书确实是从思考出发的。明知译笔平平，可指摘之处甚多，但还是买了兰姆和卡夫卡的散文集，因为这不大称职的中文容器里盛着“思想”。而思想是裸体的，穿哪种语言，穿华服还是粗布牛头裤，我并不在意。引起焦虑的是思想的贫乏，它先于表现力的危机。

去寻找失踪者的朋友踱进人海里，久久不出来。但我知道广播器重复播出的寻人启事是友人促成的。寻人是现实中的散文，如果把对象拟定为一种新鲜的思想，一个形神兼备的意象，一句俏皮话的话。

我站在这里，和兰姆一起等候。一个小时以后，寻人的朋友废然归来。我们放弃寻找去吃饭。

在餐馆里，遗憾并没有随着喝汤声散去，因为失踪者本该和我们一起在饭局上谈笑风生。这位在两个小时前不知怎么回事就隐没的人物是来自美国的洋鬼子，本名 Dale Wilson，中文名“韦德强”，53 岁，他拥有音乐博士学位，在康州的一所大学教音乐。他出生在香港，父亲是传教士。他能说使我妒忌的漂亮广东话，能写中文，我们可以游走于中英语之间和他聊天，格外有趣。在展馆的“西雅图咖啡馆”一起喝咖啡时，友人告诉韦博士我有一本书在展出。他便随我到河北出版集团的展馆，自己掏钱买下我的《美国小品》，并请我题字。然后，我们并肩照相，他拿着书，姿势庄重，而我却带着孩童的淘气。

另一桩淘气事也发生在书展里。同行的朋友中，有一位是印刷厂老板，我告诉她，一个卖书摊位上摆着的近百本《散文诗咏》是她厂子印制的。我把她领到那个摊位，两人摆出粉丝的姿态，拿着书照了很多庄严的照片。老板说这些照片将发给这本书的责编并作为“书登大雅”的证据。

写到这里，还没点题。在万头攒动的书香节，我的位置就是在 9. 2 号门之前一个圆圈前面。看书，等人，思想，观察，只是都没摆出一本正经的样子。

四十九　深秋意象

我在公园里穿过并没有残败征兆的花和树，一路想着，哪个意象最能凸显深秋的寂寥？不错，眼下是秋的末梢，然而，在岭南，它和别的季节差异并不大，紫荆花的花信刚刚闹哄哄地来过，在枝头晃荡的孑遗的绛红花瓣是殿后的一拨，因为大队早已回归泥土。倘若在加拿大和美国东部，漫山遍野的枫叶，这不必劳动消防队的最美丽的火灾，诚然弥漫着秋的热烈和深厚。又或者，在收割之后的田垌，一望无际的稻茬，如果边缘碰巧有垂着残荷的池塘，那也满溢着秋天产后的慵懒。然而，这里是高楼耸立的城市……

我正遗憾着。前面，50 步开外有一位老婆婆独行，西斜的太阳给她稍显臃肿的身躯描下一个带毛边的轮廓。我的心猛然抽了一下。对了，从遥远的往昔浮出的影像愈来愈大，把眼前的所有景物都挤走了。

一个花甲老人，在黄昏的树林里。那是小镇圩场边缘的树林，纯一不杂的大叶桉树（那时叫尤加利树），离地面只差一竿子的太阳把低斜的光照入，远远看去，一棵棵叶子疏落的树都镶上了金边。金边洇开，仿佛在冒烟。我的祖父曾在林子里以特别的方式捡柴火——手拿一根铁条，粗细大于自行车辐条但小于铅笔，一头磨尖，另外一头安了木柄。如果没记错的话，这应该是那个年代的拨火棍。老人握着铁条，戳向地上的落叶。尤加利的叶子大且肥厚，经过秋霜以后，一色金黄，像涂上蜡似的，还带着微辣的甘香。祖父把每一片戳到的叶子都压向手柄一端。叶子在带寒意的风里簌簌飘落，然后，在铁条上成了冰糖葫芦一般的一串。周遭并没有其他人。

那年祖父已过 70 岁，他 68 岁那年，祖母死于心肌梗塞。此后他一直独居。由于“文革”的耽搁，他无法办理退休手续，只好在药材店上班到

70 岁。一次过领的几百块退职金并不经花。光是做饭，如果从市集买农民上山割来的柴草，一个月还要好几块。因此，祖父找到这样的窍门，天天黄昏时在林子里晃悠，一根铁条穿满枯叶，便回家卸下，再来另一轮。好几次，我回家都没带钥匙而到林子里找祖父要。对面是夕阳，祖父的右肩歪斜，缓慢地举起铁条，阳光给他一个清晰的剪影。旋即，我的记忆调动起当年的嗅觉。桉树叶在灶膛里噼啪地响，火苗分外炽烈，带着刺鼻的焦香。

想到这里，竟想哭。晚秋的凄清韵致，仿佛都凝结在这样的意象之中。一根铁条，一串落叶，一个歪斜的身影。可是，老祖父并不曾自叹倒霉，一路搜索落叶，还不间断地轻吟唐诗——老杜的《秋兴》，祖父天天念，连我也听熟了。今天记起又有一股莫名的伤感，也许，这些组合起来就是秋色与人富于默契的协调吧！

连带地想起在旧金山的一位朋友，他痴迷于野外烧烤。在熟人中间，他被这般描绘：秋天，入夜时分，如果在公园边缘的野餐专用区内，还有一堆未熄灭的炭火，火旁有一个男子在啃铁叉子上的牛排，那就是他。且想象一个远景：火光所塑造的人体影像、风、落叶，秋天的全部意蕴，都难以一一确切道出，但可以肯定的是，它们都在这样的意象里面。

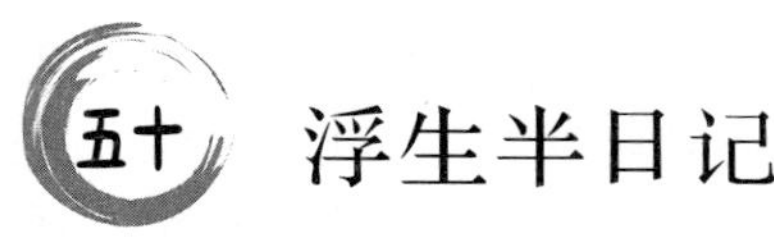

五十　浮生半日记

古诗云："偷得浮生半日闲"，退休老人不用长"第三只手"，"闲"也有的是，太多的闲反而衍生无聊。于是，无事忙升格为抢手的生活艺术。午饭后，我有事可忙，一是寄书，二是买急需的家用小物件。

妻子有事出门，本来是"黄牛过水——各顾各"的，可是她在屋里磨磨蹭蹭等我，我边对着屏幕码字边对她说先走。她说她不急。我只好把写到兴头上的文字搁置，和妻子一起走。离开家门时才悟出，她等候我，不仅是怕我关不好门，而且是要帮我提书。我要寄的书共两袋，她怕我吃不消。一路上还唠叨着要打的去，因为书太重了。我唔唔应着。走到大街旁，她等巴士，我坐上出租车走了。没向她招手，但心里充满了感激。一起生活了40年，老妻已经和我形同一个人，我的感觉，她都能感应到。呵呵，这姻缘！

天飘着微雨。如果是别的日子，天空的铅灰色会移到心间并制造出微晦的情绪。但今天没工夫伤感。进邮局发现柜台前只有一个顾客，微微高兴。办事的女孩子向我嫣然一笑，我也因此更加高兴。她以前曾和我打过多次交道，我把装着书的牛皮信封一一拿出来请她检查，她问我："又出书了？"我点头。一点得意也没有，这年头，给朋友寄书，竟有点歉意，好像强迫人家寓目似的。

女孩子看似在履行职责，其实是帮忙，她看了看信封内的书，不像另外一个过分严谨的同事那样对书中仅有的手写字"×××雅正"和"×××敬赠"提出"是否还算印刷品"的疑问，反而把牛皮纸折好以方便我粘上胶带。在她的配合下，我很快把10多个信封包扎好，贴上邮票。最后，我称赞她并说下次送她一本书。"你上次不是送我了吗？""是另一本。"她没说要。她以为书和红包一样，不必送第二次。我暗暗发笑。走出邮局时，轻松而愉悦，可能是接受了一次周到服务的缘故，我说要向她的领导表扬她，问她名字时她有点不好意思地推辞，最后说叫她“芬”就行。

走过大街时，雨不成其为雨，但风依然冷肃。往下，要为书房买两样东西，一样是天花板灯的小日光管，另一样是小轮子。前者坏了好几天，进房去要摸黑。至于后者，它是用来配书柜趟门的，这门拉不动，我找不出原因，两个星期前找师傅修理阳台的活动玻璃门（也是因为轮子坏了打不开）时，捎带请他看了看书柜趟门（反正是同类），师傅费了20分钟才查出是小轮子坏了。不过这种轮子早已过时，不但他的店里没有，“其他门店也未必有”，他说。

我不知该去哪里买，姑且到去年去过多次的区域去。走过长长的季华路，越过一个极繁忙的十字路口。去年夏天我常常来这里的羽毛球馆打球，直到它关门。接着，它所属的大楼全部被推平。今天所见，不但球馆一带是废墟，就连街对面的一大片低矮楼房也成了瓦砾场。城市的生机是拆和建，悲剧也是。

避开为拆和建所立下的木板墙，从灌木丛的缝隙穿过，走过一行专门经营卫生间和浴室设施的店铺，找到去年买灯泡的店子，把坏掉的日光灯拿给售货员看，她马上说有。20块钱买到了，顺利得使人快乐。昨天我跑了两家小店问购，坐镇的老板娘飨我以卫生眼珠，一句“没有”完事。随后，又走进三家经营橱柜和趟门的店铺，让店员看我带去的小轮子，问有没有卖，店员的回答也同样干脆。可见师傅们说的是实话。

我不抱希望地走进最后一家。店员看了看我手里的小玩意，马上说：“有啊。”我买了两只，因为她的过分干脆反让我心里不踏实，我请她开发票作凭证。“如果不合适，我再来换”，我说，尽管才花了六块钱。

要办的事都办好了。在佛山大道上走，一地水渍。上接天桥的石级旁边，两个矮小的青年无所事事地旋转着花伞，我无端警惕起来。

横过车城内的小路，我不止一次地和按喇叭的汽车较劲，偏不给它让道，看它停不停。不料每次都是车子在我前方闪过，哪怕我逼得它差点过不去。看着车子轻轻擦过我的外衣下摆扬长而去，我摇摇头想，钢铁比肉体坚硬，这是唯一的原则，从古通用至今。

路过之处都是冷清，车城里的修理店内只有一个客人，和经理模样的小伙子正在门口讨价还价。女清洁工戴着颜色鲜艳的胶手套，一片片地捡刚刚落下的紫荆叶子，在她手里的叶片大得出奇。正在进行华丽变身（将客房改为水疗房）的旅馆门外停着的车子上，铺着一层落花。

在抵达所住的小区前，我把昨夜在床头灯下读的《论补偿》反刍了一遍，它是《爱默生随笔》中最具思想力量的篇什。“世界是二重性的，每一个组成部分也莫不如此。”“在我们的社会关系中，一切与爱和公正背道而驰的做法都会迅速地受到惩罚。这个惩罚就是恐惧。”“善良的人甚至会受惠于自身的弱点与缺陷。”“我们的力量来自于我们的软弱。”“对于美德而言，是不存在处罚的；对于智慧来说，也是不存在处罚的。”

最后要说明，我这半天的行事既不善也不恶，但中间和车子斗法则有点蠢，因为那样做不可能得到任何好处，没挨撞已算老天爷施惠。

这就是我原汁原味的人生——半天用来没事找事。

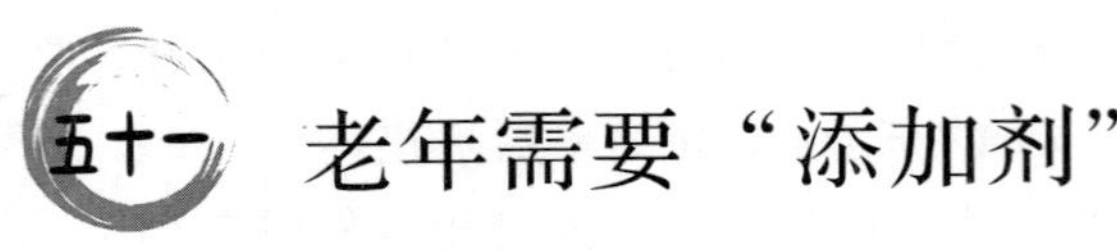

五十一 老年需要“添加剂”

提起添加剂，我马上想起了苏丹红、瘦肉精、三聚氰胺和硼砂。好在，我说的是形而上方面的，不但安全，而且有强身之效。

事缘去年深秋的一个晴夜，我在家里招待了第一批客人——三位交情超过40年的朋友。除了朋友，一切皆新，连电热器也是刚刚买来的。大伙围着圆桌吃着第一次料理的火锅。酒杯在云石桌面铿铿然，水汽在灯下氤氲，勺子和筷子在笑语中挥舞，微醺之眼在快乐中朦胧。什么都有了，珍贵的友情和回忆，美好的食物和氛围，麻辣的蘸酱及笑话。英国古典散文家培根说，老年须有四物：够老的朋友，够旧的书，够旺的壁炉以及够年份的红葡萄酒。我们此刻，已拥有其半，岂能不据案自雄？

涮羊肉和“长城干红”入口之际，我忽然不识趣地冒出一句：“再添加点别的，就十全十美了。”众友停下筷子，看着我的老脸。我发挥下去：“订单如下：从村头碉楼顶俯冲而来把窗户摇得砰砰响的老北风，冷进骨髓的细雨，咕咕叫的肚皮；你们三位，都要退到青春去，一个变回穿口袋有洞的西装的前红卫兵司令，一个变回月薪25元的民办教师，一个变回昨天上深山打柴回来，肩膀还肿痛的一等劳动力。”大家哈哈笑起来，质问我：“那你呢？”我说：“我不变，我要变回去，谁来当东道主？都是当年的穷鬼，岂不吃西北风？我还是现在的老头子，看你们怎样在昔日与今日之间穿行，怎样重新呈现寒酸与豪迈、怀疑与愤怒、冷嘲与绝望。我则以今天的奸猾（或者叫圆通）来赞美、讴歌和悼念，挽回韶年。”大家以酒杯敲击桌面，发出类似“文革”初起之际在天安门前见到毛主席时的欢呼。

于是，在虚拟的添加氛围里，我们继续加餐。呼号的北风反而给我们的血液添加了热度，20岁时的纯情回来了，耽读海涅诗选时的幻想回来了，质问权威的勇气也伴随着致命的虚无回来了。雨丝在想象的世界里飘荡，隔窗看着远处灯火如豆，对面村子里，恐怕是和我们一样苦熬的同龄人，在读书或者吃夜宵。劣质番薯酒灼烧着心口，灵魂仿佛被锻成铁水，吐一下口水就可能带出一个火球。啊，冷雨在瓦上响，有如顽童在撒沙子，乡村老屋给了我们唯一的暖和和干燥，尽管明天一早我们都要出勤，还得挨冷和饿的宰割。

往下，我们该给老年添加点什么呢？前红卫兵司令说："这还用问吗？冷水浴！"是啊！在座的四位，其中三位都曾在数九寒冬有过这样的壮举：拂晓时分，穿短裤衩，冲出家门，在池塘边的井台打一桶井水，兜头浇下，惊天动地地哆嗦，北风呼号着避走，全身被热气笼罩。聊到这里，满堂大笑，放这里带点儿冷嘲。

 1976 年的“×氏运筹学”

以下故事，是我在一个老同学聚会上听到的。讲述者是家乡德高望重的名校校长。他说罢，我提议：把它记下来如何？他哇哇大叫：“完了，完了！忘记座中有卧底了！”我说，这故事把一个时代的困窘都浓缩了，我把你的姓氏换成×好了。

1976 年，我在小学当民办教师，每月工资 23 元。女儿一岁。日子的紧巴自不待言。一个星期天，我攥着 7 角 5 分钱的肉票去食品公司的肉档。一个星期乃至一个月就这么一个改善全家伙食的机会，岂能不严阵以待？我没有马上排队，而是先挤到肉档前侦察。我的近视眼，忽然好用起来，鹞鹰一般凶悍的目光从人头的空隙穿过，搜索，掂量，务必在案板上找到目标：一块“三合一”猪肉！

说老实话，尽管我有过伟大的目标，例如“文革”时在“红卫兵”战旗下宣誓，要解放全世界三分之二以上处于水深火热中的人民，为此，还要“去华盛顿支左，去莫斯科军管”。但这一刻，我的理想只和一块烧猪肉有关，我要它具备三个条件：一是连着瘦肉，女儿从出生到现在，营养从来没足过，头发有点枯黄，说什么也得让她吃上点瘦肉熬的稀饭，这是妻子从昨晚就开始唠叨的话题。二是带着肥肉，这部分用来榨油。猪油是炒菜用的，全家一个星期的油都指靠它了。三是带一层脆皮，这是用来犒劳自己的，唉，“斗私批修”许多年，这点不怎么革命的私念还是破不掉。带着密集金黄泡泡的烧猪皮是那么香，那么崩瓜溜脆，半夜想起都会流口水。

怎能不赞叹眼前的“天作之合”！符合全部条件的肉位于肋骨以下的腹部，它还悬在铁钩下。我知道切肉师傅的脾性，他是不让人挑拣的。一个个把好的挑去，剩下的怎么办？这是他的行为依据。“别指手画脚，当心切掉你的手指！”他挥动和他一样胖的刀子时吆喝着。对他的做派，我毫无意见。只有这般，我才能运用全部经验和测量技术预见到：哪一个可以买到“三合一”？

我缜密地算出，我要买到悬挂着的“理想”，得付出耐心，就是说，要让35至50个顾客把肋骨以上的部位一一买走。当然，不可能预测得更精确，因为我不知道每个人能消费多少肉票。我只好在长长的队伍中，进行堪称艰苦卓绝的自我调整，排一阵子队就踮脚看看“理想”，估量一下前面的人数，再算算需要轮多少位。一旦排得太近，我便自动离开，排在最后。排了两次以后，终于站到了合适的位置。不料，快排到案板前时一看，离“理想”还差两三位，只好和后面的大婶套近乎，请她先买。终于，在合适的时间，我买到了梦寐以求的“三合一”。当时以“手舞足蹈”来形容我这个拎着一块猪肉回家的民办教师，一点也不夸张。

五十三 老天下的

和中国古谚“老天爷不下馅饼”对应的西谚，似乎是“天下没有白吃的午餐”。当然，天上除了不掉馅饼以外，可能掉别的，如鸟粪、阳台的内衣、飞机残骸乃至陨石。不过，自从住处附近的芒果树结出和精神文明一样丰硕的果实以来，我就多了一个奢想——什么时候天上掉下可以换馅饼的东西？

在雨后的街上，我这般胡思乱想，因为头顶上就是绿出气势来的林子。绿见缝插针式地在若干三角地带挤着。重重叠叠的苍翠，把喇叭声和吐痰声过滤掉以后，居然略具“鸟鸣山更幽”的韵味。我约略能指认的，有梧桐、冬青、苦楝、落羽杉和紫薇。趿拉着凉鞋，闲散地踱着，把折叠伞放在购物袋里，从发亮的绿叶滑下来的水珠钻进我的衣领内。

我沉浸在若有若无的玄想里，没注意到迎面而来的超短裙和擦肩而过的三轮车，却不能不停下步子，因为一个果子出现在脚下。我好奇地注视它，不是芒果，但一尺开外有一只被踩扁的芒果，黄得像皇帝老子的龙袍般的肉和青青的皮一起袒露着。脚下这溜圆的一颗则不同，它的皮是碧波的颜色，围绕着蒂的是洇漫的胭脂，那是北地少女在冬天才有的脸颊，娇艳得叫人又心疼又迷恋。我抬头看了看密匝匝的绿叶，咳，老天爷下起可以用钞票换算的玩意了！

我弯下腰来，说时迟，那时快，一只敏捷无比的男性的手抢在前头把果子拿起，嘟囔着：“这么好，干吗不要！”他把果子放进竹篮里。原来，他正在摆卖这种果子，篮子里的果子为何会滚到我脚下，只有天晓得，说不定是他的促销之招。

我有点失望，再次瞅瞅头顶上婆娑的绿色。多败兴！如果是从树上掉下来的该多好，恰恰在脚下，有一点惊喜，又有一点不占白不占的便宜。

人与自然的和谐应该以“老天爷下果子”为极致。这未必是梦呓，环顾这一带，不但有叫一类人虎视眈眈的芒果（不远处就是芒果摊档），还有龙眼、黄皮，只需付出比待兔多一点的耐性，不是没有这样的美事从天而降的。

我走近果篮子，刚才以敏捷一跃抢回果实的汉子蹲在地上。他自然抓紧机会向我推销。我不敢要，因为他当众敢于把掉在地上的水果捡回篮子里，背地里难保没有更不清洁的做派。我没问价钱，只问这果子叫什么。他以外省话回答：“油桃！”

今天老天爷什么也没下，包括乌鸦的粪便。

五十四 蜻蜓，在阳台上

起床之后，从客厅望向阳台。外面，一片晴好，套用鲁迅的一句调皮话：是一个让青年们充满希望的黎明。尽管接下来将是摄氏 36 度的燠热，但眼下是得其所哉的。三只蜻蜓飞来了，栖息在阳台的“篱笆”上。

所谓“篱笆”是我杜撰的，城市小区里头的公寓住宅，连三尺见方的院子也没有，又何来村野的摆设？洋谚语“好篱笆造就好邻居”，在这里要改为“睦邻就是各自管好门户”。不过，我家阳台上有篱笆式的钢丝绳群体，钢丝绳的直径和筷子差不多，根根垂直，每根间隔为 5 厘米。在溟蒙的春日，它让你联想到烟雨，当然，燕子矫健的尾巴是断断剪它不断的。岂止燕子对付不了，就连小偷也钻不过去，因为这是防盗网。据说业管为了观瞻，禁建带框加柱的防盗窗，机灵的装修师傅便以远看似乎“不存在”的钢丝绳来代替。

蜻蜓——我在故土没见少说也有 20 来年了，如今它们居然飞上第十五层来造访，叫我如何不惊喜？在稀薄的阳光下，透明的羽翼闪着金箔般的光。我凝视着它们，竟没有感到手里的咖啡杯从热变冷。才一会，两只蜻蜓就开完了碰头会，它们可能得出以下的结论：这儿既非遍开牵牛花的篱笆，也不是露出尖尖角的荷塘，不如飞走。

我叹了口气，更加蹑手蹑脚，生怕这唯一的访客被吓跑。它倒是相当执着，也许怀着李敖式的自恋，要欣赏自家翅膀落在橘色地板上带金色镶边的映像吧？久久附着在钢丝绳上，纹丝不动。

沾着泥巴的小手伸出去，伸向桃金娘的花瓣、观音竹的梢头、稻草人的臂膀，以拇指和食指轻轻地一捏，透明的翅膀扑腾了一下，一只斑斓的蜻蜓就被我逮住了。然后，我用一根线拴住尾巴，把蜻蜓当作最迷尔的风筝，在巷子里一边跑一边放。童年谁没有玩过这种游戏？放在今天，我们绝不会如此残忍了。眼前这一只，和童年时所遇到的同类比，颜色单调，体型过小，然而我是务必善待的。如果它声明和我做伴三天，我将乘车远赴名胜“荷花世界”，以高价购买莲蓬和荷花，并租来水池，在阳台布置成荷塘，荷叶上滚着清圆的露珠。再恭请它莅临，让它在田田之叶上造一个亭亭之姿。当然，为蜻蜓造家只是借口，想趁机圆一个乡梦罢了。为了补赎，我还要承诺：在塘畔垂钓，若蜻蜓栖于竿的末端，哪怕是金鲤鱼上钩，我也不会起竿，直到蜻蜓睡完午觉或者参禅完毕后施施然拜拜。

我意犹未尽，轻轻走近蜻蜓，打算向它表示迟来的好意。不料蜻蜓无意领受，翩翩然溜之大吉。

人不约的黄昏后

这个黄昏什么都有了：好的心情，好的腿脚，那么，走吧！不要人约，尽管人把“约”当作黄昏后绝顶浪漫乃至销魂的向往。然而我对它却没有幻想，我所要的仅仅是：一个人，以简单的衣着——衬衫、短裤、凉鞋，闲适地走路。散步的美妙，在异国也不是享受不到，没那么熨帖就是了。我住过30年的旧金山，气候之佳堪称天下无双，然而风总是没心没肺地吹不到位。这里，好风乃是随叫随到的好仆从，簌簌的声籁沿着行道树波浪般滑来，在衣襟上翻筋斗。我不得不在片刻间追恋已逝的华年，呵呵……如果额头上还有浓密得难以梳理的黑发，它会怎样戏弄风呢？

从夹竹桃下的碎影起步。下午的豪雨造成的水洼，这里那里，亮得有点儿忧郁，是黄昏的眼吗？舒舒然四顾。“传统布拉肠粉”，婆娑的棕榈，“夜间送水”，矜持的木棉树，“显赫商务地段”，大王椰。汽车在面前呼啸，摩托车的轮子悄无声息地在脚旁碾过，广告牌严肃地质问：“千灯湖以后的下一个湖在哪里？”一排灯箱发着傲慢的光，照着工地围墙上的艺术字：“地铁上盖，创富平台”，“商业多元业态，超越办公室想象”，“我们深知，唯有超越你想，才敢承载你沉甸甸的期待”，“二载蓄力，精雕细刻，只为从传奇走向传世”。我踮起脚望望不远处黑魆魆的大楼巨影，想：这些每平方米要价至少一万五千元的在建楼盘，能否成为都市传奇？我穿过高高的围墙，实地看过才有置喙的资格。不过，马上可以肯定的是，地产公司广告文案的专才具有煽情的特殊本领，恐怕是在20世纪80年代的青春诗会上练的。“打击洗钱”，“少一件垃圾，多一分净土”，“隔热防爆膜”，“两城相悦，两线相连”，“钓客俱乐部”，“铝合金装饰”，“视频监控，联网报警”，“安民黑茶”，折扣店，恒基杂货，“喷画刻字，承印各类旗帜”，水泥店，阳光广告，娇娇理发，宝贝服饰等等。天竺葵、美人蕉、

灯笼花……一路上移步换形，杂乱无章。岂可指望人间景致的排列有什么次序？城市的天际线，连城市规划局也只能提供白天的轮廓，至于夜幕下的图形与意蕴，则一律变成了形而下的“意识流”。

我庆幸旁边没有人，哪怕是一起走了40年的老妻。独行本身就是祷告与闭关般的修行。“心远”，乃是关键词，“地自偏”由此而来，宁静与洒脱借此而生。酸甜或者微咸的青春记忆，随着脚步沉浮被风爱抚着，苦难的伤口不会被划开，只有广告牌上映照的霓虹灯光影牵起了一系列的暗示，例如：第一次幽会，第一次伫候，第一次失约的焦渴。我也惊讶于心理的排他力量，异国的30年，“约”在脑海中居然是空白。

灯光明灭，黑色成了植物的原色。缤纷的大叶紫薇，纯粹的勒杜鹃，秾丽的紫荆，散淡的勿忘我，天真的波斯菊，骄傲的虞美人，白天都不依不饶地各自呈现个性，此刻却都被驯服了，它们在黑色里实行“无为而治”，有意无意地提供气息和疏影。

月还没上来，也许它已出没在某处的树梢头，只是高楼阻挡了我的视野。难以设限的只是心的空间。原来，我不知不觉地完成了心灵的一次升华，从一次独自的踱步中洞见了没有情欲侵扰的中性世界。

五十六 城市蛙声

6月，南国跨进盛夏的门槛。在骄阳直射的正午，从高楼望下去，建筑物蹲踞在蒸腾的暑气里，一律沉默，一律不动。这叫我想起旧金山一位诗人的诗《青蛙》，且以不分行的形式译出头一节：

他们说（先提个醒：这桩事，我从没干过，也没亲眼看到谁干过），如果你逮到一只青蛙（造物主的创作，一种在池子周围生存的生猛动物），你把“他”（或者“她”——性别无关紧要）放进一个盛满冷水（比如说室温）的锅里，然后慢慢加热，直到水开（这是何等违反自然与道德的勾当啊！）于是他们说道，青蛙既不会抗争，也不试图逃离，它会觉得自己备受安抚，开头简直是快乐的安慰，尽管水的热度最后让它难逃一死。

在接受缓慢提升的温度方面，我们和青蛙类似，“锅”乃是无所逃避的天地。好在，我们没它们那么惨——可以逃进冷气去。

今天午前，我沿着佛山大道走，一路有间断的树荫。好几天没下雨了，园林管理处带筒状储水设备的卡车停在路旁，工人拿着高压水管往行道树上喷洒。我跑进缤纷的水花里，在细叶榕、落羽杉、凤凰花痛饮之际享受清凉。一个多小时后，我路过洒水车刚才作业过的地方，踩着行将干涸的水洼的边沿时，居然还听到了蛙声。

源自灌木丛的蛙声，听来有点诡异。惯常，蛙声起于雨后。乡村黄昏，新雨方停，檐前滴答，村路上的牛蹄窝映着铅灰色的天，这时青蛙那伟大的鼓噪，沉雄、低昂，开始铺天盖地而来。一望无际的葱绿田垌变成了一口烹调音籁的大锅，好在锅的温度总是维持着令青蛙们欢乐的度数，蛙声在里面碰撞、纠缠、竞争，热闹之极，也宁静之极。从蛙声中，饱经沧桑的老人听到了老谋深算的沉吟；天真未凿的孩童听到了放肆的喧闹。然而，这是晴天里的城市，莫非青蛙也取得城市户口了？

我终于想出门道来，青蛙们把刚才人造的玩意误认为是老天爷的恩赐。有奶便是娘，有了水，它就非得喊它几嗓子。我一边躲开火辣辣的太阳，一边寻找蛙声的来处，我一走近，青蛙便噤声。脚步去远，它们又得意洋洋地唱起来。

不晓得青蛙明白自来水和雨的区别否？这世界，只要差不多，管他自然不自然，青蛙的当务之急就是唱，哪怕是唱给自己听。不过，我随即发现青蛙还不算先锋。耳畔蝉鸣如沸，当然，蝉们还没学会栖息于水泥森林。

五十七 此刻，心何其安恬

我牢牢地记住这一刻，只为它给了我奇异的安恬之感。那是午前，天空灰蒙蒙的，并无爽人的晴蓝。我和妻子走出桂城地铁站，在马路旁边徘徊。友人将开车来接我们去访友。下一步并不重要，重要的是当下。

我突然发现，时代广场前大马路一侧的小路的入口立了两根水泥桩。西游记里有定海神针，这两根阻挡汽车的桩子就成了我的定心柱。说来见笑，在这个城市走路，我很难获得“免于恐惧的自由”，心老是悬着，汽车随时擦身而过还算客气的。如果你耽于谈话或打手机，没有靠边走，冷不防的几下喇叭叫你庆幸没得冠心病，若然病情一定加重。你一路如履薄冰还是不行，因为摩托车神出鬼没，好几次我都因看漏一个方向而差点被神乎其技的“摩的”碾过。这下好了，有如进入步行街一般，不必瞻前顾后，不必臣服于可笑之至的奴才心态——老在等候威严的喇叭、无情的轮子和不可一世的司机，给那么一两下带杀机的威胁。我大大咧咧地走在路中央，紫荆花的落英在脚下，细叶榕的美荫在身边，扶桑花在丛间嬉笑，都只为我这廉价的放肆。

我太在乎这丁点儿的自由了。有它和没有它，差别太大了。有了它，我可以快跑，也可以低徊；可以遐想，也可以闭眼做一会白日梦。老康德那浩瀚如星空的哲学体系就孕育于常年的散步之中，你能设想，在德国的村道，也是市虎环伺，喇叭不断吗？两根桩子给行人的不单是安全感，而且是“致远”的“宁静”。

我对妻子说，但愿城市多一些禁止汽车通行的道路。站在由两头的桩子所建构的安全小路的中段，一个更有意思的画面增加了我的安恬。一辆吊车停在前面的大路上，车上放着一棵一丈多高的桂树。吊车启动，把桂树吊起来，稳稳地放进分隔带上已挖好的大穴里。整个作业虽紧张但气氛极为轻松，驾轻就熟的园林工人知道，他们的事业是受全体百姓拥护的，而此刻，春风正浩荡。

我被这世间的美好彻底征服了，只想向着老天唱赞歌，从讴歌脚下没有轮印的水泥路开始。暂时驱除了恐惧心理，对着春天里最美好的“树木”作业。我这棵刚刚移植来的老树，也在春风里得意着。

五十八 一毛钱

友人木夫妇从J城来，讨论午饭的菜单时一致同意吃粥。我声明不吃白粥，因为它不饱肚不说，还会不断制造清涎。那么，就来个鱼片粥吧！我马上赞成。老父亲生前将家乡的美味删繁就简，单拈出“鱼片粥”。为了诱发我的“莼鲈之思”，曾多次说：“南国酒家的，每锅6块钱，一个人吃不完。”

我和木出门去买鱼片。买哪个部位，买多少，是他太太交代的。到了惠景市场，我们径直走向鱼档，木指着剖开两边的鲩鱼，女主人过磅，刮鳞。我问多少钱，回说13块5毛。看来两公里外的南国茶楼里的鱼片粥应该涨到10多块了。我掏钱时带出了一张纸币，纸币落在鱼档下方的小小排水沟上。木眼尖，看到了。我说：似乎是一角钱，不要捡了，脏。木说管它呢，弯腰拾起，果然是一毛钱。纸币沾着从案板流下的血水，木只好以戏剧里最柔软的兰花指捏着它。我笑着说：“叫你别捡的。”他没回应，反而揉几下，放进了口袋。“天天钓鱼，挖蚯蚓，在钩上穿蚯蚓，看我的手，这么粗，还怕这个？”

我拎着鱼片，和木走出市场。两人讨论了一毛钱的用途。以我在美国的经验，一毛钱是断乎买不到什么东西的，尽管这小不点的镍币还在流通。今年春天，我在旧金山居住时，一天早上去买五毛钱一份的报纸，给报贩一把零钱，两人都没细数，次日报贩就对我说昨天我少付一毛钱，后来我乖乖补回了。这小之又小的逸事，之所以值得记下，全因为它是三十年才一遇。五十年前，那是我和木的童年时代，我们向长辈讨零用钱时只敢要一分钱。凭它，可在墟场的卤味档，从嗓子的尖利胜于老太监的小贩那里买一块相当于鸡蛋大小的萝卜，再蘸丰富的红彤彤的辣椒酱（那是不用额外付钱的）。至于一毛钱，则是大手笔了，可以买一碟子炸豆腐角，外加串在竹枝上的猪肝和猪肚。不过，发思古之幽情，还须顾及币值，那时我在供销社当售货员的祖母的月工资才 20 元，每天也就是七角钱而已。

市场外是蓝天，芒果树上端着绝顶柔媚的第一阵秋风。但我们在饱受污染之苦后，对这些公共所有的元素是不是“不须一钱买”就不敢夸海口了。我站在树下才片刻，木就不见了。我折回头，在摊档之间遍寻不遇。

忽然，他从蔬菜档那边小跑着过来。到我跟前后，他笑嘻嘻地扬起一只辣椒，油绿，尖头，修长，比他捏纸币的兰花指还好看。“我拿出这一毛钱，要买点什么。走了几处，只有一个档子，档主迟疑好久，才把它给我，还说亏了呢。”

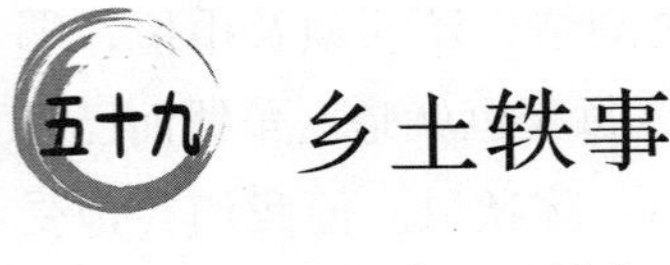

五十九 乡土轶事

（三则）

一、打赌

20 世纪 60 年代初，中国正陷进规模堪称空前的大饥荒，三年间，饿死的老百姓就超过了三千万。广东台山是全国外汇最多的侨乡，境况稍好，但农民也难以吃到大米饭。一种俗称“羊角扭”的植物，由于淀粉丰富（但据说有微毒，须在水中浸泡多天才能解毒）成为热门。有一天，村里的两位年轻人——刘根和刘新，帮邻居阿本的忙，把一张酸枝炕床抬到镇里的收购站变卖，获得的报酬是一个由“羊角扭”粉掺和极少量米粉做成的包子。阿本抱歉地解释，这是他家里唯一拿得出手的食物，每人吃一半吧！长年扛力气活的伙计，天天吃水煮豆角叶，嘴巴不断冒清涎，包子一口气能吃 10 个，一个刚够塞牙缝。然而，绝顶美食在前，天王老子也管不了。刘根拿起包子要掰开时，刘新说：“慢着，赌一回，赢的吃整个。”刘根的脑筋没有刘新活泛，但他也琢磨出了刘新的心思——掰开包子，难得公平。谁也不愿吃亏，这么一来，就不必争吵。刘根问赌什么。刘新指指 10 步外的池塘说：“潜水，谁先冒头谁输。”

两个人扑通跳进水里。包子由阿本拿着。刘根和刘新年龄相近，穿开裆裤时就曾一起在池塘游狗爬式，刘新早晓得，他的水性好得多，二人已进行多次非正式的潜水比赛，输家都是刘根。这是刘新提议的缘由。这家伙上当了！刘新暗暗得意。比赛开始，两人深深吸了一口气，头没入水中。刘新憋了好久好久，按以往的经验，刘根肯定已冒头，便把憋得通红的脸探出水面，狠狠喷了一口水。环顾四周，不见刘根。算你厉害。刘新又沉下，憋得更久，浮出水面，还是不见人。想赢我，没门！刘新吸气，又潜下。这一回浮上来，还是不见人，刘新倒慌了，大声叫躲在榕树头抽烟的阿本："阿根呢？"阿本摇头说没见冒头。刘新说，快救人！阿本和刘新跳进水里，摸了好一阵才在水底触到刘根，虽已不省人事，但他却依然死死地抱着一块大石。两人费了好大力气，才把刘根抠住石缝的手指掰开，差点把中指折断。折腾好一阵，他们把刘根抬到池塘边。刘根的肚子胀鼓鼓的，两人用力压，水从刘根的嘴巴吐出。刘根死灰般的脸色渐渐变红，看着他活过来了，刘新两个人才大大地松口气，揩了揩一头的水和汗。

刘根睁开眼的第一句话是："操你妈的，不信赢不了你！"第二句是："包子呢？"阿本看了看自己刚才拿包子的手，空的，原来他下水时把包子和衬衫放在一起，包子被狗吃了。

二、追

乡间称"理发"为"剪毛"。理发师刘安，俗称"剪毛安"，他以吝啬闻名。一天，他们夫妻在家，村前传来"卖蚬肉啰"的吆喝声。那年代，污染没如今严重，大江河上还有采蚬的小艇。船家把蚬煮熟，去掉壳，盛在大笸箩里穿村过巷地叫卖。"要不要买点？"老婆问。剪毛安点头，打开锁，拉出抽屉，从里面拿出一些皱巴巴的角币和分币（这是剪毛的收入，大人 1 角，小孩 5 分，瘌痢头不多收）。他谨慎地从中抽出一张 5 分纸币，女人等得不耐烦，说，人家要走了！女人拿着钱，捡起一个陶钵疾步走向禾堂。不一会儿，兴冲冲地回来对老公说："在这。"剪毛安瞄了瞄陶钵，蚬肉的分量至多相当于两个鸡蛋，神情变了。老婆对他的脾性熟得不能再熟，一个劲地解释说："如今卖到 3 毛 2 一斤，人家还说捞蚬越来越难……"

剪毛安不搭理，拿起陶钵，一声不哼地闪身不见。老婆不知所措地说："糟糕！孤寒鬼又要闹什么事！"剪毛安平日踱的是四方步，此刻却拔腿狂奔，走到巷子口，卖蚬肉的小贩早已不见踪影。他追到村外的社坛边，前面有两条路，小贩走哪一条？他顿住脚，看到从自留地回来的村妇，问："三婶，见到蚬肉佬吗?""去龙田村了。"剪毛安在田垌中的田埂上飞奔，有几次还差点摔倒。他小心地护住陶钵，不让一颗蚬肉丢掉。5分钱才这么一点点，掉进泥巴里，也要捡起来。

理发师终于在龙田村的门楼旁边追到蚬肉佬，差点喘不过气，挥手大叫："等一等。"小贩停步，把担子放下，乘机歇息。剪毛安把陶钵伸到小贩的鼻子尖："看看，我老婆刚才付你5分钱，就买这么多，可当真?"小贩看着这个满脸油汗的汉子，以为他嫌贵得离谱而要退货或者补偿，慌忙说："什么都涨了，市面蚬肉1斤卖到3毛8，我为照顾熟客维持原价，5分钱只能给1两8钱，不信称给你看。"剪毛安一句也听不进去，打断他："你就回答我，是还是不是!"蚬肉佬斩钉截铁地说："怎么不是，5分钱买个天呀?""这不就结了!"剪毛安转身往家走。小贩纳闷地看着摇头，自语："这家伙怎么啦?"

碰巧龙田村有人来买蚬肉，看到这一幕，笑着对蚬肉佬说："如果你说不是，今晚他老婆就得睡地板。"

三、怀孕的母亲

强的父亲是工厂的工人，窝囊一辈子，强的母亲却是豪杰。他们生了5个儿女，强是老二。强幼时家贫，只靠父亲那点死工资维持生活。1956年强出生，此前的1955年，母亲肚里怀上强时恰是他们家境最坏的年头。年关在即，家里一个钱都没有了，眼看明天要断炊。大哥出生以后没断过生病，一年到头地在医院进进出出，钱都花在了他身上。父亲在单位挨了整，眼看日子过不下去，只有叹气的份了。

挺着大肚子的母亲咬咬牙，去敲街坊的门。她向开鹅栏的三叔爷说："求求你，赊我一只鹅。"她又去杂货店找阿才，赊来三瓶"玉冰烧"（九江名酒）。又上集市，找卖龙江鸡的同村姐妹阿香借来3只阉鸡。她语气坚决地对所有债主说："你们都听着，明天日头落山前归还，加上利息，如果到时不还，天打雷劈!"她按着隆起的肚子发毒誓，格外有说服力。

第二天，母亲挑着两个竹箩，里面盛着活鹅、活鸡和酒，那是头奖的奖品，一些零碎的小玩意，拨浪鼓啦、盲公饼啦、糖槌啦是小奖。来到城隍庙石阶前，摆开摊子。她没有张贴街招，也没打横额，全靠吆喝：“各位街坊，各位父老，年关在即，图个大吉大利。来来来，我摇骰子，你来买，奖品在这里。”

城隍庙是居民的聚会之处，进庙烧香的不少，闲逛的更多。大家看，摇骰子每次只花两毫，却有希望赢肥鹅、阉鸡和好酒，便争先恐后来下注。母亲一边吆喝一边收钱。摇摇小竹筒，把骰子倒出来，让买家看点数，六点向上，是买家赢，随他拣一样奖品。

背水一战的母亲，受了老天爷保佑，3 个小时下来，买家一个个败下阵来。不伤脾胃的小奖品发了大半，大奖品却没失去一件。买家输红了眼，买得更起劲了。一时间，庙前的庑廊上人声鼎沸。母亲瞄了瞄竹箩，角币差不多堆到了一半。她暗里又高兴又胆怯，高兴的是终于有钱过年关，怕的是眼红的流氓可能会来滋扰。可是，也不能中途收摊，这样做会被急于翻本的赌徒骂死，输红了眼的家伙说不定要闹事。

“哎呀，肚子疼，疼，不行了，我怕要生了。”说完，脸色煞白，冷汗直流的母亲匆匆收拾好摊子，把钱压在箩筐下层用布盖住。三瓶“玉冰烧”，母亲分别送给下注最起劲的男人以感谢关照，说好待孩子生下来，再摆档让他们赢回老本。

随即，母亲挑起箩筐，沿着热闹的大街回家。把钱倒在地上，数了小半天，这次大大赚了。她赶在天黑前，把鹅和鸡还给主人，还加上了利息。酒钱也付清了。

这双平底鞋

炎夏时节，坐进广佛线的地铁车厢，在充足的冷气中，读报读累了便读人。每一张脸都展开身世、命运各异的人生；连脚也是。放眼望去，我发现，年轻女性的鞋子，绝大多数都是高跟。想起鲁迅的嘲笑："用一枝细黑柱子将脚跟支起，叫它离开地球。她到底非要她的脚变把戏不可。"当然，高跟不可一概而论，分保守、古典、中庸、激进、唯美、前卫等流派。昔年鲁迅还说："由过去测将来，则四朝（假如仍旧有朝代的话）之后，全国女人的脚趾都和小腿成一直线，是可以有八九成把握的。"当今，已有一定比率的极端派超高跟"庶几近之"，是没有疑问的了。

可是，我看到一位20岁出头的姑娘穿着平底鞋，她圆脸、短发、矮个子，但活力十足，一直在微笑，是因甜而美的范本。她和男友一起站着，面对面，一种相看永不厌的姿态。离开车厢时，我走在他们后面。这一对肩靠着肩说笑不停。当我的眼光落在他们的鞋子上时，心里更加泛起热烈的赞美，只为这双黑色的平底鞋。

这对恋人的身高相同，我不知道姑娘是有意还是无意，但可肯定的是，她以平底鞋制造的"登对"是赏心悦目的。我何妨这般揣测：心细如发的姑娘是为了维护他的自尊而舍弃能够让她马上婀娜起来的高跟鞋的。男女两方的高度，在中国式恋爱之中，占着相当的分量。20世纪80年代，男子矮于170厘米，据说就被列入"三等残废"。1989年，我读过西安一家报纸的征婚启事，整整一版，每则启事对男方的身高要求都是"174厘米以上"。好在，这点遗憾，恋爱中的人可通过折中填补，问题是女方愿意不愿意。好莱坞的两巨星——汤姆·克鲁斯和妮可·基德曼实行美国式离婚没几天，基德曼女士就上了大卫·雷特曼的《深夜脱口秀》。主持人雷特曼问这位红透半边天的高个子明星"离婚的感觉如何?"只见大美人嫣然一笑，把脚下的高跟鞋亮出来：“棒极了！看，我又能穿高跟鞋啦!”“解放”的喜悦溢于言表。原来，克鲁斯比她矮很多，害得她“下”嫁以后和心爱的高跟鞋脱离关系。如今，不但可穿高跟鞋了，还捎带把负心汉奚落了一番。

我看着她在前面敏捷地移动两只鞋子，想，这姑娘做对了。恋爱以及恋爱的结果——婚姻不可能不经过磨合。磨合就是退让、调整和适应。其中，最出色的磨合是貌似“水到渠成”，却未必不煞费苦心。比如，如果这穿平底鞋的女孩子，对男友挑明：“我是为你而穿的。”就失诸做作，不如在他表示感谢时回答：“我喜欢平底，穿着舒服。”

电视剧《裸婚时代》中有一个情节，一对新婚夫妇上床睡觉时，丈夫不洗脚，妻子高声斥骂，声明如果不洗，就得睡沙发。丈夫以“我的自由不容侵犯”为盾牌，维护臭脚。结果差点离婚。这等小过节，如果放到这位女子身上，我揣想她会这样做——打一盆热水，端到床头，说：“宝贝，我替你洗脚好不好?”

六十一 老人速写

（三帖）

一、地铁里

我和友人在体育西路站走进一号线的车厢时已是午后，座位是没有了，但不是很拥挤。我们站了两个站，座位就空下来了。友人看到长椅有空位，就招呼我过去坐。然而座中的男人把腿撑开，两只手斜放，支着椅面，活像一只松了绑的大闸蟹。他慈祥而坚决地对我的朋友说："只能坐6人。"我看看这个新式霸王，60多岁，矮个子，粗壮异常，脸色红润，露在短袖衣和短裤外的手脚肌肉颇有看头。我对已就座的友人摇摇头。老京剧《法门寺》里的贾桂有句名言："奴才我站惯了，不想坐。"我是两可之间，如果要与这位螃蟹公为邻就算了。自此，我的朋友和蟹公之间有一尺左右的距离，碍于此公手脚的嚣张，也没有人好意思落座。

下一站，友人旁边的女乘客下车。友人不客气地把我硬拽下来，我只好坐在蟹公旁边。侧头瞅瞅芳邻，他的右手因为我落座而缩回去了，免得垫在我的臀下。但他的左侧，依然维持"霸"着的半壁江山。看他拒人于千里之外的神情，我尽量保持距离以策安全。我的朋友却气不过，借骂我来发泄："干嘛不坐？凭什么躲？怕他！"蟹公似乎听不见。我差点笑出声来。

我又想起一个月前广州地铁上一宗名噪全国的打架事件，那是在4号线上。为了抢座位，60多岁的阿伯和20多岁的青年开打，后者还被咬伤了耳朵。事虽不大，但被旁人以手机录了影，贴身肉搏加上鲜血模糊，视觉效果无疑足够。这片段连央视也转播了。好在事后双方都作了检讨，表现出了难得的自省精神。如果我们和蟹公抢座位，那就比它更有看头了，我 60 多岁，朋友 70 多岁，尽管是二对一的阵势，我们也难讨便宜。此公不但结实，而且看样子从走出家门起就下决心和谁开练，光论气势我们就已经败北了。

好在我们一路相安无事。下车时我回敬了同龄人一眼，祝愿他快快消气好回去吃晚饭。他老伴也许已在家念叨了。他应该不是出门打酱油的，不寻衅闹事才好，这把年纪……

回到家，开读王鼎钧先生的新著《度有涯日记》，这位我至为崇敬的大作家，80 岁那年这样对自己的照片发议论："老态已无可掩饰/因迟钝而显得稳重/因重听而显得谦和/因妥协而显得豁达/请朋友小吃/客人总是坚持要付账/宴会中常被美女拥抱/她已经不怕你了。"先是憬然而悟，最后为老人们无辜的"艳福"哈哈大笑。

且做点发挥，年老所附带的福利还有：脸部皱纹重叠，因真实表情被掩藏而显得高深莫测。因拄镶金拐杖而添威仪（限于尚可健步的前晚年），因全副假牙而显端整，因瘦而呈仙风，因胖而露雍容。因记性太坏，可赖掉任何想推诿的诺言，如还债。因疼爱孙辈，可变回孩童。

再往下想，也许误会了蟹公，他无非是想炫耀所余有限的自我，张扬"我是老人我怕谁"的底气，装孙子装了一辈子，在家也直不起腰杆，最后只好来公众场合寻找补偿。不，也许，他仅仅是因前列腺的毛病而尿了裤子，不想人家闻到骚味。总而言之，不要苛待人家。

二、大路旁

午后，惨白的太阳，拥挤的大道，默默忍受噪音和废气双重污染的芒果树：一切都已见惯，没有什么使我激动。上一回在这里激动了一回，是为头顶上的芒果，如此丰盛、触目，我竟想入非非，怕偷摘的孩子从树上摔进凶猛的车流里。可是，这次我还是激动了，为了草地旁边的树兜上坐着的两个人。

一男一女，都已 60 岁开外，老式服装——男的是中山装，女的是与之近似的"革新装"，原先的颜色是蓝，如今是秋空般淡得不能再淡的青。我不好因款式和色地都十分近似而名之为"情侣装"，哪有这等浪漫？

不错，是一对，早已从情侣升级为夫妻。并肩而坐，但一点也不亲密，树兜这么小，身体之间还留有空隙。且各望各的方向，神情的淡漠，关系的疏离，让我惊异。他们身前的自行车和主人及他们的衣服一般旧，但也有特别处——方形木板做的车后座不但较为阔大，且在三面围上“护栏”。不问可知，是老头子把“家里的”放在后座运到这里来的。是干什么的呢？不是选定这个离家的所在干仗，更不可能是为分居乃至离婚谈判。这对再正常不过的中国老夫妻，吃过午饭后睡了一觉，在家憋闷了，要出门放放风。权且将“除了车铃以外哪里都响”的自行车当作私家车，“开”出来兜风，累了便在这里歇歇。这把年纪，即使有儿女，即使儿女和他们一起住，这时候也已经外出谋生了；即使有孙儿女，也上学了。于是，他们成了彻彻底底的空巢族，除了遛自己就是遛牵手至少 30 年的伴侣。

不错，无话可说了。工于唠叨的女人，在萧索的风里，不好意思再让老头子挨冷言冷语了。男子也懒得说话。于是，两个人麻木地对着占满马路的汽车，塞满耳朵的喇叭声，还有那些不受用的废气。幸亏，这里是人气够旺的红尘。我缓缓地从他们面前走过，装作看不见。他们也是，并不曾对我投来一瞥。可是，我心里被震动，还差点流泪。不单单为了他们，而是为了时间的恶作剧。

他们年轻过，恋爱的辰光一定在某块草地上坐过，送他们来的应该也是自行车——是不是这一辆？不大可能，但衣服若是那年穿过的，并不稀奇。彼时并肩而坐，身体之间没有空隙。英俊的男子，秀气的姑娘，也许一样寡言，一样各看各的，但那时是“丰富的缄默”（引自普希金的诗句，查良铮的译笔）。絮絮的情话，无限的甜蜜，夜色或者树丛掩护他们第一次的试探式拥抱和热吻。未来在情话里铺开，明天何其广阔，拥有无限可能。

然后，顺理成章地结婚，顺理成章地老下去。无论他们怎样努力，那时候的热烈回不来了。人还是一样的人啊！荷尔蒙走了，性爱远去了。人生变样。眼前，紫荆树的叶子悄悄落下。你能把它重新嫁接在枝头吗？

不过，我出于这个年龄例有的逆反心理，不想重复地哀叹宿命。备受震撼的是他们的坚持，在枯黄的草地上，他们以最后的生命力守住爱，哪怕徒有其表。“雨中黄叶树，灯下白头人。”他们是家门前的两棵树，凋零

是，归来的儿孙女老远就可看到。他们的眼就是“灯”，射
出来的互不相干，然而以充分的默契守护人生的夜晚。

三、又一个“第一次”

这些年流行这样的句式：“这辈子非去不可的地方。”“一生中必须做的××件事。”说得残忍些的是：“死前必须完成的。”所指的是各种各样的“第一次”。第一次，无论好坏，都使人难忘。老来，“第一次”都一一成为过去式，司空见惯浑闲事，和“第一次”的遭遇越来越难。到最后，剩下最后一个第一次——死。

进入“花甲”之岁以后，我所遇到的第一个“第一次”，是被人称作“刘老”，客气的一声，虽并不响亮，但于我却是晴天霹雳，我有这般老吗？对方是学院中人，以研究海外华文文学为专业，可是，我不敢出一道题让人家研究：“刘老”其人“老”在哪里？是容貌，是处世上的老奸巨猾，还是文字的火候？很快就打听出，附加在姓氏后的“老”字是表示敬意，如果不值得尊敬，哪怕你须眉皆白，也捞不到。而且，年高德劭的女性，并不能获得这般礼遇。不过，一如资深美女对“老”字连同它的衍生物如皱纹、眼袋、慈祥之类恨之入骨，我也不喜欢被称为“老”。

除了“为外人道”的第一次，还有私下的第一次，如第一次患老年病，第一次抱孙子，第一次喂外孙女，第一次吃河豚。前几天，和几位新认识的文友聚会，聊天极为投入。一顿断断不算“第一次”的饭，从晚上6点吃到10点多。一位善体人意的朋友，以“不要影响老人家休息”为由宣布散席，已让我惴惴，想着，如果我不参与，他们一定续摊，喝酒或海吹，不知东方既白。及至下楼时，山东大汉王先生搀住我的胳膊，我苦笑着说：“谢谢，不用。”他以为“刘老”是客气，搀得更紧了。这位兢兢业业地敬老的年轻人，不会知道，他的这个举动，对我而言，意义的重大不亚于40多年前某个月色朦胧夜，一位姑娘塞到我手上的第一封情书。情书意味着我即将进入平生第一次恋爱。搀扶则昭告，我开始进入“龙钟”时代。我无意作自我检讨，究竟是姿态上，还是步伐上出了洋相，激起年轻人的悲悯？那天的白天，我在羽毛球场挥拍，步履稳健，不但不“颤巍

巍”，勉强还算敏捷地救起好几个险球。当然，我的对手是球的老妻，她的赞美不算数。

反正，“老”是大势所趋，由他老去好了。夜晚，想起1998年文《第三条腿》，记的是我在旧金山唐人街搀扶一位白人老太太下斜小事。那一回，我并非主动请缨，没带拐杖出门的老人家不敢独个儿往走，坐在巷子口，我刚巧路过，便被她不客气地抓了个公差。那年我刚满50岁。我在文中发了一番感慨：“若干年后，当我有幸获得与老太太旗鼓相当的寿数——天晓得她的年纪，50？75？80？我总也会有请人当第三条腿的机会。在哪里？也许还是在旧金山一处老人公寓的门口，金门公园的樱花树下，巴士站前；也许是我回到故土时，那里，祖父搀扶过我的童年，我搀扶过祖父的晚年，飘散生命之落叶的处处：榕树头、石桥下、牛车路边、墟市前茶楼里那架吱呀地响轻轻地晃的三层木质楼梯……生命的赓续，哪里缺得了搀扶啊！”

14年后，“搀扶”已应在我身上，比当年预测的最早岁数70岁提前了6年。地点也是先前不曾设想到的。然而，人间的温情却切实地感受到了，从一条壮实的年轻的胳膊那里。这第一次，我庄严地记下，一似记下第一次出国、第一次当父亲、第一次乘飞机、第一次摔伤、第一次当祖父和外祖父……

六十二　雨中香港

雨下在水泥森林，和下在鸡鸣犬吠的乡村有大的区别吗？前者的雨声是单一的、机械的，比如说，下在水泥地上，是沉闷的“嗒嗒”；下在帐篷上，是带恐吓意味的“噗噗”。乡村呢，下在喇叭花蕊、下在低垂的稻穗、下在蓑衣和下在池塘的声籁，自是出神入化。我站在弥敦道旁边的高架路上，这般胡思乱想着。没有带伞，好在不会因此引起麻烦，一道逶迤了好几公里的天桥上面有盖，我不必当落汤鸡，就可以找到任何档次的餐馆，还可以进剧院看电影或逛书店。我摸摸口袋，里面有一团纸币和数枚硬币，所以有点儿豪气。

天色还早，和庞大的雨声比，初起的市声不成气候。我还没想好该去哪里消磨一个上午，眼前就出现了一只麻雀。碰巧周遭没人，小不点的鸟儿在从围栏上方斜射进来的光线里煞有介事地腾挪，啾啾地叫。我的兴致上来了，嘿，这儿人满为患，却难得见到有翅膀的，除非在宠物店的笼子里头。麻雀似乎是专门为我表演的，脖颈一伸一缩，宛若极敏感的小女孩被咯吱着。我不敢惊动它，只是远远地看，直到胳膊感到些微沉重的湿意，那是飘进来的粉状的雨。

麻雀跳累了，飞走了，而我也要移动了。去哪里？去能看到新鲜东西的地方。何谓“新鲜”？心里没有底，反正不是匆匆忙忙的人、伞、货物、招牌或者汽车，连足以诱出涎水来的“炸鱿鱼蘸芥辣”也不是。

然后，我站在花园街的骑楼下守株待兔。雨在别的地方能布下完整的网，在这里却显得很零碎，因为有小巴来回地割，众多的伞零星地割。雨爆开水花前，被一双双高跟鞋、凉鞋、球鞋、皮鞋拦住。看不到赤脚的，据说那是文明的禁忌。对面的一辆卡车停下，一位汉子赤裸着上身跳下，打开车后的铁门，把一箱箱货物卸下并搬进一间铁闸半开的铺子里。他的背上有蓝色文身，是一条龙在云里翻腾，手臂上还有繁复的花纹。我定神看着他的动作，他背上的龙仿佛活物贴在白色的肌肉上，迟早要飞走似的。他忙了几分钟后又钻进驾驶舱。隔着玻璃看到，他在里面揩干雨水，穿上海魂衫。街上奔流着雨水，雷声把招牌的支架震得微微晃动。

终于，“新鲜”出现了！红色方砖的缝隙里，一只小动物爬过来。我蹲下来看，唔，有点像“水狗”，脚爪多且灵便，这种动物爱在洪涝里现身，还记得，儿时每次发大水，我都能逮上好几只，还把它们放进火柴盒。不过，香港能够制造水狗吗？尽管她制造了无数财富传奇。它爬过来了，我伸手要把它逮住。忽然，一双黑色皮鞋踏过来——一位庄严得像首席法官的菲律宾人把它踩扁了，唉！

我冒雨冲出，弯腰细看，越看它越像一只蟑螂。我为蟑螂代替“水狗”去死而大大松了一口气。

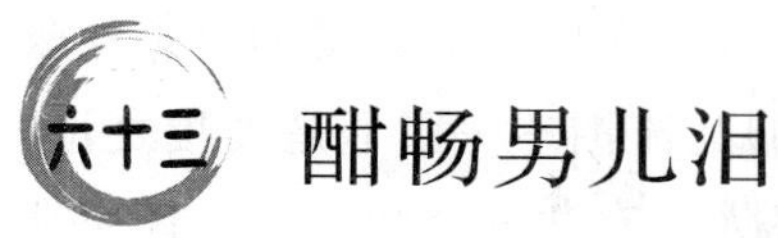

六十三 酣畅男儿泪

20世纪70年代初期，在县城的电影院看朝鲜进口的《卖花姑娘》。在花一角五分购买电影票之前就听说，它是少见的催泪片，女孩子进场前务必带两条手绢。我倒不甚在意这片子，据说它的前身是他们的伟大领袖金日成在抗日战争年代创作的歌剧，阶级斗争的老套子而已。然而，卖花姑娘花妮唱主题曲时，我的眼泪却意外决堤。

时隔30多年，歌词是断断记不清了，好在虹影最近发表的回忆童年的随笔提到，现照抄如下："小小姑娘，清早起床/提着花篮上市场/走过大街，穿过小巷/卖花卖花声声唱/花儿虽美，花儿虽香/没人来买怎么样/满满花篮，空空小囊/如何回去见爹娘。"

重读这并不警策的大白话，我忽然纳闷起来，那时都已20多岁了，何以被感动得一发不可收呢？记起来了，电影不过是压垮骆驼的最后一根稻草，而重压则是我平日累积的。原来，那个年代，我身为每天耽读普希金和海涅的抒情诗，并偷偷写了大量习作的文学青年，最为痛苦的就是有话不能写，一如卖花姑娘"没人来买"。"文革"时文字狱庞大无匹的阴影，加上正在进行的一波波政治运动，使我感到压抑憋屈、杯弓蛇影甚至走投无路，这让我无比羡慕宣称"长歌当哭，须在痛定之后"的鲁迅。我对这位偶像说，你现在充当"抚哭叛徒的吊客"看！于是，应和着屏幕上花篮女孩的歌唱，我肆无忌惮地哭了。全场一片哭声，我随着大流，貌似"阶级感情深厚"，即使现场有专门监视危险分子的专案组红人，我也不怕被揪出来。

今天想起这一节，和《卖花姑娘》无关，即使有，也只是嘲笑，因为它不过是当年时髦的标语口号式文学中较为柔软的一种而已。我所感怀的是思想的自由、书写的自由，这些被文化人视为命根子的"核心价值"是在经历何等艰难的历程后才取得的。如今，我终于以流流无碍的思想控驭文字，一如那一次在县城的电影院没有压抑地流泪——那不是嘤嘤之泣，也非如泣如诉，而是货真价实的放声大哭。人生有此淋漓快意，一任率真性情和本真思绪，骑着汉字的骏马，在开花的草原上或缓行为小品，或疾驰为长文，即使并无可观，即使出生就是死亡，但就写作过程而言，也是快哉快哉！

六十四　树荫满地日当午

午间，从居处走出，兜头泼来凶猛的阳光。被连日雨水逼退的暑气又笼罩人间。我眯着被强光射花的眼睛，走出小区的大门。舍弃砖铺的小路，走树荫稀薄的人行道。这一带有以整齐的石头作岸的小河，河岸有整齐的落羽杉。这是颇为孩子气的树，盛夏来了，它仍旧不改春天的色泽，那是嫩得没有城府、带上点儿鹅黄的绿。连带地，它在石堤上下满布的荫显得软弱、琐碎。

“这才差不多!”我看到对岸荫下有一个仰卧的男人时，才道出这句评语。他穿一身灰蓝色的工作服，皮肤黧黑，该是附近楼盘的小工，刚刚吃过午饭，抓紧上工前的一个半个小时睡一觉。至于姿势，当然是毫不讲究，也绝不介意任何人偷窥。他身下是凹凸且多空隙的堤石，不会舒服到哪里去，唯一的看头是树荫，它如此多情地覆盖着劳累的劳动者，何况还有知趣的风，紧一阵松一阵地抚弄他的乱发。活脱是宋诗“树荫满地日当午，梦觉流莺时一声”的写真。也许，他在朦胧中会想到儿时的一幕：也是午间，在贫瘠的北方，老槐树下有两张并排的木凳，他写大字写累了，把头枕在母亲大腿上。母亲搁下针线活，用多茧的手轻轻擦去他额头上的汗珠。

午寐，该有的慵懒、静谧和适意，差不多都被这汉子制造出来了，虽然不算地道。而最为地道的，须在乡村和田野之间，那“日长篱落无人过，唯有蜻蜓蛱蝶飞”的地带。须有一棵叶子绿成墨色的老榕，一个波光恍惚、有如半醒美人的眸子的池塘和一张能够在须臾间使滚热身躯降温 10 度的花岗石长凳。好风当然是不能缺的，水牛拴在浓荫的一角，尾巴有一搭没一搭地挥动，权且算是午间的钟摆。这时躺下来，片刻之寐就是千秋之梦，你会在蝉鸣的波涛里载浮载沉。庸碌一生，居然有这等舒服到骨髓的酣眠，醒来时的那个懒腰，足以颠倒青山绿水！

我之所以有以上的感慨，是因为在城市里曾看到许多类似的镜头。夏日热且长，市集过了忙碌的时段，摊子内多了东倒西歪的午寐者。鸡鸭摊后，女子在埋头拔鸡毛，紧贴着她后背的是她轻打呼噜的男人。这些幸福地睡觉的人，就是老板。顾客只问货色，自然不会理会他们怎么睡，和谁睡。街道创文办那些在上级来验收前加班沿街捡垃圾的办事员，不可能连小贩的“睡相”也会纳入文明建设项目。他们这般睡下去是没有问题的，我也没有很大的反感，只是看着不大舒服。为什么？一直想不出来。到今天我才猛然省悟，原因在于：午寐属于乡村，在合适的时间和地点，可以睡出天人合一的境界。至于在城市，尤其是商业场所，放倒自己确实有碍观瞻。

六十五 送书人

午间在家，一个电话打进来，是陌生人，称有快递邮件送到。我说马上来，下楼到小区门口。一辆小货车停在铁门外。一位小伙子，脸膛红红的、圆圆的，一看就是老成练达，在快递这一行轻车熟路的达人。他把送货单扬了扬，我说好的，是书吗？拿来。他微笑着，神情转换成居高临下，是讥笑我的幼稚吧？他领我到车尾，指着6大包长方体的货物说："全是你的，搬走吧！"我大惊，不可能！我是出版了一本书，但按合同规定，出版社只给15本样书，但这里至少有两百本，总重起码两百斤。我慌了，立刻查看单上"发货方"的电话，打往北京查询，对方称是按照出版社的指示发货的，绝没有多发。我又拨电话给责任编辑乃至总策划人，没人接。

送货的小伙子好脾气地在旁边转悠，偶尔插话，都快到吃午饭的时候了，我却不能放他走，因为我要他等我打电话打出结果。我宁愿出运费让他把书送回发货单位。小伙子建议，打开看看是不是你的。他递过来一把折叠刀。我割开厚厚的封皮，是我的书。我问："你看不看？送你一本？"他不冷也不热地说："行啊！"他不怎么读书，只是不忍拂逆我的好意。我抽出一本来，向他借笔。他走进驾驶位，找出一支圆珠笔。

"尊姓大名？"我打开扉页。"还要写上吗？""当然，这才有礼貌。""那好，凡立先。""哪个凡？""说来话长，本来是樊梨花的樊，我们村子的人都是这个姓。那年上面来人，发放身份证，才发现居然把全村的姓氏改为凡。我们抗议，他们说不要就算了，身份证没得改。从此……""岂有此理！读过《水浒传》没？行不更名，坐不改姓，连老祖宗也不得不认，这还得了！""来不及啦。"凡先生一边好奇地翻看我的书，一边摇头。

我盯着他红红的脸膛，扑哧笑了，他惊愕地看着我。我连说没事。我不敢对他说，他的脸膛让我想起林斤澜先生的一篇散文，他说他看人家的脸色，可以猜到对方吃过什么东西。这位年富力强的河南人，今天早上应该在张槎镇街旁的小吃摊，就着一大碗粥，吃下三个白面馒头和一个油饼。从长板凳向小货车走去时，他是打过几个饱嗝的，但现在肚子在叫了，为了我的缘故。

往下，我跑了四趟，才把六大包书搬到我位于第十五层的家。此前出价 10 元，请岗亭内的保安员搬两包随我跑一趟。他以一个人值班为由婉拒。他的脸颊带着滋润的光，可以猜到，他刚刚报销了一份有 3 片猪肉和 5 根油菜梗的大米饭，心情不但不错，而且有不受利诱的底气。

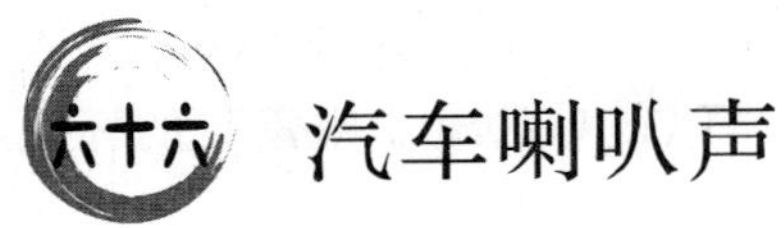

六十六　汽车喇叭声

回到国内生活，有一种玩意，每天我都要面对无数次，但却一直摆不平，还因此颇为懊恼，那就是汽车的喇叭声。惊天动地的是它，无所不在的是它，其凶狠与放肆，真难以适应。起先，我依照惯性横过斑马线，车子一路鸣笛汹汹冲来，我不但不会舍出肉身去抗议，而且还满怀歉意，以为挡路是我的错。后来，仔细阅读《驾驶手册》才发现：机动车必须礼让行人，若违反是要吃罚单的，作为行人我并没做错。只是，法不责众，迄今我只见过一位驾驶者对我礼让，感动得我差点在车前向这个万中无一的绅士三鞠躬。

我难以接受喇叭声，是因为在西方社会住久了，在那里汽车鸣笛有如下约定俗成的意义：抗议，指责，警告，训斥。如果再分细些，则须视具体环境、按喇叭声的频率、高低区别对待。因此，没人爱听，也没人轻易去按。从前，有人说到肯塔基州某城市的牛仔之“牛”，举出的例子是：如果你胆敢向他按喇叭，他就会停下车，骂咧咧地打开后舱，拿出枪来，把你“崩”掉。

渐渐地，我变得精了一点。古人说，诗无达诂。喇叭声不是人话，你高兴怎样解读就怎样解读。洋鬼子对“13”深恶痛绝，因此多数旅馆都没有第13楼，可是中国人却冲着3是“生”的谐音而相当喜爱。解读喇叭声亦然，冲着我按的是打招呼：“喂，兄弟，劳驾，我来了。”冲着一大群路人不断鸣叫的是哀求：“大家让让好不好？我过不去，老板要扣薪水的！”公交车靠站时气盛声洪的喇叭是广播：“注意了，大家伙驾到，不想吃眼前亏的请靠边！”如果拿流行的网络体来表述，就更加人性化了。“亲，与人方便，自己方便，让让吧，对了，谢谢亲！”这是淘宝体。“我刚刚拿到驾照，车子危险，请你们小心，把你撞进医院，我赔钱你挨痛，都不值。”这是“卖萌体”。即使“咆哮体”，也可以灵活运用，如：“大道朝天！各走一边！看好了！”反应敏捷的喇叭，对意图“碰瓷”的坏蛋特具威慑力，这就不必解读了。

尽管媒体差不多天天播出撞死人逃逸一类晦气消息，但为了自己不被气病气死，还是反鲁迅“我不惮以最坏的恶意来揣测中国人”一说而行，凡事都往好处想。比如，重型超长卡车在马路上其势汹汹的喇叭声，可拟为乡村榕树下老水牛的哞叫，亲切中带着悲凉。还有，你正在赶路，“摩的”经过时必然按数下喇叭，那是在对你说：“别走路了，多累！坐上来吧！”

所谓“大山不向我走来，我就向大山走去”。进行一番自我调适以后，我在马路上走，无论交通多么堵，喇叭多么喧闹，心里都不会那么堵了。

联想力的跃进

鲁迅这般说过："一见短袖子，立刻想到白胳膊，立刻想到全裸体，立刻想到生殖器，立刻想到性交，立刻想到杂交，立刻想到私生子。中国人的想象唯在这一层能够如此跃进。""跃进"虽然是"跃进"，但放在微博时代，还是嫌太慢。

且举一个新鲜的例子。最近被警方立案侦查的郭美美成为国人想象力所聚焦的"小白鼠"，不须多少背景调查，不管这位才20岁、光顾臭显的小女孩怎样检讨、道歉或辩解，也不管被她殃及的团体与个人怎样一次次与她撇清关系，洪水猛兽般的网络还是死抓不放，仅仅凭百万名车玛莎拉蒂、坤包爱马仕、中国红十字会这几个关键词，就完成了"涉嫌借慈善发横财"的推论。别以为神速的一步到位必然会留下许多漏洞，事实证明，里头果然有"戏"。浑水有多深，仍属未知，但现在可以肯定，事前诸葛亮们娴于运筹键盘，料事如神的例子有的是。

上述的鲁迅语录中的联想有线索可循，下一步以前一步为跳板，稳重和逻辑性都绰绰有余，但并没有从"白袖子"一步跳到私生子的基因认证和遗产继承官司。如果拿它来套最新世情，那么中间的好几个"立刻"都不用。比如，一见手术室，就立刻想到红包；一见请柬，就立刻想到本月必须紧缩开支；一见牛奶，就立刻想到肾结石；一见饮料，就立刻想到性无能；一见牛肉，就立刻想到癌症；一见干炒牛河，就立刻想到地沟油；一看征婚启事，马上想到房子、车子和票子（如果碰巧下大雨，还想到自置游艇）；一见男子绣花，就立刻想到艾滋病；一见"新张宏发"，就立刻想到卷款潜逃；一见中奖短信，就立刻想到报警；一见笑脸，就立刻想到借债；一见老天掉馅饼般的好事，就立刻想到倾家荡产；一接到升官通知，就立刻想到锒铛入狱……在人人自危的时候，想象力可以拿来自保。

脑袋进水的药家鑫的致命错误在于：撞倒了人，立刻想到天价索赔。

想象力的用途各别。奋发的人，想象力用于创造，牛顿目睹苹果从树上掉下来后，便有了万有引力定律。内心充满光明的人，想象力用于正面。从一个微笑可以看到信任，从一个眼神可以感受到同情，一次拥抱就可激发爱的力量。

对同一桩事，你可以朝两个方向想象，比如，一位妙龄女子进电梯时，男士替她把住门。她可以将之理解为绅士风度，也可以解释为居心不良，他是想为下一步的骚扰埋伏笔。

六十八　“实力派”

昨晚看电视上的娱乐新闻，香港的著名主持人和演员曾志伟，居然以“实力派”损人。记者问他对某位女演员如何评价，他毫不遮掩地说，她是实力派。记者问是她演戏演得好吗？“她要容貌没容貌，要身材没身材，不当实力派当什么？”好在“掌门人”曾志伟自己就是“实力派”的样板——矮胖，且年过半百，离“俊朗”的距离是愈发遥远了。

从曾志伟这一议论，可以归纳出好的女演员应具备的三个条件：样子靓，身材好，有实力。最后一项如果缺失，未必会被判为“没戏”，靠前两项压阵也不是不可以。如果前两项缺失，对不起，只好兢兢业业地当“实力派”了。

由这一理论逆推，演艺界的“实力派”就是脸蛋不漂亮、身材不魔鬼的一派。推广开去，如果资深女士进时装店被乖巧的售货员赞一句“你真有气质”，那么潜台词就是外表并无可观；如果你本行是书法家而被人许为“音乐奇才”，那是说：别画了，靠公鸭嗓子混饭比用烂一百打湖笔强；你送一本耗三年功夫完成的长篇小说给评论家，如果对方是和时下靠拍马屁收红包之风绝缘的特立独行者，他会一个劲儿地赞美书的封面和插图，捎带表扬你的勤奋与高产，却忘记了提及本书的内容、风格、价值和水准，那么，有点不幸，你的大作不会被看好。此外，如赞美电影，只着眼于它的音响；表扬名角，只渲染戏服的崭新和璀璨；老同学见面，一味羡慕对方的头发和衣着。这些勉为其难的正面评价大抵出自老实人之口，他们搜索枯肠之后，觉得在正题上难以发挥，遂王顾左右而言他。他们能靠“搪塞”过关，其实也是值得佩服的，至少，没说太多违心话，底线就守住了。更何况，从接受一方看，“实力派”好歹也是安慰奖——干事业，不就是要靠实力吗？

然则，顺着这一思路深究有“不知伊于胡底”的危险。原来，像古之清流恭维某人“礼义廉”俱全，是骂他“无耻”一般，问题不在于你“说了什么”，而在于“漏掉什么”。“文革”期间，对刘少奇作致命一击的文章《“修养”的要害是背叛无产阶级专政》，它的杀手锏就是如此。它指出，马列主义的理论包括“阶级斗争”和“无产阶级专政”两大块，刘少奇的《论共产党员的修养》只提前者，刻意忽略后者，而忽略就是不要，就是反对，“背叛”的罪名便明快地坐实了。这么一来，不能不慨叹“动辄获咎”。如果对女士说：“你的照片好美！”她翻脸质问：“你是说我只有上镜时美，平时不美吗?”你去庆贺朋友的乔迁，努力称赞从阳台看到的风景，但主人却会埋怨，你没有赞美客厅，不赞美就是贬低他的品位。

说到最后，我要强调：以上都是要不得的牛角尖。我们不要那么多机锋、暗示、讽喻、皮里阳秋。只要明来明去地过招，何妨仿效洋鬼子，感谢就是感谢，管他是真心或另有所图？徒然浪费心力，只会使人际关系复杂化，地下化、三国化的联想，就果断切断吧！

六十九　凭什么信你

前几天，我上网，以“刘荒田”为关键词作搜索。此举并非效仿“看当代英雄只需面对镜子”的李敖，我的做法一半是因为无聊，另一半则是想看看哪些报刊发表（含非法转载）了拙作，读者的反馈如何。在新浪网，有一个叫“麦离的夏天”的博客，在“别人富有洞察力的思想”一题目下，罗列了从我的作品中收集到的10多条句子或段落。至于博客的主人，如果“关于我”项下的内容没有掺水，该是一位90后的女孩子，上大一，住在上海。

我心中窃喜，夫“语录”，我在和这位女孩子拥有相似的年龄时已见识得太多。彼时人手一本的《毛主席语录》，是带红色塑料封皮的小书。国人把它背得滚瓜烂熟不说，还讲究“拿”的姿势——右手捏书的下角，成45度，举在头上轻轻挥动，高呼万岁，眼眶内最好有热的液体打转。想不到，从来没有轰动过的拙作，竟有若干文字被年轻人提升为“警句”，对此，说我不喜欢是假的。读到这里时，肯定有读者“呸”地骂一声，老头子炒作！我的回答是：即使我晒自己，也是附带的，主题是诚信。

接着说。我怀着类似当年念毛主席语录时的感动，给集合我的“语录”的博客主人留言：“我是刘荒田，能否给我电邮？”我列上自己的电邮信箱。皇天在上，老妻在旁，我绝不是要借机经营一场诈骗或者网恋，不过是想表示感谢。素昧平生的读者喜爱你的作品，绝对和“利用”不搭界，这是写作者最欣慰之处。附带地，我想问问她，这些“语录”是怎样收集的？次日，我上她的博客，知道她已看到我的短信，但表示“不大相信”。

我可以想象她面对我的留言时的心理活动：自称“刘荒田”的家伙，是不是有意行骗？骗什么呢？多了去了！建立联系以后，要么以“辅导写作”为幌子，自任导师，要学费；要么打感情牌，虚拟一场忘年恋，许诺浪漫的私奔，在人家动情之后，再苦着脸报告经济困境，吁请借款或捐献……是啊，我怎么证明自己？只好缄默。好在，女孩子在犹豫以后，终于给我发来电邮，只一句话，她是要刻意保持距离。我不敢乱套近乎，只回敬以外交辞令。

这小小事件让我感慨了小半天，诚信缺失的社会，陌生人之间是绝难建立信任关系的。她凭什么信我？我也无法开列出一条理由。

以上文字的腹稿，是我在街上路过一家装修公司时打下的。这家公司在当眼处挂满了奖状，一个个镜框，精致、诚恳、雄辩地诉说着它的水准和诚信。我自问：光凭这些，我信不信它？上个月我还亲眼看到，10 多位工人拉着横额向它讨欠薪。

“小心地滑”

远在美国旧金山的友人问我：“你在国内住了这么久，对什么事物的印象最为深刻?”我略略思忖后回答：“其中一个，是地板太滑。”“‘滑’有什么不好？从荆天棘地中走过来的中国人，终于能够在摩擦力大大减少的道路上行进……”友人是诗人，爱作形而上的发挥。我说：“我所指的，主要是洗手间。”古老的国度，排泄之处，从马桶、茅坑、厕所到洗手间是何其伟大的飞跃。但洗手间不管级别如何，开在哪里，医院、星级宾馆、学校、餐馆、运动场，但凡是近年来新建的，无一例外，都是滑溜溜的。从前人们说“新开的厕所三天香”，好气味方面的“短期行为”且不论，但它们的滑可真算天长地久。有一次我去一所号称“贵族学校”的中学讲课，崭新的校舍，豪华是豪华了。可是我无端为活泼的学生们悬着心。唉，云石铺的洗手间地面，光滑之至，稍不小心或往上面洒上一点点水，便完全可以当溜冰场。小跑着进来的少年，经得起摔吗？教导处会不会为此做准备?

至于我自己，每次进内“洗手”时都如履薄冰。我这把老骨头可绝对不会“溜之大吉”。纳闷之余，我研究了一下地板，用料上当然有优劣之分，在光滑度方面却不谋而合。据我多年在国外所见，那里的洗手间，无论级别，不管公私，地面所铺的是瓷砖也好，别的石材也好，表面都较为粗糙，那才是供人走而不是供人摔的。在美国，洗手间地面太滑而导致使用者摔倒或受伤，可是大事，客人可以雇请律师打官司，而索赔的金额远远超过了铺地板的成本。虽然埋单的是保险公司，可是，保险公司怎会吃哑巴亏，这时它会大幅度地提高保费。如果不马上换掉地板，还可能被列入拒保名单。

天下滔滔，无一洗手间的地面不滑，反映了只追求“好看”而不顾及后果的浮夸世风。但流行病人人有份，谁也不能一一去纠正。更为讽刺的是，绝大多数溜滑的洗手间都有告示："小心地滑。"别以为是好意的提醒，其实是在推卸责任：有言在先，阁下摔得头破血流，对不起，不关我们的事。

这实在是让人哭笑不得的行事方式，不在防范上下工夫，而先制造出"摔"的潜在危险，再作出马后炮式的警告。

聪明人可以马上从我的"厕所文章"里嗅出讽喻来。啊，你是在谈体制的弊病吧？比如滋生贪腐之类。我的回答是：就洗手间论洗手间而已。洗手间的地板不滑了，大概黄河水也近于清澈了。

七十一　异乡人

午后，大雨刚停。我和妻子在街旁公交车站前研究着登载路线和站名的牌子。一个男人的头颅从站牌后探出，挡住了视线。他怯生生地问："去澜石怎么走?"我哑然，成语"五十步笑百步"正应在我身上，我虽只认识几条主要街道，而且眼下就因为位置离家远了一点而抓瞎，但也知道"澜石"就是这一带，它隶属于禅城区，行政级别相当于镇。他此举好像走出北京火车站向当地人打听"北京在哪里"。我不敢笑，只是谨慎地回答："我们也是新来的。"好在，一位等车的大姐以识途老马的姿态，指着线路图一一解说。他茅塞顿开，一个劲儿地鞠躬，离开了。

我的目光追随着这位汉子，论土气，他可算到了"掉渣"的段数，蓝中山装上衣已经泛白，不知是洗出来的还是灰尘染出来的，还有灰裤子以及解放鞋。刚才向我问路时，探过来的大脸盘，红红的，胡子茬凌乱地树着。被盖模样的行李横在他两肩。好在脚步有力，腰板也直，应该是以吃苦为人生使命的农民工，兴许是从家乡或者别的打工之地赶来投靠在澜石的乡亲或亲戚。不要讥笑他在骑牛找牛。他先要确定自己已抵达澜石，才能细化到所要去的地方，比如里水村、石头村、澜石大桥畔和石塘头；也可能是单位，如传热设备厂、不锈钢厂、沐足馆、美食城……唉，茫茫人海，哪里是他的落脚处?

漂泊的无依使他失去男人的底气，从他一脸惶恐的表情中就知道。30年前，在太平洋彼岸，我也是这样的异乡人。不过，我和妻儿走出旧金山国际机场的海关，不是以生硬的英语问旅客："旧金山怎么走?"而是坐上了亲戚的车子。蓝得诡异的洋式天空，诚然使新乡里困惑，可是，我们马上就有了临时的家。此刻，我在不同的时空里又当上异乡人，时髦的叫法是"海龟"。不过，我和回国创业的博士硕士们只有一丁点儿相同，那就是：曾经生活了30年的土地如今是如此陌生。举目四顾，除了汉字和不多的朋友，能牢牢抓住的东西不多。

近于“骑牛找牛”的异乡人已消失，渐渐地，我不再为他担心了，因为他年富力强，活下去是没有问题的。他很快就会和小区旁边一个楼盘的工人一样，午休时间躺在路边的油布上安稳地大睡，紫荆花的影子爱抚着他的红脸盘，这儿的花和树，对新老居民是一视同仁的。

至于我，虽然人生地疏带来诸多不便，但暂时地，有点留恋异乡人的身份，因为它使我的观照陌生化。陌生就是充满未知，未知意味着新鲜，而新鲜所引起的战栗（包括迷路的惊慌）有如初恋。

七十二　番石榴的滋味

我在家里，走近角落的小半圆桌倒了一杯开水。忽然嗅到一种十分奇特的香味，是番石榴！我惊喜地寻觅，在茶几旁边，找到了裹在旧报纸里的嘉果，这是妻子昨天傍晚从街旁的流动水果摊买的，她回来学着小贩的半拉子广东腔："原价三块五，给你优惠价，两块五！""为什么对我特别好？"小贩庄严宣告："因为你越看越像外来的。"

番石榴，我回来以后吃过不少，硕大，碧绿，无一例外的是没成熟，众多的籽嵌在脆生生的肉里，咬一口，有点像各自为政的微型鹅卵石。我问过在这里长大的朋友，为什么不见"胭脂红"番石榴？没人道得出缘由。

这么说来，番石榴只走红在我的童年。那时，吃得起且爱吃的，并非荔枝、龙眼、黄皮这等上得了台面的岭南佳果，而是两种近于免费、且都和"稔"有关的水果："花稔"和"山稔"，前者指番石榴，后者指山冈上特别是坟地上丛生的桃金娘。也许，乡下人是因它们相似的构造而如此起名的，它们一般都很清甜，肉里也都多籽。不同的是，番石榴肉是碧玉一般的白，至于山稔，如果你踏青时一路吃过去，到最后，嘴巴蓝蓝的，活像个只差一副獠牙的厉鬼。

番石榴并非野生，而是长在农家的小菜园边或村后的簕竹旁，矮矮的，和叶子一样绿的果子，呼应着瓜棚里的丝瓜和葫芦。采摘一点也不费事，小学时代，只消爬上半人高的枝丫便可摘到。我姨婆家的菜园里有七八棵番石榴，它们简直是我们兄弟的水果篮。我和弟弟去那里玩，弟弟躲进树丛深处久久不出来，只听到咯咯的脆响，那是他在开怀大嚼。我要他扔一个出来。"接住！"飞出来的果子，只剩一半，因为另外一半被嘴刁的八哥啄去了。这残缺品却是宝贝——怎能不信任八哥的选择？它能光顾的必然是最熟最鲜美的。

我打开茶几旁边的旧报纸，果然，里面是胭脂红，番石榴中的极品，不但芬芳沁人，而且都熟透了，咬一口尽是软和的肉和滑腻的籽。不敢说它凌跨石硖龙眼和无核糯米糍荔枝，但它的香味可比拟夏天的白玉兰。我不客气地报销了一颗。从童年累积至今的向往终于变为现实，一点也没变样！昔时炊烟袅袅的村庄颓败了，捉过红鳍鲫鱼的小溪被填平了，唯独“胭脂红”，还原汁原味地守候我的归来！

七十三　我　湖

诗人于坚在散文《翠湖记》中以反高雅的笔法写出了昆明名胜翠湖趣味盎然的土气，让人深深佩服他“出新”的苦心。我也有一个湖，就像每个天涯游子心里都装着的故园风月那样，普通然而意蕴深长。

这个湖，位于家乡台城，名字缺书卷气，叫“人工湖”。叫了50年，只有一个好处：望文生义，理解为“并非天然”。1957年，我9岁时家里在离县城9公里的小镇做文具生意，卖纸笔墨、描红簿、作业本的店子是四乡小学老师趁墟的落脚处。有一段时间，老师们都不来了，听消息灵通的祖母说，他们都被集中在县城“洗脑”。不久，老师们又出现了，但都消瘦了，皮肤带上泥浆色，神情也恍恍惚惚的。原来，在参加政治学习之余，文弱书生们实打实地接受了劳动改造——挖泥造湖。老师们果然“洗”出了效果，说话谨慎了，一谈及敏感话题，如“资本主义工商业的社会主义改造运动”，即使最能说会道的几位也会先干咳几声，支支吾吾地瞟瞟铺内的顾客，看有没有穿四个兜中山装的干部。原来，他们经受了比踩着齐膝深的泥泞、挑两大畚箕泥上高坡更为痛苦的思想改造。人工湖终于造成。我所在的小镇和台城只隔9公里，在那年代对于我来说，这距离更甚于当今的越洋航线，因此我一直没机会看到湖。逢阴历五和十的墟期进铺子来，请祖父写信去外洋的侨眷，这些不经意地把大鳙鱼的尾巴或系腊肠的红绳子露出“趁墟篮”的婆娘，咋咋呼呼地说着人工湖上的“超英桥”、“秀丽塔”、“湖心舫”。不过，风景只是陪衬，“吃”才是重头戏——接到侨汇后，她们每位花10元的天价，在湖畔特设的高价餐馆吃有真正大米饭而不是中看不饱肚的“高产饭”和带上肉味的菜式。严峻的“肚皮问题”解决后，她们才一边剔牙一边向服务员打听人工湖有哪些看头。

人工湖建成后的第三年，我进城里的中学做寄宿生，第一个星期天就去逛湖了，并非过分向往的缘故，只是出于无聊。第一次离家的少年，因为想家在蚊帐里偷偷哭了好多次，最初的乡愁，足以比得上20年后移民旧金山第一天的泪滴家书。星期六上午，我已迫不及待，打算吃过午饭就和同学步行回家，不料下午班主任宣布：有突击任务，星期天在校劳动。好在，把岗上红得像血的泥土修成菜洼只要半天。傍晚，独自走出校门到湖上，过超英桥，到湖心亭后盘桓了一阵。又从原路走到另一边，在双亭桥凭着栏杆，看了会稠稠的绿水。沿曲桥到了秀丽塔，对着以身体阻挡燃烧的酒精、壮烈殒命的药厂女工向秀丽的雕像发了阵子呆，直到弯月在莲花的残梗旁欲言又止时才回校去。没有流连至深夜，不是不想，而是没有了走路的气力。说起来，童年至少年，最刻骨铭心的并非江山形胜，而是饥饿。

幸亏，人工湖也有救饿之处，走过从大江石桥乡搬来的整座拱桥，在紫荆花掩映的大路尽头，叫“湖心舫”的水泥建筑是茶楼。午睡时间，校园静悄悄的。夏天，蝉鸣悠长，远远飘来鸡公车吱纽吱纽的声响。在10多公里外的国营商店工作的父亲，进城办货或结账，顺便到学校接我去享受稀罕的口福。初中二年级时，我的脚背长了脓疮，肿胀着，火辣辣地疼。午饭后，传达室送来纸条，说有人找。我一拐一拐地走下梯级，在校门前看到笑嘻嘻的父亲，竟哭起鼻子来。父亲看了患处说：“没事，饮茶去。”他把我载到湖边，进了湖心舫。他叫了块头最大的炸春卷，点心碟上堆得满满的，黄澄澄的脆皮上露出芽菜做的馅，真解馋！父亲吃了小半后把碟子推到我面前要我吃光。我把半个拳头大的春卷塞进口，牙齿给撑得差点动不了了。以急性子闻名的父亲看到我的狼狈样，要我喝口茶，还责备道：“看急的，没人跟你抢！”父亲凝望窗外，我抹抹嘴，随着父亲的视线望去：细浪粼粼，燕子从柳条间掠过，在湖面上下制造出的弧线，合成灵动的橄榄形状。就在这一刻，我第一次看到了风景的柔细之处，一茎伶仃水草顶着一只翅翼斑斓的蜻蜓，在风里纹丝不动。远处的双亭桥，水波如縠。我傻乎乎地笑了。40岁的父亲，从不谈论诗文，也不懂什么“水光潋滟晴方好，山色空濛雨亦奇。”只会实干，然而此时，他却指着轻烟笼罩的花树说：“如果点心填不饱，拉风景当烧卖和叉烧包，不是不可以。”说罢，疼爱地把我的乱发理了理。

1970 年春天，离开学校差不多两年以后，我进城读进修班。在极左路线全面占领的年头，无疑上课学的是无产阶级全面专政，下课写的是《“师道尊严”可以休矣》的大批判大字报。每天晚饭后，我都会踱到湖边，绕过红漆斑驳的爱国亭，在临水的紫荆树下读钟嵘的《诗品》。外力愈是粗暴，书里的世界与湖的联结愈是紧密，“碧桃满树，风日水滨。柳荫路曲，流莺为邻”，不就是眼前景致吗？灯笼花和水面的距离仅几公分，水蜘蛛在花蕊顶端打秋千。我把书放在刚刚冒出茸茸绿意的草上，沉浸在爱情的遐想里。写到这里时，又带点恶作剧地想起了于坚的《翠湖记》，它提及：“在普遍的公认的审美标准看来，翠湖毕竟是一个没有什么深度、名堂和内容的而且水脏的公园，故而只配与鸡鸣狗盗男盗女娼鸡毛蒜皮登不得大雅之堂的勾当有染。”我以为，只要变为景点或公共游乐场所，无论哪个湖都会落得类似下场。然而，我还是把我的人工湖归入浪漫诗情的结穴。论读书处，我曾在旧金山格里大道联合广场公园的棕榈树下读梭罗的《湖滨散记》，身边是圣诞节的购物人潮，那是中年对灵性的投入，带点儿黑色幽默。我曾在美加边境双树旅馆的房间里就着交叉照射尼瓜拉瀑布、每台 10 万瓦的探照灯的强光，读杜甫的《秋兴八首》，那是对故土精神的坚持，带点旅游者的安逸。至于这黄昏的水湄，乃是青春的象征，读什么，怎么读，读出什么感悟——比如“羚羊挂角，无迹可求”如何与“烟士披离纯”的想象力挂钩——都不重要，重要的是每当思及“二十啷当岁”、思及人工湖，都必然会想到坐在峥嵘树根上啃书的画面，带点青涩的自恋。上午，和学员们去湖边的广场参加“一打三反”的宣判大会，默默看着一位在乡村当知青的校友因写反动书信的罪名而被押去枪毙。傍晚我躲在这块秘密的精神领地，周遭寂静如死，蜜蜂放浪形骸地爬上芍药的花冠，太阳的光柱费尽心机才在夹竹桃叶缝间找到空隙，尽情倾倒余晖。

然后，去国 30 年，游子的日脚欠缺诗情，然而乡愁是艳丽的美学。王粲《登楼赋》中的一句“岂穷达而异心”，抹去了一切形而下的距离。2001 年春天，我回到家乡，约了于我亦师亦友的诗人老赵在双亭桥上见面。老赵年轻时是军人，执行公务时因伤及脊椎而造成下半身瘫痪，几十年来他都是以手摇轮椅代步。这位以短诗名噪诗坛的残障者，开着儿子刚刚安上马达的新式轮椅，穿过黎明时分灵巧的薄雾。我站在檐牙下，听到突突的声音，马上迎上前和他握手。然后，他熄掉马达，由我轻推轮椅。我们在扶桑花丛旁边徐行，披着熹微的阳光和花蕊滴下的凉露。那一年，我 50 岁出头，他 60 岁开外，我们走过对诗无限向往的青春，走过隔海思念的中年，此刻，一路撒满落叶与嫩芽倒影的波光，漾在两张被诗意浸泡的老脸上。我和他说好一起写同题诗《相约双亭》。

去年春天，我又一次在湖畔的旅馆投宿。因为时差，凌晨就醒来了，睡不成回笼觉就只好到湖上闲逛。看够了梦似的湖水，就怔怔地对着枯焦的莲蓬，想象夏天莲池那大刀阔斧的美与芳冽。忽然，通往湖心舫的水泥路上响起沙沙的声音，夹在麻雀最早的零星啁啾中，另有一种轻柔的韵致，我循声找去，原来是园林处的女清洁工在扫落叶。不知何故，我对这样的机械动作十分着迷，把它想象为在春梦边缘挥洒诗句的如椽之笔。可惜，梦醒得快，临水一侧的尤加利树叶，女工并没有归拢到垃圾袋里去，而是往水下扫。我不敢当面说，只在早餐的聚会上对一位市领导反映了一下。领导答应找园林处的头头谈谈。如今，每当我回想这一插曲，都会自嘲：写“我湖”，立志和诗人于坚“对着干”，致力于“高雅”，不料末尾还是脱不掉俗气。

七十四　理发记

这店，我每天都路过。一色的青年才俊，它似乎兼营“教理发”，证据就是门口摆着的几枚假人头，常常被学徒们围着，他们煞有介事地摆弄那些烦恼丝，花样百出，自得其乐。渐渐地，我喜欢上了它。这回上门是第二次。

小伙子恭敬地把我请上黑皮扶手椅子时，低声问：“有没有熟悉的师傅？”我漫不经心地说：“没有。”其实，上次给我理发的那一位正站在背后。我并不是厌弃，而是“无所谓”。一如极少照镜子，我对自己的外观既无信心，也没兴趣。师傅在我的肩上铺上毛巾，我笑着打趣道：“你好，我又来了！”他腼腆地点点头。我往镜子里看了看，他瘦削高挑，脸庞俊秀，一头栗色头发，说到他的发型，任性中有规则，可谓野性和文雅的美妙融合，嗨，好一个“潮头”活样板！

“对发型，有什么要求？”小师傅问。“无所谓。”我回答。然后是沉默。他在开动电剪子，而我在回忆。跨过“外出理发”近于空白的海外岁月，和我的理发发生关系的是小县城里的理发店。上高中时，在午休时去理发，剪发加洗、吹，共花两毛。至于老实巴交的老匠人所创造的、新鲜清爽的偏分头，在走进校门前是务必会被摧毁的，不整成乱草不敢见同学，只因怕他们砸来一句：“油头粉面，花花公子一个！”再往上溯，儿时的小镇上，理发店在我家开的文具店的斜对面，里面有一把长方形布帘子做的大扇悬挂在天花板下，一个懒洋洋的伙计坐在门旁，用手拉着它来回摆动，制造出极为低碳环保的微风。一排小矮凳供等候的小孩子们坐，不会无聊的——许多钉在小木板上的小人书任你看——我耽于胡思乱想，那时竟没和小师傅交谈过。本来要称赞他们的，因为如今的青年人干一行厌一行，唯独理发师们仍旧保持着职业自豪感。我还想和他们探讨，青年理发师们之所以不失去敬业精神，是不是因为这一行和整容类似；而改变容颜，使之趋向美丽，是如此高尚又富于挑战性的工作。另外，它的效果又是即时可见的。然而，我却没有勇气说出来，因为小师傅已够小心了，我要是再一个劲地甩高帽，他会更加拘谨。

小师傅开动电吹风，把我全身上下的落发吹走，再把我领去洗头。我木然得连感慨也没有。付钱，走人，反正，一桩必须做的事做过了。

七十五　齿于人类的狗屎堆

“是你的狗?”我指着地上一堆异物，拦住一位戴眼镜、长相斯文的青年男子问。他的脸有没有红，我看不清，因为是夜晚，但表情尴尬是没有疑问的。他没回头细看，这表明，他知道那是自家宝贝拉的，甚而，这也是他把狗牵来这里的目的。他在我的逼视下有点胆怯，把手伸进裤袋，看来是在找一张纸或者塑料袋之类。那种下意识动作不可当真。果然，他什么也没掏出来。然后，不再理睬我，也不再理会他的“京巴”所排泄的物质，甩头跑步离开，他的“京巴”兴致勃勃地尾随。

以上场景发生在河涌旁边。河涌设有栏杆，在栏杆和一排落雨杉之间是一条宽近两米的砖铺人行道。这人行道好就好在地势低于大路一米，断断不会出现横冲直撞的汽车和摩托，自行车也仅仅是偶尔下来，那是爱逞能的男孩在给妈妈表演。在一个车满之患甚于人患的城市，保留一些场地让人行走其中，而不被喇叭和车轮干扰，或者不会因反应迟钝而担忧挨撞、被驾驶法拉利的×二代呵斥，这无疑是值得称道的，即便栏杆以外水的气味不敢恭维。

当然，这地方由人和狗共享。于是，三天两头就会看到异物，一个不小心还会踩上。这不，现成的一坨。突然想起“文革”年间大字报上的流行语——“不齿于人类的狗屎堆”，那是近于划一的标签，贴在死不悔改的走资派、牛鬼蛇神、对立派的任何人身上，还在这些敌人的名字上打上叉叉，以示“永世不得翻身”。不齿，就是不屑于说，提也不愿提。套毛主席“开除球籍”之说，就是他们被开除了“人籍”，比“人渣”还等而下之。当然，这只是以制造仇恨为宗旨的阶级斗争年代通行的语言暴力，早已被唾弃。

且回到“狗屎堆”本身，开始时，我也是“不齿”的。待到不知

“文革”为何物的眼镜男走远时，我忽然想起葛水平在记叙农民拾粪的散文《香从臭中来》写到的“泛着黑陶一般沉稳釉彩的粪蛋子”，那是人类所产，即中药“人中黄”。人行道上的狗屎，在路灯朦胧的黄色光晕下，也有这样的色泽。

面对狗屎堆，我的想法是：对狗屎的处理，岂止要“齿”，还须大谈特谈。谈遛狗时必须具备的公民道德，谈对狗屎堆的处置，谈如何对拒不清理自家宠物所生产之废物的主人实行监督，如果不听劝导，应施以何种处罚。在课堂里“齿”之，在广告里“齿”之，在市长的施政报告中“齿”之，在微信、微博和网上的聊天室等一类公民集会上“齿”之。围绕“狗屎堆”论出一个城市的公民意识，从而提升维护公共空间的自觉性，这些做法无疑是必须的。

去年，某个中等城市一拍脑袋出台了“市内禁养宠物”的新政，不到一个星期便收回了。问题没有解决，狗屎堆却依然肆虐（还有狂犬病）。其实，狗是可以养的，但下一步是：狗屎堆必须由狗的主人埋单。在美国的公园和林荫道，不但设置垃圾桶，还在沿路树干上挂许多塑料袋以供遛狗者清理粪便，这些多半并非工务局和公园管理处所施行的德政，而是心思细密的义工的釜底抽薪之举。可见，无论在哪里，狗屎堆管理都是市政的内容，把这一话题炒热后理出因应之方，然后，切实推行。我这般想入非非时，多次经过狗屎堆，它依然发出“沉稳釉彩”。

突然，眼镜男现身，不但带来“京巴”，后面还有一个女孩，女孩后面是一条屁颠屁颠的贵妃狗。我色然而喜，看，人家从家里拿来了清理工具呢！却不见他在狗屎堆前驻足。他撞见我时，不复有任何愧疚神色。你算老几？这地方又不是你的——我猜这是他的潜台词。

七十六　多余的电话号码

我的手机里凭空冒出了许多电话号码，事情是这样的：几天前，我在某城中村的一家手机店买了一台并非名牌的国产手机。我不是电器的发烧友，手机于我，只要能通电话，发短信，且不必半天充一次电，就是理想的。我常去一家小店，因为这家小店的主人詹师傅，是我近年来通过充值和修理故障颇多的第一代苹果手机而结交的朋友。我刚才去找詹师傅，请他解决一个小小的技术问题——把手机里的电话号码存进芯片，省得以后换手机时还得重新输入。詹师傅有事出门，把要领交代给助手后匆匆离开。助手把芯片拆开，放进另一部手机，把里面储存的旧号码消除后再放回我的机子，折腾了一阵，摇摇头说不行。接着，他不好意思地说，刚才不小心把人家的电话号码簿存进你的手机了，得一个个删去。我说这个我会，便离开了。

回到家，打开手机看号码簿，陌生的夹杂其中，需要一个个识别。本来是再简单不过的活计，不料才删去几个，竟看出趣味，停下来。收集这些号码的人是谁？只晓得是光顾同一家店子，请詹师傅或助手修理手机的人。詹师傅是汕头人，号码簿内有他的名字，据此可推知主人是詹师傅的同乡或朋友。应是文化程度不高的男性，从“啊兰广州”、“啊青”的“啊”这个别字即可看出。通观号码构建的小小信息库，主人应该是在这里生活和工作了几年的外地人，至于其干哪一行，性格、家庭、社交圈、业务圈如何，这些号码能够显示出什么吗？

BB 老婆、波必、大伯、大弟、大妹、和林叔、华姑、汗任哥、民姐、民大哥、霞大哥、霞大姐夫、霞二哥、霞二姐、霞二姐夫、霞家电话、霞妈、霞堂哥、霞小弟、小妹、小猪、熊哥、卓立、三叔、三叔家、无牙……我揣测，主人的年龄在40岁以下，妻子叫霞，岳母家人多势众，其中有一个号码是房东的，可见他现在还没能力买房。

大海啊礼、大海固话、大海屏幕、大海送货、大海修机、大海修机场、德明电讯、电脑陈生、仿古卡、仿古老板、肥仔固话、肥仔卡、丰顺车、工商黄炳林、环市师傅、美达肥梁、卡广州林老板、卡伊中量、卡钟生、桌山卡、开场经理、客户严亚全、客灵通啊雄、客三科、客石湾啊德、客手机豪联通小王、联通永群、买手机、煤气、面包、钱柜陈小姐、武大郎卡、武龙广州卡、修车顺佳、夜市啊青、移动黄初、远洋广告、装修玻璃、装修电工、叶远医生、顺德啊良……我难以猜出这个主人的职业，只说，他可能是售卡店的小老板，可能是若干行业的中介，也可能是干建筑业或物流业。我还得出几条线索，如其社交圈广大，涉及许多行业；善于编织社交网络，朋友熟人不少。从储存的风格看，主人很重视拓展“关系”，手腕灵活，收入该不错，人也应不难相处。

此外，号码簿透露了主人的若干秘密，如这样的名字：死鬼兰、死鬼兰啊南。叫“兰”的女子竟有这般恐怖的外号，兰的配偶阿南也沾了“光”。这些名字透露的是他们之间的亲密关系吗？如果是“武大郎”档口，这号码可能是用来订购烧饼的。澜石伟哥、里水啊海、张槎波兄、老虎、老花、老尖，是指本地结交的哥们吗？还有，“倾情网”的电话是用于网恋还是裸聊？

最后，我自然要删掉全部多余的号码。就此，我也当了一回狗仔队。这号码簿折射着主人的人生，也许里面还有至深的隐私，如地下情等。

七十七　气味温柔

午后，沿着一条被紫荆树覆盖的水泥路走，接近居民区时，我闻到一股浑浊的气味，似曾相识，吸上几口，对了！是儿时所熟悉的城市之味。说来不怕大家见笑，它并非白玉兰或者桂花的芬芳，而是以蜂窝煤的烟为主体，再掺和着爆炒大葱以及锅巴的焦香。彼时的城市，巷子里缭绕不去的不就是煤烟吗？带点辣的烟火气味，让吸惯了带露水和鸟鸣的乡村空气的鼻腔很不受用，很快我就咳嗽连连。可是，这久违的气息却唤起很多记忆！

广州市中心大德路的一幢"石屎楼"的第三层，尾部是公用厨房，沿墙壁摆着 20 多个炉子，积满黑垢的铁锅和瓦煲下，通红的煤吐出蓝焰。蚂蚁一般卑微的邻居们，在人贴着人的空间，洗菜、切肉、烹调，居然不发生事故，也很少由贪小便宜或错拿物品引起摩擦，真是奇迹！这地方所生产的食物，和充满苦难、不安定以及渺小期冀的人生都已消失，唯独气味存下，而不是靠无意的复制撩拨记忆里最易感发的感情之弦。谁是复制者呢？一家小食店，在正规厨房之外，还于门外空地设置炉子，用不知从哪里买来的古典蜂窝煤煮羊骨头汤。

是的，回到过去特定的时间、空间，最便捷的"入场券"便是气味。从高楼林立的城市回到村野，只消烧一把稻草，便可模拟烟从烟囱冒出；而烟囱，是从瓦楞旁边谦卑地伸进没有遮挡的天际线的。连带的是一张掉光了红漆的杉木八仙桌以及桌上的三碗家常菜：青菜、咸鱼和咸菜，饭是有限的，而且加进了许多番薯。要回到居住过 32 年的异国城市也不费事，只要往微波炉内放进一块奶酪，如果嫌最具亲和力的"玛莎啦啦"缺乏独特风味的话，就再来一块腥味浓烈的羊奶酪好了，吸进鼻子后就到了旧金山北岸区，仿佛厕身在密密麻麻的意大利餐馆之间。自然，奶酪味只是先导，下一步就是蒜子酸面包、卡波里尼番茄酱混上叠叠香、奶油蚬浓汤，它们一股脑儿袭来，这就是美丽的“二度乡愁”。

炸豆腐角呛鼻的油渣味，就是我在小镇时的童年。江滨小镇小食店的一碗牛腩面，再加上旁边腐乳厂散发的酸味，就是我又紧张又困窘的初恋。一堆松针点燃后，加上新鲜“扫帚草”，辛辣中带甜的烟味是我的知青年代——我和伙伴在深山扎营挖扫帚草的头，把它们烧成上等木炭，再卖给镇里的农具厂，两天可挣 4 块 6 角。秋天黄昏，收割以后的田垌上，被日头晒出来的干燥的稻草香，代表乡村的最高魅力。仲夏夜之美，凝聚于荷塘的远香。还有，外孙女的奶香，暗示的岂止是母爱，还有人生的至乐。

从张宗子的书得知，俄国一位作曲家在构想巨作《神秘物质》时，在演出设想中规定：场地必须设于印度的神庙，要“弥漫香水和烟草的辛辣味，以及乳香和没药的味道”。另外一位作曲家还开列了详细的音与色的对照表，如：C 是红色，升 C 是紫色；D 是黄色，升 D 是闪烁的青灰色。

这些都属于艺术上的“通感”，谁都能体验。让我惊讶的是，那往昔，只要是在气味的牵引下进入的，就只有美、善和认命的平静，本来该有的厌恶、仇恨则都被滤去了。

七十八　小板凳

一男一女，都已50多岁，40年前他们是乡村学校的同窗，毕业后，在十七八岁的青春期，两人曾有过一段刻骨铭心的初恋。然后，为了生计，女的远走美国，男的留在家乡。这一回，因为举办入学40周年师生大联欢，他们重逢，握手时对望彼此的皱纹和白发，才知道彼此间隔着多大距离。他们各自都有了家庭，有了配偶和儿女，重温昔日的罗曼史如刻舟求剑。好在，牵着手把青春年华时走过的路再走一次，这个愿望不算奢侈。

于是，他们回到了乡村。40年前住过的祖屋，因一直由一位远亲代管，还没有倾圮。接到通知的远亲早已在门前迎候，拉开沉重的坤甸趟栊，穿过厢房，走进厅堂。尽管远亲已花了两天把厚尘和蜘蛛网清理了，但因多年无人居住而生出的霉气依旧扑鼻而来。天井边沿的青苔爬到了厅堂后头的神龛上。他们坐在泛白的酸枝椅上，久久无言。塞满了一屋子的回忆把他们包围在中央。

早已过了更年期的男女，即便是久别重逢，也不会是干柴烈火，有的只是静静地相对而坐。远处传来不可一世的咯咯声，他们离开乡村40年以后居然还能马上想起，那是刚刚下了蛋、飞出草窝的母鸡。他们都笑了。然后，目光约齐了似的停在厅堂一角的小板凳上。先看到一张，后又从罐瓮间发现了另外一张，他们跃了起来，每人拿起一张细细端详。那是乡下人放在矮小饭桌旁的凳子，年代太久远了，也许是祖母的嫁妆，朱红色的油漆已剥落净尽，原木的白色又被时光侵蚀了百年而变成乌黑。

他们对着天井的方向，搁下小板凳。男人转身在杂物堆里翻，从簸箕、木桶、牛轭下面翻出一张断了一条腿的太师椅。女人帮忙把太师椅上的尘土擦去，两人一起把分量不轻的椅子搬到厅堂中央，小板凳分别放置在太师椅前两尺的介砖地上。两张小的和一张大的组成的三角，是默默进行着的行为艺术。他们先从各个角度给它们照相，天井里斜射进来的秋天的阳光，宁静又鲜丽，凳子和椅子落在暗红色地面的阴影里，显得格外生动。

他们对着太师椅坐下，凳子太矮，身子不能不蜷曲着，但他们不觉得累，一直保持双手抱腿的姿势——那些年月，他们都是这么坐的，面对着太师椅上的妇人。妇人是女子的妈妈，一个从省城被清洗回来的“黑七类”，因丈夫在解放前担任过法官的缘故。她的丈夫早已瘐死在监狱里，而她则带着一儿一女回到家乡。妇人很有教养，一口纯正的省城话，身上的衣服总是素净的。男孩子来串门，和她的女儿一起规规矩矩地坐在小板凳上。她坐在太师椅上，一双白得刺目的手搁在扶手上，静静地开讲。那时“文革”未完，两个半大不小的孩子在乡村小学附设的高中班上学，但多半时间都是去田里干活，课上得很少。这位文雅的母亲就给两个孩子补课，人性的课和常识的课。不讲大道理，只讲故事，《罗密欧与朱丽叶》、《茶花女》、《安娜·卡列尼娜》、《红与黑》……尽管这些外国古典名著一旦走出农舍，就会成为反动的“封资修”货色；如果村里有人告密，这个“反动旧官吏家属”又会被革委会再加一顶“散布资产阶级流毒”的帽子。可是，她不怕，她要把真正的精神营养输送给下一代。她善于讲故事，在省城上女校时读的文学书，当时怎样感动她，她就怎样从心里掏出来感动下一代。在天井里落下繁星幽光的夜晚，在屋顶呼啸着尖利北风的黄昏，两个少年抱着腿听她讲课。伶俐的女儿还会不时插嘴，问一些愚不可及的问题，比如：茶花女要是活在现在的中国，会不会也被遣送到乡下改造；安娜·卡列尼娜被铁轨碾过时，和前几年在批斗会上牛鬼蛇神挨的“喷气式”相比，哪个更痛苦。母亲回答不上，只是嗔怪地白她一眼。男孩子总是默默地听，一副循规蹈矩的模样，尽管在课室里他是捣蛋大王。

这对男女坐了好久好久，出神地对着太师椅，没有说一句话。直到乡亲进来催他们去拜祭村口的社稷之神。

40 年前坐在太师椅上讲故事的妇人，如今生活在美国，已经 96 岁了，但身板还硬朗，记忆力依旧奇佳，女儿回国前，她再三嘱咐：向坐在小板凳上的男孩问好。

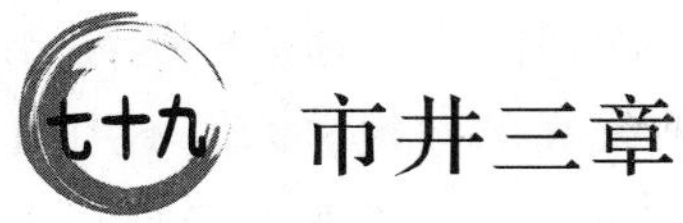

七十九 市井三章

一、齐刷刷地伸出的手

早晨，漫步于市中心。这个古镇的居民热衷夜生活，早晨却行人寥寥。10 点以后，大街两侧才慢慢响起卷闸门拉起的轰隆声。唯独百花广场东边的临时舞台上，早已喧嚷起来，甚至把载货三轮车汉子的吆喝声和公交车的喇叭声压了下去。

我好奇地走近。在舞台前围着的都是青年人，不多，但气势了得，一只只血色鲜润的手，齐刷刷地伸向空中摇摆着。台上站着一男一女，男的 30 多岁，女的 20 多岁，前者老成练达，是大型手机公司市场部的经理，女子是其助手。经理是以推销为专业的资深角色，口才厉害，他手拿麦克风，一分钟就把台下群众的热情煽动到高潮，绝招是“免费”——每隔 3 分钟，他就从助手手里拿过一部手机，高高扬起，同时郑重声明：耶稣降生为的是挽救世人，他呢，今天只有一个任务——送手机，绝不含糊，送！2GHz 双核，2013 年最新款，也是最先进的，无偿供应，大家要不要？（不大整齐的响应：要！）要不要啊？要！（这回众志成城。）几十只在空中已停留了相当时间的手抖擞起来，有如屁股上吃了一鞭的公马。女孩子清脆的叫嚷和小伙子嘶哑的吆喝混杂着：“我要，我要！”经理不失时机地推销着：看到吗？超薄的机身，漂亮吧？我们公司的定价是 1 599 元，现在促销价是 1 099 元。听清楚咯，促销期铁定只有 3 天，错过了，就要多付 500 元的冤枉钱！不过，我不是来促销的，今天不是特价日，是什么日？白送日！4. 5 英寸视屏，1G 内存，多潮，多气派！（女助手把“潮”手机高高举起，她似乎变成了交响乐队的指挥）

经理趁热打铁：由专业团队研发的新产品是不简单的，200W 再加 8WW 自动对焦摄像头，19WMA 超大电池……很遗憾的是，台上人的

“送”依然只停留在口头上，听众们的狂热又一次退潮。经理适时提高音量，强调：送是绝对要送的！为什么？送出去有最高的回报，你们不用担心，我说话是算数的。你们用免费手机，每月打电话，不是要交费吗？一年交不够，两年肯定抵得上。这叫放长线（经理顿了顿，台下一位女孩子尖着嗓子续下：“钓大鱼!”）一个男孩子哈哈笑着说：“一个个都是‘二百五’!”经理有点不自然地说，不是这个意思，我是说，大公司必须有远程计划和人文理想。

讨论归讨论，实惠不兑现，空中摇摆着的手又垂下了，有的嫌冷缩回口袋，有人耗尽耐性后离场。经理鼓足余勇宣称：把“全年通”这个打倒全行业的最省钱计划说完，我们就开始送。助手打开箱子，把十多台手机晒出来，超薄的机身，优雅的边框，视觉上无疑很有冲击力。手又齐刷刷地举起来了，夹杂着不耐烦的嘶叫：“给我！给我!”

这一刻，竟出现戏剧性的转折，厚颜无耻的经理，转瞬间把“送”的承诺忘得一干二净而聚焦于“卖”。更加离奇的是，经理不着痕迹地把人们对“送”的期待转化为“买”的冲动，舌灿莲花的家伙，神出鬼没地制造新的高潮。使我惊服的不是他的口才，而是顾客的忘性。他们这般宽容、健忘，如此神速地适应了经理的转轨，接受了“天下间无白送的午餐”的事实。

我离开前，台旁的临时柜台上，三位女孩子正忙于收钱、交货，一张张信用卡在检测器上刷过。台上空了，经理和助手不知什么时候消失了。这是星期天，哪个商场都人潮汹涌，尔后他们要去另外一个高台，把另外一批下垂的手刺激得一次次地举起。

二、茶楼上

早上，我和老妻路过卫国路，走进一家破旧且有点脏的茶楼。地上尽是水渍，天花板下烟雾腾腾，许多餐馆禁烟，但这里偏不。我此次来是出于好奇心。茶楼位于十字路口，对面是某大银行的总部大楼，这格局在风水上叫“对门煞”。银行自恃财大气粗，舍在门槛下埋“五帝钱”和悬挂开光的五行八卦福字一类软性化解之方，而在门口安放一对体型庞大的石狮子，它们的血盆大口正对着茶楼。于是，处于劣势的茶楼无论谁当老板，都会铩羽而归，不过这是过去的事。如今茶楼站稳了，相当兴旺了，尽管表面上看不到八卦镜一类“挡煞”的神器。

走进餐厅，一片熙熙攘攘，每张桌子上都坐满了客人。可见这是街坊的聚会之处。两手端着冒热气的鱼片粥瓦锅的服务员，用下巴示意我们在一张大圆桌旁就座，这桌子已坐了两组客人——一对老夫妇和一个老男人。老夫妇安分地喝茶，吃雪白的肠粉。独坐的老年人，穿米色西装，系带花点的咖啡色领带，70 岁上下，神情端肃得近于冷酷。他是烟民，面前却没有烟灰缸，最后只好把烟灰掸在空碟上，他吃东西时，香烟还放在桌子边沿。假牙嚼物费时，他就听任白色的烟灰慢慢形成，然后烧焦桌布。慑于他有点凶煞的眼神，我不敢置一词。万一桌布烧起来，我用茶壶灌救就是了。

服务员把热得烫手的烧卖放在老夫妇面前时，独坐老人吼了一声：“我的！放这里！”我举起的筷子，给吓掉了，和老妻相视苦笑。老男人气呼呼地吃、喝。我趁他低头吃大包时才敢细看他，进而揣测他的身世。他没带伴侣来，可能是鳏夫，也可能老妻在家看孙儿女，或者和他积不相能，自己到广场和老女人们跳扇子舞去了。于是乎他寂寞，寂寞可以产生超脱，也可以产生怨愤。此刻的他则一味制造后者。他肯定已退休，从前应该是干部，从装束及顾盼中残留的官气可以看出。

等待点心时，我扫视一下餐厅，绝大多数是老年人，不多的几位中年人也以老年人为伴，也许是正在尽孝的儿女。靠窗的 5 位老者，一律含云吐雾，头部都向圆桌中心聚拢，正热烈地讨论着。我在猜他们“谈什么”之前，先估量他们“不谈什么”。依据此地风气，他们不可能谈太切近的政治话题，尤其是敏感的顶层人物；从脸相、衣着和举止看，他们受的教育在中学以下，很可能和我一样，年轻时先当红卫兵，再当知青，30 岁前回城当工人；限于知识面，他们不可能谈最新科技，如无人侦察机、纳米，但能够围绕辽宁号航母发挥，以显见识；不会激情洋溢地谈自家孙儿女，因为缺少共鸣；不谈高尔夫和保龄球，因为不够资格；不谈女人，因为没性欲。他们可能谈钓鱼、下棋、打麻将、养鸟、种花、养生，或者哪个粤菜馆又便宜又好吃、哪个一起下乡的老街坊回迁、哪个老友娶了媳妇……

我怜悯地看看旁座的“孤独君”，他喃喃自语，似乎还在骂人。我想，像他这样的“前官员”，无论职位高低，40 岁时狂热钻营的“位置”也好，50 岁老谋深算地抢占的“利益”也好，放到 70 岁的视角之下又将如何？彼时对某次活动“排名”出错而耿耿于怀，此时则只关心自己的血压；彼时小心翼翼地应对顶头上司的问责，此时则为小孙女的咳嗽牵挂；彼时下功夫聚敛钱财，好买高半级的官职，此时则为儿女争家产而烦恼。终于省悟，从前，部属的颂歌再激越，也仅献给那个“位置”；好处再丰富，也只是自己的面具。彼时的敝屣，今天的资本；彼时的豪迈，今天的讽刺；彼时所掌握的，今天都已从指缝漏光。“才华”在秘书拟的讲稿；“魅力”在官衔；高风亮节，只在虚假报道；宴请豪爽，只为签单；但繁华落尽，谁又会来恭维一棵光秃秃的树呢？早知今日，就该提前为“失去伪装以后”作准备，即致力于加强内心的力量。

我还没为孤独君想好“生涯规划”，他就已埋单离开，搁在桌子边沿的香烟，在发生火警之前熄灭了。

三、骂街

早上出门小跑，误进惠景市场旁边的小区。寻路时听到，前边一女士叉腰呼叫，其声嘶哑，然而中气充足，出语流畅，略无滞碍。这种并不美妙的景观，在乡村大概每十天半月就能领略一次。而且多半是黄昏，出勤回来，晚饭吃过，母猪和猪崽们在栏里低声呶呶，鸡群回了笼，家务均已做完，那好，开骂去。不会是少女，她们没泼可撒，要撒也会被妈妈死命拖回家。这样的事都敢干，谁还敢娶你？也不会是老太太，她们没那耐力。上阵的大都是中年妇女，丈夫有了，孩子有了，成分是响当当的贫农，豁得出去。谁惹了老娘，骂他个三魂七魄出窍！

为什么骂？二嫂的猪拱坏了我家茅厕的门；四婆的小儿子骑单车，差点碾了我小孙孙的脚板；阿二的老婆借我三升糯米做糍，只还了两升半；大头成的媳妇刚过门三天，就对妯娌说我有狐臭；坤婶昨天挑进墟场卖的菜，有三棵是从我家自留地割的……不过，这些鸡毛蒜皮只是导火索，积怨才是深层的主题。骂人的女士不会即兴为之，而是做足功夫，热天拿一把葵扇，寒冷时就带上披肩。为了持久，她们不会声嘶力竭，高昂到足以表现底气就够了。厉害之处是韧长，一骂就是三个小时甚至半个夜晚。偶尔，半夜时分还能远远听到零落的鸡鸣，夹杂着骂语，那是以“长气”威震四乡的婆娘在发动持续攻击。

她们骂人，不会像庄稼汉那般满口脏字，而更像包裹着湿布的钢鞭。“在我家墙头泼尿算什么？有种拿小鸡鸡射嘛!”这是讽刺仇家生不出儿子。“哎呀，你这伶牙俐齿，我哪能对付!”这是消遣对方的口吃。她们还会辅以动作，双掌合起作推状，是把对方的诅咒“原件退还”。顿脚，加上戳指和冷笑，是对关紧大门的对手叫板。一般来说，对骂是短暂的，多半是独角戏。

那年代，一心学大寨、赚工分的公社社员毫无生产积极性，连带地，人生也没有了生气。巷子里趾高气扬的，只有宠幸多只小母鸡的公鸡。骂，差不多是唯一的激情燃烧。我不一概排斥这种貌似粗暴刻毒的场面，骂得越久，表演的成分、宣泄的成分就越能淹没“骂倒仇家”的初衷，也可作为一种心理治疗。在窒息的环境里，中年女性最受压迫，“骂”好歹也算一个出气的方法。

至于眼前这位带潮汕口音的女性，我稍停驻，摸清她骂的原委。被骂者是退休的男子，两家的孙儿女在同一个幼儿园。孩子们打了架，祖父母掺和进去各自袒护自家骨肉，对骂了一阵。最让她气不顺的，并非孩子间的冲突和刚才的骂战，而是“喷了我一脸臭口水”，这一点，我是从她重复三次的控告中听出来的。口水在脸上干了，第二度反击的热情却涌了上来。于是，她先把孙子送进幼儿园，再来隔空大骂。被骂者，这阵子可能已在某一个“私伙局”，以沙哑的二胡锯《平湖秋月》了。

于是，宁静的小区，在黄莺的婉转鸣叫里，加入了粗大的女性嗓门。我微笑着走过。

八十 乡村之伤

深秋，我和友人到滨海的乡村访问一位曾经和日本鬼子枪战过，也曾当过低级“海盗”的八旬老人。和老人见面的地点，是去年靠各方捐款建起来的“老人康乐中心”，在布满泥砖叠起来的低矮房子（俗称“白鸽笼”）的偏远乡村有一座白色小洋楼，这无疑是抢眼的。它外面的一块空地铺上了水泥，当停车场或篮球场均可，方场边缘设置了七八台健身器械。

新旧的交替，残破的乡村和现代城镇的对照，在这里无疑是具有象征性的。然而，我不想套用陶渊明的“狗吠深巷中，鸡鸣桑树颠”，“山气日夕佳，飞鸟相与还”硬充恬淡。并非不可以献上颂歌，这背山面海的所在地的宁谧是充分的。鸟儿横过天空，在通往亚洲最大火力发电厂的高压线上下翱翔。葱茏的山谷，停驻着云影和秋阳霭霭的光。然而，波澜不惊的氛围里有使我长久沮丧的一面，那就是缺乏生气——不用“死气”一词，是怕被误会为村庄因禽流感或霍乱被封或者更可怕的原因，如暴乱，被拆毁、夷平，尽管这个地方从前是海盗和盗贼的老巢。不错，这里平安无事，和别的乡村一样。而且，这里极少或者没有饥民，“吃饱”这个困扰中国乡村千年，且无数次引发暴乱的问题，总算解决或差不多解决了。

我不想触及乡村的衰落，这是城市化的必然。可是，从进村起，第一印象确实糟糕。满街的垃圾，路边一个池塘，碧波潋滟，残荷在一隅颇有风韵地招摇，可是，水里比枯梗残枝多了许多倍的是冰茶瓶子、速食面容器、纸巾、吸管，以及从傍水小餐馆扔出来的鸡毛残渣和外卖盒，远看还以为是刚下过一场白雪。再往前是榕树头，好些闲人安坐着，没怎么说话。被乡人叫做“大碌竹”的水烟筒，搁在花岗岩石凳旁边，地上一摊摊带烟蒂的浅褐色污水就是汉子们轮流抽它时的产物。方场边的健步机、坐蹬器和摇马，有新安装的，也有没毁坏，但锈斑已爬满了金属杆，除了把手。乡村的主要人口是老人和妇幼，他们果真有上健身院的习惯吗？好在，两位年轻的妈妈，仿佛是专为消除我对未来的疑虑似的，把才一两岁的孩子放在横杠上教他们蹬轮子，一阵嬉笑也因此飘进窗口。

哪里都是垃圾。和城市比，乡村废物的年岁资深得多，动不动就是几个时代的堆积，倾塌的房舍固然是便利的堆放场，路边尤甚，任何一处稍顺眼的绿荫也必有一堆乃至几堆垃圾来煞风景。远看小丘处处都是人家往外倒的，或者在路上顺手扔的垃圾。乡下人进了城，极难养成把废物放进垃圾筒的习惯。在乡村就更加肆无忌惮。死人也来凑一脚，这是积古的陋习，下葬后，逝者的衣服和物件都要扔到路边或点火销毁。于是，烧不透的布料和无法转化为灰烬的碗筷勺锅，就与天地比寿似地沿路展览丑陋。

我在村路上徘徊，头顶上是暮秋最后的紫荆花；擦过额头的是芦苇倔强的叶子。我在想，无处不在的垃圾昭示着什么呢？第一是肮脏，人居然可以天长地久地与污秽为伍；第二是自私，屋里干干净净，但他们却听任公共场所如此不堪。最难以容忍的是人的容忍，清理它不过是举手之劳。设若一个从外地回来探望父母的中年人，找村长投诉。村长会苦笑着说，乡下人要求哪有这么高！血犹未冷的汉子从口袋掏出几百块，说："请几个人来干，工钱我出。"村长笑嘻嘻地出门去。不消一天，不必总动员，几个人，一辆板车，几把锄头和铲子，就能把周遭的垃圾堆在一处，再加工一次，大部分便可变为肥料。再派一个人，到池塘去捞一天漂浮物。就此，村里村外焕然一新。习惯成自然的人们忽然觉得山水异样起来。但，那仅仅是治标。维持长久的清洁需要制定条例、实施监督。更加重要的是教化的功夫。只是，俟河之清，人生几何？还是乞灵于"突击"，定期大扫除，较为稳当。这一办法，其实一直流行，只是为了应付上级检查。

人造的垃圾遍地，说明人气还旺，所以不必慨叹"人去楼空"。走进一个陌生地方，"第一印象"至关重要。设若你是挚爱乡土的企业家，你要在家乡设厂，车子在突破垃圾的重围后才开进村，那么，你认为你的乡党还会有打拼的力量吗？

脏和乱，一步到位地提供了这样的信息：这里的干部以及他们的上级对环境缺少关心，连发一个号令，动员大家清理垃圾这样再简单不过的、并不需要巨额启动与营运资金的事，也不愿干，不敢干，想不到要干，没有能力干；这里的青年人散漫、因循守旧；这里的老年人苟且、虚弱，连一条意见也不会提；这里的少年，在学校没上好公民课；这里的妇女懒惰、虚荣，宁愿在麻将台打通宵，也不愿把禾堂上的杂草割掉。如果“一方水土养一方人”的谚语成立，那么我们应该怎么评价在垃圾的夹缝中成长的人？对此沉重的疑问，我拿木心先生的隽语来解释：“颓壁断垣间桃花盛开，雨后的刑场上蒲公英星星点点，瓦砾堆里松菌竹笋依然。”可是徒劳。

我再推论下去，不禁不寒而栗——如果把我撂在这里，起先也许会挺身而出，再不济也会自任清洁专业户；但是，久而久之，冷言冷语来了，同调者被吓跑了，孤身奋斗的勇气被失望和绝望击倒，被大家同化，被环境同化，最终我也成了垃圾！

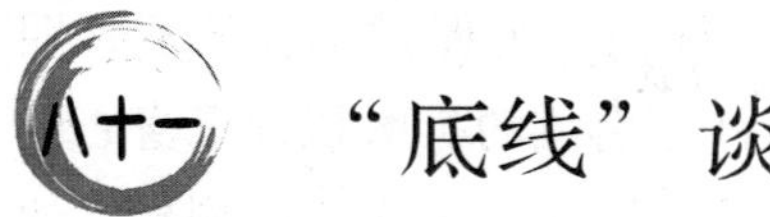

"底线"谈

一

"底线"一词，据记忆，最先是在英语文本上读到的。它可能和"低调"一样，是舶来品。从此，人们把"底线"搬来弄去。

有些底线是可以量化的，比如，奉命代表公司去投一块地皮的，会事先确定上限，竞投之时，你死我活地争，但一到上限，就放弃举牌。在商业谈判中，定下"后退到哪里止步"，实战时折冲樽俎。由此看来，底线主要为退却提供警示；上升时期、进攻时期和春风得意时期，"底线"存而不用，恰似有了"小三"以后的男人和原配的性关系。而且，它往往是最后的阵地，我们平时所见的"清盘价"、"跳楼价"、"大出血"都不会把老本赔尽。真到了"底线"时，便退无可退。

能以金钱来表述的"底线"，如底价、底盘、最高价、最低价，人们较容易把握。扩展开去就是"但凡能用钱摆平的，都不算问题"。黑心的煤老板在安全上的底线，不是"人命关天"，而是死了人，要出多少钱封口。据说，10 年前，一条命的底价是 2 万元。

我们对商场中被列为秘密的诸多底线并不关心，因为并非局内人；但对"道德底线"谈个不亦乐乎。且以一位出生于 20 世纪二三十年代的大学教授为例，他心目中这根和面子（一旦进入场面）、里子（一旦触及个人利益）、前程（一旦出事）、家庭都多少担上干系的"线"，是怎样递变的呢？第一步，出于齐家治国平天下的雄心，他在外国取得博士学位时，将底线定为"为天地立心，为生民立命，为万世开太平"。为了这一信念，他拒绝一切诱惑，如领高薪留在国外搞研究（这被他视为不爱祖国），最后毅然回国。如果他从此被延揽进官场或在大学里成为学术重镇，那就可肆意驰骋一番，并顺理成章地兼济天下。第二步，他命运多蹇，在反右派运动中成为极右，劳改去了。于是，他的底线调整为保护自我，不害朋友，夹起尾巴来熬。不过，斗争极残酷，精神与肉体的折磨超过了身心的极限，于是他开始以卖友自保，为了减轻“罪恶”和无日无之的刑罚，他先后把朋友和亲人拉下水。第三步，底线改为“活着”，尊严已被剥夺净尽，求死不能，只好以最大可能的苟且求取生存，对陷害亲朋已没有罪咎之感。甚至，他自告奋勇地当上监视朋友的线人，以争取早日脱掉“异己分子”的帽子，从而回到“革命队伍”中去。第四步，在劳改场，大饥荒来了，水肿病蔓延，每天都有饿殍被抬到乱葬岗去。那时食物是唯一的追求。这是至为关键的一步。底线是：做人还是做禽兽？如果要做人，那就马上自裁，如果尚存勇气和气力的话；否则，“苟活”，即像野狗一样地活就是全部信念，偷、抢、骗，什么都来。人们根本想不到，美国名校的博士变成了饿红眼睛的野兽。在能够优雅的年代，他穿燕尾服在舞池跳华尔兹；此刻，他把难友死前呕吐的秽物拿到水里洗洗，拣出没来得及消化的马铃薯吃下去。往下，人之为人的底线彻底遁形。

从以上的简略回顾，我们可得出结论：道德底线是一条可供跳高者跨越的横杆，好在，它并非固定在某一高度。谁来移动它呢？你须过自己这一关。为什么要移动？在外力的压迫下，不下移就难以安顿心灵。到了无路可走时，如上文中教授的例子，为了抢到一口饭，把别人活活掐死后，他仍旧可以拿“走投无路”或“神志错乱”来开脱，一似跳高比赛时从横杆底下钻过去。

这么说来，道德底线要满足以下层次的需求，一是自我完善，二是面子，三是发展，四是生存。第一种需求最为高级，古人以“天知地知你知我知”来抗拒行贿，就是为了在独处时不至于不敢面对上天；至于其他三条，则随着世风的转变而有所变动。比如，如果官场中人以带小秘赴社交聚会为时髦，那么先前“不让原配难堪”的底线便撤掉了；又比如，如果人人都不以贪便宜为耻辱，那么揩油便成为公开的正当行为。

人人建立道德底线，这是社会良性积累的结果。这种累积，一是风气上的，要使社会全体都以践踏公认的底线为羞耻；二是信心上的，要使遵守者看到，坚守底线值得全社会尊崇，反之就要受到惩戒；三是以事实证明，有道德底线的人活得较有尊严，不但内心安宁、快乐，而且物质生活较为优越。这么说来，要做的事就相当多了。

二

想起药家鑫，这位西安音乐学院大三的学生，成为2010年底中国最热门的话题。2010年10月20日的深夜，他驾车撞人后又将伤者刺了8刀，最终致其死亡，此后他驾车逃逸至郭杜十字路口时再次撞伤行人，逃逸时被附近群众抓获。后来他被公安机关释放。2010年10月23日，被告人药家鑫在其父母的陪同下投案。2011年1月11日，西安市检察院以故意杀人罪对药家鑫提起了公诉。同年4月22日在西安市中级人民法院的一审宣判中，药家鑫犯故意杀人罪，被判处死刑，剥夺政治权利终身，并赔偿被害人家属经济损失45 498.5元。5月20日，陕西省高级人民法院对药家鑫案二审维持一审死刑判决。2011年6月7日上午，药家鑫被执行死刑。

这位音乐人，这双弹钢琴、翻乐谱的手之所以拿起屠刀，原因是他撞倒的骑摩托车的女子，挣扎着要爬起来记下他轿车的车牌号。他下车后看到了，本来用于音乐的联想力用在这里：她是农民，他心目中的“下等人”，平日听多了下等人被撞，送医院治疗以后会索求无度的故事，这一位将来也一定会给自己制造无穷的麻烦，再多的钱也不够赔。于是他慌了，分寸大乱了。下一步，他想到的不是良心的责任、刑事的责任，而是一劳永逸地干掉她。设若稍微清醒一点的话，应该想到杀人被捉获，要偿命。可是，在那至为关键的时刻，他想歪了。

21岁的学生，家境不错，出生以来从没吃过什么苦，待人接物不见得如何出格，更不算凶恶。与其说他残忍，不如说他心智没有正常发育。这个模样清秀的青年，在其短暂的一生中从没经历过突发事件，理性猝然退位，心底的猛兽就成为主宰。对此，过去的说法是“终于暴露了凶残本性”，我却认为，兽性谁都有，差异在于潜伏的深浅，换个说法，是在什么条件下被诱发至表面。比如，“夫妻本是同林鸟，大难来时各自飞”，和平日子，没有大难，千千万万对夫妻都能保有恩爱，而姻缘的紧密度，一方面取决于爱情和现实生活上的依赖程度，另一方面则系于“难”的大小。

药家鑫的案例说明，底线是“六神无主”时所暴露出的潜意识。我们不可小看这个不受理性管治的领域。它决定了人在特殊状态下的行为，一如水桶的短板决定水桶最后的储水量。

家庭暴力案件中不乏这样的例子，丈夫拥有博士学位、高薪高职，但在暴怒中变为最下等的野蛮人。更具讽刺意味的是，他清醒过来以后，还会抱着被他打得遍体鳞伤的妻子哭泣、忏悔，最后不惜下跪以求宽恕。然后，是“暴打——悔悟——失控”的恶性循环。由此可见，潜意识未必和教育有关，也未必和财富、地位有关。到底和什么有关呢？应该是：遗传、血型、环境的潜移默化，连他自己也没意识到的心理创伤以及迄今未被侦知的神秘因素。

三

观察人的行为可以发现：在居住地的表现，比在外地好；步行时的表现，比开车时好；在客厅的表现，比在卧室好；在卧室的表现，比在洗手间好；穿好衣服时的表现，比穿不好衣服时好；在高级餐馆的表现，比在大排档好；在台上的表现，比在台下好；坐飞机时的表现，比坐巴士时好；在交响乐厅的表现，比在露天舞台下好。

这说明，身处的环境可以形成一种压力（或者叫“气场”），其行动和“面子”的关系越大，他越收敛。因此，“底线”者，是一种保护自己面子的警惕性。这种警惕性的有无、强弱，常常决定一个人的品质。中国古人的“慎独”，连只有两个人在场的贿赂事件中也要提到“天知地知”的高度，而这种警惕最彻底，也最难做到。和“慎独”相反的，是40年前我家乡的一个掌故：一个卖糖果零食的合作社买不起收银机，就用绳子的一端系住放钱的筐箩，置于高处，另一端系上铁铃代替。售货员每次使用筐箩，铁铃都会叮当发响，此谓警戒。一天夜晚，突然断电，铁铃乱响。俄顷，电灯亮了，筐箩里有好几只手——售货员们伸进来的。

明白了“底线”取决于当事者的警惕性，聪明人会尽力避免出丑。知道自己喝高了会发疯，他会从入席时起就控制酒量；知道暴怒时会失控，他会在发生争吵时早早退出以避免冲突激化；知道对方是犟性子，他不会硬碰硬。在餐馆里约会，清醒的女士不会只看对方怎样体贴自己，还会注意对方怎样对待侍应生。即使服膺文天祥的名言“时穷节乃见”，他也不会制造极端状态去考验别人。

过生日是件值得细琢磨的事情

题目借自叶延滨先生的随笔《弄不明白的生日快乐》。读了该文，我也“弄不明白”它的主题是“生日未必快乐”，还是“有的过生日方式未必让你快乐”。但可以肯定一点：他的生日，过得有些不简单。简单来说，比如长辈的生日、自己的生日、儿女的生日，在家热闹一通，最后在蛋糕上点蜡烛、许愿、吹熄、礼成。关于生日蜡烛，还可引用100岁的美国谐星卜合在过90岁生日时发出的感慨：“唉，真的老了，买蜡烛的开销比买蛋糕还多。”

叶先生此文有这样一段引起了我的注意：他在《诗刊》当主编时，《诗刊》在常德举办“青春诗会”，会议结束后，一行十多人欲从常德到长沙乘机回北京。在机场遇大雾，飞机误点，大家既疲惫又无聊。“其间我离席上卫生间，回到原休息室，发现大家的神色有点尴尬。发生了什么事？过了一阵，一位朋友告诉我，在我离开时，大家都在议论飞机何时能起飞，突然我的一个下属冒出一句：‘今天是叶主编生日。’话一出口，这位下属又赶紧补一句：‘我没说啊！’听到朋友的话，我笑一笑。”这一天是主编大人的六十岁生日。由此，寿星公发感慨如下：“千万不要相信‘工作离不开你’之类高度肯定的话。有人在大雾茫茫中还记着你的生日，你就知道有人在扳着指头算日子，对于任何坐在台上的人，都要有这个基本觉悟。”

“觉悟”什么呢？我的揣测是：要下课了！有人在觊觎、思量着取而代之。寿星公自己不记得，可有人却在扳着指头数着，日子一到，说不定就会有所行动。什么行动？我不知道叶主编彼时有没有一刀切的年龄线？若有，那个揭发他的生日后又随即否认的下属以及他所代表的若干人，不必逼宫，不必要阴谋（放在过去，怕是不可或缺的），只要等待就是了。

否则，猴急地要抢班，又一轮权力斗争就会在生日蛋糕端出来以后启幕。

简单的、温馨的、本该不包藏祸心的“过生日”，他“弄不明白”，可能是世俗名利搅和其中，平添题外之旨。不知道叶主编对那位最后以“我没说啊”结束即兴表演的下属如何处置？是一笑了事呢，还是严加防范，乃至赠送小鞋？

看来，“过生日”竟也成了需要“细琢磨”的技术活。我把叶前主编不好意思道出的意思拿来做话题，开列出三个“不要”——以下和叶先生无关，我和他素不相识，更无利益冲突，绝不会侵犯他。

一不要随便提起人家的生日。在西方，女性的年龄是第一号秘密。在中国，虽然尺度较松，但“又老一岁”未必令人雀跃。即使被透露的只是月份和日期而把生年隐下，仍会引起不愉快的联想。特别是中年的事业有成者，生日诚然风光，但也有晦气的一面——如果是女性，祝福是“人老珠黄”的凭吊；如果是男性，《祝你生日快乐》则是青春挽歌；如果寿星公（婆）主动说出，巴不得大家一起来庆祝，这另当别论。“坐在台上的人”的生日，当下属的最好佯装不知。放在古代，宣布生日须由主人自己发请帖，于是留下这样的逸闻：某县官属鼠，下属凑份子送了一个金老鼠作贺礼。县官嫌不过瘾，随即宣布他老婆生日也在即，生肖是“牛”。主人不公开自己的生日，也许是因为他全心全意投身工作，忘记了；也许是他太敏感，认为：对手扳指头数阁下的生日，之后难保不是“扳倒”的戏码。

二不要触及敏感的年龄线。有的领导不愿见那根要命的“线”，它牵涉到下台问题、接班问题、小金库问题、人事布局问题、小三处置问题、经济上道德上能否“软着陆”以及多年来苦心经营的小王国交给谁等问题。下属不要哪壶不开提哪壶。当然，如果主人授意隆重庆祝，则又当别论。有的领导偏爱礼物，对退场前的最后庆祝尤其在乎，接待台须多放验钞机。

三不要操办“惊奇派对”。这类在西方流行的团体娱乐，事先对主人严格保密，待到最后一刻，主人被蒙上眼睛带进场，才在欢呼和歌声中揭开谜底，这种喜剧效果无疑是充足的。但须防弄巧成拙。西方有一笑话：一位总裁的46岁生日到了，可是早上起来，太太不但没送礼物，连祝福也没有，他认定她忘记了，一肚子的不高兴。回到办公室，幸亏漂亮的女秘书记得，又是拥抱又是邀请他外出用餐，使他心里暖洋洋的。餐后，秘书把他领回自己的公寓，继续庆祝。进门以后，秘书让他坐在客厅，说："我去洗个澡。"临走时抛下媚眼，此时的总裁心荡神驰。20分钟后，秘书领着数十位包括总裁夫人和孩子在内的人马，从各个藏匿处走出，捧着礼物和蛋糕，唱着生日快乐歌进入客厅。她们看到总裁全身赤裸、脸色发白地蜷缩在沙发上。这就是过分"惊奇"的结局。放在中国，难保没有更恐怖的场面，如小三闯关、情人干仗、贿金露馅等。所以，如果你非要办，也应该以"不可不惊，不可太惊"为原则，预先通气，让主人有所防范、准备。

八十三　写着玩

在网站读到一篇妙文，题目叫《作家的话你相信多少》，文内含三个子题目：第一，怎么舍得拒绝喧嚣；第二，只有山野放得下疲惫的灵魂；第三，读者的反应。

第一部分，作者描写了城市在早晨“打包”送来的噪音：车声、老男人难听的吊嗓声、女人的叽叽喳喳声、垃圾车声、高音喇叭声。然后，冲到街上去打招呼、唱小调、逛菜市、过马路、交谈。末段点题：“怎么舍得掉每天的这份喧嚣啊，这份喧嚣能给每天的心情带来多少的随心所欲啊，想干吗干吗，想喜怒哀乐就喜怒哀乐……”

第二部分，写的是和市声相反的山野。“让柔软的落叶铺满脚底，让清澈的溪涧从早到晚鸣响在耳边；允许加入合唱的可以是秋天的黄鹂，也可以是夏日的树蝉；吹过草原的风是那样的沁人心脾，你可以抬脸面对晚霞或者彩虹，随意吟哦几句李白和陶渊明。”末了，来个画龙点睛。

第三部分，是读者读了上文之后的骂娘：“作家都是龟儿子相，我想跳楼!”

毫无疑问，写手是出色的，举重若轻，给一个题目就能肆意发挥，且可频频出彩。相悖的两题，也许是他的机锋所在——讽刺时行的命题作文。遵命而作，在中国文坛上源远流长，“文革”时期这叫“领导出题目，群众出素材，作者出技巧”。该文似乎是编辑出题，不过，即使写出和编辑对着干的另类，也没什么大不了，被枪毙的只是稿件而已，而且至多是稿费泡汤。读者如此反感，倒使我惊诧。为此扬言“跳楼”的人物，很大可能是恨作者明目张胆地“以子之矛，攻子之盾”，前一篇把喧嚣捧上天，把山野生活贬为“活死人”；后一篇把城市指为“大腌缸”，还愤而质问：“难道我们愿意自己的一辈子，就只是做头顶大石块的不堪入目的腌菜吗?”

不过，我认为作者不必惭愧，读者更没必要为此纵身一跳，这样只会让小区的某块水泥地添上比喧嚣丑陋百倍的人血。其实，两个命题都可以成立，只要行文不故意走极端，或对另外一方完全的否定。凡事都有“度”的规限。

喧嚣和清静、在城市上班和在山野休闲、日常生活与外出度假、紧张与放松，这些对立的因素构成一个完全的人生，一如有白天和黑夜、男性和女性。这些常识，读过点书的人都懂，更何况是训练有素的写手，他一如辩论队的高手，无论抽中“正方”还是“反方”，都能条分缕析，滴水不漏。

说来惭愧，我也是写手，尽管不入流。我知道，为了使写作不致中断，“没话找话”是一条好路子。说白了就是写着玩，但读者千万别全当真。为了“玩文”真跳楼，那就不好玩了。

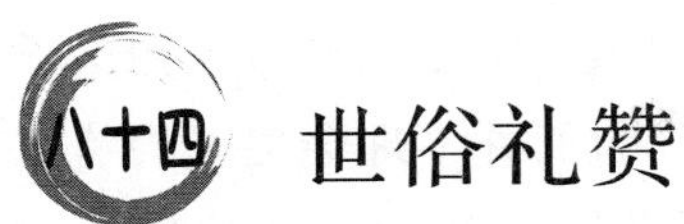

八十四　世俗礼赞

我离开广佛线的车厢，沿楼梯下到一号线的站台时，车刚好开到，乘客们狼奔豕突，冲向车厢，生怕被甩掉。可是，偏偏有数十位矫健如燕的青年才俊，慢腾腾地下楼，边走边浏览手机。其中 3 位还挡了我的道，我说声对不起后从旁挤过去。进了车厢，待喘息稍定，我马上佩服起这些差不多可以当我孙辈的乘客，多淡定！今天是星期天，他们不必赶，我天天都是星期天，却在下意识地赶。

我就此反省：几乎入了膏肓的“赶”病，是从国外带来的。赶成“集体无意识”的当数纽约人，在曼哈顿区的地铁站里头，无论性别年龄，都没有慢腾腾如宠物店里的乌龟的人，过道上来来去去地刮着的，都是人带起的风。赶得最豪迈的，则是旧金山唐人街巴士站前的老人，他们怕搭不上或没座位，车一靠站，就不自量力、忘却自量力地死命冲刺，即使摔伤也在所不惜。别小看该慢就慢的人生智慧，这群年轻人，宁当不为潮流左右的异类，在一代代以“随大流”为第一要务的国人当中，实在难得。

走进车厢。并不拥挤，不必任何人让座就轻易找到座位。车开行，我望向对面——一个老得触目惊心的男人！眼袋悬垂，差不多可与核桃比美的脸，和我取一模一样的姿势的人是谁？哦，是我，玻璃虽然不是正式的镜子，但映象不会走样。我苦笑着，想起了李敖的名言：欲看当世英雄，只需对着镜子。60 岁以后，70 岁以后，再“英雄”，也不耐自己“瞻仰”自己 10 分钟以上。正要移开视线，正对面的一家人把我吸引住了。高而瘦削的男人，30 岁上下，是已经在珠三角安家多年的外来工，眼神中透出主人的底气。他身边坐着的是他太太，清秀机灵的小家碧玉。他把刚满周岁的儿子放在怀里，一手拿着奶瓶，一手拿着筷子搅动瓶里的黏稠液体，液体是奶黄色的，是“奶糊”——最近报纸闹哄哄地说新西兰的进口奶粉含双氰胺，这一家不可能中招，是不够“格”的缘故。太太兴许是刚为孩子换过尿布，现在正忙于整理塞满食品、用品的提包而并不理会丈夫的哺育大业，显然，她对他完全放心。小伙子不紧不慢地、津津有味地搅动筷子。孩子骨溜溜的黑眼睛盯着上方，他一点也不饿，不然，他老子就没那份慢劲儿了。新科爸爸微微笑着，淡淡的小胡子颤动着。我仿佛被一个闪电击中，老眼中充满了泪水。

这就是世俗的原生态，也可以称为中性状态，即常态，它的特征在于：没有“非常态”，即大起大落状态的亢奋和悲喜，自然袒露，不张扬也不遮掩，把人生的魅力全部释放。我从中窥探到生命的秘密：一条宁静的时间之河流过，种族繁衍的庄严和养家糊口的义务是眼前最安详的事业！我不敢眨眼，因为一眨就拨动了满载晨露的竹叶。

这时的车厢，一切都显得舒徐、宁谧，刚才，我因站在车门旁边的男子打电话声音太响而不满，连带地也看不起挽着他手臂的女子，此刻，我为自己的狭隘惭愧。旁边，两个用手机玩游戏的大男孩正在因分数争执，我对着他们微笑。在桂城站，一个比我老的男人，搀着一个比他更老的女子进来，三个女孩同时站起，离开座位让座。

这就是世俗，礼赞它，就是礼赞生命，礼赞民间的秩序，礼赞人性的光明。

八十五　如果“厌倦了伦敦”

读到18世纪英国著名作家约翰生的一句名言：“一个人厌倦了伦敦，也就厌倦了生活。”想到如果语中的“伦敦”，换上别的地方，如旧金山、纽约、上海、广州；甚而换上乡村、郊外、草原；乃至换成某种生活方式，如流浪、蛰伏、隐居，都可能成立。如果不钻牛角尖，那么这段语录的要旨就是：你在一个地方待久了，你习惯了一种生存状态，如果有一天你开始对之厌倦，那么，这一情绪未必只和“那个地方”、“那种状态”有关联，而是因为你对整个“生活”厌倦了。这种厌倦，在你迁移以后或者改变生活方式以后，依然驱之不去。在动荡的现代社会，如果可以在这方面多加思考，你就可较为理性地处理紧要的人生大事。

比如，如今中国人的双向移民潮方兴未艾，一方面，海外的思量着当“海龟”，国内的争先恐后往外跑，孩子涌去留学，富豪忙于转移财产并营造狡兔之窟。撇开非走不可那一类不说，有相当一部分条件不具备，但也要出走的，理由是“厌倦”了。他们不约而同地假定，“外面”比“里头”好。灰霾铺天盖地时想象“外面”坦荡的蓝天，看到水源被污染想象“外面”的自来水比瓶装水还干净，进一趟医院就想“外面”的免费服务，挨上司一顿教训会想“外面”的言论自由，被小偷抢了手机则想“外面”的安全。按理说，以当今资讯的发达，国内百姓对海外的了解该是前所未有的充分，从前声称“能认出洗手间哪是男的哪是女的，你在美国就畅通无阻”的万元户，如今晓得这一知识只够应付内急，对解决生活诸多难题却是无助的。可是，一旦难以全盘接受人生当下的憋屈时，任何人都可能会抛弃理性，一门心思：出去再说。出去以后，站在人海茫茫的唐人街街头，才知道这里并不曾为新来的中老年人提供起码的安稳和快乐。语言、身份、生计、看病、消遣、社交、未来，没一样不让人挠头。有一部分人，由于儿女早已定居，事业有成，所以他们前来投靠时，既马上有了家，又有丰富的天伦之乐，这是较为幸运的一群，但仍旧有许多苦恼。住在郊外的老人家，除了每天接送上学的孙儿女和做饭之外，连电视也看不懂，那种寂寞、苦闷还不敢向人诉说，怕一诉说就招来一句：活该！

厌倦“伦敦”，搬离就是了，然而，如果厌倦的是“生活”，搞不好，可能就只剩一条出路——搬到“死”那儿去。所以，抱怨“伦敦”的种种不是时，我们也要想想“伦敦”的好。我们都有这样的“伦敦”，你在它的怀抱里活了许多年头，它必然有难以尽述的佳处。当你在异乡辗转于一张嘎嘎作响的破床，多年的邻居以及闭着眼也能走回去的街巷、乡音、乡俗都会在这一刻召唤你。

岂止“伦敦”，连婚姻也是。一位在美国居住了20多年、结婚时间超过四分之一个世纪的朋友，因亲属移民而和老婆产生了矛盾。冷战之后，声称忍无可忍，打算一离了之。我劝他先不要采取任何行动，让怒气消退以后再考虑。理由是：厌倦建立在“下一次娶的比她好”的期待上，可是，我对他的“下一次”并不持乐观态度。为了孩子有双亲，为了晚年不折腾，抱残守缺比另起炉灶更保险。除非他连结婚也厌倦了，那就只能光棍终老。

不要厌倦你的“伦敦”，因为这可能会是你“不要”整个人生的先声。

 言与行的诡异歧途

一位在南斯拉夫长大，少年时趁在邮轮打工的机会偷渡到美国（俗称“跳船”），然后定居下来的塞尔维亚族白人朋友，告诉我他家乡的一种风俗：在婚礼一类的庆典上，如果有一位不速之客或有客人虽获邀请但出场后表现不佳，引起了众人反感，主人便以特殊手段“救场”——紧紧搂着不受欢迎者的肩膀，亲热无比地说着：“为什么要离开？宴会才刚开始，多扫兴！真的不给面子？”主人一边出以哀求的语气，一边用暗劲把对方挟到衣帽间，把属于对方的大衣、帽子之类塞回他手里，再往门口推搡，这种劲道是不容抗拒的。主人会同时大声宣告：“哎呀呀，你不要走嘛，好酒还没喝够，人家还以为我待客不周呢！说啥都得留下！”话音落下时，客人已被猛力一推，踉跄在门外石阶上——大门砰地一声关上。据说只有这样做才能顾全双方的面子。逐客成功的主人拍拍手掌，施施然回到人群中。不知底细的人，真的会以为客人是主动告退的。富于幽默感的洋朋友一边说一边示范，最后，他和我却都笑不出来。这一程式的实行殊为不易，脑袋须先对语意作出完全相反的解释，再发出指令，手脚慢半拍就难以协调。他摇摇头说，好在我没生活在那个别扭的地方。

我之所以突然想起这一诡异的异国风俗，是因为目睹了一群年龄在60岁到75岁的女士，在公园里合唱“文革”年代的流行歌曲，何等的豪迈，何等的陶醉！一首接着一首的造反战歌，都是冲冲冲，杀杀杀！我也是过来人，旁观一会儿后，不由自主地跟着哼唱，血也渐渐热起来。事后，我对这一事件作了反省，毫无疑问，唱歌的一群人连同我，青春期正逢“文革”风云涌动，都是被愚弄、误导的一代。在荒谬绝伦的“革命”中，我们文斗、武斗、夺权、串联、出生入死，然后上山下乡，纯洁的献身、庄严的造孽、全体的疯狂。我们绝非“文革”的既得利益者，也不乏最起码

的是非观念。然而，为什么明明知道那些歌曲，“豪气”中带暴戾，“理想”中挟暴力，却依然高唱下去呢？这种心和口对着干的悖谬，存在根源在于：我们这一代人，彼时所有的集体记忆，都是这样被时代烙上了整齐划一的无可替代的印记的。进入我们这一代人共同青春的“入场券”只有一种，那就是我们所鄙弃乃至仇视的过时歌曲。

这样的“不一样”在蔓延，王蒙先生的随笔《符号》中写到：老王的妻子做的香酥鸡，老王吃了一口，“腥、臭、苦、辣，恶心，诸恶俱全”。但老王知道妻子绝对批评不得，便含泪大叫道：“我的上帝！真是太好吃了呀!”（他实际上是想说：真是太恶劣了呀!）老王的倾情赞美，太太自然很受用。最后，老王下结论：“轻轻地把符号颠倒一下，世间多少争执都可以消除了啊!”由此可见，说的和做的、说的和想的有时是完全割裂，甚至相反的，这似乎业已成为我们应对人生所有方面的定规。

往下，是这样的现象：驾车人在十字路口看到交通灯转绿反而停车，因为他们晓得危险恰在这时刻，待到把冲红灯视为理所当然的车子全过去再走。红灯已亮，这回，轮到另一方向的车子如法炮制了。

八十七　候车站

去离家颇远的交通管理处办驾照更新的手续，归途坐公交车，中途得换车。从“科技学院”站跳下车，广告牌后的细叶榕、百步开外的修理厂、远处街角的穆斯林餐馆、正对面的科技学院大门，连同从远处款款而来的女郎所穿的高筒牛仔靴，无不似曾相识。遂忆及去年，也是在这个秋风乍起的月份，也是从交管处回家、在这里转的车。原来，我的记忆机制早已锈结，须到了相同的空间，经过充分的景物暗示，才可点击出“往昔”来。

那点儿“往昔”当然不够用，无非是在158路公交车内，一位中过风的老太太站在过道上，当时没人让座，煞车时，那只健全的手死死抓住横杠，身体东摇西摆，岌岌乎殆哉；无非是空寂的街道，大卡车颠簸出巨响，某小区轨道式闸门开启时隆隆然，不可一世似的；无非是一两辆自行车从夹竹桃下驰过，辐条闪着镀镍魔术棒一般的光；无非是交管处附近麇集的鬼祟之徒，谁在附近下车，他们之中便有一个趋近，问你要办什么证。然而，一以贯之的是秋日午间的慵懒氛围，哪怕你是血脉贲张的激进分子，进入这个以候车站为标志的地方后，也不能不打呵欠，不能不做出偷懒、高卧、入梦一类一点也不争气的举措来。

我在车站的大广告牌前徘徊，去年被我细读过的路线图并没变旧，一如刚才缓缓驶过的公共自行车，通体的橙红色和去年近似。岁月有不老的神通。“夫天地者，万物之逆旅也。”李太白这句不朽的句子忽然冒出来，我最先知道它，并不是因读了《古文观止》，而是在儿时的一天半夜，睡在骑楼上的母亲忽然吟哦起《春夜宴桃李园序》。起初声如蟋蟀叫，后来渐渐高起来，仿佛被学堂的先生叫到黑板前，就这样她重复了好几遍。我隔着杉木板问母亲念的是什么，她告诉我，这是她唯一能背的古文。她不过读了四年初小。这一段记忆和眼前的候车站一般，也不会老去。

但凡让你逗留过、低徊过的，不论时间长短，都是独家的“旅馆”。候车站也是，更何况，它虽然是专为“等候”而设，但谁都不愿意这功能被最大限度地发挥，最好是稍一驻足便可跳上车。它更意味着移动，远行。下一站是“海峰四路”还是天涯海角，都不关它的事。

那么，上一站是怎样的风景呢？这次我因为久候巴士而失去了耐心，后才改为打的。这时我只好追溯去年那一次去交管处办手续，乘 159 路巴士，须中途换车，我在“冠华学校”站下来，兜头泼下的不是秋雨，而是被午间日头蒸出来的慵懒气息。围墙内的建筑物一片静默，不像是书声琅琅的学校。这天肯定不是周末，我记得清楚是因为当天交管处没有关门。我没有转搭通往“海峰二路”的巴士，而是一路走着并不熟悉的道路，懒得向别人打听，但居然也撞到了目的地。不是凭直觉，而是为了一棵马缨花——娇艳之极的绛色花，朵朵如伞，纷披一树，我仰头看了好久，还用手机拍了照片，抬头才发现不多远便是交管处。如果我一路追寻 158 路巴士线的候车站，那将是：东鄱南路、张槎二路、大沙、张槎……每一个陌生的地名都可赋以无限的想象。候机大楼上的起点和终点相隔万里，但候车站却可相望。

一片朴树叶子无声地飘在脚边，又飞起来——158 路巴士正在靠站。

八十八 爬梯记

最近我开始热衷于爬楼梯，有时一连爬三次，每次 15 层，每层 20 级。虽费时不多，但每次都一身大汗。爬楼梯并非登楼，后者是能作成赋的，王粲就作了，其中的一句“洵此美而非吾土兮”，使多少拍栏杆拍疼了手掌的游子涕零！今天我一边爬，一边想起了一桩事——校友聚会。它和“爬”并无关联，但越想下去，越觉得二者颇有神似处。

爬上第二层，往窗外探头，被一座四层高大型建筑物挡住了大半视线。这家名叫“××渔邨”的餐馆极有名气，分早茶、午餐和晚餐三个时段，每个时段都是车来车往。和我所在高度相似的第二层，是占地广大的主餐厅和数以十计的包厢。从中还能看到穿旗袍的带位小姐、穿裙子的服务员以及林林总总的食客。这景致，可作“高中毕业 10 周年”校友聚会的象征。一群未及 30 岁的青年才俊，男的顾盼自雄，女的娇艳矜持。上学时未了的爱情要继续，房子、职业、择偶，这些话题均具吸引力。激情、浪漫、入世的迷惘、顺遂者的得意、受挫者的彷徨……但总基调是向上的，“希望”是中心。

20 周年的聚会，姑且算是在第 4 层的窗口吧。一个婚礼正在举行，粉红色的装潢和红的花，酒席进入高潮，几乎可以听到碰杯声。咄咄逼人的朋友要戏弄新娘，害羞的新娘被傧相保护着，新郎束手无策……好热闹的气氛。我又望向向中年逼近的群体，男的职业接近稳定，女的多为人妇。成功者竭力把成功掩盖起来，哪个环节，比如抽奖中最大的奖品，由他埋单，他不会透露，直到最后才由主持者说破。“三个女人一个墟”，她们兴致勃勃地谈论读小学、中学的孩子，得意忘形之际，还不忘记把颈项上的钻石链子露出来。人生这杯浓烈的酒，把大多数人都灌得迷迷糊糊。

30 周年聚会呢？我登上第 10 层，气喘着。对面，一行包厢的灯光依然华丽，桌子上的众多菜盘子已狼藉，虽然食客意犹未尽，但终究接近尾声。此刻，令事业无成或仅有小成的校友松一口气的是，住旅馆的开销，由在省城担任一家集团副总裁的一位包揽了。有鉴于上次聚会，个别按捺不住的校友开始炫富，教寒酸者拒绝再度露面的教训，宣布一个规定，一律以名字相称，不管你是什么长、什么总，都不准交换名片，“只沽一味——叙旧”。接近50岁的人都有些疲乏了，男的看着女校友的背影叽里咕噜：老太婆了！说是忌谈目前，但那些不得意的还是忍不住交流社保和医疗费用。而风生水起的少数，则开谈去欧洲买名牌和儿女在美国上常春藤名校种种。

40周年的聚会，近似对面阑珊的宴会，天下没有不散的狂欢。人生的大菜都吃过了。接近60岁的人们，老态龙钟，相见时无不哀叹一句：岁月又公平又残忍，但依然一个劲恭维当年的同桌“就你不见老”！上学时得过全校5 000米长跑冠军的小伙子，被儿子搀扶着进来。

50周年聚会，如同我面对餐厅的顶楼，空荡荡的，使人生华丽和丰满的配件已不复存在，只有非安装不可的水管、煤气管、杂物、垃圾。这一回，走了一些、出国一些、病得无法前来的一些、没兴趣掺和的一些，人数减少了，出钱的也少了，几个工于怀旧的骨干费尽心机才准备就绪。参加者举杯时，心里不禁凄凉一问：还有下次吗？

60周年到了，寥寥的校友拄杖前来，这时，他们共同的关心是：谁谁谁走了。没有人谈事业、官衔和财富，这些先前热衷的，现在都离得太远。治冠心病的秘方、太极拳和临睡前的沐足，才是热门。豁达的，大笑着承认对面的老太婆是他高中三年的梦中情人。

我登到最高处时，关于聚会的想象终止。不想再设计70周年。入夜了，窗外灯光如海。鸟瞰偌大的酒楼，只是一个轮廓，里面，华灯下的觥筹交错和莺歌燕舞均无所见，星星倒是近了一些。

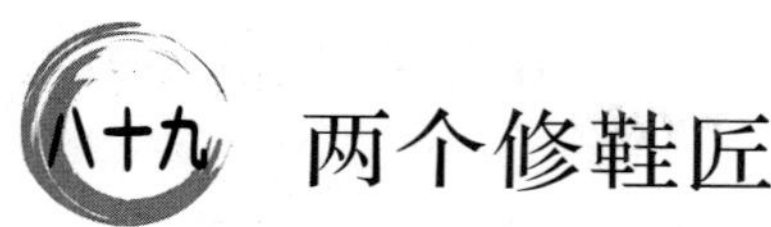

八十九　两个修鞋匠

在羽毛球场上挥拍时，感觉鞋子有点异样，一看，鞋底前半部分因黏合剂失效，多半已脱离。下了场，在回家路上找到一个修鞋摊。由于没有备用鞋，我声明要坐等他修好。这摊子我去年来过，不同的运动鞋，同样的毛病——底部松脱。那次我把鞋子留在摊上，第二天才取回。修鞋匠不苟言笑，对活计的质量极为在乎，这就是上一次他拒绝我当天拿回的缘故。我对师傅说，虽然这鞋子离报销之期不远，但能不能涂胶水把底部粘上，好多对付几个月。他拿起鞋子一看，差点"呸"出来。"没法整，运动鞋都有这毛病，我都修怕了。""粘不紧不怪你，试试看，反正我也是凑合。"他头也不抬，只管给搁在膝盖上的鞋子上油。"送上门的生意也不接?""怎么接? 粘好了，一穿上鞋底就会掉下，羞死人嘛!""你的意思是，我只好扔掉，买新的?"他没说话，意思是：还用说? 我讪讪离开。严辞拒绝并无风险的生意，这样的钉子我回国以后第一次碰到。

我不死心，找到另外一个摊子。我道明来意，师傅干脆地说：行！我问他能不能马上修。他说可以。师傅把磨损了后跟的高跟鞋放在小凳子旁边，给我的鞋子涂上黏合剂。我坐在他对面，和他聊天。我了解到，这浓眉大眼的汉子是四川人。他今年 43 岁，来南方修鞋 10 多年了，日子过得还可以。黏合剂涂好后，他用力压紧。问我，要不要缝线。我说好是好，但鞋子快报销了，不值得多花钱。他说只要 10 块。我又开玩笑：一只还是一双的价？他迷惑地看着我：有按只收钱的吗？我说有，20 多年前我在深圳的一个擦鞋摊，女师傅开始时说要一块，最后要两块，理由是：刚才说的是擦一只的价。师傅笑了起来，带着职业的自豪感："我不干这种下三滥的事。"

我付钱时告诉这位四川汉子，我刚才去另外一家，那位师傅死也不肯接这活。他义正严辞地说："生意能这样做吗？客人需要，就尽力做好嘛！"

我穿上加了黏合剂又在边沿缝了一道线的鞋子，满意地离开了。在路上想，对第一个师傅，虽然因他的拒绝而带点儿芥蒂，可是，还是从心底里欣赏他的风骨。为了名誉，为了质量，他就是要有所不为。从他冷傲的神情，我捕捉到一种早已被商品巨潮卷去的清高。我却不能不喜欢第二位，他的善体人意、驯服和机灵，就是当今正派生意人成功的诀窍。要问以后我会找哪一位修鞋？从理性上说，要找第一位，即使碰钉子；从惯性上说，我会找第二位。说得严重点，这是人格分裂的表征。然而，谁不是这般，在知与行、操守和权宜、理想和现实这一类关系中，私下敬畏，由衷地赞美高尚，同时，又怀着鄙夷、不屑、不甘、屈辱等复杂的负面情绪，去逢迎、接受、寻找卑鄙？驾车者在平日里热烈拥护交警秉公办案，一旦出了车祸，责任在自己的身上，就变为没头苍蝇，迫不及待地找关系，钻贿赂的门路。同理，病人给纪检部门写信，表扬不收红包的医生。然而，他却悄悄地找接受红包的大夫看病，理由是前者有违惯例，让他心里不踏实。

九十　菜市之恋

回到岭南古镇定居以后，我多了一种爱好——逛菜市。此“逛”并不清高，是以功利主义为主宰的。数十年来，我是几乎不干任何家务的撒手掌柜，妻子才是主中馈者。可是，如今实行角色互换，她爱了一辈子的“瞎拼”，交我分担其中相当重要的部分——买菜，开始时我对此颇为纳闷。后来明白了，她这位采购专家、砍价老手，进菜市面对五花八门的食物时，一如书蠹自己作文，被满肚子学问堵住，成了“茶壶里的饺子”一般，因为太精明，过分注重安全而误事，买一盒面条，光在检查生产日期和成分上，就得戴着老花镜磨蹭10分钟。这种带洁癖的主妇，进菜市看到白菜就想到农药，看到猪肉就想到瘦肉精，看到活鱼就会想到苏丹红。炸豆腐提也不消提——地沟油！现成的熟鸡吊在铁钩下，哼，天晓得是不是发过瘟的！还怕摊贩造假掺假、地方脏或缺斤少两。然而，饭是不能耽搁的，她只好专心在家掌勺，派我去买非吃不可的菜，这种做派，广东老话叫“没眼屎，干净盲”（意近于“眼不见为净”）。

我乐此不倦，因为在熙熙攘攘的人群中缓慢推移时，满足感就可产生，这比阅读报纸快了10倍。旧金山一家专卖便宜货的店子，门面很小，门口挂了一条标语：“本店所无，即非阁下所需。”此说放到国内任何一个菜市都不算“口嚼大蒜——好大的口气”。心里洋溢着莫名的欣幸，啧啧，这么多好东西！都不需凭证，不用求爷爷告奶奶地走后门，也不怎么排队。呵呵……这情景放在30年前或40年前，岂非白日梦？良好感觉来自“独家参照物”。我去国30多年，可资比较的菜市，落在改革开放整个历程之前的20世纪70年代或更后的经济困难时期。市面的匮乏和顾客钱袋的羞涩是彼时的绝配。如今，不再存在“买不起”的问题。本来，孔夫子的“从心所欲”，别说在精神层面办不到，就是在菜市外头过马路也战战兢兢；可是，在菜市这小范围内，我还是能够轻松地获得任何食物的。

浏览一遍，对全局有了把握，我便开始以专家如老妻者所不具备的大胆、主妇们豁不出去的爽快以及高雅人物所不屑的低身段——选菜和买菜。菜心，每斤 4 块半，看也不看，抓一把就往计重器上放。鲈鱼，23 元一斤，来一条。叫糯米粟的玉米，5 块 5 一斤，这么贵？好吧，来 4 棵，要老一点的。排骨，1 斤 28 元，旧金山才卖 3 美元多，不足 24 元人民币，可是……还是称两斤吧！拿来待客。我当然知道这里绝对没有“特供”食品，贴上“国宴专用”标记也是扯淡，什么猫腻、什么危险都可能有，然而，临场我总是忘记。食欲类似“色胆包天”，“好吃”的诱惑压倒所有恐惧，即使看到玻璃柜子内的全麦馒头时想起深圳有过的“以墨汁染黑”，也许，刚刚剖开的大鲩鱼那鲜艳的红腮里残留着超标的重金属。

不错，当摊档主人以过分热切的口吻打招呼时，我的脑海不是没有闪过塑化剂、工业盐、敌敌畏和三聚氰胺之类极端影响购物欲的名词，还会想起一位朋友这般感谢咸鱼档上的苍蝇：“我正要付钱，看到它们爬过一块霉香三牙后掉在地上，死了，我只好逃之夭夭。”可是，我依然被安分百姓的姿态和热闹氛围吸引。“过日子”是中国民间最伟大的哲学，它囊括理想和实践二者，菜市是过日子的重大支撑。

我买菜快捷，但在摊档间耗时颇多，因为爱背着手转圈，看菜是次要，主要是阅人。从不中看的过时芥菜堆里挑出鲜嫩的便宜货的，是在菜市盘桓了大半辈子的老婆婆；以铁口直断苦瓜和西洋菜的缺陷，从而砍下一半价钱的，是伶俐的婶婶；新媳妇初次来，小试当家人的锋芒，羞怯里有自豪，看掏钱时的微笑就知道；至于和我一样的男人们，懒散的、机警的、绵里藏针的和大而化之的，大抵心里都相当滋润，因为买菜意味着一家子团团圆圆，在等他带回鲜活的惊喜。

还有各种各样的档主，狡猾的、诚恳的、小气的、大度的、厚脸皮的、温柔的……他们都在买卖的攻防战中展现着自己的个性。他们也具共同点，那就是对客人很恭敬。哪怕你在外头是最窝囊的小人物，在菜摊前一站马上就成当仁不让的大爷。“老板，野生黄鳝是刚运来的，28 块 1 斤，给你才这个价。”

走出菜市场，购物袋装满了花椰菜、香芹、椰菜花、豆腐、排骨、鲫鱼、大白菜，手被袋子勒得生疼。进家门后把五光十色的袋子放在桌子上。剩下的就是妻子的权力范围了。她从来不说我买错了，用筷子穿过芯部，像对付冰糖葫芦一样啃我从路边买来的玉米棒时，也没问是不是转基因。足见我的“瞎拼”大可进行下去。

感时篇

（五题）

一、“坐拥宽阔后排空间”

小区里的电梯，被无孔不入的广告商盯得更紧了，最近竟频繁到一星期换一次。不能否认，挂在狭窄空间的小小玻璃框里的彩照，你不能不看，因为别无可看。这几天，我被这样一幅广告吸引住了，题目叫“坐拥宽阔后排空间”，内文有这样的句子：“秉持运动精神，从容拓展新天地。全新×××3 系长轴距版携王者荣耀，与您在更高境界尽情挥洒运动激情。”我这外行也看懂了，这一款欧洲名车是以“宽阔后排空间”为卖点的。彩照上，聚光灯照耀着空间广大的后排，米黄色皮沙发又高贵又亲切。如果我有 100 万人民币的闲钱和价值 20 万元以上的车库，也许可以“坐拥”一回。如今，研究广告便是我的“过屠门而大嚼”。

终于，趁乘电梯看了 10 来次以后，我看出了一点门道。这广告强调“宽阔后排空间”的优越时，用上“大有可为”一词。我不能不浮想联翩。驾得起动辄要价 50 万至 100 万元人民币进口车的，上车前和下车后，“大有可为”是没有疑问的，但这和交通工具之间的关系未必如蛋生鸡，鸡生蛋一类命题一般纠结。且研究上车以后，按通例，车主人是坐在驾驶位的，他享受的是驰驱之乐、在闹市猛按喇叭炫耀之乐以及在高速公路上拉风之乐。进停车场时，明明知道岗亭的保安会抛出既妒忌又敬畏的眼神，但懒得瞅上一眼。如果是×二代，旁边坐着影视明星般的女友，自豪感无疑是足够了。这些似乎和后排的宽阔空间关系不大。

对了，老派富豪自己不开车，开车的是兼任保镖的司机。为了显示派头，他不会坐在副驾驶座。后排的宽阔空间就被他实打实地享用了。

于是又有了问题，坐在后排的宽阔空间，如何挥洒“运动激情”呢？姑且出一道题：在宽阔的汽车后排座位，能做哪些“运动”？我搜索枯肠后交出答卷：如果系上安全带，“可为”的有——打坐、拉筋、头部和上半身自我按摩。如把下棋也作为“运动”凑上，可加上下盲棋。倘若不系安全带，小孩子可以翻筋斗，大人可以耍不必踢腿的某种拳，如果两位龙虎武师并排坐，也可以过过招、度度桥。当然，再宽阔也是“屎坑舞关刀”。

我真想把撰写这一广告词的专才请出山，让他坐进宽阔后排，然后就挥洒“运动激情”作一次示范。为了免于让他为难，我替他想出一招：把女朋友带上，一起坐进后排，把窗户全部遮严。他们在里面的“运动”属于隐私，但震动却是可见或者可感的。这便是如假包换的“大有可为”了。舍此几近荒谬的联想，我不知道还能举出哪一种。除非你发明了车内挥杆打高尔夫的特别玩法。

写到这里，我忽然省悟，这未必不是广告公司创意总监的鬼点子。以“车震”来暗示豪车的性感。但愿我不被嘲笑为戴上了“有色眼镜”。发挥了这么多，意在向广告界进言：不要过度发挥。“大有可为”的蛇足使广告变得莫名其妙，也让吸引力大大减分。这类浮夸文案一如华丽过分的月饼盒，无一能逃过买椟还珠的宿命。

二、咖啡馆面试

据新疆网载，一位自称为上海一家企业管理咨询公司总经理的女士发微博称，她面试了一个简历做得很漂亮（北大毕业，企管硕士学位）的男子，“结果俺埋单，他丝毫客气也没有，饮料都是我端的”。稍后，一位自称为某企业“前科技副总裁”的网友也发微博称：“今儿我被通知面试。很奇怪没有在他们公司，而是选择了一家环境优雅的咖啡厅，后来我发现面试官是一女的。我以为就是聊聊所以只叫了杯柠檬水，没想到那女的点了一大杯拿铁。聊完了，那女的暗示我埋单，还说一个男人应该大气些云云。我拒绝了，对她说：我是来找工作，不是来相亲的。”

除当事双方之外，还有目击者的陈述：“今天我们店里来了两个人，看样子很奇怪，男的点了杯柠檬水，女的要了大杯的拿铁。埋单时，那女的含情脉脉地看着那个男生，那个男的左右环顾，两人僵持了半天……”

往下是微博“道德法庭”的判案，它们各执一端，都有一定道理，正应了“一样米吃百样人”一说。综合起来，有两派：一是世俗派。接受面试者在求职的关键场合，不应表现得小气，应埋单，为未来的事业打好伏笔。二是公事公办派。面试是公司的行为，理应出钱，所以面试官应先付款，再回去报销。

我个人认为，若援用“仁者见仁，智者见智”的套路，对这位男子可有两种评价，第一，如果出于世俗之眼，那么他在“人情”这一功课上分数偏低。看他的学历和头衔，应该是优秀的，但他入世的历练尚浅，在重“人情”的中国社会，他的应对尤其蹩脚，暴露了两个弱点，首先是摆架子，饮料都由女方端，他却坐在那里当大爷。这可是社交上的大忌，这样的第一印象可能会被对方引申开来，得出“此人以自我为中心”的结论。这一标签意味着他不能容纳别人意见，难以和团队同仁相处，还有大男子主义的懒惰。二是小气。女方在咖啡馆面试，可能是要营造轻松随意的气氛，通过闲聊，以“非正式问题”来考察对方，这一场合和方式，在准确性方面，无疑比严肃的答辩更胜一筹。对于后者，能胜任的是口才出众、善于表演和娴于脑筋急转弯的一类，但前者连风度、品性也捎带地检验了。而他，连请人喝一杯拿铁也不肯，那么，即使在咖啡香气缭绕的所在，他侃侃而谈，发挥良好，付账这一关的拙劣表现则给他减了分。

第二，如果出于名士之眼，他可能被恭维为有“风骨”，不阿谀，不出卖自尊，可谓“男儿膝下有黄金”的写照。甚至，他的出发点可能是以摆架子来对用人单位作压力测试，看它对“不世出”的大才能容忍到哪种程度。

我以为，我们不必顾及咖啡馆面试的特殊性，而应普泛地看社交（它涵盖绝大多数人际关系）场面。西方对此有一个值得我们借鉴的规矩：女士优先。绅士风度的重要内涵就是对女性的尊重、呵护和帮助。这位男士所面对的，面试官也好，朋友、同事、亲戚也好，陌生人也好，都要以礼待之，有礼貌地帮助她脱下大衣，放好，挪椅子，请她先落座，然后请她喝咖啡（这开销应该付得起吧?），把饮料端到桌上，从头到尾不卑不亢。慷慨，但不炫富摆阔；谦和，也维持自尊；坦率，并尊重隐私；遇到尴尬时能以幽默化解，才是值得女性倾慕的男士。名士，指的是思想上的独立、精神上的傲岸、名利上的淡泊；对一位女士傲慢和抠门，表现出的仅仅是小家子气。当然，女方埋单也不是不可以，若然，男方要表示真诚的感谢。

深一层看，咖啡馆一类场所，除了面试，其他行为也可提供若干“察人”的启示。比如，认识不久的情侣一起进去，对方努力给自己献殷勤固然好，但也得看他怎样对待别人，如果他爱呵斥服务员，就是看不起“下等人”；如果他先声明自己作东，却一个劲儿地点特价菜，那可能是持家有方，也可能是吝啬。如果想了解婚后对象待家中长者好不好，可先看他（她）怎样对待街上的拄杖者；想知道对你有多诚实，你可以引他（她）把同一件事重复三次。

三、“4 万”和“2 450 万”

2012 年冬天，有网友发微博称，广东省吴川市人民医院挂出了大条幅，庆祝该院住院病人突破 4 万人次。图文刊登后，马上引来围观，绝大多数网友对医院的行为表示不满，并予以严厉抨击，有人名之为“舆论围殴”。我开头也望文生义地附和多数人的意见，将此举和棺材店、殡仪馆、骨灰瓮店以及墓碑店炫耀“生意兴隆”等量齐观。再往深处想，却觉得医院这一庆祝并无严重问题，如果“住院病人突破 4 万人次”属实，它所释放的正面信息至少有：第一，医疗水准颇高；第二，硬件设施、卫生条件和收费优于同行；第三，获得民众的普遍信任。这些体现的是正面价值，和并非网络水军哄抬的电影票房、不经伪造的公司业绩类似。舍此，你如何判断一个医院的优劣，以它的住院部空空如也来证明当地人的健康呢，还是以“只收治部长级以上”来标举其“高不可攀”？

当然，这一类标语和中国的绝大多数人事纠葛一样，桌面一个版本，桌下还有一个。比如医院的盈利，哪怕它通过收治病人“4 万人次”大赚特赚，也只向董事局和股东们报告实数。如此类推，许多行业都有禁忌，比如，教堂里的牧师、寺院里的住持、红十字会的主席、民选或委任的一切官吏，他们不会笨到对外宣扬其特权，其合法的和非法的所得，如果座驾太豪华，深入民众之时则未必敢开。与此同时，工商界的风云人物堂而皇之地亮出拥有的一切，越是富有越受到敬仰和信任。这差别是先天形成的。老百姓在价值观、是非观方面的机敏度，看 2012 年内“表叔”和“房叔”们的遭遇就知道。.

可是，为什么网友们几乎一边倒地对宣扬“住院病人突破 4 万人次”不满呢？原来，不是标语出了错，而是“联想”出了问题。从住院想到医患之间的紧张关系，红包、回佣、恶性竞争、见利忘义……有关医院的负面回忆一股脑儿涌上，于是得出结论：医院只顾发病人的财。如果标语改为“庆祝免费住院突破 4 万人次”、“以最低廉价格治愈弱势群体病人 4 万人次”等就有看头了，可惜医疗行业不能坐吃西北风。

不过，我还是建议院方不要挂这类导致不愉快联想的标语，挂“庆祝病人满意率达到百分之×××”、“庆祝癌症治愈率达到国内先进水平”就不会再扎眼了。归根到底，迫使医院亏损不切实际也远于情理，但它牟取暴利，即使不挂标语，也是行业的大耻辱、良知的大污点。

说完医院，再说莫言，不错，这位诺贝尔奖得主是发财了。好事者“十分粗略和保守地估算”如下：从瑞士领来的免税奖金 750 万元人民币，版权收入可能超过 1 000 万元，影视剧改编版权收入至少 500 万元，如果再包揽广告代言的话，也将轻松超过 100 万元。光这几项，就有 2 450 万元。至于别的，他成为传媒、政府、企业、学校的顶级嘉宾，自不待言，更有名垂文学史这“最大的收入”。

对此，我有异议。我以为，一个作家，发小财无妨，凭正当收入买房也值得祝贺。可是，发大财并不光荣，哪怕并非独自钻营，而是因为“一个不小心”；炫耀发大财，更是奇耻大辱。作家，不是牧师，也身负矫正世道人心的天职；作家不是义工，但如果他取得远远超过普通人生活所需要的财富，且由此据案自雄，不但会引起公众的反感，对他的写作生涯也有妨碍。作家，特别是畅销书作家、应制体作家，发大财的先例有的是；大作家却另当别论，有挨刀子的、坐牢的、战死的、自杀的、穷愁潦倒的和默默无闻的，却从中难以找到一年到头穿燕尾服，在高级宴会出没的。好在，莫言不是低级财迷，我们祝愿他，不在名与利的世俗之海中灭顶，而是一如既往，做普通人，写普通人。

记起陈西莹游记里一则：在西班牙一闹市，导游指着一个流浪汉模样的老人说，这是写出《唐·吉诃德》的文豪塞万提斯，游客大惊并抗议这个国家糟蹋国宝。导游笑笑说，这样他才能继续写作。

四、关你×事

不久前，易中天教授在武汉大学演讲时，就央视记者到处问老百姓“你幸福吗”一事发表议论：“央视这个问题我认为很多余，我幸不幸福，关你鸟事。”“让全场观众再一次爆发了雷鸣般的掌声”。后来，好心的记者在报道中改为“关你甚事”。其实，不改才能显出名人气派，这叫“做人更真”。比易中天更火的莫言，从前写到，某位战争年代在延安窑洞里的名人和外国记者谈话时，不胜跳蚤的打扰而当着人家的面“伸手进裤裆抓痒”，赞为大英雄的做派和真名士的风流。

我也认为，央视记者这一问有大而无当之弊。幸福是心理上的反应。挎着价值 10 万乃至 20 万元的欧洲名牌手袋，在会馆烟视媚行的女子，被旁人视为是幸福的，殊不知她刚刚接到私家侦探的短信，称她老公正在和小三开房，差点给气得吐血。贫寒人家过年团聚时，下一顿饺子，幸福也满得要溢。更何况，一旦进入“感觉”层面，幸福就具备了暂时、易变、极端个人化、私密化等特点，而且往往指涉具体。央视记者问一位捡瓶子的 73 岁老人，他就婉拒回答，只说捡一个瓶子换一毛钱，言下之意是，捡到足够的瓶子就是幸福。悬在大厦的玻璃墙壁外，挥刷子清洗的 38 岁工人说，能够回到远在云南乡村的家陪孩子是幸福，赚够钱买房子还债是幸福。21 岁的工程师说能带父母去旅游，见见外面的世界是幸福，只可惜国庆长假要加班，连父母也见不到，即不够幸福。在菜地劳作的农民说把菜卖光是幸福。在街旁的 7 岁孩子说，爸爸回来就是幸福，还提醒在城市打工的爸爸寄生活费。

人民的感觉，政府固然管不着——从这方面逆推，得出的结论有点可怕，那就是极端专制时代极端短缺的“没有说话和不说话的自由”，“免于恐惧的自由”。作为芸芸众生中的一分子，更不必咸吃萝卜淡操心。可是，刚才在街上走，迎面而来的一个青年女子，她的表情让我一惊——也就是说，哪怕这仅仅属于“市容”的一部分，却也影响着旁人，而未必大而化之为“甚事”乃至“鸟事”就可敷衍过去。她抱着一束花，是一束在花店学过插花的专业人士的作品，以粉红百合花为主、绿叶和玫瑰为宾的花束，在萧瑟的冬天的大街上，在惨白的阳光下，这样的花的夺目，何消说得？可是，她一脸乌云，眉毛、鼻子和嘴巴都拧在一块，说这是悲哀、伤感、妒忌或绝望都沾得上边，尽管我难以确切知道是哪种情绪，但可以肯定此刻她和幸福无缘。倘若不抱花束，她是不会引人注意的。然而，谁都为她侧目，因为和花的反差太强烈的缘故。原来，人与物的关系是如此的奇妙。我盯着她自问，不会是以花为陪葬品去投水吧？如果我趋近，问她出了什么事，要不要帮忙，那是狗咬耗子，遭到白眼乃至斥骂的可能绝对高于感谢乃至求助的可能。说到底，这一下子就过去的“关我×事”，说明人与人之间的相互影响和互动是难以避免的。

且回到“关你×事”上去。从执政者方面来说，唯老百姓的“幸福”是问，大方向是值得肯定的，不然，难道要重蹈覆辙，回到“道路以目”乃至“血流漂杵”吗？但政府的职责，主要在经营“幸福”的硬件上，即建立公平、法治、理性、清廉的社会，这就是“幸福”的主要产地。经营不好就成了苦难和罪恶的温床。至于老百姓具体而微、千差万别的“感觉”，套易教授的说法就是。

五、周公吐哺，天下共饮

2013 年 1 月中旬，某报首页插入一则广告，严格点说，这是曲线广告，且看题目：“重塑酒魂，周××精神永存”——我打××，并非效仿“文革”年代批斗牛鬼蛇神的故伎，绝无轻侮的意味，只是出于以下两个原因：第一，我没有义务替他打广告；第二，为这广告挽回点面子，尽管也是“曲线”。往下看，才知道是纪念一位“中国白酒业传奇人物”的辉煌功业的。读完全文，我才明白，它是借歌颂名人来宣扬一种酒的伟大。什么酒？我也不说，理由和不照抄名字相同。从报纸买下类似书封面的第一页来卖广告，是正当的商业行为。而且，无论黑酒白酒，其魂如何铸造，都可借用易中天教授批评电视台记者手拿麦克风，追问路人“幸福不幸福”的粗话：“关我×事。”可是，那天在茶楼排队，穷极无聊之际，专心研读手头仅有的报纸，面对广告，佩服着，赞美着。这时我又从文中用另一种字体排的墓志铭里看出了问题，这铭，绝非等闲物，先标榜由专业团队制作。且想象，一群风雅之士，吃饱了没给撑着，日夜推敲、吟哦，也许只是为了刺激灵感才报销了很多瓶××酒。完稿后送审，还可能交给品位跟“酒魂”差不多的“文魂”、“赋魂”、“铭魂”斟酌，由更“专业”人士写下权威性评语后，由××酒业董事会批准，最后才雇请工匠镌刻于雕像下。它是要和××酒一般不朽的。

墓志铭中有这样一段：“周公为酒而生，六十载卓越贡献，无人堪比。创白酒大法，立品评细规，理论实践双开拓，终成业界泰斗。揣总理手谕，茅台试点，揭千古之谜。施北斗计划，黄山攻关，凭生态绝技。周公吐哺，天下共饮。”

以作赋为专业的团队不谓不聪明，由于对象姓“周”，便“顺”了曹操的《短歌行》。曹诗是“周公吐哺，天下归心”。“周公吐哺”一典来自《韩诗外传》的“一沐三握发，一饭三吐哺”，它的意思是：周公一次沐浴要三次握着头发，一顿饭要三次吐出口中食物，为的是接见到访的士人。那时没有电话、微博之类，难以预约，遇到不速之客敲门，主人就会猝不及迎，以致狼狈到这个田地。洗头洗了一半，握着湿漉漉的头发赶去见客好理解，但吃饭无法囫囵吞下，要吐出来，我想恐怕那是老牛筋或猪排骨吧。古之周公吐就由他吐吧！今之周公吐出来的，却要“天下共饮”。请问阁下愿意张口否？哪怕吐出来的是水陆八珍拌着在他指导下酿制的××酒。谁能抑制生理上的恶心？“文革”年代有一句用来强调领导深入基层，掌握第一手材料重要性的“群众语言”：“吃别人嚼过的馍没味道。”那是比喻，但这回可要当真。而且，“天下人”一起饮，这周公要吐多少才够？

也许，这个专业团队要马上启动非危机公关，指斥我佛头着粪。他们的理由恐怕是，我这解法太拘泥于字面，并不足取。他们借用“周公吐哺”，主要是取其精神——求贤若渴，礼待士人，从而获得天下人的尊敬。诗无达诂，强词不是不能夺理，只是，从“吐哺”到“共饮”，并无过渡和铺垫，跳跃之大超出我们的理解力。

九十二 能不能“访戴”

据电视上的天气播报员说，近日全国多处早就处于严冬，连粤北的最低气温也到了零下 5 摄氏度。我所在的珠三角却绝难看到雪，这也使得“踏雪寻梅”一直虚悬在梦中。不过，坐在不必开暖气的书房里，回味和寒冷有关的逸事是无碍的。首先想到的是雪夜访戴。

烂熟的典故出自《世说新语》：“王子猷居山阴，夜大雪。眠觉，开室，命酌酒。四望皎然，因起彷徨，咏左思《招隐诗》。忽忆戴安道，时戴在剡，即便夜乘小船就之。经宿方至，造门不前而返。人问其故，王曰：‘吾本乘兴而行，兴尽而返，何必见戴？’”

走了这么远的路，到了却又转身就走，绝了。严格来说，不能叫“访戴”，可名为“访戴安道的家门”，也就是现代人的旅游。近年来有人考证说，王子猷此访，仅炒作而已。想想也不无道理，移用到今天，操作性也不低，比如，某普通人欲攀附某大名人，却因两人在关系上“八竿子打不着”而为难，那好，到大名人家门口转个圈便回头吧。关键是有人作目击者，拍照为证，发上微博，进而炒成话题。

我往下想的是名副其实的“访”。现代社会的重要特征就是人际关系虚幻化。实际上的疏离，表现在“访”的减少。在同一小区的同一公寓大厦，多年邻居的家没进过，甚至连名字也不晓得的事情并不稀罕。问候远方亲友，要么电话，要么 QQ，何须长途奔波？

我给自己出个题目，倘若有一个戴安道式的友人住在数百里以外，在皎然雪夜，我会不会灵机一动，前去拜访呢？答案几乎是肯定的——不会。

对我来说，阻挠成行的因素大抵有：首先，即使我的“戴”是冠绝一时的名士，我也没有崇拜英雄的心力。对伟大和崇高的冷漠是全社会的心理流行病。它是对假的伟大和崇高的狂热的反动，于是，玉石俱焚，没有了仰望。

具体到我自己，青年时代在暗暗地唾弃当红政治偶像的同时，并没有失去“访”的热情。29 岁那年，和单位的同事乘车往外地参观，在广州逗留大半天，我所做的唯一的事就是辗转乘车，来回耗费 6 个小时，去荣军疗养院探望一位在里面留医的特等残疾军人，他是我的同乡，是教我写诗的名诗人。因患骨髓炎而住进来的。握着他嶙峋的手，两双眼睛对视，都闪烁着诗情。40 岁那年，在旧金山一家书店，我翻开新到的《联合文学》，读洛夫的长诗《长沙大雪》，被迷住了，应和着落地窗外淅淅沥沥的雨声，喃喃地念着，眼眶蓄满的泪水滴在诗行上。由此可见，“访”的行动来自激情。木心的俳句：“我像寻索仇人一样地寻找我的友人。”随着荷尔蒙的递减而失去倾慕的狂热、追求的动力，是人生的宿命。

然后，是老境。所谓“己之所欲，必施予人”，会不会得到同样的回报，很难说。有一个事实倒是一目了然的：极少人来“访”我，越是住得久，造访的就越少。晚年的张中行先生著文，流露出对“剥啄声”的渴望，而我还没到那个田地，是不抱希望的缘故——凭什么强求人家在你不豪华、不清雅的铁门上敲出恭敬的声音？

然而，我私下却是渴望被访的。岁暮天寒，看着厨房里齐全的火锅器具，想起一群人围坐在圆桌前，水汽蒸腾处晃动的酒杯和酣畅的笑语。从阳台远望，想着哪一辆车子会把远方的至交送到小区的大门前，还有彼岸的亲人、年迈的母亲和岳母、儿女以及天天捧着照片也看不够的孙子和外孙女……如果他们常常来这里制造喧哗多好，婴孩的笑和哭多美妙。然而，我只能和老妻静静相对，幸亏有她！

如果不安于旷日持久的孤单，该怎么办？聪明之举就是成为“被别人需要的人”。如果说，春节期间属于全国数亿人的关键词只有一个，那就是“访”，回老家看望亲人，主要出于传统的惯性，集体形成的谁都难以置身其外的强大心理场。那么，为了爱和欲而万里奔波，其百折不挠就落实在对方是唯一的必需和急需上。只要在别人眼里，你有如“久别的爱人”一般紧要，那么见面以后，造访者可能得到他所长久渴盼的倾诉和发泄，于是，门庭就有一天的热闹。

我能够吗？如果是鸿儒，可以召集晚辈，像 20 世纪八九十年代，木心在纽约讲世界文学史。可惜我一无学养，二无见识，三无口才。等而下之，如果我是慈善家，可以资助青年人上大学，或者给志在成名的青年作者提供出版处女诗集的资金；如果我是买官的中介，是娱乐圈某大牌制片人的老爸，是可以上达天听的顾问之类……

算了，我还是安坐书房，在网络上寻找千年前的弥天大雪，白色的篷船，桨声欸乃，雅士王子猷在舱里独酌，他已经完成“不见戴”的不朽韵事，回老家去了。

九十三　“夫妻斗气”是技术活

一起生活的夫妻，不可能没有争吵，好在，一般只属于“茶杯里的风波”。不过，小是小，虽然都不想就此恩断义绝，但如何收官，来个皆大欢喜就不简单了。较为简捷的解决方法是一方退让乃至双方退让，一句“我错了，对不起”马上摆平。又鉴于感性的女子一般较难认错，男子说一句“老婆永远不会错”，鞠躬如也，也不难办。只是，长久压抑自尊未必是釜底抽薪的良方。

怎样才能达到“双赢”——严格而言，是“双输”。一位青年男子在博客里这样透露：有一次，和老婆大吵（不要问为什么，家事无对错，起因不是祸根，关键在于态度）。吵完了，老婆气冲冲地上床，为了气他，故意装出马上入睡的模样，不料弄假成真，竟打起呼噜来。老公辗转反侧，越想越气，忽然灵机一动，下床，走进厨房，把所有调味品的盖子拧得死死的。

结果是可以预料的。当然，得有前提——次日，老公不能主持中馈，在客厅或书房忙自己的事。老婆在锅台前，很快就出了状况，炒菜打不开油瓶，蒸鱼倒不出酱油。昨天还气势汹汹的主妇，暗里埋怨瓶子和她过不去，夸张的旋盖子动作加上声响把老公惊动了。老公走过来，什么也没说，把油瓶旋开了。太太把酱油瓶递过来：“还有。”就这样，气氛缓和了。到饭菜上桌时，两口子又言归于好。

这场戏的成功在于老公表现出的能耐。这过程，一要自然，从瓶盖的松紧度到适逢其会的救急，都不能穿帮；二要谦让，不能立即露出大男人的原形，边摆弄瓶子边讥讽“娘们”手无缚鸡之力，要兢兢业业地干，干完也不自夸。这么一来，太太马上就会被男人的态度感动，再是佩服他的无所不能。由此猛然觉悟，别以为少了男人照样活，一个瓶塞就整得你连饭也没得吃。

这一点雕虫小技，让男人不着痕迹地赢了。由此可见，不以离婚为出发点的吵架须讲究技术。各对夫妻都可通过实验总结出适合自家“家情”的方略。我以为，以下的模式值得推荐：在善后阶段，一方制造出帮助对方的机会；换个说法，一方故意暴露出自己的弱项。

比如，大大咧咧的男子，其软肋是病。如果骂声刚落，老公马上害感冒，妻子的温柔体贴有了用武之地，那就最好不过了。可惜，太太不忍心“嫁病于夫”，况且技术上不可行。那么，退而求其次。如果太太善女红的话，在“战后”把老公必需的衣物放在他难以找到的地方，或者把裤子的拉链弄坏，把衬衫的纽扣扯脱，下一步可能就是男子汉有点儿不好意思地求援。

如果丈夫长于修汽车，那么，太太的汽车不妨“不知怎么一来”发动不了或轮胎瘪了；如果家里不实行 AA 制，太太又工于砍价，那么丈夫最好在冷战期间假装去买一件昂贵的家具或电器；如果有孩子，那就更加好办了，让下一代去做中转，作缓冲，当信差。

要注意的是，男人和女人具有天然的差异，采用哪种心计不能以“我喜欢”为绝对原则。1997 年 5 月，香港影星吕良伟的娇妻邝美云嫁进吕家一年后，在港台节目《海琪的天空》中担任嘉宾，公开了独到的“御夫术”：煲汤、扮病、撒娇、不发问。但半年后他们便分手了，婚姻维持不到两年，可见其“驭”法不甚灵光。我猜问题可能出在“己之所欲，必施于彼”上，以“扮病”为例，多数男子当不成称职的护士。家里不起摩擦则已，一起摩擦太太便在床上哼哼唧唧，开始时丈夫还能对付，但一旦成了保留戏码，家里摆着装出来的老病号，换来的却可能是“郎心如铁”。

九十四　播种善意

最近，“拥抱空姐”成了热门话题。据说，在航机上，如遭遇乱流或氧气罩脱落等紧急情况，留在过道来不及撤回工作间的空姐可以坐在旅客身上，并请求旅客紧紧抱住她。不知道航空公司的员工手册是否有这样的条款？但在网上哄传一时。于是，很多人文雅地声称以后乘机务必坐靠过道的位置。猴急的干脆“呼唤颠簸”。美人在抱，温软满怀，成为好事者的梦。可惜，“颠簸”求不来，一如老天爷下馅饼求不来。想亲近空姐的，只好另找门路，单身汉可以展开追求，已婚者则在可以实施西洋礼仪的场合来一个得体的拥抱。

我想到的是另外一方面——在人情凉薄的世间，除了“渴望颠簸”，怎样才能获得温暖和温柔？引起我发问的是小区门前所见的两幕。一幕是：一个妙龄女子推着自行车出门，走在她前头的老先生把住门，让她先走。女子也许心不在焉，也许从出生以来一直享受着“被侍候”的待遇，将之视为理所当然，高高地扬起头，上车走人，老先生看着她的背影，摇了摇头。这一幕发生在上午。下午，偏偏很巧，老先生刚进小区的门，女孩推着自行车跟在后面，老先生佯装看不到，没有把住门。门自动关闭，女孩子只好把车子靠在门边，掏出电子卡开门，然后，一手把住门一手推车，看上去相当费劲。这次教训顶用与否，不得而知。我想，女孩子不会适时地表示感谢，吃点苦头也活该。老先生太在乎这一丁点儿的回报，心眼太小了点儿。但这也是人情之常。所谓“好心没好报”，尽管“好心”仅仅是举手之劳，但如果不能获得回应，再加上在意料之外的趾高气扬，那么，引起失望和不满毫不奇怪。

当驾车的男士下车，打开后座的车门，礼让女士上车后，再小心关上时；当老人家在餐馆准备落座，年轻人为他挪动椅子时；当拄杖者上了公交车，学生马上让出座位时；当知道有人跟在后面，进电梯后把住门，让大家都进来时；当在医院的候诊室，有人给病人递上一杯水时；当在十字路口，对面的驾车人把路让给你时……受惠的一方应马上给予回应，要么道谢，要么点头，要么作一个感谢的手势。这是最起码的互动。不错，这是细枝末节，不必小题大做。中国的老男人，和西方一天中道谢数百次的绅士相反，妻子替他做饭、盛饭数十年，他不会在口头上作任何表示，他认为那是“虚伪”；如果把这样的思维定势移用到整个社会，尤其是陌生人中，长期累积下来，一定会造成普遍的冷酷、麻木、令人齿冷的知恩不报乃至恩将仇报。

中国式人情的缺陷，主要在与陌生人的相处方面，不信任、自私、自肥、不礼让、粗野，这些大抵不会用于熟人圈。给予陌生人的，偏偏是自己最不喜欢的。改变这一条，应该做的就是尽可能迅速、广泛和密集地表达你的善意。以善意换取善意，以善意创造、引领和维持善意。你在埋怨自己的博客没人光顾之前，先去人家的博客点击、评论或对佳作予以热情的赞美；你在嗔怪朋友对你冷淡之前，先去拜访，并适当地嘘寒问暖；你在为小辈的怠慢不满之前，先给对方以充分的尊重。

苇岸有言：“看风的必不播种，望云的必不收割。”我们是以土地为唯一依托的实实在在的凡人，为了收获善意，必须先播下宽容、体谅、好心的种子。即使因为种种原因，落得“热脸贴上冷屁股”的结局，那也是极好的训练，而且这也未必不是长线投资。

九十五　“只差一串鞭炮”

王鼎钧先生《度有涯日记》中写了一个名叫“老聂”的纽约人。老聂申请加入美国国籍的考试通过了。当年和他一起教书的老朋友定了一桌酒席表示庆祝。席间，老聂喝了很多酒，说了很多话。开头是：“‘入籍’是移民的最后一站，我从新移民一路行来修成正果。各位好朋友想得周到。美酒佳肴，高朋满座，我如归故乡只差一串鞭炮。”

他把庆祝成为另外一个国度的公民，比拟为“归家乡”的一种方式——没有鞭炮；另外一种，自然是“有鞭炮”。鞭炮之为意象，有深义在焉。有鞭炮，意味着“衣锦荣归”。归故里，是浪子生命的指归，既是最高潮，也是总结。从浅层看，“鞭炮”和“衣锦”都惠而不费。比如，一个老金山在去国半个世纪以后还乡，如果家乡有通晓游子“鞭炮”情结的达人，预先以公款或自掏腰包买上几串，即使买不起堂皇的礼炮，买视觉效果好的“满地红”，买名字动听的“火树银花”、“富贵福”，一样让人宽慰。

老金山进村时，须拉几个人在巷口等候。人家一下车，便以噼噼啪啪的响声、刺鼻但可爱的火药味以及桃花雨般的纸屑作为迎宾大餐的第一道菜。

说到归人的“衣锦”，可分虚实两面，在异国混不出头脸的，只好装腔，以精印的名片上一行行“主席”、“元老”、“会长”等的头衔支撑声势。一两套价钱在中等以上的西装就是“锦衣”。我家乡一位在美国打工的穷光棍回国娶亲，雇一辆摩托车载他回村，他给了司机300元小费。司机也是他的乡亲，又惊又喜，逢人就宣传他的阔气，这不自觉地成了游走四乡的活广告，制造了小规模的轰动效应，他也由此轻而易举地变为“有钱人”。

至于要讲货真价实，乡亲给的鞭炮将是什么样的呢？“老聂”有这样的感慨："只有做成了像个样子的美国人以后，中国才会突然想起你是中国人，他们主动揭开你身上的美国标签，欣赏你的中国胎记。"这是另外一种"出口转内销"。

我也是老金山，虽然没有无聊到那个田地，我倒愿意在黑夜的掩护下走进村庄，或者来个"悄立市桥人未识"，星月下在村外公路旁，看碉楼和老屋的影子。而且，我只穿平时穿的夹克。不过，脸我不要人家要，因此，我呼吁乡亲，即使遇到这样爱点儿虚荣的游子，也不要讥笑，应该尽量给予方便，开销不大的鞭炮尽量买了，放个够。让贵宾的眼瞳映出礼花般的灿烂，让老人被生活压了许多年的肩膀，落下几片带热度的纸屑。成全他们吧！在异国，如果家乡依然可恋，那仅仅是因为，在村巷里等候他的，不是擅长揪斗的工作队，不是上了锁的门户，不是冷冰冰的脸，而是响亮响亮的鞭炮声。那是大人们粗粝的手、小孩子们粉嫩的手、田垌的稻浪、池塘和小溪的水波、村前的老榕树以及村后的竹林一起鼓动的掌声！

这些把人生的精华抛在异乡的人，他们的前辈有过别样的"鞭炮迎接"，华侨史载：19 世纪中叶，美国的淘金热退潮以后，1862 年开始修筑横贯美洲的太平洋铁路。他们雇佣华工上万，其中至少上千人埋骨于加州和内华达州之间的山岭。铁路建成后，旧金山的三邑华侨，以同乡会的名义到山野收拾骸骨，并雇船运回家乡。二十年前，我写了一首《白骨》："折断的腿骨/扭曲的胫骨/压塌的胛骨/空洞的头骨……任风雨经年冲刷/惨白如近旁的冷月/只有散乱的长辫，还是/抬铁轨喊号子那阵/迸出的血丝，一绺绺/不肯腐烂于异乡的泥土/深不可测的眼洞/是打尽了泪水的/村头老井//在海岬，在山崖/铁路无路可走了/白骨仍旧向前/挤在乡亲手缝的慈善袋里/第二回漂洋过海去/来时不也一样挤吗？/在'大眼鸡'的舱底/人叠着人还压上时疫/多沉重的金山梦，总算/拎回来了，那般轻啊/失却了血肉，失却了姓名//船抵码头，白骨踌躇/引魂幡也踌躇，不肯登岸/唉，怎么交得了差哟/向年年望海的盼儿石/向没有墓碑的/凄凉冢山//"这首诗没有写鞭炮。其实，白骨被埋进义坟时，辟邪去秽的鞭炮是断断少不了的。

九十六 “双赢”辩

滔滔世间，如果两方的关系是竞争的、对立的，一般而言，只能是此进彼退、此荣彼衰的态势。异想天开的人们便开始臆造人间天堂般的境界——双赢。圣经说，富人上天堂，有如骆驼穿过针孔。“双赢”的难度，和这相比又如何？

且随便举一个例子。几年前，美国旧金山市的市长纽森先生大声疾呼：“大家都不要喝瓶装水，直接喝水龙头里的自来水。”他有的是底气，因为旧金山的自来水来自“喝奇喝齐”水库，那水库所储存的，是从终年积雪的高山流下来的，其纯净度比得上美国任何一种矿泉水（自来水每月受检测 100 次，瓶装水每星期只检测一次）。这样做，用户省钱，政府也不必处理被弃置的塑料瓶（每年达 10 亿只），岂非双赢？然而，放到另外一组关系——瓶装水供应商和用户中去，毫无疑问，饮用自来水的人越多，对前者造成的灾难越大。光看一个中等城市，矿泉水的供应链，从上游的取水、过滤、装瓶到城市里星罗棋布的门市部，数以千计的送水工人靠水吃水，他们所凭借的，是多数居民对自来水的不信任以及对环境污染的恐惧。五花八门的新兴供水业内部的竞争也够残酷，哪家公司出了以自来水或不洁水装瓶出售的丑闻，客观上是为对手制造商机。把它放到别的关系中去，如和净水器行业较劲，大抵也是“两虎相斗，必有一伤”。如果自来水公司兼营瓶装水，稍不谨慎，恐怕就会重演古代矛和盾的寓言。

所谓“我们的痈疽是敌人的宝贝”，商业上的竞争是冷酷的，在法制社会相对公平的环境中，竞争固然是前行的引擎，淘汰机制促成了技术和经营的更新，不过，这里“共存共荣”的空间有限，一家“新张宏发”的鞭炮，必然伴随若干家倒霉者的叹息。不能指望，在战场、竞技场、竞选、投标、选举、评奖等必须分胜负或排名次的场合，会出现“排排坐，吃果果”式的双赢即“全体参赛者都是冠军”。

那么，果真没有“皆大欢喜”吗？有的，请看自然界中蜜蜂和植物的关系，它们彼此依存，一荣俱荣，蜜蜂采蜜愈勤快，植物得益愈大。至于人类，可以这样断言：只要是以爱为核心的关系，双赢是必然的。

其中，最具典型意义的是性爱。不错，这是“肉搏”，然而越是投入，越使双方产生灵与肉的愉悦；双方都付出，没有谁“赚了”或谁“亏了”的计较，相反，爱情借它滋长，爱意愈浓，愈是酣畅；彼此都从中得益，无论是肉体上还是精神上。奇妙、美好、圆满，莫过于基于浪漫爱情而进行的性行为了。

亲子之爱亦然。父母和儿女，牺牲就是回报，播种便是收成，双向的感情滋润，互相的利益输送，只要是出自无私的爱，那么，两代人都会在爱的雨露里享受天伦之乐。

再深入一层，如果你把“双赢”的实质意义，从战场上杀死、杀伤敌方的数字，从己方的盈利和对方的损失，从你的辉煌和对手的狼狈等一望可见的“实”的层面转移到“虚”的，即形而上的层面，那么，所有的输都有赢的因子潜藏于内。这就是“福兮祸之所倚，祸兮福之所伏”。

这么一来，稳妥的“赢”应该是奉献。“舍”一旦不再是“失”，而变成“得”，那么，你的捐款、你的志愿服务以及你的救助，会使你实现更高层次的生命价值。那么，双方都赢、多方共赢，就是马上可以成真的好梦。

附录一 细品刘荒田

网络时代，“短文”越来越多，“小品”却越来越难得一见了。小品是秋水文章，纯净与密度并存，单一与完整并存，坦荡与余韵并存，它不是未完成的长文，也不是长文中的一段或局部，更不是长文的提要或缩短。这种作品多了些美感，少了些意见；多了些灵性，少了些烟火。许多人在国内办得到，出国以后办不到；闲暇安逸中办得到，辛苦忙碌中办不到；甚至有人说，古人办得到，今人办不到。我很奇怪，刘荒田先生为什么总是办得到。刘荒田先生能在小品中有大成，我的感受是“远闻佳士辄心许，老见异书犹眼明”。

我对“刘氏小品”的发现较晚，缘始于他的《海上看烟花》，乍见题目便觉得这篇文章好难写，必须写海、写烟火，还得加上夜景，如鼎三足，不能跛腿，而网络短文最缺少写景的能力。他写夜景有新意：“雾气起了，镶嵌在水边的灯火分了层次，高处的超越了雾，财大气粗地放着钻石般的光明。”这是生活在资本主义大都才有的审美。“前方不远处有一艘大轮，灯光的繁密，只有拉斯维加斯赌场外的夜可媲美。这人造的豪华，落在大海深刻而严峻的黑色中，在荒诞里别有一番徒劳的壮烈。”这是受现代主义的启发才有的拟人和移情。有这样一支笔足以写小品了。

主题是烟火，看他的主角登场：“人就在烟花中。大大小小的船只所围着的半圆，是烟花所覆盖的空间，烟花的雨网把我们罩起来。头顶上，色彩的飞翔，图案的开谢，整个过程把观者也纳入其中。”这一段倒也寻常。“一样迸射，一样绚烂，一样黯淡，一样死亡。”这就是惊人之句了，烟火以最短时间演示着“生变异灭”的现象，整个审美过程好似模拟的轮回，这样境界就大了。“观者的影子能到达水下，被黑暗吞噬，好在再黑的海水也有光亮。烟花却在空中消失，散在水面的只有熄灭后的碎屑。在无声无息地针砭肌肤的海的力量下，茫茫的雾中间，人工的昙花在上，我们是夹缝中的旁观者、享乐者，也是受难者。”三种身份错位，境界立体化，居高临下，一览众山，宗子、坡翁乃至尼父，在这一点上恐怕犹有未到之处。

用昙花比喻烟火之后，文势似已收束，没想到奇峰最后耸起：“夜里，我梦见张先生家的昙花开了。”天上？人间？虚实互依，我想起东坡先生《后赤壁赋》中飞鸣而过的仙鸟，以不结作结，无人能续，但觉无限依依之情。小品文居然写到这一步天地！

以后我就不肯错过他的“千字文”了，这些小品多半为每篇 800 ~ 1000 字，尺幅之内，舒卷自如，落笔时一点击发，四围共鸣，触机成文，诉诸悟性。无因果，有纵深；无和声，有高音；无全景，有特写；无枝叶，有年轮。他取材广泛，向外则山川草木天地日月信手拈来，向内则心肝脾肺脉搏体温皆可文章，取之不尽，用之不竭，不干涸，无压力，多潇洒，有生机，海生潮，云生霞，花生蝶，熟生巧，美连连，意绵绵，文心生生不已。

这位广东才子上山下海，呼吸过灵秀之气，再经西化的打磨加工，就这样，天意造就了一颗魁星。当然他还要继续前行，还有一些人要绕过，也许包括他自己。走下去！桂冠就在那一头，等着他。

王鼎钧
于纽约

一生功力写“寻常”

——刘荒田先生《两山笔记》读后感

今年6月22日，刘荒田先生在旧金山寓所写完《后记》，我28日在佛山就能读完《两山笔记》全书的电子稿，先睹的幸运，当然拜科技之赐——异国的天空和故国的土地，虽然隔着迢迢万里的大洋，却不复是百年前金山客须以生命做赌注才侥幸抵达的天涯。这位青年时“旅美”、晚年时“旅中”的文坛高手，在自己“马蹄铁”状的人生轨道上，终于实现了自由往来的梦想，并给佛山、广东、中国当下诸多报刊，多了站立“三山”（台山、旧金山、佛山）体察“两山”的视角，这无疑是佛山的荣幸；他的回归，给了我这办公室和家两点一线的“宅男”，多了亲炙的机会。几个月前，我用一首打油诗，表述了和他谈天的由衷喜悦：“避路时贤浪泛槎，廿年岭表漫为家。大德海国来归日，禅山顿教笔生花。赐书每堪清夜读，效颦辱教长者夸。喜遂许列门墙愿，得亲风雅润生涯。”

刘老师的人生呈U形曲线，33年前，32岁的他肩上扛着110斤的行李，携妻带子，跨过罗湖桥的一瞬，是最大的拐点。这于他而言，是从此将苦难、屈辱、饥饿、贫穷和压抑抛在身后。于文坛而言，是华人踏向世界的最重要跳板——旧金山以后，在异国土地上生息的台山人，卑微而强韧，他们奋斗、繁衍的群像，将以“列传”的方式渐次呈现在华文文学的天空。但是，即使异国的天空能仁慈地庇护疲惫的身心，使得新移民不为空乏忧劳，不为批斗游街的噩梦疑惧，但这仅仅是低层次。作为必须在方块字中安身立命的中国作家，“中国变成怎样的国家”、“我变成怎样的人”这两个无时或离的问题，仍然时时拷问着去国30年的游子。于是，两年前，决心“以第一手材料作答”的刘荒田，一退休就毫不犹豫地回到祖国，跨过他U形人生的第二个拐点。归国的果断，如出国时的挥手一别，即便15个月大的外孙女和“她所象征的世界，既是我的‘天空’，也是我的‘大地’”。即便要“对于污染和农田的萎缩，对于转基因，对于田野里明摆着和潜伏着的诸般危机，我照单全收”。这样急切的心思，当然瞒不过刘老师关切而细心的女儿：“爸爸，是不是想到回国就喜欢?”

三“山”的经验，大洋的距离，给了刘老师拉开审视“平常，无所不在的平常”的功力，给了他歌颂“庸俗而密实的快乐”的底气。若问这功力和底气的来处，我相信刘老师会不假思索地回答：是1980年盛夏跨出国门那一步。正如刘老师所景仰的木心先生一般，要将自己的文学之花在异乡盛开的原因归于“逃离”。没有逃离，中国文坛也许会在“伤痕文学”条目下多几道可有可无的印痕，华文文学却可能缺失礼赞公民社会“庸俗而密实的快乐”这一大块。“庸俗而密实”的“平常”，在“旧金山列传”里，主角是花旗松，是华盛顿广场的阳光，是“主义的后面是有偿交易”的书店老板，是名叫詹姆斯·蔡这样已经完全“美化”的老见习生，是在唐人街的散步，是大年三十排队买烧猪肉，是在墓园“邂逅”安眠异国的旧友，是三代宝贝“瞎拼”，是送别家严，是街灯，是剪枝，是星空下独行；在故国呢，则是咖啡，是买花，是爬楼梯，是补鞋，是买菜，是理发，是在购物中心旁边的双人椅上跟“小麦”（麦当劳叔叔）并肩而坐。

有绘画经验的人都明白，“画犬马难”，难在人人习见，不能马虎，但又忌讳流水账，哪怕纤微毕现，也易失诸刻板、琐屑或“熟极而流”，非国手不能挖掘平中之奇，淡中之神。有写作经历的人都知道，没有伟烈功勋的普通人，其柴米油盐最难摹写，即使如扫描般巨细靡遗，也容易波澜不起催人欲睡，非妙笔不能点石成金，闲笔带出盎然生趣。刘老师是写“寻常”的高手，像詹姆斯这位见习生，上班干着比侍应生还侍应生的活计，朝着侍应生这一目标努力，却没有胆量提出升职要求，在老板办公室前废然而返，是“标准的劳工、尽责的丈夫”，养儿子不偷工减料，丁父之忧而冲掉的小儿子满月宴，也一定补上，“上班时把分内事干得漂漂亮亮的，但别指望他帮助别人。因为他不会干没钱赚的笨事，也绝对地排斥‘不来钱’的荣誉。所谓诗情画意、风花雪月、生与死、精神寄托以及灵魂的上升与沉沦，如此这般的玄虚问题，从来不会浮现在他塞满数字与工具名称的脑瓜子里”。我们还真不好嘲笑这样彻底唯物的人物。修汽车、树栅栏、换便盆、铺水管、安热水器、种树栽花，工具各归其所，家里井井有条，几乎所有活计都自己来的矮个子“香蕉人”，任何有利于己无害于人的努力，都值得尊敬，这样绝对物质化的小人物，不正是祖国土地上无数“暂住”者（官名“外来务工者”，学名“农民工”，别名“盲流”）的异国投影？谁敢说，这样的“异国一世祖”，不正是为将来进入美国主流社会的另外一批贝聿铭、骆家辉作铺垫的基石？

无论对旧金山的餐馆见习生詹姆斯，还是对佛山看准他不会计较而不断加码的卖花女，刘荒田都抱着无限的体谅和同情，因此，他能在熟悉的地方读出风景里的哲学，在庸常中发现感动。且跟随他的脚步，看他在旧金山大年三十的细雨中花 1 小时 10 分钟排队后，“当走过一家日本餐馆、一家港式小食店、一家报纸档、一家百货店、一家越南餐馆、一家按摩店、一家银行、一家超市、一家教堂以及数十户普通人家，兴冲冲地回到家时，衣服也湿得差不多了。但是，外卖盒里的烧猪肉的皮还是崩瓜溜脆的”。从这“即从巴峡穿巫峡，便下襄阳向洛阳”一般的欢快步伐中，我们能感受到，他自告奋勇上街头买肉，怀着多少亲情，多少喜悦！在另外的“山”——佛山，“勿忘我花店、金龙布艺、帝海酒家、幽润阁工艺品、专业建材、穗宝床垫、玫瑰名园、泰臣橱柜、山水居……”这些地方，我不是日日走过，也隔三差五去晃荡，可是为何于我，几乎如沙漠一般空洞单调？二者的差别，来自他对生活的热爱和诗人的敏锐，舍此我找不到其他解释。

刘荒田的热爱，来自彻底的反思。譬如，他对自己成长的那个“激情燃烧的岁月”，就有毫不留情的忏悔：“不错，我们都是罪人，那年代所干的，夺权、反夺权、批判会、喷气式、游街、大字报栏……以全部的‘否定’达到一个可怜的肯定：肯定我们曾经青春年少，曾经天真烂漫。剔尽了肉竟没有骨头。一番风雨过去没有彩虹。”“无情未必真豪杰，怜子如何不丈夫”，对年轻时读得滚瓜烂熟也深深影响了自己的鲁迅先生，晚年的刘荒田也作了深刻反思。这是他对给中国制造无量劫难的“英雄史观”的批判：“没有希特勒，就没有第二次世界大战；没有毛泽东，就没有‘文革’。这些旷世浩劫，如果不是干惊天动地的大事的人，岂能干得出来？当然，鲁迅也是豪杰——文豪。好在，其‘豪’是文不是武，或文武双全。有共通之处，那就是：一方面极端无情。”他拿鲁迅诗作例子，“‘兴风狂啸者’的厉害，首先不在‘回眸时看小於菟’，而在于嗜血，在于凶猛。无论是对付敌人还是清算同一营垒的反对派，他们都冷酷、奸诈，且不怀丝毫的悲悯和坦诚。”穿越了曾经的宏大叙事，有对历史进行清醒的反省，刘老师才会对“庸俗而密实”的“平常”，致以最高的顶礼；才会在广佛地铁车厢内一手奶瓶一手搅拌奶糊，婴儿在怀的新科爸爸身上，“窥探到生命的秘密：一条宁静的时间之河流过，种族繁衍的庄严和养家糊口的义务，是眼前最安详的事业”；才由衷赞美地铁上三个女孩为一对老夫妻让座：“这就是世俗，礼赞它，就是礼赞生命，礼赞民间的秩序，礼赞人性的光明。”

一生功力写“寻常”，刘荒田先生以多情的笔，指示了一条写作的“心法”。佛山禅城区的人，行走在熟悉的季华路、卫国路、同济路、绿景路、佛山大道时，要跟刘老师一样，忍受气势汹汹的汽车，甚或要跟一点也不减速的右转车辆斗勇，但如果有了热爱，烦恼人生，也许会生出别样的意义来。

刘老师，我就等着您下次归来，去敲您绿景路绿荫处的家门呢！

杨河源 *

2013 年 6 月于佛山

---

* 媒体人，专栏作家，现居佛山市禅城区。

后 记

2013 年 6 月，我在旧金山的家中与暨南大学出版社总编史小军先生通电话，他力邀我出版一本散文集，我欣然允诺。在研究全球华文文学方面，以饶芃子教授及其弟子王列耀教授为领军的暨南大学文学院成绩卓著，名气响亮，王教授还是我多年的老朋友。暨南大学出版社一直把出版海外华人文学著作当作重点。作为暨南大学文学院的教授，史小军总编就此和我面谈过多次，也常通过电子邮件交换意见。他对海外华文文学界的历史与现状富于洞见。他曾计划以有“海外散文第一家”之称的王鼎钧先生的最新作品打头阵，陆续推出海外华文文学作品丛书。

书稿发到出版社后，我想还得补写一篇后记，交代成书的来龙去脉。光有序言，不算完全，一如我这个移居海外的中文写作者，晚年不回归故土，就不能完成“马蹄铁”形的人生。我的履历，前一段曰“旅美”，后一段曰“旅中”。从超越国籍的意义看，“夫天地者，万物之逆旅”（李白语），哪个国度都是“旅舍”。

哪个“旅舍”，都立在大地上，都顶着天空。从 20 世纪 90 年代以还，在海外移民群体最频繁引用的字眼中，“天空”和“大地”该排在前列。如果把人生喻为拼贴，“天空”和“土地”两组词可拼为四种：一为祖国的天空，祖国的土地；二为异国的天空，祖国的土地；三为异国的天空，异国的土地；四为异国的土地，祖国的天空。第三种，对洋生洋长的第二代、第三代来说，不是问题，因为他们没有“祖国”这个参照物。

“得到天空，失去土地”，是第一代移民的精神总结。可是，此说嫌空疏，恰切的表述应是“得到异国的天空，失去祖国的土地”。老是为故土异邦这些命题所苦的，是“洵此美而非吾土兮”的我们，登斯楼而远望，乡愁是游子的流行病，岂穷达而异心？有了天空，就能自由地飞翔。经过脱胎换骨，建立了人格尊严。俯仰不愧，这关乎生命价值的大节，也许拥有了。然而，脚不好使了，因为外国这“大地”不牢靠，英语的绊脚石，迫在眉睫的生计，胃的水土不服。思想飞够了，敛翅时难以找到栖息的林木；漂流累了，急需一个埠头，却发现处处是浮冰。

我这个失去“大地”的新移民，在白天蓝得教人六神无主、在夜里并无如海繁星的洋天空下惨淡经营，怎么折中，怎么替代，怎么逃避，怎么退而求其次，这些都体验得多了。然后，身心交瘁地进入晚年。好在，退休后获得选择的自由，取得第四种：故国的天空，故国的大地。我要实实在在地生活在中国，当普普通通的老百姓，零距离地体验它的所有方面。去国 30 多年后，“中国变成怎样的国家”和“我变成怎样的人”这两个题目，我要以第一手材料作答。至于能不能写出作品，写成什么气候，则听其自然。

当然，在腿脚尚称利落的年纪，无论在故土还是在异国，我都不当“一去兮不复还”的壮怀激烈者。旧金山，我还得回来。这里有母亲、岳母、儿女和孙儿女，有用了许多年的书桌。窗外，是蓝天、大海。街对面，一排苍劲的花旗松，春日，叶丛中夹着毛茸茸的黄色花球，阳光下一如孔雀的翎羽；如今是夏天，结满了松果，风大时会落下，轻轻击中林中小路上的人或狗。

今天早上，15 个月大的外孙女，踉踉跄跄地走到我的书桌下方，双手高高举起，咿咿呀呀地嚷着，脚丫子踮得高高的。我只好把文档关掉，把她抱起来，任她用指头在键盘上乱戳。屏幕上出现一排和她的“话”一般、无人能懂的“天书”。教我何其痴迷的“捣蛋”！30 多年前，在故土的乡村，我也有书桌——它可是少有的豪华型，家里开文具店时留下来的。外孙女的母亲，也是这样，坐在我的腿上，拿起圆珠笔，给我新成的诗稿添加莫名其妙的线条。

膝上的外孙女在键盘上得意地“创作”的瞬间，我突然想通：她以及她所象征的世界，既是我的“天空”，也是我的“大地”。

值此 2013 年广州“南国书香节”开幕之际，我衷心感谢书香节组委会及暨南大学出版社徐义雄社长、史小军总编对本书的厚爱和垂顾，感谢为本书出版付出辛劳的出版社的所有朋友们。出书要冒风险，他们依然无私地提携海外寂寞的写作者，不掺和丝毫功利的情意让我永远感念。

刘荒田

2013 年 7 月写于旧金山寓所